COZY MYSTERY

TINTA Y SOMBRAS

ALMA

Título original: *Ink and Shadows*

© de esta edición:
Editorial Alma
Anders Producciones S. L., 2025
www.editorialalma.com

@almaeditorial

© de la traducción: Ana Alcaina
© Ilustración de cubierta y contra: Iratxe López de Munáin

Diseño de la colección: lookatcia.com
Diseño de cubierta: lookatcia.com
Maquetación y revisión: LocTeam, S. L.

ISBN: 978-84-10206-48-9
Depósito legal: B-14032-2025

Impreso en España
Printed in Spain

Este libro contiene papel de color natural de alta calidad que no amarillea (deterioro por oxidación) con el paso del tiempo y está hecho de material proveniente de bosques certificados FSC® bien manejados y de otras fuentes controladas.

FSC www.fsc.org MIXTO Papel | Apoyando la silvicultura responsable FSC® C202626

COZY MYSTERY

ELLERY ADAMS

TINTA Y SOMBRAS

Libros y bollos
a cambio de secretos

ALMA

Si sufres porque no acabas de encontrar tu lugar en el mundo, has de saber que no estás solo. Has de saber también que hay un lugar para ti en el mundo de los libros: la puerta siempre estará abierta, siempre habrá una luz encendida. A los libros no les importa tu edad, el saldo de tu cuenta bancaria, tu IMC o tu situación sentimental. Los libros quieren colmarte de bienes y regalos, historia a historia.
Gracias por abrirle la puerta a esta, mi historia.

Todas las palabras que digo,
todas las palabras que escribo,
sus alas incansables deben desplegar
sin pausa en su vuelo,
hasta llegar adonde se halla tu corazón
tan y tan triste,
y cantarte en la noche,
más allá de donde se revuelven las aguas,
oscurecidas de tormenta o relumbrantes de estrellas.

William Butler Yeats

INTEGRANTES DEL CLUB SECRETO DE LA LECTURA Y LA MERIENDA

Nora Pennington, propietaria de la librería Miracle Books

Hester Winthrop, propietaria de la panadería Gingerbread House

Estella Sadler, propietaria de la peluquería y salón de belleza Magnolia, Salón y *Spa*

June Dixon, directora del balneario Miracle Springs Lodge

FIGURAS CLAVE DEL DEPARTAMENTO DE POLICÍA DE MIRACLE SPRINGS

Sheriff Grant McCabe

Jasper Andrews

Angela Wiggins

Carlos Fuentes

INTEGRANTES DE LA SOCIEDAD DE DEFENSORAS DE LOS VALORES SÓLIDOS

Connie Knapp

Dominique Soto

Olga Gradiva

Bethann Beale

CAPÍTULO UNO

¡Ay! ¡Cuán negros pensamientos oculta el hombre en su interior,
bajo la apariencia de un ángel redentor!

WILLIAM SHAKESPEARE

Nora Pennington estaba plantada en la acera con cara de pocos amigos.

Costaba entender su reacción delante del escaparate de la librería, repleto de unos muñecos de peluche monísimos inspirados en personajes de libros infantiles. Equipados con unos paracaídas hechos con hojas otoñales, Jorge el Curioso, Olivia, la Pequeña Oruga Glotona, el elefante Babar, Perico el Conejo, Pete el Gato, el osito Paddington, Clifford el Gran Perro Rojo, Winnie-the-Pooh, Arthur, Sapo y Sepo, el Superzorro, Maisy y La Paloma flotaban en un radiante cielo azul. Todos los animales estaban colocados mirando hacia la misma zona de aterrizaje: un libro gigante. El ejemplar abierto brillaba con gran intensidad, iluminando el pelaje de los paracaidistas más próximos, y sus páginas estaban cubiertas de letras hechas de purpurina de todos los colores del arcoíris.

En la parte superior del escaparate, una avioneta pilotada por Stuart Little llevaba enganchada una pancarta amarilla con la frase: ¡TÍRATE DE CABEZA Y ATERRIZA EN UN BUEN LIBRO!

El agosto anterior, el escaparate había arrancado más de una sonrisa tanto a los habitantes como a los visitantes de Miracle Springs, en Carolina del Norte. Luego llegó septiembre, pero el verano siguió resistiéndose a decir adiós y el primer día de clase hacía tanto calor y humedad como el 4 de julio. Las plantas se marchitaban, la gente no podía ni con su alma, el pueblo entero estaba seco y abrasado por el sol. Costaba trabajo creer que octubre estuviera a la vuelta de la esquina.

La negativa del otoño a dar la patada al verano tenía a todo el mundo de los nervios, incluida Nora. Plantada allí fuera, se hizo visera con la mano para protegerse los ojos del sol y trató de imaginar una escena festiva de otoño para su escaparate… pero no se le ocurría nada de nada. Hacía demasiado calor para pensar.

—¿Qué haces? Pareces la Mariquita Gruñona… —le dijo Sheldon Vega.

El amigo y empleado de Nora señaló su camiseta, que decía LA JUVENTUD MÁS ENROLLADA LEE LIBROS y era del color rojo de los simpáticos coleópteros.

—Estoy pensando —respondió ella—, pero más en plan Harriet la Espía que en plan gruñón.

Acariciándose la perilla plateada, Sheldon examinó el escaparate.

—Gracias a este escaparate nuestra clientela puede seguir aferrándose a la sensación de libertad y despreocupación del verano y, al mismo tiempo, albergar la esperanza de que seguirá teniendo tiempo para leer libros entre los partidos de fútbol, las reuniones de la asociación de madres y padres, las sesiones informativas sobre la vuelta al cole y los tropecientos mil festivales de otoño que he visto anunciados en el periódico. Hay que ver lo loca que está la gente de aquí por los festivales.

Nora se rio.

—Yo pensé exactamente lo mismo cuando me vine a vivir a Miracle Springs. Cuando vi el calendario de festivales, no me lo podía creer: el Festival de la Melaza, del Ferrocarril, de la Gallina de Guinea, Folk, Irlandés, de los Juegos Escoceses, Griego, de la Arcilla, Cheroqui, de los Zombis y de la Bicicleta de Montaña. Ahora soy superfán de todos ellos. ¿Sabes por qué? Porque atraen a muchísima gente, y una gran parte de esa gente viene a visitar Miracle Books. A partir de ahora y hasta Año Nuevo es temporada alta en la librería, y es nuestra ocasión de hacer caja. La verdad es que me gustaría poder ahorrar algo de dinero para cuando vengan las vacas flacas.

Sheldon asintió.

—A mí tampoco me vendría nada mal poder engordar mi cuenta de ahorros.

—Entonces tenemos que ponernos las pilas, empezando por esta decoración. Nuestro próximo escaparate tiene que ser un poco menos cursi y más provocador.

—Estos últimos meses hemos puesto el listón demasiado alto —respondió Sheldon—. Parecemos esos grandes almacenes de la Quinta Avenida en Navidad: magia y alegría a raudales y pudines navideños por todas partes. Solo que este mes, los pudines se nos han desinflado un poco... —Se tiró de los extremos de su pajarita de color morado y melocotón—. Pasa hasta en las mejores familias.

La librera sonrió. Sheldon producía ese efecto en ella. Aunque el hombre solo llevaba cinco meses trabajando en la librería, Nora no sabía cómo se las había arreglado hasta entonces sin él. Era un apasionado de la lectura, tenía ojo clínico para todo lo relacionado con el diseño y preparaba el mejor café del mundo.

Sheldon Vega había heredado de su madre judía su afición a los libros y su capacidad para hacer que la gente se sintiera a gusto en su compañía. La seguridad en sí mismo y su pasión por la buena comida le venían de su padre cubano. Sheldon rondaba los sesenta y se parecía al personaje de Don Johnson en *Django desencadenado*. Tenía debilidad por los chalecos de punto, las tostadas con Nutella y los abrazos de oso. Padecía dolores crónicos que lo obligaban a faltar al trabajo o a llegar tarde muchos días. A ella le había caído bien desde el momento en que se conocieron.

—Muchas tiendas han montado ya sus escaparates de Halloween —continuó la librera—. Es una de las cosas que odio del sector del comercio, siempre tenemos que andar con prisas y adelantarnos a las fiestas señaladas. Los dulces de San Valentín llegan a las estanterías el 1 de enero, y el 15 de febrero ya estamos con los conejitos de chocolate y las chuches.

Sheldon se estremeció.

—Y con esos pollitos de nubes tan repugnantes.

Nora se volvió hacia él.

—¿Y qué hacemos, entonces? ¿Colgar fantasmas y telarañas aunque parezca que estamos en un planeta desierto salido de *Dune*?

—Fantasmas y telarañas. Drácula y Frankenstein. ¿Tú crees que de verdad tienen tanto gancho? —Sheldon frunció los labios—. Estos paracaidistas de peluche han fracasado: no han atraído a un solo cliente. Tenemos que hacer algo mucho mejor.

—Cierto —dijo ella—, pero en nuestra defensa hay que decir que en septiembre todo gira en torno a la vuelta al cole. He hablado con algunas de las madres sobre sus horarios y me estreso solo de oírlas. Van todo el día arriba y abajo llevando a los críos de aquí para allá, trabajan a todas horas, van al gimnasio, llenan la nevera, preparan comidas, llevan las cuentas y se encargan de tener contentos a todos los miembros de la familia. He estado colocándoles ejemplares de *Mrs. Everything* a todas y pensando que ojalá pudiera regalarles un vale para el *spa* con cada compra.

Sheldon levantó un dedo.

—¿Sabes qué? Me parece que has dado justo en el clavo: las mujeres de hoy en día son mujeres muy fuertes y poderosas: mujeres con talento, con mucha energía y muy motivadas. Mujeres mágicas. ¿Por qué no llenamos el escaparate de mujeres así?

—Ya estoy viendo un aquelarre de brujas alrededor de un caldero... —dijo ella con tono soñador—. El borde del caldero tendrá que ir recubierto de sal porque las brujas se estarán preparando unos margaritas. Han salido en plan noche de chicas y se han ido de pócimas, ¿lo pillas?

—Me parece que a esta mujer le ha dado una insolación... —murmuró Sheldon para sí—. ¿Brujas? Vaaale. Al fin y al cabo, es Halloween. Pero nada de brujas con verrugas peludas y sombreros de punta: brujas arrebatadoras, de todas las edades, que reflejen una gran diversidad cultural. ¿Y qué te parece si preparan libros en su caldero? ¿Historias sobre mujeres con mucho poderío?

La idea sedujo a Nora al instante.

—¡Sí! Podríamos poner en el escaparate cubiertas de libros protagonizados por mujeres fuertes y poderosas: lady Macbeth, Medusa...

—Elphaba, Alina Starkov, Matilda...

—Medea... —Nora ya estaba viendo salir volando los libros del caldero, libros con alas de cartón y cuerpos de papel, libros de colores vivos, brillantes, mágicos.

—No te olvides de Hermione Granger —añadió él—. No puede haber un aquelarre potente sin ella.

Los dos amigos se fueron entusiasmando cada vez más con la idea mientras hablaban sobre otros detalles como los materiales, la iluminación y otros elementos de diseño.

De repente, Nora se dio cuenta de la hora que era.

—Será mejor que nos preparemos para abrir. Aunque aquí fuera parezca que estamos en el primer círculo del infierno de Dante, la gente va a seguir queriendo tomarse un café.

—Eso es porque lo preparo yo —dijo el cubano—. Voy a poner en marcha una cafetera con mi pócima mágica y a pensar en algunos títulos. Para la hora de comer ya tendremos un escaparate lleno de mujeres de armas tomar.

Cuando Sheldon abrió la puerta de la tienda, se oyó el ruidoso tintineo de las campanillas *vintage* que colgaban de un gancho de la parte de atrás de la puerta y que anunciaban la llegada o la salida de los clientes, una especie de alarma que resultaba muy útil en el laberinto de la librería.

Pero, por muy útiles que fueran, las odiaba con toda su alma.

—Uno de estos días voy a rellenar esas campanillas con un montón de chicle, o con escayola incluso.

La librera estaba a punto de responder cuando un grito de mujer perforó el aire de la mañana.

El grito había venido de la calle, de algún lugar muy cerca de allí. Eran poco más de las nueve de un martes húmedo y el centro de Miracle Springs estaba tranquilo. Los niños estaban en el colegio, los oficinistas estaban en sus despachos con el aire acondicionado encendido y las tiendas de Main Street ya estaban abiertas o preparándose para abrir a las diez. Había algunos transeúntes en la acera y al otro lado de la calle, en el parque, pero aparte de ellos dos nadie parecía haber oído el grito.

Nora creía que el sonido procedía del nuevo local comercial del pueblo, inaugurado hacía muy poco. La agencia de seguros que había usado el local hasta entonces se había trasladado a un edificio de oficinas más nuevo y con más plazas de aparcamiento, y la librera esperaba que alguien ocupara enseguida el local, pues estaba muy bien situado. Después de llevar varios meses vacío, se enteró de que el contrato de arrendamiento incluía todo el edificio, tanto los bajos con el local comercial como el piso de dos dormitorios situado encima.

Pero todo eso estaba a punto de cambiar. Hacía dos días, Nora volvía andando a la librería desde la Gingerbread House cuando se fijó en un toldo de color morado sobre la entrada de la antigua agencia de seguros. Había un chico joven subido a una escalera, limpiando unas huellas de dedos de las letras de color morado oscuro que acababa de colocar en la puerta principal. Las letras decían SOOTHE.

Soothe estaba a una manzana y media de distancia de la librería, y el grito había venido de esa dirección. Sin dudar un instante, Nora salió disparada hacia allí.

Siguió corriendo hasta ver a una mujer agachada en la acera junto a un voluminoso objeto tirado en el suelo. La mujer era delgada, tenía el pelo largo y castaño con mechones grises y la piel llena de pecas. Deslizó las manos sobre el objeto y dejó escapar un suave gemido.

Nora dio unos pasos más y descubrió la causa del disgusto de la mujer: era una estatua de tamaño natural de una figura ataviada con una túnica.

Poniéndose en cuclillas junto a ella, la librera la miró de arriba abajo.

—¿Se ha hecho daño?

—Lo siento —respondió la mujer sin apartar los ojos de la estatua—. No debería haber chillado de esa manera. Se ha roto, pero no pasa nada. Las cosas rotas siguen siendo bellas.

Nora miró a los dos operarios que estaban de pie bajo el toldo morado.

—Hemos hecho montones de mudanzas con objetos pesados y nunca nos había pasado algo así.

El operario más joven, vestido con unos vaqueros y una camiseta de Royal Crown Cola con manchas de sudor, parecía asustado.

El mayor de los dos tenía aspecto de oso y la voz ronca.

—Yo mismo me encargué de hacer el nudo; la cuerda ha resbalado como si estuviera recubierta de mantequilla.

El hombre se santiguó y Nora volvió a mirar la estatua.

Era un ángel, un ángel alado. El ala derecha estaba intacta, pero había un corte de mármol rugoso en el lugar donde había estado el ala izquierda. Mientras la librera examinaba el ángel malherido, se llevó de forma inconsciente la mano a su propio hombro y notó las cicatrices de sus quemaduras a través de la fina tela de la camisa. La cicatriz del ángel le recordaba a la textura de una roca lunar; no se parecía en nada a las suyas, con la forma de medusas y pulpos pequeñitos, inmortalizados para siempre en el acuario de su piel.

Oyó a alguien respirar con dificultad a su espalda y, al levantar la vista, vio a Sheldon ofreciéndole la mano a la mujer.

—No suelo ponerme a jadear como un golden retriever cuando conozco a alguien, y si me permite ayudarla a levantarse, prometo no darle un lametón.

La mujer le dedicó una sonrisa de agradecimiento y le cogió la mano. Cuando ella y Nora estuvieron de pie, se presentó como Celeste Leopold.

—Esta es mi tienda; mía y de mi hija. Bren está dentro y seguro que no tiene ni idea de lo que le acaba de pasar a Juliana.

—¿Así se llama el ángel? —preguntó Nora.

Celeste inclinó la cabeza a un lado.

—Ángel, santa, curandera, pitonisa... Ha ejercido muchos cargos.

Nora y Sheldon se presentaron y le hablaron a Celeste de Miracle Books. Para entonces, los operarios ya habían recogido el ala desprendida del ángel.

—¿Dónde quiere que pongamos esto, señora? —preguntó el hombre mayor.

—Déjenlo en la entrada, por favor —contestó la mujer. Su tono era asombrosamente alegre teniendo en cuenta el disgusto que se había llevado minutos antes—. Lo usaré para el escaparate. En el arte no hay errores, solo nuevas creaciones maravillosas.

Mientras los hombres llevaban el ala dentro, Sheldon se secó la frente con un pañuelo. Aún le costaba trabajo respirar.

—Vuelve a la librería y pon los pies en alto —le indicó Nora en un susurro—. Estás más pálido que esa estatua.

El hombre se despidió de Celeste con un movimiento de cabeza.

—Discúlpeme, vecina, pero cuando mi piel pasa del bronce de dios griego a almendra escaldada es señal de que ha llegado el momento de irme. Espero que el resto de la mudanza se desarrolle sin incidentes.

Mientras Celeste le daba las gracias por su consideración, Nora seguía mirando fijamente al ángel.

La cabellera que enmarcaba su rostro le caía en una cascada de ondas hasta el cinturón bordado que le rodeaba el talle y del que pendía una gruesa cadena. Esta le llegaba hasta el dobladillo de la falda, larga hasta los pies, y el último eslabón estaba roto. Tenía las manos juntas en actitud de oración y bajo el brazo izquierdo llevaba el tallo de una planta frondosa. Aunque a

Nora le recordaba a las figuras escultóricas de las capillas de las iglesias europeas, la expresión en su semblante tenía cierto aire moderno.

«No es humilde», pensó.

La mirada del ángel era directa. Imperturbable. Levantaba la barbilla hacia delante. ¿Era una expresión de seguridad en sí misma? ¿O desafiante?

—¿Juliana tiene alguna historia? —le preguntó a Celeste.

Estaba claro que la pregunta había complacido a la mujer.

—Claro que sí. También es mi historia. Y la de mi hija. —Su cara irradiaba orgullo—. Provenimos de una estirpe de mujeres que se llamaban Juliana, generación tras generación, a veces como nombre de pila y otras veces como segundo nombre. Así de importante es ella para nosotras. Nos separan siglos, pero compartimos la misma pasión. Ella dedicó su vida a curar a los demás, y casi todas sus descendientes han seguido sus pasos.

Los operarios de la mudanza volvieron a salir a la acera con otro rollo de cuerda y miraron a la estatua con recelo antes de enrollarla alrededor de su torso.

—¿Y esa cadena? —preguntó uno de ellos.

Un brillo ausente asomó a los ojos azules de Celeste.

—Hay quienes dicen que es porque estaba encadenada a un demonio. Otros dicen que era un dragón. Como yo la esculpí, decidí liberarla.

El operario más joven frunció el ceño.

—¿Y por qué no le quita la cadena y ya está?

Celeste miró a Nora antes de responder.

—Porque cuando has bailado con el demonio o te has quemado con el fuego de un dragón, no quieres volver a vivir nada parecido. Las cadenas están ahí como recordatorio.

—Joder, pues yo preferiría mil veces enrollarme un cordelito en el dedo —dijo el hombre.

Un movimiento en la ventana justo encima de la entrada de la tienda captó la atención de Nora. Protegiéndose los ojos del sol, levantó la vista y vio un rostro blanco como la leche y unos ojos oscuros que la miraban desde arriba. La imagen fantasmagórica deslizó un dedo por su propia garganta antes de esbozar una sonrisa complacida.

De repente, Nora sintió que las cicatrices de sus quemaduras empezaban a producirle un hormigueo. La sensación empezó en el dorso de la mano y fue trepando por el brazo hasta el cuello. Le alcanzó la mejilla y luego la frente, a pesar de que un cirujano plástico había borrado aquellas cicatrices hacía más de un año.

—Será mejor que me vaya —balbuceó la librera—. Buena suerte con todo.

Volvió a mirar a la ventana del segundo piso, pero ya no había nadie.

Se dio media vuelta y empezó a andar a paso ligero, ansiosa por volver a Miracle Books y sintiendo aún aquel desquiciante hormigueo en la piel.

«Debe de ser por culpa del calor».

Cuando llegó al final de la manzana, el hormigueo se transformó en un picor en toda regla. Nora se llevó la mano a la frente y comprobó que el sudor le había humedecido el nacimiento del pelo. Necesitaba protegerse del sol. Se había dejado la gorra dentro de la librería y, aunque siempre se ponía crema solar, sería mejor que volviera a aplicársela.

Cuando se detuvo bajo la refrescante sombra del toldo de la ferretería, el picor cesó. En ese momento sintió la intensidad de una mirada clavada en su espalda.

¿La estaría observando Celeste?

¿O la persona que había hecho aquel gesto con el dedo, como degollándose?

La inquietante sensación de sentirse observada la acompañó hasta que entró en la librería.

—Decirme a mí que estaba pálido... ¡mira quién fue a hablar! —exclamó Sheldon, detrás de la cafetera expreso—. El emoji del fantasma de mi móvil está más moreno que tú. Siéntate, que te traeré un poco de agua.

Después de cinco minutos y de beberse un vaso de agua, Nora ya volvía a ser ella misma.

—Qué raro... acalorarnos los dos de esa manera, ¿no? —señaló—. Y a las nueve y media de la mañana...

—Pues a mí no me parece tan raro, la verdad. Yo me había saltado el desayuno y tú habías salido a caminar antes del trabajo. Yo necesito comida y tú necesitas líquidos. El doctor Vega siempre de guardia, a su servicio.

Nora hizo un gesto con la mano, dando el tema por zanjado.

—¿Está el periódico por ahí detrás? Me ha parecido ver una nota breve sobre Soothe en la primera página.

Con el diario en la mano, Sheldon se sentó en el sillón morado frente al sillón de terciopelo color mostaza de Nora. Había otras tres sillas desparejadas formando un círculo alrededor de una mesita de cristal. Era el corro de sillas y sillones reservado a los lectores, el rincón más popular de la librería.

—Muy bien, niños, ¿estáis listos para la hora del cuento? —Sheldon se aclaró la garganta y empezó a leer—. «El edificio Greene tiene nuevos inquilinos: Celeste Leopold ha firmado un contrato de arrendamiento de tres años por el local comercial y el piso de dos dormitorios. La tienda de la señora Leopold, Soothe, una mezcla ecléctica de productos para reducir el estrés y aliviar el dolor crónico, abrirá sus puertas a finales de septiembre. Soothe también ofrecerá alimentos y bebidas ecológicos en forma de magdalenas reconfortantes enriquecidas con CBD y tés antiinflamatorios».

Nora se quedó boquiabierta.

—¿Magdalenas reconfortantes? ¿Habrá llegado eso a oídos de Hester?

—¿Si habrá llegado a mis oídos el qué?

Hester Winthrop, la propietaria de la panadería Gingerbread House y miembro del Club Secreto de la Lectura y la Merienda de Nora, asomó por la esquina de la sección de ficción con una caja enorme de pastas dulces. La caja contenía, entre otras piezas, hojaldres en forma de libros abiertos —los famosos bolsilibros—, y el aroma a masa de mantequilla se esparció en el aire mezclado con el del café recién hecho. Nora no conocía un olor más delicioso.

Sheldon cogió la caja de Hester y la llevó a la taquilla.

—Estábamos leyendo las noticias sobre la nueva vecina.

A Hester se le iluminó la cara.

—He visto a los de la mudanza bajo el toldo morado. ¿Qué clase de tienda es?

Nora señaló el periódico.

—Lee el artículo al final de la primera página.

—No tengo tiempo, ahora mismo...

—Tienes que leerlo.

Hester llevaba el delantal con el estampado de manzanas lleno de restos de harina y canela, así que cogió el diario y leyó el artículo de pie. Cuando llegó a la última frase, abrió los ojos como platos, atónita.

—¿Magdalenas reconfortantes? —exclamó con un chillido—. Pero ¿qué narices...?

Sheldon le pasó un brazo alrededor del hombro.

—Seguro que la tal Celeste no tiene ni idea de la existencia de tus bollitos reconfortantes. Todavía no se ha instalado y ya estamos mosqueados con ella. —Miró a Nora—. ¿Por qué no la invitamos a tomar un café y charlar un rato? Le hablaremos de los bollos de Hester y le sugeriremos un nombre alternativo para sus piezas de repostería. ¿Magdalenas melosas, tal vez?

La panadera sonrió.

—Eso está muy bien, pero ¿es que las magdalenas de CBD son legales?

—Sí —respondió Sheldon—. Yo utilizo aceite de CBD a todas horas, y como yo, mucha otra gente. Yo no me preocuparía por unas cuantas magdalenas, querida mía. Todo lo que tú haces en esa pastelería es pura magia, tienes colas de gente en la puerta cada día.

—En eso llevas razón. Además, en este pueblo hacen falta más mujeres emprendedoras al frente de su propio negocio. Debería hacer todo lo posible para apoyar a Celeste. Avísame cuando la invites a tomar un café, Nora. Me gustaría venir yo también.

Afanándose por dejarlo todo a punto para abrir la tienda cuando el reloj diera las diez, la librera dejó de lado sus pensamientos sobre Celeste Leopold. Cuando la tienda estuvo lista y hubo saludado a su primer cliente del día, empezó a reunir títulos para el nuevo escaparate.

Una mujer cogió el ejemplar de *Alchemy and Meggy Swann* del montón y examinó la contraportada.

—Me encanta la ficción histórica —le dijo a Nora—. ¿Cree que este libro le gustaría a mi nieta? Está en sexto curso.

—Tiene la edad perfecta para Karen Cushman. ¿Le gustan las novelas históricas?

La mujer parecía dolida.

—La verdad es que no. No es que le entusiasme leer, en general.

—Mmm... Puede que simplemente no haya encontrado aún el libro adecuado. ¿Qué temas le interesan?

—Bueno, la última vez que la vi me habló de un trabajo que había hecho sobre la igualdad de género. Su profesora se quedó muy impresionada. Además, el año pasado participó en una manifestación.

Nora sonrió y tocó la cubierta del libro que la mujer tenía en la mano.

—Meggy, la protagonista, viaja a Londres para trabajar para su padre, que es alquimista. Sin embargo, este la rechaza por ser mujer. Es la historia de una joven que lucha por su futuro, así que tengo la sensación de que a su nieta le va a encantar Meggy Swann.

Aunque la mujer le dio las gracias, no parecía contenta.

—Me resulta difícil conectar con mis nietos; no entiendo nada de esas cosas de tecnología con las que están todo el santo día y, la mayoría de las veces, ni siquiera sé de qué hablan. ¿Hay libros que puedan explicarme esas cosas?

—Puede ser, pero no creo que los necesite. ¿Por qué no lee este libro usted a la vez que su nieta? Tal vez podrían quedar en algún sitio especial para hablar de él... Sería una buena forma de conectar con ella.

A la mujer le gustó mucho la idea.

—Voy a escribirle una nota en la portadilla. Y también compraré unos marcapáginas a juego. Me ha parecido ver unos...

La librera le señaló el expositor con los marcapáginas y volvió a concentrarse en su pila. Ahora que había vendido sus dos únicos ejemplares de aquella novela, iba a tener que encontrar un sustituto para la primera etapa de Secundaria para el escaparate. Por suerte, tenía otra novela de Cushman, *Aprendiz de comadrona*, en la estantería. Ya que estaba en la sección de literatura infantil y juvenil, cogió también un ejemplar de *El mundo encantado de Ela*, *El lápiz mágico de Malala*, *El estanque del mirlo*, *Matilda* y *Coraline*, de Neil Gaiman.

Después de meter en una bolsa las compras de la abuela y decirle que volviera pronto, Nora echó un vistazo a la pila de títulos juveniles que Sheldon había seleccionado para el escaparate.

—En la cubierta de todos los ejemplares aparecen mujeres fuertes y aguerridas —señaló mientras ella examinaba los ejemplares de *Trono de cristal*, *Labyrinth Lost*, *Hijos de sangre y hueso* y *En el oscuro corazón del bosque*.

Nora asintió con gesto de aprobación.

—Estos libros describen a mujeres decididas y poderosas de todas las edades. Mujeres mágicas. Podemos añadir *Wicked. Memorias de una bruja mala* a la pila, pero no *El descubrimiento de las brujas* ni *Practical Magic*. No hay mujeres en esas cubiertas. Ahora, busquemos algunos títulos más para adultos.

Mientras atendía a los clientes, Nora sacó ejemplares de la serie de novelas de *Las nieblas de Avalon* y *La bruja de Portobello*, de Paulo Coelho, mientras que Sheldon añadió al montón *The Dovekeepers*, de Alice Hoffman, y *La casa de los espíritus*, de Isabel Allende.

Más tarde, mientras terminaba de revisar la selección definitiva de libros, una joven de piel clara y el pelo negro con las puntas teñidas de violeta, vestida con ropa negra y una expresión hosca en la cara se acercó al mostrador.

—Esto es de parte de mi madre —dijo, dejando bruscamente una bolsa de papel encima de *La casa de los espíritus*—, por ir esta mañana a ver cómo estaba.

La librera se fijó en el aro de la nariz, los *piercings* de las cejas, la camiseta de Metallica y las botas militares de la joven, que le llegaban a la rodilla.

—Tú debes de ser Bren. Yo soy Nora.

La joven señaló el espacio vacío sobre el nudillo del meñique.

—Me dijo que te quemaste en un incendio. ¿Cómo ocurrió? ¿Lo provocaste tú?

Pero Nora no la estaba escuchando. Acababa de reconocer la cara de Bren.

—Estabas en la ventana de arriba... antes, cuando el ángel se cayó. Yo te vi.

—Lo sé. Alucinante, ¿no? —La sonrisa que esbozó no le alcanzó los ojos—. Es que, a ver... ¿quién quiere ser un ángel? Se aburren un montón.

Se acercó al expositor con los marcapáginas y, empujándolo con el dedo corazón, lo hizo girar una, dos y hasta tres veces, con fuerza. Los marcapáginas saltaron traqueteando en su sitio.

Sheldon salió de detrás de la sección de autores de Carolina del Norte justo a tiempo para ver cómo Bren abría la puerta principal de golpe, armando un auténtico alboroto con el ruido de las campanillas. La joven salió por la puerta sin ni siquiera mirar atrás.

—¿Qué hay en la bolsa? —preguntó Sheldon—. ¿Una granada de mano?

Nora miró dentro.

—Dos magdalenas de chocolate. ¿Quieres una?

Sheldon frunció los labios.

—Si esa chica ha seguido las instrucciones de *Como agua para chocolate*, esas magdalenas estarán rellenas de angustia y mala leche.

Nora cogió una magdalena y la olió.

—Es un regalo. Debería probarla, al menos.

El hombre observó con interés cómo su amiga partía un trozo y se lo metía en la boca. Su interés creció cuando la vio escupirlo de inmediato en el interior de la bolsa.

—¿Tan mala está? —preguntó—. ¿Se la doy de comer a las palomas en la pausa para el almuerzo?

Nora metió la bolsa en la papelera que había debajo de la caja registradora.

—No pienso ser la responsable de la muerte de animales inocentes.

Sheldon recogió un marcapáginas que se había caído del expositor y se lo dio.

—¿Por qué tengo la sensación de que están a punto de pasar cosas muy interesantes por aquí?

En ese momento entró un cliente y Sheldon y él desaparecieron entre las pilas de libros.

Nora ni siquiera se fijó en ellos, pues estaba demasiado ocupada mirando la fotografía de una vidriera. La figura del centro de la vidriera era un ángel.

Con el marcapáginas en la mano, volvió a sentir la misma inquietud de esa mañana. Se suponía que los ángeles eran símbolos de luz y protección.

Pero había otro tipo de ángel: el ángel caído.

La clase de ángeles que se convertían en demonios.

CAPÍTULO DOS

Los poetas nos han enseñado las innumerables maravillas que pueblan la noche; y la noche de la ceguera también posee sus maravillas.

HELEN KELLER

Durante los siguientes días, Nora estuvo demasiado ocupada para pensar en las mujeres Leopold. El jueves, Sheldon no se encontraba demasiado bien, así que la librera tuvo que encargarse de la hora del cuento. Aunque estuvo encantada de leer *¡Diez manzanas en la cabeza!* a un montón de pequeñajos que se revolcaban de la risa, no podía supervisar las actividades, servir los cafés y atender a los clientes que entraban por la puerta, todo a la vez.

Por suerte para ella, el único cliente que requería su ayuda era el *sheriff* Grant McCabe. El *sheriff* era amigo suyo y, como no estaba de servicio, se sentó a ver cómo Nora distribuía fotocopias con el dibujo de un manzano entre todos los niños. Luego les dio una hoja con gomets de color rojo.

—Vais a poner diez manzanas en la copa de vuestro árbol —les indicó Nora a los niños—. No pongáis demasiadas, porque entonces el árbol pesará mucho y podría pasar esto.

Simuló el movimiento de caída con la mano izquierda y soltó un fuerte «¡Plop!».

Los niños se echaron a reír.

—¿Cuántas manzanas tenéis que poner en el árbol?

—¡Diez! —gritaron los niños.

—¿Cinco?

Poniendo cara de confusión, Nora se llevó el dedo a la barbilla.

—¡Diez! —gritaron todos los niños a la vez, de nuevo entre risas.

—Ah, vale. —Nora sonrió—. También voy a necesitar que los mayores me ayuden a contar. Como hoy estoy sola, esta mañana solo serviré café o té. Que levanten la mano los que quieran un café normal. Cuatro, muy bien. ¿Y té? Uno. ¿Descafeinado? Dos. Vale, entendido. Yo me encargo de prepararlos mientras vosotros y vuestros hijos os concentráis en los manzanos.

El *sheriff* siguió a Nora hasta la taquilla de la venta de billetes, que hacía las veces de cafetería.

—Deduzco que Sheldon hoy tiene uno de sus días malos.

—Sí —dijo Nora sin rastro de resentimiento. Las ventajas de tener a Sheldon Vega como empleado y amigo compensaban con creces sus ausencias ocasionales.

—¿Puedo ayudar en algo?

La mujer señaló el tablón en la pared del fondo.

—Pásame unas tazas, ¿quieres? Siete en total. Asegúrate de que sean para niños.

—¿Me estás diciendo que no te pase esta que dice: HOY NO QUIERO LÍOS, A MENOS QUE SEAN CON JAMIE FRASER?

Nora contrajo los dedos para indicarle que se la diera.

—Sí, esa está bien. Estos niños aún no saben leer. Me refería a la taza con el asa en forma de pistola, o a esa con la dama de la guadaña que dice: ESTE CAFÉ ESTÁ... ¡QUE TE MUERES!

El *sheriff* se rio.

—Esa es una de mis favoritas.

—Bueno, tienes un café gratis por ayudar, así que elige. —Nora le sirvió el líquido—. ¿Has venido a escuchar la hora del cuento o vienes a por una nueva lectura?

—Las dos cosas. Me encanta *¡Diez manzanas en la cabeza!* y me voy de vacaciones la semana que viene.

McCabe colocó las tazas en la repisa de la ventanilla, junto a la jarrita de leche y el surtido de sobrecitos de edulcorantes.

—¡Los cafés normales están listos! —exclamó Nora. Acto seguido, dirigiéndose al *sheriff*, añadió—: Me lo dijiste hace unas semanas, pero lo había olvidado. ¿Adónde vas? ¿A algún sitio exótico?

—Eso depende de si consideras exótica una granja de cabras de Texas. —Cuando la mujer lo miró con aire inquisitivo, explicó—: Voy a ir a ver a mi hermana, lo que significa que necesito algo para leer en el avión y un libro para mi hermana. Que sea entretenido y que esté bien, porque además de darme de comer, me voy a alojar en su casa.

Mientras llenaba tres tazas con agua hirviendo, Nora estuvo dando vueltas a lo que le pedía el *sheriff*.

—¿Te suena un libro que se llama *Nuking the Moon*?

—No, pero el título me produce curiosidad.

—El libro narra unos planes increíblemente disparatados del ejército y los servicios de inteligencia estadounidenses que, al final, por distintos motivos, acabaron descartando. Por ejemplo, el uso de gatos como dispositivos de escucha. Lo ha escrito el conservador del Museo Internacional del Espionaje.

McCabe se rio.

—Gatos obedeciendo órdenes, eso sí que tiene gracia, porque no hay quien se lo crea. Vale, ese libro es para mí. Ahora necesito otro para mi hermana. La familia es muy importante para ella.

—¡Ya están listos los tés y los cafés descafeinados! —anunció Nora alegremente. Por lo general, solía referirse a las bebidas por los nombres que aparecían en el tablón con el menú, pero ese día no había tiempo que perder: tenía que ayudar al *sheriff* y ocupar su puesto detrás de la caja antes de que el resto de sus clientes quisieran pagar las bebidas, los libros o cualquier otra compra.

—¿Esta taza de aquí es mi DanTÉ Alighieri? —preguntó una madre joven y guapa vestida con una camiseta de tirantes con estampado de flores y unos vaqueros ajustados. Cuando Nora respondió que sí, la mujer se acercó a la ventanilla y dijo—: Quiero dejar un comentario en su buzón de sugerencias. ¿Consideraría la posibilidad de ofrecer algo de picar durante la hora del cuento? Nada, un simple tentempié para motivar a los niños para que se porten bien, como galletitas con formas de animales o fruta cortada. Es mucho más fácil que los niños se estén quietos y sentados si tienen algo que echarse a la boca. Nada con azúcar, por supuesto. Y siempre es mejor si son productos ecológicos. ¿Qué le parece?

Como la mujer siempre había sido amable y educada, Nora no le soltó un no rotundo de buenas a primeras, sino que le prometió que se lo pensaría.

Cuando la madre ya no podía oírlos, McCabe se dirigió a la librera:

—Eso ha sido muy razonable por tu parte.

—No tanto, porque acabo de pensármelo y la respuesta es no. Lo que intento hacer aquí es fomentar el amor por la lectura. Si empiezo a dar comida gratis, más me vale llamarla la hora de la merienda, en vez de la hora del cuento. —Lanzó un suspiro—. Aunque esa madre tiene parte de razón: a menos que esté clavado con un clavo, estos niños se lo llevan todo a la boca.

—Ahora que lo dices, veo que ese tierno angelito de ahí, el que va vestido con un mono, está mordisqueando *¿Eres mi Mamá?* como si fuera una mazorca de maíz...

Ambos observaron cómo el niño chupaba el libro de cartón de P. D. Eastman.

—¡Anda! ¡Supongo que hoy vamos a tener que comprar un libro! —exclamó el padre del niño.

Los demás adultos se rieron, pero Nora sonrió aliviada. Al menos el padre del niño de la mazorca de maíz era un hombre civilizado y cortés. Otros padres volverían a colocar el libro en la estantería y se irían como si nada, diciéndose a sí mismos que no tenían por qué pagar algo que el tesorito de su hijo, demasiado pequeño para saber lo que hacía, había dejado completamente inservible.

—Vamos a la sección de Familia y Hogar —le dijo Nora al *sheriff*—. Con un poco de suerte, encontraremos un libro para tu hermana y podré sacarte de aquí antes de que empiecen las rabietas.

McCabe miró alarmado a su alrededor.

—¿Eso puede pasar?

—Uy, eso va a pasar seguro. Si un niño llora, lloran todos. Es un efecto dominó emocional. Cualquier cosa puede provocar un berrinche: una madre que se niegue a comprarle un libro a su retoño, un padre que le diga que no muerda, la abuelita limpiándole la nariz con un pañuelo que rasca, ver algún bicho volando, perder un peluche, haber pasado mala noche... cualquier cosa que se te ocurra. Aquí tenemos una docena de bombas de relojería.

McCabe apoyó la mano en su espalda y la empujó para que siguiera andando hacia delante.

—Pues nada, nada, vamos ya a por ese regalo para mi hermana. Se llama Missy y de ella te puedo decir que le encanta la familia, los animales, cocinar, el estado de Texas, el béisbol y los programas de reformas y decoración de interiores. Estoy seguro de que cualquier libro que elijas estará genial.

Una vez en la sección que buscaban, la librera le enseñó varios libros basados en programas de reformas en el hogar. La respuesta del *sheriff* fue tibia hasta que sacó *Magnolia Table: A Collection of Recipes for Gathering*, una recopilación de recetas para agasajar a los invitados.

—Este es perfecto. —El hombre dio unos golpecitos con el dedo en la cubierta—. Esa mujer y su marido reforman casas, lo sé porque a Missy le encanta su programa.

—Pero este libro salió hace varios años. Es posible que tu hermana ya lo tenga.

McCabe negó con la cabeza.

—Lo dudo. Nunca se compra nada para ella, y mi cuñado suele regalarle joyas o fotos enmarcadas de la familia. Sus hijos le hacen talonarios de cupones, cosa que le encanta. Este es el libro ideal para ella. Lo sé.

—¡Colby, no! —oyeron a una mujer regañar a alguien.

Medio segundo después, un niño empezó a llorar.

—Hora de irse.

Nora dio un pequeño empujón al *sheriff*.

—Señora, ¿está usted agrediendo a un agente de la autoridad? —exclamó él con voz enérgica y autoritaria, dirigiéndose hacia la entrada de la tienda. Abrió la cartera y sacó dos billetes de veinte dólares, pero cuando otro niño pequeño se puso a llorar a lágrima viva, McCabe prácticamente le tiró el dinero a Nora.

—Pero ¿tú te has creído que esto es un club de estriptís? —bromeó ella, disfrutando al ver la cara de pánico que ponía el *sheriff*. Mientras envolvía el libro de recetas en papel de regalo, un tercer crío se sumó a la escandalosa cacofonía. La librera dio sus compras al policía y susurró—: Llévame contigo.

El *sheriff* sonrió y se tocó el ala del sombrero que no llevaba.

—Cuando vuelva, almorzaremos juntos, ¿vale? Yo te contaré todo lo que he hecho en Texas y tú me dirás qué me he perdido por aquí. ¿Hecho?

—Hecho.

Cuando McCabe se fue, Nora se sintió inexplicablemente triste, sin entender muy bien por qué. Ella y el *sheriff* solo quedaban una vez al mes; almorzaban juntos y pasaban un rato agradable charlando sobre libros, películas y la vida en general. Aparte de esos ratos, la librera podía tropezarse con McCabe por el pueblo en cualquier momento. Aunque no salían en plan romántico ni nada de eso, pues Nora mantenía una relación con Jedediah Craig, un carismático auxiliar sanitario que podía pasar perfectamente por el modelo para la cubierta de cualquier novela romántica.

La madre de Jed también había sufrido quemaduras en un incendio, pero sus heridas eran más graves. Su hijo sufragaba los gastos de sus cuidados y se desplazaba con frecuencia a la costa para ir a visitarla. Un par de noches atrás, sin ir más lejos, le había dicho a Nora que iba a perderse el festival De la Granja a la Mesa del siguiente fin de semana porque tenía que ir a verla.

«¿Será por eso por lo que estoy un poco depre? ¿Porque tanto Jed como Grant van a estar fuera?».

Nora no creía que fuese por eso; nunca había necesitado la compañía de un hombre para ser feliz y le gustaba estar sola o pasar el rato con sus amigas.

Tal vez tenía un ataque de *saudade*, un término que había descubierto hacía poco en las páginas de una novela. Según el personaje portugués de la novela, la *saudade* era un sentimiento de nostalgia o ausencia, la añoranza por algo desconocido.

Nora estaba convencida de que todo el mundo experimentaba esa sensación de vez en cuando. Los clientes siempre solían necesitar algún estímulo durante los periodos de transición: con el cambio de las estaciones, cuando llegaba y luego pasaba alguna festividad importante o se acababa la celebración de algún acontecimiento significativo, como un cumpleaños o una boda, muchas veces la gente necesitaba sentir otra vez la ilusión ante la posibilidad de avistar algo nuevo en el horizonte.

—¡¡Quiero a mi mami!! —gritó uno de los niños de la sección infantil.

«¿Y si lo que siento es envidia por las vacaciones de McCabe?».

Ir a visitar una granja de cabras no estaba en la lista de deseos de Nora, precisamente, pero sería capaz de vender un riñón y parte del otro por pasar una semana en una casita junto al mar. Se tumbaría a leer en una hamaca y a tomar té helado. La brisa marina le refrescaría la piel y las olas, tras remolonear en la orilla, se llevarían consigo sus preocupaciones. Y después de ponerse el sol, leería a la luz de las estrellas y se hincharía a patatas chips y chocolatinas. Era una fantasía maravillosa.

Si la tienda no hubiese estado llena de niños llorando, Nora no se habría puesto así de melancólica; se habría dedicado a reordenar los embellecedores de estantes —el surtido de cachivaches *vintage* que compraba en los mercadillos y en las ventas de objetos de segunda mano en las casas y garajes particulares— o a colocar nuevos expositores. Nora no podía estar de mal humor cuando se veía rodeada de libros, pero no conseguía disfrutar de la compañía de estos hasta que el público de la hora del cuento se había marchado del local.

En la sección infantil, los llantos se habían transformado en una sucesión de gimoteos agudos y prolongados.

La librera estaba peleándose con el tapón a prueba de niños de su bote de analgésicos para el dolor de cabeza cuando el padre del niño de la mazorca de maíz apareció en la caja con su hijo en brazos. El pequeño sujetaba el ejemplar de *¿Eres mi Mamá?* con fuerza.

Nora señaló el libro manchado de babas.

—No se preocupe. Puedo escanear el código de barras sin moverlo ni un centímetro. Esto y un café, ¿verdad?

—Sí —dijo el padre—, y ya es el tercero. Creo que hoy voy a necesitar cuatro tazas.

El resto de las parejas formadas por adulto y niño se dirigieron a la parte delantera de la tienda. Nora escaneó los libros y pasó las tarjetas de crédito por el datáfono tan rápido como pudo. Los pequeños lloraban, los adultos trataban de calmarlos, las campanillas de la puerta tintineaban sin cesar y la caja registradora emitía un sonido tras otro. Entonces, de repente, todo el mundo se había ido.

En el silencio que siguió, la librera se preguntó en qué momento se le ocurrió que dedicar una hora a leer cuentos infantiles en voz alta iba a ser una actividad divertida y maravillosa. En su vida anterior había sido bibliotecaria. Sabía perfectamente que no había ninguna actividad relacionada con los libros que fuese predecible.

—Tienes una librería, tu obligación es fomentar la lectura entre los miembros de tu comunidad —murmuró mientras limpiaba restos de papel, pañuelos usados y, para su disgusto, montones de migas de galletitas machacadas en el suelo.

Después de pasar el aspirador y fregar las tazas, miró el reloj de pared. El minibús del hotel, el enorme complejo de cinco estrellas que alojaba a los visitantes más adinerados de Miracle Springs, llegaría en cualquier momento. Por lo general, a los huéspedes del hotel les gustaba ir de compras, y Nora se animó un poco visualizándose a sí misma mientras llenaba una bolsa tras otra con libros y embellecedores de estantes.

Con el sonido de fondo de una alegre música *bluegrass*, se puso a organizar las mesas de libros de forma que resultasen atractivas para los asistentes al Festival de los Globos, al Festival de la Cerveza Artesana o al Festival de la Bicicleta de Montaña.

—¿Globos, cerveza y bicicletas? Ya me estoy imaginando a Pennywise conduciendo borracho en los X Games.

Nora se volvió y vio a su amiga June Dixon, la directora del balneario de aguas termales del hotel y miembro del Club Secreto de la Lectura y la Merienda, hojeando un libro sobre ciclismo de montaña.

—Ningún hombre debería tener las caderas tan estrechas. Los hombres siempre dicen que les gustan las mujeres con curvas, pero a nosotras también nos gusta que haya algo a lo que agarrarse.

—Creía que no querías saber nada de hombres nunca más —señaló Nora.

June se llevó una mano a la cadera.

—Que nunca vaya a tener otra relación seria con un tío no significa que vaya a dejar de opinar sobre ellos.

Un grupo de desconocidos entró en la librería.

—¿Has bajado en el minibús con los huéspedes del hotel?

—Efectivamente. Estás hablando con la *personal shopper* del grupo. —June adoptó una pose exagerada. No llevaba su uniforme de trabajo, sino un favorecedor vestido de tirantes amarillo claro que le sentaba de maravilla con su piel café con leche—. Hoy el balneario está cerrado: se ha estropeado el filtro del agua y el guía de siempre tenía visita con el médico, así que aquí estoy.

—Es mi día de suerte.

June sonrió.

—¡Y el mío! Me he pasado todo el trayecto en el minibús hablándole a esta gente tan maja de mis calcetines de aromaterapia y explicándoles que utilizo todos los beneficios que obtengo con ellos para pagar la rehabilitación de mi hijo. Cuando paramos en la tienda de regalos Pájaro Rojo, esta buena gente no me defraudó: se llevaron la mitad del *stock* de Marie. Menos mal que tengo insomnio, porque así puedo tejer otro par de calcetines antes del amanecer.

Nora señaló una estantería con el pulgar.

—¿Y qué te parece si pones tus excelentes dotes de vendedora a mi servicio?

Un brillo centelleó en los ojos castaño dorado de June.

—Ya le he hablado maravillas de nuestros autores de Carolina del Norte a un grupito de Kentucky, así que los llevaré a esa estantería en concreto. Tú deberías centrarte en el caballero del bastón. Ha venido a Miracle Springs por las propiedades curativas de las aguas termales, pero sus afecciones abarcan muchas más cosas además de su cadera. Necesita una sesión de biblioterapia.

Nora se dirigió al hombre.

—Me gusta su bastón. Nunca había visto ninguno con la empuñadura tallada en forma de caimán.

El hombre sonrió y la telaraña de arrugas que le surcaba el rostro se le acentuó más aún.

—Lo compré en Florida, cuando mi Vera y yo estábamos de luna de miel. Nunca pensé que llegaría a utilizarlo. Creí que lo dejaría muerto de risa en el paragüero y recordaría lo bien que lo pasamos. —Se encogió de hombros—. Cuando eres joven, ni se te ocurre pensar en prótesis de cadera o hernias discales; sueñas con tener un coche flamante y una bonita casa, sueñas con los hijos que vas a tener y con lo mucho que te admirarán. El tiempo pasa tan rápido... hasta que ¡zas! De repente, eres un viejo que necesita bastón.

—Yo también uso un bastón —le confió Nora—. Puedo enseñárselo, si tiene tiempo.

—Parafraseando a George Carlin, paso la mayor parte del tiempo leyendo la Biblia: ¡tengo que empollar para mi examen final!

El hombre se rio, pero la risa se transformó en un acceso de tos. Cuando pudo respirar con normalidad de nuevo, se apoyó con fuerza en su bastón, masajeándose la cadera y sacudiendo la cabeza con frustración. Nora reconoció el gesto: el hombre se sentía traicionado por su cuerpo. Sus huesos, su piel y sus tejidos habían envejecido más rápido que su cabeza. Cuando se miraba al espejo, era como si el rostro que le devolvía la mirada perteneciese a otro hombre.

—Lo bueno de ser un viejo con bastón es que tienes muchas historias que contar —dijo ella con delicadeza—. Me llamo Nora. Me encantaría sentarme a charlar con usted un ratito.

El hombre sonrió.

—Yo me llamo Herschel, y es la mejor oferta que me han hecho en varios días.

Después de acomodarlo en el sillón morado favorito de June, la librera le dijo que echara un vistazo al menú mientras ella iba al almacén a por su bastón. Al alejarse, lo oyó leer en alto las distintas opciones con la voz de barítono de un *disc jockey* o de un actor de doblaje.

Café Ernest Hemingway: Tueste oscuro
Café Louisa May Alcott: Tueste claro
Café Agatha Christie: Descafeinado
Café Wilkie Collins: *Cappuccino*
Café Jack London: *Latte*
Té DanTÉ Alighieri: Earl Grey
Chocolate caliente Harry Potter con nubes mágicas
Shel Silverstein: Pan tostado con Nutella
Surtido de pastas de «bolsilibros»

—¿Ha visto algo que le apetezca? —le preguntó cuando volvió.

—Un Wilkie Collins, por favor.

Nora preparó su café y además un Jack London para otro cliente. También sirvió dos bolsilibros antes de volver al círculo de los sillones de lectura.

Mientras Herschel iba tomándose su *cappuccino* a sorbitos, Nora le enseñó su bastón.

—Nunca salgo a andar por el monte sin él, me va muy bien para destrozar telarañas y espantar serpientes.

—Veo la silueta de un zorro en la parte del centro. —Herschel entrecerró los ojos para mirar por encima del borde de la taza—. Ah, y también veo una mariposa, y árboles. ¿Y qué es eso de ahí, arriba del todo?

—Un río. El ebanista se inspiró en un libro que se llama *El Principito*, ¿lo conoce?

Herschel adoptó un gesto pensativo.

—Recuerdo algo de un niño pequeño y una flor, pero no mucho más.

—Hay unas palabras grabadas en la parte central, ocultas entre los árboles —le explicó ella, señalando algunas de ellas—.

Juntas forman parte de una cita del libro. La cita completa dice así: «Y he aquí mi secreto, que no puede ser más simple: solo con el corazón se puede ver bien; lo esencial es invisible a los ojos».

Nora esperó a que Herschel respondiera, pero el hombre no solo no dijo nada, sino que sus ojos se llenaron de lágrimas.

—¿Está usted bien? —le susurró, ofreciéndole un pañuelo de papel.

Él apartó el rostro.

—Perdóneme. Es mi Vera. Está en el hotel, pasando el día en el *spa*. Soy un marido abandonado a su suerte, lo que significa que no tengo ni idea de qué hacer yo solo —intentó sonreír pero no pudo—. Es muy probable que este sea nuestro último viaje juntos, porque Vera está perdiendo la vista. Ha ido ocurriendo poco a poco, así que hemos estado intentando prepararnos. Nos hemos ido a vivir a unos bajos a pie de calle, hemos vendido su coche, hemos organizado toda su ropa y la cocina con etiquetas especiales y letras adhesivas hechas de espuma. El velcro nos va a salvar la vida.

—Por lo que dice, parece que ya están haciendo todo lo que pueden —dijo Nora—. Dudo que alguien pueda estar realmente preparado para algo así.

—Ya —convino Herschel—. Lo que pasa es que me gustaría hacer que su pérdida le resultara más fácil de soportar, pero míreme: no soy ningún caballero de brillante armadura. Cuando todos los colores se apaguen para mi Vera, quiero regalarle un arcoíris, pero ¿cómo voy a poder hacer eso?

Su pregunta se quedó suspendida en el aire, hermosa y frágil como un copo de nieve.

—Puede que sus demás sentidos se agudicen cuando pierda la vista —señaló la librera—. Por suerte, Vera tiene un marido con una voz muy melodiosa, puede crear imágenes con ella en su cabeza, lo que significa que ¡por supuesto que puede ser su caballero de brillante armadura!

—Pero es que leer no se me da nada bien —se lamentó el hombre—. Ya leía fatal en el colegio. Mi hijo dice que es muy probable que sea disléxico.

A Nora se le ocurrió que la pareja podría escuchar audiolibros juntos, pero sabía que lo que el hombre quería era hacer feliz a su esposa en un plano más íntimo y personal.

—Herschel, ¿le importaría cerrar los ojos mientras le recito unos versos de un poemilla infantil?

Él aceptó de buen grado y Nora fue corriendo a la sección infantil a coger un ejemplar de *Hailstones and Halibut Bones.*

Cuando regresó al corro de sillas y sillones, le preguntó cuál era su color favorito.

—El azul.

Nora sonrió.

—El mío también. Muy bien. Ahora, cierre los ojos y escuche.

Despacio y con voz clara, empezó a leer el poema en voz alta:

—«Azul es crepúsculo, / sombras sobre nieve, / azul es sentimiento / hondo, profundo siempre».

A medida que las imágenes del poema sobre cielos despejados, mares, nomeolvides, garzas, zafiros y mañanas de invierno fueron envolviendo a Herschel, este se relajó de forma evidente. Su rostro se despejó y se apaciguó su respiración.

Parecía estar soñando, pero Nora sabía que estaba despierto.

Cuando llegó al final del poema, le preguntó si había podido visualizar alguna de las imágenes.

—La mayoría, sí. ¡Podía verlas como si estuvieran aquí mismo! —Se dio un golpecito en la sien—. Nora, tengo que conseguir ese libro. Y muchos más como ese.

La librera hizo todos los trámites necesarios para enviar a casa de Herschel y Vera *Donde el camino se corta*, *El jardinero nocturno*, de Terry y Eric Fan, *When Green Becomes Tomatoes: Poems for All Seasons*, *El libro de los colores de las ceras*, *James y el melocotón gigante*, *House of Light*, de Mary Oliver, y varios libros de chistes. Todo el proceso duró menos de veinte minutos, y Nora disfrutó cada segundo.

Cuando salía de la librería, el hombre se volvió para mirarla.

—Eres un ángel —le dijo, llevándose la mano al corazón.

Cuando llegó la hora de cerrar, estaba rendida. Había batido récords de ventas ese día, empezando por los huéspedes del hotel y continuando con la avalancha de asistentes a los distintos festivales, pero el intenso ajetreo de gente había dejado la librería patas arriba. Tenía que poner orden en la taquilla antes de irse a casa o de lo contrario Sheldon se subiría por las paredes.

«Eso si es que viene mañana», pensó.

Confiaba en que se sintiera con ánimos de trabajar, porque los viernes siempre había mucho movimiento. Además de los huéspedes del hotel y de otros alojamientos de la zona, habría más gente de paso por el pueblo para acudir a los festivales.

—Y tenemos que montar un escaparate mágico —dijo Nora, mirando la pila de libros que habían elegido ella y Sheldon.

Tenía toda la pinta de que el viernes iba a ser una de esas jornadas eternas que se alargarían hasta la noche, lo que significaba que habría que pedir pizza a domicilio, poner la música a todo volumen en la radio y, si sus amigas se mostraban receptivas, pedirles que le echasen una mano.

Envió un SOS en forma de mensaje de texto al Club Secreto de la Lectura y la Merienda. Las cuatro mujeres se habían hecho amigas a raíz del asesinato de un empresario que estaba de visita en el pueblo, y todas compartían la afición por la lectura y la comida, así como sus secretos más íntimos y dolorosos. Ahora eran la familia de Nora y ella confiaba ciegamente en ellas.

Al cabo de unos minutos de haber enviado el mensaje, recibió las respuestas de Hester y Estella, la dueña de la peluquería y salón de belleza Magnolia Salón y *Spa*. Ambas prometieron que le echarían un cable.

June no contestó, pero lo más probable es que estuviera ocupada preparando la cena.

Solo de pensar en una comida casera, a Nora le empezó a rugir el estómago. No sabía ni si tenía algo de comer en casa, aparte de un plátano pasado de maduro y un paquete de espaguetis.

—Hace demasiado calor para poner agua a hervir —le dijo a Ina Garten mientras guardaba un ejemplar de su libro basado en su famoso programa de cocina, *Barefoot Contessa at Home*.

Acababa de limpiar los mostradores cuando sonaron las campanillas de la entrada. Cuando había empezado a recoger era demasiado pronto para cerrar la puerta principal, así que, aunque ya estaba fuera del horario comercial, no podía echar sin más ni más a aquel cliente de última hora, sobre todo cuando todas las luces estaban encendidas y aún sonaban los *Grandes éxitos* de James Taylor.

—¡Soy yo! —entonó June—. ¡Te traigo un regalo!

Nora percibió un olorcillo familiar.

—¿Es tu pollo frito con suero de mantequilla o estoy soñando?

—Son dos muslos y una guarnición de judías verdes. Se suponía que iba a ser la cena de Sheldon, pero resulta que no tiene hambre. Ya sabía yo que tú no me dirías que no... —June señaló el escaparate con el pulgar—. Y mañana por la noche vendré a echarte una mano, pero con una condición: quiero una pizza de jamón y salchichas solo para mí, no pienso volver a compartir ninguna con Hester nunca más. La piña no pega con la pizza ni con cola.

—Te pediré la pizza que quieras —le aseguró Nora mientras daba la vuelta al cartel de ABIERTO.

Al otro lado de la calle, un movimiento brusco captó su atención: una figura solitaria y vestida de negro cayó de rodillas de forma fulminante en la acera. Al ver que no se levantaba, Nora le contó a June lo que pasaba y ambas salieron corriendo a ayudar.

Acababa de empezar a anochecer, de modo que el cielo se había teñido de un añil intenso y brillante. Las sombras se congregaban en las montañas que rodeaban el pueblo, pero aún no lo habían envuelto por completo, de manera que había suficiente luz para que Nora reconociera el pelo con las puntas de color violeta y la expresión hosca de Bren Leopold.

—¿Estás bien? —le preguntó, agachándose junto a la joven.

Con la mirada fija en la acera, Bren lanzó un gemido.

—Me... me encuentro mal.

Nora miró a June en busca de ayuda. Su amiga había trabajado varios años en una residencia de la tercera edad y sabía cómo manejar situaciones como aquella. Agachándose justo detrás de la librera, se dirigió a Bren hablándole con voz suave y tranquilizadora.

—Tranquila, no pasa nada... ¿Dónde te duele?

La chica cerró los ojos con fuerza y se mordió el labio inferior, como intentando contener un grito. Deslizó el brazo derecho por el vientre y volvió a gemir de dolor.

—No te resistas. Si tiene que salir algo, déjalo salir —le aconsejó June—. Tu cuerpo sabe qué hacer.

Como si hubiera estado esperando permiso, Bren giró la cabeza y vomitó en la hierba. Sufriendo una arcada tras otra, se le saltaron las lágrimas mientras expulsaba todo el contenido de su estómago. Cuando por fin dejó de vomitar, Nora le ofreció un pañuelo de papel.

Al final, Bren logró incorporarse. No quiso mirar a ninguna de las dos mujeres, sino que siguió con la mirada fija en la acera.

—¿Quieres que llamemos a tu madre? —le preguntó la librera.

—No.

Nora y June intercambiaron miradas de preocupación. No podían dejar sola a la chica; tal vez volverían a entrarle ganas de vomitar y no conocía a nadie en el pueblo.

—¿Te ayudamos a levantarte? —June extendió la mano—. ¿Quieres que te acompañemos adonde querías ir?

Bren levantó la mirada al fin, con un brillo furioso en los ojos.

—¡No me toques! ¡Dejadme en paz!

Nora cogió la mano de June y las dos mujeres dieron un paso atrás.

—Te estaremos observando desde la librería, ¿vale? —le dijo Nora—. Solo queremos asegurarnos de que estás bien.

—¡Largo de aquí! —gruñó la joven.

Una vez en el interior de Miracle Books, las dos amigas siguieron con la mirada los movimientos de la joven vestida de negro mientras se adentraba con paso vacilante en la oscuridad.

—¿Qué narices acaba de pasar? —exclamó June en voz alta.

—No lo sé —respondió Nora—. Pero no me gusta nada.

CAPÍTULO TRES

Pero toda la magia que he visto, he tenido que hacerla yo mismo.

SHEL SILVERSTEIN

Sheldon soltó la corteza de la pizza en el plato y se volvió hacia June.

—Vale, alguien tiene que decirlo: o Bren estaba muerta de vergüenza porque las dos la habíais visto echar hasta la última papilla o no le gusta la gente de piel oscura. ¿Por cuál de las dos opciones os decantáis?

June frunció el ceño.

—No sé. ¿Tú qué crees, Nora?

—La hostilidad de Bren iba dirigida a las dos —respondió—. Puede que estuviera avergonzada, pero aun así fue una reacción bastante fuerte.

—Otra posibilidad es que odie a las mujeres mayores —sugirió Estella, con un brillo burlón en los ojos—. Las dos sois lo bastante viejas para ser su madre, y cuando digo «viejas», me refiero a que ya habéis cumplido los cuarenta.

June la fulminó con la mirada.

—Pues tú vas a cumplir cuarenta este año, Jessica Rabbit, así que será mejor que tengas cuidado con lo que dices.

Estella se acarició con el dedo su cutis de porcelana.

—Sí, pero yo domino como nadie el arte sublime de las técnicas de maquillaje. Todo el mundo cree que tengo la edad de Hester, y pienso perpetuar esa ilusión mientras pueda.

La panadera puso los ojos en blanco.

—Sí, eres un bellezón, lo sabemos, ¿vale? Y ahora, ¿podemos volver al tema que nos ocupa?

Estella cerró una cremallera imaginaria por encima de sus labios y cogió su copa de vino.

—Cuando alguien se pone en plan energúmeno conmigo, suele ser porque mi piel no es del mismo tono que la suya —dijo Sheldon, con la mirada fija en June—. Ya hemos hablado de esto, así que dime, querida, esa chica gótica... ¿estaba furiosa con las dos o solo contigo?

June permaneció largo rato callada antes de contestar.

—No sé. La verdad es que me afectó mucho. Estuve toda la noche sin pegar ojo.

Las amigas de June ya estaban al corriente de sus habituales episodios de insomnio, pero June les explicó que la noche anterior había sido especialmente mala. Se dio por vencida al ver que no conseguía conciliar el sueño, había salido a dar un largo paseo acompañada por el ejército de gatos que siempre iba con ella en sus rondas nocturnas. Siguió andando hasta que le entró el cansancio, pero cuando por fin se metió en la cama, el dolor que había visto reflejado en los ojos de Bren le impidió descansar.

Nora la entendía perfectamente. A pesar del agotamiento que sentía cuando se acostó, no consiguió apaciguar sus pensamientos, pues no dejaba de darle vueltas a lo ocurrido con Bren. Al final se quedó dormida, pero había estado toda la noche despertándose de manera intermitente y a la mañana siguiente se levantó con dolor de cabeza y la boca reseca.

—¿Por qué se puso tan borde con vosotras cuando solo pretendíais ayudarla? —preguntó Hester—. Si hubiera estado borracha, su reacción tendría más sentido.

Nora dijo que no había olido alcohol en el aliento de la chica.

—Pero tal vez se había tomado alguna droga —dijo June. Su único hijo era toxicómano, por lo que reconocía las señales—. Estaba demasiado oscuro para verle las pupilas, pero los vómitos y esa ataque de ira irracional hacen que sea una posibilidad muy real.

Estella levantó un dedo.

—Un momento. Teniendo en cuenta que Bren es la que hace las magdalenas, ¿y si había probado demasiadas veces ciertos ingredientes?

—Aunque hubiese ingerido un litro entero de aceite de CBD, podría pilotar un cohete espacial si quisiera —señaló Sheldon—. Tanto el CBD como el THC proceden de la planta del cannabis, pero solo el THC, el componente psicoactivo, puede colocarte. Espero que Celeste venda las magdalenas con tarjetitas explicativas, porque, si no, se va a quedar afónica de tanto tener que aclararlo.

June cogió la botella de vino y llenó todas las copas menos la de Nora, que estaba bebiendo agua mineral con gas.

—Me han hablado muy bien del CBD —dijo, recostándose de nuevo en la silla—. Muchos huéspedes del hotel padecen inflamación, trastornos autoinmunes o ambas cosas. Las aguas termales les alivian las molestias durante un tiempo, pero no pueden llevárselas a casa. Tienen que recurrir a pastillas y pomadas de CBD para aliviar el dolor.

El rostro de Sheldon se ensombreció.

—No hay alternativa: es eso o desarrollar una adicción a los opiáceos. Yo estuve a punto, y creedme que cuesta mucho dejar de tomarlos. —Bebió un sorbo de vino—. El problema del dolor crónico es precisamente ese: que es «crónico». El muy jodido no desaparece nunca. Puedes seguir una dieta adecuada, hacer meditación y todos los demás rollos que te sueltan los profesionales, pero nada de eso funciona. Tienes dolor a todas horas; no puedes trabajar, no puedes salir a cenar, no puedes sentarte en el cine, no puedes conducir y no puedes encontrar un tratamiento que te ayude a volver a ser dueño de tu vida.

—Este hombre es la alegría de la huerta: no sabéis lo que es compartir casa con él —ironizó June.

—Anda, ¡pero si te encanta que viva contigo! Así tienes en ascuas a todas tus amigas de la iglesia. —Sheldon rodeó a June con el brazo—. Tú y yo: dos *boomers* viviendo juntos, viendo la tele juntos, sentándonos a charlar en el porche... Ya sabes que esas señoras no te creen cuando les dices que soy asexual. Están convencidas de que todas las noches caes rendida a mis encantos, gracias a mis dotes de seducción, y a mi deseo de poseerte.

June lanzó un gruñido.

—Por favor... Ya voy por mi sexta década de vida: a estas alturas, a mí lo único que puede seducirme es un sillón cómodo, una buena botella de vino y una película con Denzel Washington de protagonista. —Señaló las estanterías de alrededor—. Y libros. No todos. Para mí la suerte es encontrar algo que leer que me deje completamente hechizada. Ese libro sí que me posee: soy incapaz de hacer otra cosa hasta que lo termino, y me paso los días siguientes sin poder pensar en nada más. Además, el siguiente libro lleva todas las de perder, porque no puede ocupar el lugar del libro mágico. Pero sigo leyendo. Sigo leyendo porque sé que volveré a sentir esa misma sensación.

—Deberías bordar esa frase en un cojín —sugirió Estella.

—Si supiese cómo hacer que me quepa, lo haría. —Nora sonrió a June—. Me ha encantado todo lo que has dicho; así es como quiero que se sienta la gente cuando vea nuestro escaparate. Quiero que caigan bajo el hechizo de un libro.

Hester se levantó de un salto.

—Pon algo de música, Nora. Vamos a hacer magia.

Más tarde, mientras Sheldon, Estella y Hester colgaban un luminoso telón de fondo de color azul medianoche, June y Nora transformaron un par de maniquíes sin rostro ni género en dos mujeres empoderadas.

La mujer de June llevaba una falda roja suelta tejida con filamentos de oro, un cinturón de cuero con pedrería, una blusa tradicional blanca y un collar de conchas. Un pañuelo le cubría parte de la larga peluca negra.

—El *look* es una mezcla de nativa americana, africana y gitana —dijo, dando un paso atrás para admirar su trabajo.

El maniquí de Nora llevaba la falda negra y roja de una bailaora flamenca y una camiseta con un mal de ojo bordado en el interior del amuleto de una mano *hamsa*, como símbolo de protección. Unas cuentas de oración budistas le rodeaban la muñeca y lucía el tatuaje de un nudo celta en el bíceps. Una corona de laurel dorada coronaba su peluca de pelo castaño rizado.

—Os presento al punto de unión entre Oriente Próximo, la cultura celta, la española y el mundo grecorromano.

—Nuestras cuentacuentos de pelo oscuro —comentó June.

—¿Estás pensando en Bren? —le preguntó Nora al percatarse de la expresión distante en sus ojos, tocándole el brazo con suavidad.

—Parece que no consigo quitármela de la cabeza.

Nora entendía por qué a su amiga le costaba tanto olvidar el episodio de la noche anterior. June había vivido distanciada de su hijo Tyson durante la mayor parte de la vida adulta de este. La mujer había cometido un error en el trabajo que le había costado la beca universitaria de su hijo. Poco después de eso, él le dijo que no quería volver a saber nada de ella nunca más. Luego se fue a vivir a Los Ángeles, donde se convirtió en un camello de poca monta... y en drogadicto. Cuando ya había cumplido los treinta, Tyson le robó a un traficante mucho más importante que él y luego, cuando perdió todo el dinero, viajó hasta la otra punta del país con la intención de robar a su propia madre, pero la policía acabó deteniéndolo.

El *sheriff* McCabe consiguió que trasladaran a Tyson a un centro de desintoxicación donde se sentiría seguro. Estaba a una hora de distancia de Miracle Springs, y June lo iba a ver siempre que podía. No había nada que deseara más en este mundo que volver a establecer una relación de confianza con su único hijo.

—¿Estás poniéndote en la piel de Celeste? —adivinó la librera.

—Exacto. Si Bren fuera hija mía, querría saber lo que pasó anoche. Deberíamos decírselo.

Nora asintió. Era lo correcto.

—Mañana es el día de inauguración de Soothe, su tienda. Me pasaré por allí con un dólar de la suerte: todavía conservo los billetes que me dio la gente para desearme suerte cuando abrí la librería. —El eco de una sonrisa resonó en la voz de Nora cuando dijo—: El de Hester era el mejor: hizo un dibujo de un dónut encima de la cara de George Washington y pegó el billete en una caja de pastas de la panadería.

June no parecía demasiado impresionada.

—Espero que hubiese un dónut dentro...

—Bueno, era un bollo de canela, la cosa más dulce, pringosa y deliciosa que había probado en mi vida. Creo que ese día me quedé prendada de Hester.

—Yo no entiendo cómo ese novio suyo no engorda...

Nora llevó su maniquí al escaparate.

—Pues porque su metabolismo trabaja a toda velocidad: puede comer hasta reventar y todo lo quema. Tiene una suerte...

—No será así siempre —intervino Sheldon, acariciándose la tripa—. Hubo un tiempo en que yo también estuve delgado, allá por 1967.

—No cambiaría nada de ti. —Estella le dio un beso en la mejilla y se volvió hacia Nora—. Todas queremos que veas el resultado final con los ojos de una clienta cualquiera, así que vete atrás a entretenerte con algo hasta que te llamemos cuando lo tengamos todo listo, anda.

La librera sacó la basura y lavó las copas; limpió los mostradores y la mesita de centro. Al fin, Sheldon apareció en el corro del club de lectura.

—Sal directamente a la calle. No mires al escaparate —le ordenó.

La mujer atravesó la tienda y salió a la acera, donde la esperaba el resto de sus amigas.

—¡Eh! ¡Sigue mirando hacia el parque! —gritó Sheldon—. Ahora solo tengo que apagar unas luces. ¿Habéis visto? Con todas ustedes, una vez más... ¡la Quinta Avenida de Miracle Springs! Un momentito, Nora, casi estamos. —Al cabo de unos segundos, Sheldon cogió la mano de su amiga y le susurró—: Ya puedes darte la vuelta.

Nora se volvió.

El escaparate prácticamente chisporroteaba de magia: la pieza decorativa central era un caldero de cartón piedra colocado encima de unas llamas hechas con luces LED y del que salían montones de flores, pájaros, dragones, gatos y mariposas. Como estaban hechas de papel de seda blanco, las figuras parecían etéreas, casi fantasmagóricas.

Los libros protagonizados por mujeres mágicas acaparaban toda la atención. Gracias a unos estantes de acrílico transparente colocados en la pared del fondo y a un halo de luces blancas que rodeaba cada uno de los ejemplares, parecía como si los libros flotasen en el aire. Sheldon había acentuado esa ilusión situando unas lamparitas que cambiaban de color detrás del caldero. Nora se las quedó mirando embobada mientras las sombras de las figuras cambiaban de forma. Las mujeres que removían el contenido del caldero cobraban vida y los libros relumbraban resplandecientes.

—¡Muchas gracias! —exclamó, abrazando a cada una de sus amigas—. Esto es increíble. Espero que los pedidos de libros que he hecho a la distribuidora sean suficientes, porque este escaparate va a atraer a un montón de gente.

Días después, Nora recordaría ese momento con nostalgia. Recordaría estar de pie en la acera, abrumada por el cariño y gratitud que sentía hacia su maravillosa red de amigos. Recordaría el frescor del relente nocturno sobre su piel y el mar de estrellas en el cielo. En ese momento, había sido feliz de verdad. En su mundo, todo iba fabulosamente bien.

Hasta que todo empezó a ir estrepitosamente mal.

A la mañana siguiente, Nora se levantó una hora antes. Se puso unos pantalones de chándal y una camiseta vieja, salió de su casita diminuta —un vagón de cola reformado— y bajó por la empinada cuesta en dirección a la vía del ferrocarril. El tren de mercancías de las seis ya había pasado, así que cruzó las vías tranquilamente, sin prisa ninguna. Siguió andando hasta llegar a la linde del bosque, donde las zarzamoras se abrían paso por entre la maraña de arbustos.

Con un cestillo colgado del antebrazo izquierdo, empezó a llenarlo de moras maduras. Las frutas silvestres brillaban como amatistas bajo la luz de la mañana, y la acción de cogerlas procuraba a Nora una profunda sensación de paz.

Cuando ya hubo cogido suficientes, volvió a casa para lavar las bayas y asearse ella también. Su siguiente parada fue el mercadillo. Recorrió los pasillos a paso ligero, en busca de embellecedores de estantes. Por lo general, examinaba los artículos de cada uno de los tenderetes, pero como iba a pasarse por Soothe antes de ir a la librería, no tuvo más remedio que acortar la visita.

—Bea, espero que tengas algo para mí —dijo, deteniéndose en uno de sus puestos favoritos—. No he visto nada que me haya llamado la atención y ando escasa de tiempo.

—Aún no he sacado toda la mercancía; estoy esperando a que me haga efecto el café. —Beatrice cogió una caja de cartón—. Pero si buscas artículos de otoño, tengo lo que necesitas.

La mujer desenvolvió un par de jarrones artesanales de vidrio soplado de color ámbar y enarcó las cejas con gesto interrogativo.

Nora asintió con la cabeza.

—Qué bonitos. ¿Qué más tienes en esa caja?

Tras un intercambio desenfadado y amistoso en forma de regateo, Nora se fue del mercadillo con los jarrones, unos sujetalibros *vintage* de yeso con forma de búho, un cuenco *art déco* de color naranja y crema, un par de candelabros de cerámica con forma de bellota, un bol para fruta de pírex y una vieja calabaza de cobre.

Una vez de vuelta en Miracle Books, lavó y secó el bol de pírex y lo llenó con las moras que había cogido esa misma mañana. Con el dólar de la suerte para Bren en el bolsillo, se dirigió a la tienda Soothe y llamó a la puerta de servicio.

Celeste abrió y asomó la cabeza. Parecía nerviosa, incluso asustada, pero en cuanto reconoció a Nora, sonrió y abrió la puerta de par en par.

—¡Hola! Me alegro de volver a verte.

Nora le ofreció el bol de moras silvestres.

—Esto es para ti, como regalo de inauguración.

—Qué detalle por tu parte —agradeció Celeste—. ¿Quieres entrar? Me encantaría enseñarte nuestra tienda.

Aunque Nora tenía cosas que hacer antes de abrir la librería, no pudo resistir la curiosidad de saber cómo era el local. Además, quería asegurarse de que Bren estaba bien. Esperaba poder enviar un mensaje de texto a June cuando volviera a la tienda y así tranquilizar a su amiga.

—Pues sí, me gustaría mucho verla —respondió Nora al tiempo que accedía a un vestíbulo con unas escaleras que subían al piso de arriba y una puerta que daba al interior de Soothe.

Celeste la guio a través de un almacén y una sala de descanso sin demasiada personalidad, charlando animadamente sobre la inauguración, hasta que atravesaron un arco y entraron en la tienda. Entonces se quedó en silencio, dando espacio a Nora para que asimilara lo que veían sus ojos.

La librera sintió como si acabara de entrar en una burbuja de luz y paz.

Las paredes eran de un blanco roto y los tablones de madera del suelo de color arena dorada. Los altos techos estaban completamente alicatados con azulejos blancos, lo que confería al espacio una sensación de ligereza y amplitud. La mayor parte de la tienda estaba dedicada a cestas de regalo clasificadas con nombres como «Se acabó el insomnio», «Mejora tu digestión», «Alivia la inflamación», «Mente serena» y «Tranquilidad posparto». Las cestas contenían infusiones, lociones, jabones, velas, aceites y diarios de meditación. La de mayor tamaño —y también la más cara— llevaba además una manta blanca hecha de fibras de bambú.

La librera miró a su alrededor y advirtió que el único tono no neutro en toda la tienda era el color lavanda, y que quedaba restringido a las cintas de las cestas de regalo. Los expositores, las paredes, los productos y el papel de envolver de la tienda eran todos de color blanco o arena beis. Le sorprendió descubrir que la ausencia de colores vivos le resultaba relajante. A Nora le encantaban los colores variados: todos los días se rodeaba de un arcoíris de lomos de libros. Era su idea del paraíso terrenal.

Sin embargo, Soothe era otro tipo de oasis: un espacio ligero y luminoso, suave y tranquilo, delicado y sereno. Hasta el aire parecía más fácil de respirar allí.

Celeste se dirigió a una pequeña fuente de agua que había en un rincón y la encendió. El sonido gorgoteante del agua de un arroyo reverberó por la tienda.

—Así está mejor —dijo con un deje de orgullo en la voz—. ¿Qué te parece?

Nora hizo un movimiento amplio con el brazo, abarcando todo el espacio.

—Creo que has elegido el nombre perfecto para tu tienda: Soothe, sinónimo de calma y alivio. Es un espacio precioso y relajante. A la gente que viene a Miracle Springs para sanarse le va a encantar.

Celeste se llevó ambas manos al corazón.

—Ay, muchas gracias. Significa mucho para mí. Es la primera vez que abro mi propio negocio, y aunque resulta estimulante, me da un miedo atroz poner todos los huevos en la misma cesta.

—Créeme, te entiendo muy bien, pero tú y tu tienda encajáis perfectamente en Miracle Springs. Ah, y antes de que se me olvide, esto es para Bren. —Nora sacó el billete de dólar—. Es un dólar de la suerte. Yo guardo el mío bajo el cajón de la caja registradora y he pensado que le gustaría poner uno bajo la suya.

Celeste miró hacia la pequeña vitrina de comida que había al otro lado de la tienda, pero no había nadie atendiéndola. Cuando la librera puso cara de preocupación, Celeste dejó escapar una risa forzada.

—No pasa nada —dijo—. Debe de estar a punto de llegar, cargada con las magdalenas. Se le ha olvidado poner el despertador, precisamente hoy...

—Se lo dejaré en el mostrador, entonces.

Nora se acercó a la caja registradora, que estaba sobre otra vitrina llena de piezas de bisutería: collares, pulseras y pendientes de cristales hexagonales blancos sobre un fondo de seda de color lavanda.

—Algunas culturas creen que los cristales pueden acelerar los procesos de curación —explicó Celeste cuando Nora volvió al centro de la sala—. Brenna es la artista; lleva diseñando joyas desde que tenía siete años. Ya sé que parezco la típica madre orgullosa de su niña, pero esa jovencita ha nacido para crear auténticas obras de arte. Puede hacer cualquier cosa, desde retratos al óleo hasta cerámica, vidrio soplado o colchas de retales. Lo único que no ha querido probar es la escultura. Nunca ha querido vivir a mi sombra.

Aunque Nora sentía un ávido interés tanto por Celeste como por Bren, necesitaba decir lo que había ido a decirle y luego apresurarse a volver a la librería.

—Puede que te extrañe que te pregunte esto, pero ¿Bren está bien?

En un instante, la expresión luminosa de Celeste se ensombreció con un gesto de recelo.

—Solo está cansada. Las dos lo estamos. ¿Por qué?

—El viernes por la noche, mi amiga y yo la vimos caerse de rodillas enfrente de la librería. Fuimos corriendo a ver si necesitaba ayuda. Saltaba a la vista que le dolía la barriga y vomitó sobre la acera, muy violentamente. Le preguntamos si quería que te llamásemos, pero nos dijo que no y que la dejáramos en paz. Pensé que debías saberlo.

Celeste jugueteó con el anillo de plata que llevaba en el pulgar izquierdo. Desvió la mirada de nuevo hacia la vitrina de comida vacía antes de hablar.

—No soporto tantos secretos —murmuró.

Se oyó el ruido de un golpe procedente del almacén y Celeste dio un respingo.

—Debe de ser Bren. Gracias por contármelo. Y por los regalos. Es bonito hacer amigas nuevas, sobre todo cuando se trata de otra especialista en curar a los demás.

Entonces fue Nora quien puso cara de sorpresa.

—El dependiente de la ferretería me ha hablado de tu biblioterapia. Quizá, cuando vaya a tomar ese café, puedas contarme cómo funciona.

Tras acompañarla a la salida, Celeste cerró la puerta y se recostó contra ella con gesto abatido. Nora vio su rostro a través del cristal; no había rastro de entusiasmo ni ilusión, solo inquietud y preocupación.

La librera regresó corriendo a Miracle Books, donde la recibió de inmediato el agradable gorgoteo de la máquina de café. Las luces estaban encendidas, los altavoces emitían una suave música de *jazz* y los embellecedores de estantes que había comprado por la mañana estaban colocados encima del mostrador de la taquilla, esperando a que alguien les pusiese las etiquetas con el precio.

—Sheldon Vega: no tienes nada que envidiarle a Samsagaz Gamyi —exclamó Nora, dirigiéndose a las estanterías—. Eres mi salvador.

Cuando Sheldon no respondió, se dirigió a la entrada de la tienda para ver qué estaba haciendo. Vio a un nutrido grupo de personas enfrente de la tienda, pero no vio al cubano, y de repente supo adónde había ido.

—Ay, ¡mierda! ¡Los bolsilibros!

Minutos después, oyó unos golpes en la puerta trasera y corrió a recoger la caja de pastas de manos de Sheldon.

—Lo siento mucho. Con la visita de la tienda de Soothe se me ha ido el santo al cielo. Pero te he comparado con Samsagaz Gamyi en cuanto he llegado, no me digas que eso no me hace ganar puntos...

—Deberías haberme comparado con Aragorn, así que... ¡no!

Nora sabía muy bien cómo evitar que Sheldon se enfadara con ella.

—¿Quieres buscar sitios para colocar los embellecedores de estanterías nuevos mientras yo me encargo de los bolsilibros?

—Aún no les has puesto el precio.

—Dame cinco minutos.

Para cuando les encontró sitio a los jarrones de vidrio soplado en una mesita con novelas con cubiertas de temática otoñal, Sheldon ya estaba canturreando de felicidad.

—Son casi las diez y ya hay mucha gente esperando fuera —dijo él, dirigiéndose a la puerta—. Nuestro escaparate los atrae como polillas a la luz. Seguro que se están muriendo de ganas de entrar y... ¡ay...!

Nora estaba añadiendo más libros al expositor de Halloween que había junto a la caja cuando oyó la interjección de Sheldon. Dejó lo que estaba haciendo y lo miró. Eran las diez, pero su amigo no había hecho girar aún la llave para abrir la puerta.

Estaba paralizado con la mirada fija en la calle.

—¿Qué pasa? —le preguntó.

El hombre se volvió hacia ella.

—Parece que no todos esos clientes potenciales de ahí fuera están contentos. Estoy seguro de que algunos quieren café y libros, pero otros vienen buscando guerra. Conozco esa mirada, conozco a los de su calaña.

Nora depositó el resto de los libros de Halloween sobre el mostrador.

—Hay una frase de *Persuasión* que dice: «Ninguna de nosotras espera estar en aguas tranquilas toda su vida». —Se acercó a la puerta y se asomó a mirar—. Prepárate para enfrentarte a una mar turbulenta, amigo mío.

—¡Oh, capitán, mi capitán! —exclamó Sheldon antes de desaparecer entre las pilas de libros.

Su referencia a Whitman hizo sonreír a Nora, que volvió a esbozar una sonrisa cuando los primeros clientes entraron en la librería y le devolvieron el saludo. También sonrió cuando una mujer le dijo que quería comprar varios libros del escaparate, pero que eso sería después de tomarse un café.

Sin embargo, cuando cuatro mujeres entraron en la tienda con la mirada escrutadora de una brigada de inspectoras de sanidad, la librera dejó de sonreír. Las mujeres se arremolinaron en torno al escaparate, señalando, frunciendo el ceño e intercambiando susurros acalorados.

Nora aguantó aquella escena varios minutos, pero cuando quedó claro que no pensaban moverse de allí, decidió averiguar qué querían.

—¿Puedo ayudarlas, señoras? —preguntó con su voz de vendedora más acaramelada.

Una mujer morena con un conjunto de jersey y rebeca de punto de color burdeos y pantalones grises juntó las manos como si se dispusiera a rezar antes de contestar:

—Espero que sí. Soy Connie Knapp, y estas son mis amigas, Olga Gradiva, Bethann Beale y Dominique Soto. Representamos a un grupo llamado la Sociedad de Defensoras de los Valores Sólidos. ¿Ha oído hablar de nosotras?

Nora no había oído hablar de ellas, no, pero se había topado con grupos similares en el pasado. Los grupos como aquel siempre eran los catalizadores de las discusiones sobre libros prohibidos, y lo único sorprendente era que Nora no hubiese sabido de ellas hasta ese momento. Había regentado una librería durante años sin quejas de ninguna clase sobre su *stock* de libros o sus escaparates.

«Supongo que no podía seguir siendo así siempre», pensó con ironía.

—Pues lo cierto es que no, sinceramente —respondió.

Olga, una mujer de rostro adusto y pelo corto y canoso, sacó un folleto de su bolso y se lo dio.

Tras echar un vistazo a la familia de cuatro miembros que aparecía en la portada, todos con el pelo rubio, la librera bajó el folleto y fijó la mirada en Connie.

—Lo leeré durante mi pausa para el almuerzo. Mientras tanto, ¿en qué puedo ayudarlas?

—Nos preocupa su escaparate —dijo Connie, alisándose la rebeca—. Utilizar simbología pagana y rituales demoniacos para conseguir que unas jovencitas impresionables compren sus libros nos parece un acto manipulador e inmoral. Hemos venido a pedirle, en nombre de todas las mujeres de bien de este pueblo que educan a sus hijas en los valores tradicionales, que retire este escaparate escandaloso e impío. ¿Lo hará? ¿Va a hacer lo correcto, señora Pennington?

Nora vio a dos clientes haciendo cola en la caja. El primero llevaba cuatro libros de bolsillo en la mano, mientras que el segundo esperaba con tres ejemplares de tapa dura.

—El propósito de este escaparate no es ofender a nadie y, desde luego, no tiene nada de demoniaco —repuso Nora, haciendo un esfuerzo por mantener un tono de voz neutro—. Lo que pretende demostrar es que las mujeres son poderosas, mágicas, hermosas, inteligentes y fuertes. Espero que vuelvan a mirarlo y que vean su mensaje positivo para las mujeres de todas las edades y orígenes. Y ahora tengo que ir a atender a otros clientes, así que... que tengan un buen día.

Mientras iba a ocupar su puesto detrás de la caja y atendía agradecida a un cliente muy simpático, Connie y sus amigas se dirigieron hacia la salida.

Cada una de las mujeres se detuvo a mirar fijamente a Nora antes de marcharse.

La frialdad de sus ojos y la dureza de sus rostros hablaban con la misma fuerza que las palabras.

Habían ido a Miracle Books para poner a prueba a Nora, pero la librera no había superado la prueba.

Y eso iba a traer consecuencias.

CAPÍTULO CUATRO

La opinión pública no existe;
lo único que existe es la opinión publicada.

WINSTON CHURCHILL

Jed tenía que trabajar el viernes y el sábado por la noche, así que él y Nora hicieron planes para pasar juntos el domingo. Ese era el único día de la semana en el que ella remoloneaba en la cama y dormía hasta tarde. Apagaba el despertador y dejaba que su cuerpo decidiera cuándo era hora de levantarse. Luego pasaba una hora larga sentada a la mesa de la cocina, bebiendo café y hojeando los anuncios del periódico de venta de artículos de segunda mano antes de poner una lavadora o hacer la lista de la compra.

Ese día aún estaba en la cama, no del todo despierta, cuando oyó movimiento en la cocina. Había dejado una llave bajo el felpudo para Jed, por si le daba tiempo de pasarse por allí a desayunar. El auxiliar sanitario no tenía cafetera y, después de un turno doble, estaba claro que prefería tomarse un café de mejor calidad que el que ofrecían en la gasolinera.

Nora cerró los ojos y disfrutó del placer de escuchar los ruidos que hacía Jed acomodándose a sus anchas en su casa. Aquel grado de intimidad era algo nuevo para ellos. Durante más de un año, su relación había sido estrictamente física, pero, con el paso del tiempo, empezaron a compartir lo que sentían el uno por el otro y lo suyo se había convertido en algo más serio y maduro.

Sin embargo, en ese momento la mente de Nora estaba más concentrada en la parte física. Entró de puntillas en el cuarto de baño para cepillarse los dientes y el pelo, y luego se dirigió a la cocina para darle a Jed un beso de buenos días.

—Quería que el café estuviera listo antes de que te levantaras —le dijo él, apartándole un mechón de pelo que caía sobre su mejilla.

Ella le cogió la mano y le plantó un beso suave en medio de la palma.

—En ese caso, me vuelvo a la cama. ¿Te vienes?

Jed respondió con un beso.

Más tarde, mucho después de que la cafetera emitiese el pitido alertando de que el café ya estaba hecho, Nora y Jed permanecieron metidos en la cama, abrazados, mirando cómo las motas de polvo danzaban en un haz de luz del sol.

Ella siempre mostraba mucho interés por el trabajo de Jed, así que le preguntó cómo le habían ido los dos turnos. Él le contó que el viernes por la noche un paciente de edad avanzada había muerto en la ambulancia de camino al hospital. El hombre había sufrido un infarto agudo y Jed no había podido reanimarlo.

—Nunca me acostumbro —dijo en voz baja—. Esa sensación de haber fallado al paciente y a su familia... Aunque todo el mundo me diga que no podría haber hecho nada más, no importa. Si soy la última persona que ha tratado a ese paciente, que lo ha tocado, siempre me voy a sentir responsable, piensen lo que piensen los demás.

—Por eso eres tan bueno en tu trabajo —trató de animarlo Nora, acariciándole el pelo oscuro. Le había crecido mucho durante el verano, de modo que formaba unas ondas suaves que ella podía peinarle con los dedos.

Jed emitió un gruñido.

—Te lo digo de corazón —insistió ella—. Aun después de tratar a centenares de personas, nunca te cansas. Tratas a cada paciente con respeto; no les pones motes ni haces chistes sobre sus tatuajes o sus marcas de nacimiento. Eso lo admiro mucho, de verdad. —Apuntalándose sobre un codo, le preguntó—: ¿Cómo lo haces? ¿Cuál es tu secreto para desvivirte tanto por todos ellos?

Jed la miró y sus ojos azules destellaron como la luz del sol sobre el mar.

—Pienso en el equipo que atendió a mi madre. Cada vez que estoy cansado o me entra un arrebato de impaciencia, me imagino a esos profesionales suministrándole oxígeno, hablando con ella, consolándola. Tengo que ser tan bueno como lo fueron ellos aquella noche aciaga.

Los remordimientos atenuaron el brillo de los ojos de Jed. Nora se preguntó cuánto tiempo más trabajaría turnos dobles para expiar de ese modo el sentimiento de culpa por ser el responsable del incendio que había dejado malheridos tanto a su madre como a su perro, Henry Higgins. Su madre ya le había perdonado hacía años, pero ¿se perdonaría él a sí mismo algún día?

Pasándole las yemas de los dedos por la mejilla áspera, sin afeitar, Nora decidió que Jed necesitaba tomarse un descanso de sus responsabilidades, aunque fuese uno breve.

—Voy a prepararte el desayuno —le dijo—. ¿Y qué te parece si luego salimos de excursión? Podríamos preparar un pícnic, coger a Henry Higgins y olvidarnos del mundo un ratito. ¿Qué me dices?

Jed dejó escapar un suspiro cansado.

—¿Más ejercicio? Yo acabo de hacer todo el ejercicio de cardio que puedo hacer hoy... ¿Desde cuándo se ha acabado lo de descansar en domingo?

Nora le frotó el abdomen plano.

—¿Ves esto de aquí? Yo no tengo una tableta de estas; no levanto pesas con los bomberos en mi tiempo libre. Se me está poniendo el culo como una mesa camilla de pasar todo el día sentada o leyendo, así que hoy necesito subir unas cuestecitas. Pero bueno, de momento, tú quédate aquí descansando en la cama. Te traeré una taza de café y el periódico, y mientras te recuperas de tu «ejercicio» de cardio, te prepararé una tortilla gigante.

—¿Con beicon?

—No tengo beicon —contestó ella, levantándose de la cama—. ¿Te van bien unas salchichas?

Jed torció el gesto.

—Las de pollo ecológico, no. Saben demasiado sano.

—Y tú te haces llamar profesional de la medicina... ¿no te da vergüenza? —Nora cogió una almohada y se la tiró a su cara de niño guapo.

Él se incorporó y fue a sujetarla, pero ella lo esquivó con agilidad.

Jed se tumbó de espaldas y extendió los brazos.

—Si no te me hubieras escurrido ahora mismo, no irías a ninguna parte. Ya estoy recuperando las fuerzas.

—Ah, muy bien, así me gusta. Entonces seguiremos el camino más empinado.

Riendo, Nora se fue a la cocina a preparar el desayuno.

No se fueron de excursión enseguida. Jed tenía que hacer unos recados y ella quería pasarse por el mercadillo y por algunas casas particulares que organizaban ventas de artículos de segunda mano en sus garajes. Durante el desayuno había hojeado los anuncios clasificados y había hecho una lista de las más prometedoras, pero tuvo que dejar el resto de las noticias para leerlas más tarde.

Por desgracia, por haberse puesto en marcha tan tarde, Nora se quedó sin las piezas más codiciadas: los compradores que habían llegado treinta minutos antes de la hora de inicio anunciada ya estaban regateando con el dueño y, después de recorrer tres casas distintas, los únicos tesoros a los que Nora logró echar mano fueron una vieja hucha con forma de buzón y dieciséis libros de la serie de la enfermera Cherry Ames. Aunque los libros de colección estaban en buen estado y servirían para decorar algún expositor, también pesaban mucho en su mochila, por lo que tendría que dejarlos en Miracle Books antes de dirigir sus pasos al mercadillo.

Como no tenía coche, Nora ya estaba acostumbrada a tener que hacer varias paradas, pero no le importaba en absoluto. De hecho, cualquier excusa era buena para conducir su *scooter* por el pueblo, pero no porque le gustara conducir, sino porque su medio de transporte era sencillamente espectacular.

Cuando adquirió el *scooter*, era de color amarillo canario con pegatinas de margaritas rosas. La combinación de colores no pegaba para nada con su personalidad, pero no estaba dispuesta a gastar sus limitados fondos en darle una mano de pintura. Entonces Jed y sus amigas decidieron darle una sorpresa y pagaron a un restaurador de coches para que transformara aquel engendro de *scooter* en una verdadera obra de arte, y ahora lucía hileras de lomos de libros de todos los colores.

Cuando iba por la carretera, muchos conductores bajaban las ventanillas y exclamaban: «¡Me encantó *Los hombres que no amaban a las mujeres*!» o: «¡*Orgullo y prejuicio* es mi libro favorito!».

Nora se levantaba la visera del casco y les respondía: «Ah, pues entonces tengo el libro perfecto para usted esperándole en mi librería. ¡Venga a verme!».

Y efectivamente, el conductor en cuestión acababa yendo allí.

El *scooter* de Nora era una valla publicitaria sobre ruedas: cada vez que aparcaba delante del edificio rojo del secadero de tabaco donde tenía lugar el mercadillo, todos los compradores veían el texto estilo grafiti pintado bajo el asiento que decía PRÓXIMA PARADA: MIRACLE BOOKS y tomaban nota mentalmente de pasarse por la librería la próxima vez que tuvieran un hueco libre.

Los domingos, el mercadillo se abarrotaba más que nunca y Nora tuvo que hacer varias maniobras para sortear a los curiosos y dirigirse directamente al puesto de Bea. La mujer tenía una familia muy amplia, y todos sus hermanos, sobrinas y sobrinos vendían artículos vintage, por lo que la librera esperaba que Bea tuviese bastante mercancía nueva a la venta.

La vendedora estaba envolviendo en papel de periódico una carraca de hojalata con motivos decorativos de Halloween cuando Nora se acercó a su puesto. La clienta que la había comprado estaba tratando de decidirse también entre un adorno en forma de gato negro retro u otro de esqueleto.

—Llévese los dos —le sugirió Bea—. Las cosas siempre son mejores en parejas: Batman y Robin, Han Solo y Chewbacca...

La mujer sonrió.

—Ahora no puedo quitarme a Harrison Ford de la cabeza... Una muy buena táctica de ventas la suya, ¿eh? Está bien, me llevaré los dos.

Mientras la vendedora envolvía los adornos, Nora se puso a examinar un pisapapeles de vidrio en forma de calabaza tratando de ver si tenía imperfecciones y, al no encontrar ninguna, se lo quedó mientras seguía inspeccionando otros artículos que tenía a la venta.

—Te he guardado unas cositas. —Bea metió la mano debajo de una mesa y sacó una caja de cartón que contenía dos objetos: el primero era un pastillero repujado con relieves alusivos al ciclo de la cosecha y el segundo era una jarra de cerámica blanca con adornos de hojas otoñales alrededor del borde. Las hojas de papel arrugado indicaban que dentro de la caja había habido algo más que esos dos objetos.

—Son una maravilla. ¿Tienes algo más? —preguntó Nora.

La mujer negó con la cabeza.

—El resto ya lo he puesto a la venta. Normalmente a estas horas tú ya te has ido.

—Sí, hoy voy tarde.

—¿Es por eso? —Bea señaló con el pulgar el periódico doblado junto a la caja registradora.

Nora ladeó la cabeza.

—¿Cómo dices?

—Por lo de la noticia de la página cuatro. —Al ver la expresión de confusión en su rostro, Bea la miró sorprendida—. ¿Es que no te lo ha dicho nadie?

Nora sintió una punzada de miedo.

—Tengo el móvil apagado. ¿Puedo verlo?

—Ay, Dios... —Bea le pasó el periódico y se dirigió al otro extremo del tenderete a envolver la jarra.

La librera pasó a la página cuatro y ojeó los titulares hasta que las letras en negrita del tercio inferior de la hoja llamaron su atención.

Grupo local advierte: «Cuidado con dónde hacéis vuestras compras».

La noticia comenzaba así: «Un grupo que vela por los intereses de la comunidad local, la Sociedad de Defensoras de los Valores Sólidos, pide a los consumidores de Miracle Springs que examinen con lupa y mirada crítica los establecimientos comerciales del pueblo. Según la fundadora del grupo, Connie Knapp, el hecho de que se trate de un negocio local y de propiedad independiente no garantiza que una tienda sea digna de que nos gastemos en ella el sueldo que tanto nos cuesta ganar cada mes».

—Oh, no... —susurró Nora. Ya sabía lo que vendría a continuación, pero siguió leyendo de todos modos; era como ir de pasajera en un coche que estaba a punto de estrellarse: no había forma de evitar el choque, así que se preparó para el impacto y siguió leyendo.

El artículo parecía recopilar una serie de citas textuales de las declaraciones de Connie y otras integrantes del grupo. Las mujeres daban la impresión de ser un grupo de ciudadanas preocupadas y madres abnegadas, y no se referían a ninguno de los establecimientos comerciales por su nombre, sino que, en vez de eso, planteaban preguntas capciosas como por ejemplo: «Un escaparate que exhibe símbolos de brujería ¿está haciendo apología del empoderamiento femenino o del satanismo? ¿Y cómo van a saber distinguir la diferencia nuestros hijos, unas criaturas tan impresionables?». O también: «¿De verdad es inofensivo el cannabis o es el primer paso hacia el consumo abusivo de drogas? ¿Comprarías medicamentos para un familiar enfermo a un profesional autorizado o en una simple tienda de regalos?».

Algunas integrantes se ponían a la defensiva. En una declaración, Bethann sugería que la ausencia de artículos relacionados con la fe cristiana en la tienda de regalos Pájaro Rojo era notable. Una vez más, no mencionaba la tienda por su nombre, pero era el único lugar del pueblo que vendía artículos fabricados por los cheroquis. «Nunca compraría un atrapasueños o una máscara de animal tallada como regalo de Navidad o de boda. Quiero gastar mi dinero en artículos que reflejen los valores de mi familia y no en cosas que no tienen cabida en mi sistema de valores o creencias».

El artículo era tan tendencioso que Nora tuvo que hacer una pausa a la mitad para ver quién lo había escrito.

—¿Olga Gradiva? —exclamó sin aliento—. ¡Pero si es una de ellas!

Las últimas frases del artículo advertían a los habitantes de Miracle Springs de que fueran conscientes de qué comercios locales podían socavar los valores de las estructuras familiares tradicionales o influir de forma negativa en una juventud fácilmente manipulable.

—¿Por qué esas arpías están atacando negocios regentados por mujeres? —Nora se volvió y vio que Bea la miraba fijamente—. La tienda de regalos Pájaro Rojo, Soothe y mi librería. Es terrible.

Estaba tan enfadada que temblaba de ira. Le entraron ganas de liarse a golpes con algo y de gritar con todas sus fuerzas, pero estaba rodeada de gente que probablemente había leído el mismo artículo, clientes habituales y clientes potenciales, así que tuvo que disimular su furia.

Bea no se molestó en regatear, sino que se limitó a poner un precio justo y cogió el dinero de Nora. Cuando esta alargó la mano para recoger su compra, la mujer la agarró del brazo.

—Me caíste bien desde el principio, librera. —Su voz era áspera como el tabaco, pero su mirada era tierna y cariñosa—. Eres como yo y los míos: trabajamos duro, cuidamos de los nuestros y tratamos bien a los demás. Pero de vez en cuando asoma gente por aquí que nos crea problemas. Tienes que hacer lo mismo que nosotros: mantente firme, sigue tu camino y no dejes que cambien tu forma de ser, porque entonces ganan ellos.

Nora apretó la mano de Bea en señal de silenciosa gratitud.

No todas las mujeres de Miracle Springs la tenían en su punto de mira, no debía olvidarlo.

Mientras se dirigía hacia la salida, sintió que alguien la estaba observando. El cosquilleo en la nuca le recordó la sensación que había tenido al conocer a Celeste.

Sin embargo, esta no era su enemiga, sino que también era uno de los objetivos señalados por la Sociedad de Defensoras de los Valores Sólidos.

«¿Cuántos miembros tendrán?», se preguntó Nora, mirando a su alrededor.

Al ver a una de las cajeras de su banco charlando con el encargado del supermercado, Nora levantó la mano para saludarlos, pero ambos desviaron la mirada, haciendo como si no la hubieran visto.

«Sigue tu camino», le había dicho Bea.

La librera procuró no establecer contacto visual con nadie más; lo único que quería era salir de allí cuanto antes. Tenía la frente cubierta de sudor; el aire era sofocante, demasiado denso para respirar. Había demasiada gente, demasiado ruido. Gente hablando, gente riendo, gente haciendo ruido al sorber... Alguien hizo estallar el globo de un chicle cerca de la oreja de Nora, y a ella le sonó como un disparo.

Unos pasos adelante, al ver la luz que se colaba por la puerta entreabierta, Nora se precipitó hacia ella, balanceando la bolsa de la mano derecha con el botín del día. Fue haciéndola oscilar cada vez más alto, obligando a la gente a apartarse de su camino.

Y entonces, por fin, salió a la calle. Aspiró una bocanada de aire fresco tras otra, el aire de la montaña, y se secó la frente con el dorso de la manga de la camisa. Después de guardar sus compras en el compartimento del *scooter*, se puso el casco y salió del aparcamiento. Por detrás de la visera, la ira le había ensombrecido la mirada.

Cuando llegó a casa, Jed y Henry Higgins estaban sentados en su terraza. Le bastó con mirar a Jed para saber que ya había leído el artículo.

—¿Todavía quieres ir de excursión? —le preguntó.

—La violencia nunca es la respuesta, pero si no hago un poco de ejercicio y me despejo la cabeza, ahora mismo sería capaz de hacer una estupidez.

Henry Higgins estaba tirando de la correa, así que Jed lo soltó. Cuando el ejemplar de crestado rodesiano rozó la palma de la mano de Nora con el hocico, ella se agachó y le besó el pelaje rojo brillante de la parte superior de la cabeza.

—Sigo pensando que serías más feliz si tuvieras un animal de compañía —le dijo Jed después de que ella ya se hubiera cambiado y empaquetado el almuerzo. Acababan de adentrarse en el bosque y ya les parecía como si estuviesen a miles de kilómetros del pueblo.

Nora no le contestó; estaba respondiendo para sus adentros a cada frase del artículo de Olga.

—Un perro sería la mascota perfecta para una librería: podría tener su propia camita para perros debajo de la caja registradora, Hester le prepararía golosinas especiales solo para él, June le tejería jerséis de Hogwarts, Estella le arreglaría el pelo cada dos por tres y Sheldon sería su *coach* canino de confianza.

Jed siguió con su cháchara hasta llegar al punto en que el camino rural local se incorporaba al Sendero de los Apalaches. Normalmente recorrían varios kilómetros del sendero antes de desviarse por otro camino secundario y acabar en el mirador favorito de Nora.

A medida que iban subiendo una colina tras otra fueron encontrándose con varios excursionistas como ellos. La mayoría llevaban mochilas ligeras o no iban equipados con ninguna, mientras que era evidente que otros se disponían a continuar todo el trayecto hacia el sur por el sendero. Aquellos hombres y mujeres con ropa desgastada iban cubiertos de arañazos y picaduras de insectos, estaban sucios y delgados, pero caminaban con paso orgulloso y rebosante de confianza, y al verlos, sonrieron a Jed y Nora antes de advertirles de la presencia de una serpiente de cascabel al doblar el siguiente recodo del camino.

—Veréis un tocón de pino y una roca triangular a mano derecha. La serpiente está tomando el fresco bajo la roca. Nos ha dejado bien claro que no piensa compartir su espacio con nadie —les advirtió un hombre con la barba llena de hojas.

Le dieron las gracias y siguieron andando. Nora iba delante, sujetando con fuerza su bastón. Jed la seguía de cerca, con Henry Higgins pegado a su costado izquierdo. Al acercarse al tocón de pino, oyeron el cascabel de la serpiente y entrevieron su cuerpo enroscado.

La imagen de la serpiente escondida entre las sombras recordó a Nora su encuentro con las cuatro integrantes de la

Sociedad de Defensoras de los Valores Sólidos. Ellas también le habían dado un toque de atención antes de salir de la librería, pero la librera no les había hecho caso y ahora la estaban atacando, esparciendo su veneno, pero ¿cuál era el antídoto contra una campaña de desprestigio? Esa era la pregunta que Nora intentaba responder mientras dejaba el bosque atrás y aparecía ante ella una extensa pradera cubierta de hierba.

Se quitó la gorra de béisbol y se dirigió a las enormes rocas donde ella y Jed iban a hacer su pícnic. No había nadie más por allí, así que sus compañeros de almuerzo eran las mariposas cola de golondrina entre los matorrales y los halcones que volaban en círculos en el cielo despejado.

—Es la primera vez que te veo sonreír desde que salimos de tu casa —señaló Jed, echando el agua de una cantimplora en un bol—. ¿En qué estás pensando?

Nora observó a Henry Higgins sorber el agua del bol.

—En que no debería preocuparme tanto que un grupo de mujeres me tenga en su punto de mira cuando yo cuento con mi propia pandilla de chicas.

Jed movió la comisura de sus labios.

—¿Y tu club es mejor que el suyo?

—Por muchas y variadas razones.

Mientras Jed extendía la manta de pícnic, Nora se puso a contemplar el valle. Desde aquella altura, se sentía invencible. Estando tan cerca del cielo, aquel artículo de la página cuatro ya no parecía tan poderoso como abajo en el pueblo; allí arriba, podía olvidarse de su ira y su sensación de agravio el tiempo suficiente para recordar quién era.

Era librera, y ser librera significaba que también era casamentera, bibliotecaria de referencia, agente de viajes, psicóloga, amiga, mentora, terapeuta en el acompañamiento del duelo, compañera de lecturas y mucho más. Creía firmemente que el pueblo necesitaba su librería, la necesitaba a ella. Seis años antes, Nora lo había apostado todo a esa creencia y había acertado de pleno. Aún creía en Miracle Springs. Solo esperaba que el pueblo también siguiera creyendo en ella.

—Conque la Sociedad de Defensoras de los Valores Sólidos, ¿eh? ¡Y una mierda! —gruñó June—. Lo único sólido que se esconde detrás de ese nombre es que son lobas con piel de corderas. O, en este caso, lobas que visten con pieles de los almacenes Talbots.

Estella se rio, pero June acababa de coger carrerilla.

—¿Y a qué viene ese ataque en plan jauría? Mira que echarse encima de ti las cuatro a la vez... ¡Y en tu propia librería! ¡Dios! Es que aún no me puedo creer lo de Dominique. Conozco a esa mujer desde hace años, vamos juntas a los talleres de punto de media y a los grupos de estudio de la Biblia, y a saber la de veces que me habré sentado con ella en la iglesia... Es un encanto. No sé cómo ha acabado con esa panda de...

Levantó las manos hacia el cielo.

—No voy a decirlo.

—¿Connie no es la mujer del párroco? —preguntó Hester.

—No es el párroco de mi iglesia, eso seguro —repuso June con un resoplido—. Connie está casada con el reverendo Morris Knapp, el coadjutor de esa iglesia que parece un cine. Lo único que sé de los Knapp es que se trasladaron aquí desde Alabama el junio pasado. El reverendo Knapp está cuidando el rebaño mientras el pastor titular Yates está fuera, de misiones. Volverá dentro de un mes.

—Pues qué oportuno. No habíamos oído hablar de esa jauría de lobas hasta ahora —señaló Estella—. A ver, a mí nadie ha intentado reclutarme para la causa, y eso que últimamente mi conducta ha sido irreprochable. Sé que no soy una esposa ni una madre modélica, pero todo el mundo sabe que Jack y yo somos pareja.

Nora le puso una mano en el hombro.

—Nadie va a pedirle a la mujer más arrebatadora y explosiva del pueblo que se una al movimiento por la moralidad, pero me alegro de que no hayan intentado captarte. Acabas de conseguir que tu negocio vuelva a estar a flote, así que tal vez te convenga guardar las distancias para que no te relacionen conmigo hasta que se calmen las aguas.

Estella se puso rígida.

—Pero ¡¿qué dices?! ¡Eres mi amiga!

—Ya lo sé, pero ni tú ni Hester tenéis por qué poner en peligro vuestro sustento enfrentándoos a esas mujeres —dijo Nora con delicadeza.

—Ni se te ocurra esgrimir esa mierda de argumento de que esta no es nuestra lucha —le advirtió June cuando Nora la miró—. Yo también tengo que ajustar las cuentas a esas lobas: mis calcetines están a la venta en la tienda de regalos Pájaro Rojo, así que esto también es algo personal para mí. ¿Y qué me dices de Marie? Esa mujer va a ser madre soltera dentro de unos meses y la tienda es su único medio de subsistencia. No pienso quedarme callada mientras la gente habla mal de otra mujer negra, imposible.

Hester levantó en el aire un ejemplar del periódico.

—¿Y no puedes amenazar al periódico con emprender algún tipo de acción legal? ¿Obligarles a que publiquen una disculpa? Quiero decir, ¿el artículo de Olga no puede considerarse una calumnia?

Nora suspiró.

—Según lo que he leído en internet, una querella no tendría base jurídica porque el artículo se considera un artículo de opinión, como manera de fomentar el debate, no como un hecho. Ni siquiera se mencionan los nombres de los comercios. Olga sabía exactamente hasta dónde podía llegar y su artículo siembra de forma muy astuta la duda sobre Miracle Books, Soothe y la tienda de Pájaro Rojo. ¿Les bastará con este ataque velado a esas mujeres? ¿O es solo el principio de su campaña?

—Se me ocurre cómo podemos averiguarlo —dijo Estella, arqueando una elegante ceja.

La librera se hundió en el sillón contiguo.

—No me digas que piensas unirte a su grupo de desequilibradas.

—No te pareces en nada a la mujer que sale en su folleto —murmuró June.

Estella dejó escapar una risa chispeante.

—No tengo la más mínima posibilidad. Seguro que alguna de ellas les hablaría a las demás de todos los hombres a los que he seducido, o les diría que mi padre está cumpliendo condena por asesinato, y me echarían a patadas antes de que les diera tiempo a servir el té. —Se encogió de hombros—. Pero no, no necesito acudir a ellas porque es Connie quien va a acudir a mí: tiene hora conmigo mañana por la tarde, para cortarse el pelo y teñirse. No he caído en la cuenta hasta que hemos empezado a hablar porque aparece en mi agenda como C. Knapp, pero cuando habéis dicho su apellido, lo he sabido de inmediato.

Hester sonrió.

—Y las mujeres siempre se desahogan cuando están contigo...

—Y que lo digas. Me cuentan cosas que no le dirían nunca a nadie.

Nora no parecía muy convencida.

—Pero ¿no hacen falta unas cuantas sesiones de peluquería para que la gente te cuente sus intimidades?

—Eso es lo normal, sí —admitió Estella—, pero cuando Connie llamó para reservar una cita, yo estaba ocupada hablando por la otra línea, así que dejó un mensaje de voz diciendo que quería un nuevo corte de pelo y un color propios de una primera dama.

Hester frunció el ceño.

—¿Una primera dama? ¿Y por qué no la presidenta?

—Exacto, amiga mía.

June alargó la mano para chocar el puño con Hester.

Estella se arrimó al borde de la silla, con los ojos brillantes.

—¿No te das cuenta? Connie Knapp es de las que quieren dirigir el cotarro. Quiere estar en una posición de poder. Su marido está al frente de la iglesia, al menos hasta que vuelva el pastor titular, y Connie también quiere dominar. Esa mujer tiene unos planes muy ambiciosos, sin duda, y necesito averiguar cuáles son.

Nora se puso tensa.

—¿Por qué todo este asunto me da mala espina?

Estella hizo un movimiento con la muñeca.

—Escúchame: mañana por la mañana, tú y yo vamos a tener una discusión muy fuerte y muy pública en el Pink Lady.

—Pero eso solo conseguirá atraer más atención negativa hacia Nora —señaló Hester—. Si se pone a gritar y a romper platos, la gente se sentirá incómoda y no querrá ir a Miracle Books...

La librera se pasó las manos por la cara.

—Esa es mi peor pesadilla.

—No he dicho nada de romper platos —protestó Estella—. Solo tenemos que convencer a la gente de que hemos discutido. Luego, mientras le pongo el tinte a Connie, le diré que me he peleado con una de mis mejores amigas. Cuando esté esperando a que le suba el color, podrá sacar su móvil y comprobar que lo que le habré contado es cierto. Le llegarán un montón de mensajes de texto confirmando nuestra pelea, y para cuando empiece a cortarle el pelo, estará lista para hablar. Lo único que me preocupa es no poder reprimirme y hacerle un corte a lo Van Gogh mientras me lo cuenta...

Nora miró a sus amigas.

—Esto es una locura, ¿verdad? Para empezar, no sé fingir. ¿Y si montamos todo ese *show* y luego resulta que Connie no le cuenta nada a Estella?

Como a nadie se le ocurrió una alternativa, al final la librera aceptó a regañadientes el plan de su amiga.

—Yo hablaré con Dominique —prometió June—. Nuestro taller de punto de media es el miércoles por la noche y la invitaré a cenar antes. Ella y yo tenemos que resolver este asunto, sea como sea.

—Pero seguimos quedando igualmente este fin de semana para hablar de *Susurran tu nombre*, ¿verdad? —le preguntó Hester a Nora—. He estado escuchando el audiolibro y creedme si os digo que a las cinco de la mañana, con la panadería a oscuras, esa historia me pone los pelos de punta. Es el libro de miedo perfecto para esta época del año.

Nora sonrió.

—Sí, quedaremos igualmente. Nuestro club de lectura es el mejor momento de mi semana. Vamos. Salgamos por la puerta delantera.

Las cuatro mujeres se quedaron de pie en la acera, contemplando el escaparate.

—¿Has pensado en cambiarlo? —le preguntó Hester, volviéndose hacia Nora.

—Es que esto no va de un simple escaparate —respondió June antes de que la librera pudiera hacerlo—. Esto va de la libertad de Nora para vender historias de todo tipo sobre todo tipo de personas, eso es lo que vemos cuando miramos este escaparate, y por eso es mágico para nosotras y amenazador para otra clase de gente.

—Nunca pensé que tendría que leer un artículo donde se insinuase que el arte cheroqui, los productos cannábicos para aliviar el dolor y el escaparate de una librería con novelas sobre mujeres poderosas se consideran inmorales. Llamar satánico a esto es absurdo. —Miró a Hester—. Te aseguro que yo no he empezado esta pelea, y ojalá esas mujeres nunca hubieran cruzado mi puerta, pero mira esos libros de ahí. Merece la pena luchar por ellos.

—Cuando Jasper leyó *Fahrenheit 451* el año pasado, subrayó algunos fragmentos concretos —explicó Hester en voz baja—. Me enseñó ese que habla de la mujer que se queda dentro de su casa en llamas porque no quiere abandonar a sus libros. Nunca olvidaré esa escena porque esa mujer me recuerda a ti, Nora. Aunque has vivido en tus carnes las consecuencias del fuego, te imagino perfectamente quedándote al lado de tus libros.

—Yo no. No quiero saber nada del fuego. —Nora abrazó a Hester por la cintura—. Pero no te preocupes, todo saldrá bien. Puede que las cosas empeoren antes de que empiecen a mejorar, pero al final todo se arreglará.

Con la mirada fija en las llamas del caldero del escaparate, deseó con toda su alma creerse su propia mentira.

CAPÍTULO CINCO

Los agentes del diablo pueden ser de carne y hueso, ¿verdad?

ARTHUR CONAN DOYLE

A la mañana siguiente, Nora no tuvo que fingir demasiado en el Pink Lady Grill. La encargada del restaurante la había puesto de mal humor al preguntarle cuándo pensaba «quitar todos esos libros de brujas tan horrendos» del escaparate de la librería, así que no le costó ningún esfuerzo enzarzarse en una falsa discusión con Estella.

Mientras tomaban café y desayunaban unos sándwiches, las dos amigas siguieron discutiendo, atrayendo las miradas curiosas de los demás clientes. Cuando Estella salió hecha una furia del restaurante, ya había captado la atención de todo el mundo.

Por desgracia, su teatrillo no surtió ningún efecto con Connie Knapp, quien se pasó la mayor parte de los noventa minutos de peluquería al teléfono con su madre, y cada vez que la peluquera conseguía entablar una conversación algo más íntima y personal con ella, la mujer se mostraba amable pero reservada. Le habló de su marido, de sus dos hijos y de la vida diaria en su iglesia mientras hojeaba las recetas de Acción de Gracias y los consejos de decoración del último número de *Southern Living*.

Cuando terminó, Estella hizo girar la silla de Connie y le enseñó en el espejo su elegante corte recto a capas y los reflejos de color caramelo. Al ver la reacción de inmensa satisfacción de la mujer ante su trabajo, la peluquera le dijo que había leído un artículo sobre las Defensoras de Valores Sólidos en el periódico y que quería saber más cosas sobre el funcionamiento del grupo. Connie le dedicó una sonrisa fría y le dijo que unirse a una iglesia era un buen «primer paso» para cualquier mujer. Acto seguido, pagó el corte y se fue del salón de belleza.

—Debería haberle rapado el pelo por arriba y a los lados, en plan macarra —le dijo Estella a Nora por teléfono.

—O haberle hecho un corte mohawk —sugirió Nora, tratando de disimular su decepción.

June tampoco tuvo suerte: no llegó a mantener su conversación de tú a tú con Dominique porque estaba en cama con un resfriado.

No era la única que se encontraba mal: la temperatura había bajado diez grados y ahora había medio pueblo estornudando y con mocos.

Había llegado el otoño, con sus mañanas frescas y sus noches con olor a humo de leña. Las hojas secas inundaban los canalones y cubrían el césped de los jardines; las bellotas aplastadas salpicaban las aceras y la gente bebía sidra de manzana y café con la típica mezcla de especias de la época.

Los organizadores del festival De la Granja a la Mesa no podían haber pedido un tiempo otoñal más agradable: los viernes de septiembre y octubre siempre acudían visitantes a Miracle Springs, pero ese año el festival había atraído aún más gente.

—Me parece que ese artículo tan agresivo no ha ahuyentado a nadie —dijo Sheldon mientras él y Nora llenaban una mesa de libros de cocina con productos de proximidad.

La librería estaba abarrotada de clientes, y ver a la gente con libros en la mano, leyéndolos y sacándolos de las estanterías llenaba a Nora de alegría.

—Las ventas han ido muy bien esta semana. Crucemos los dedos para que la cosa siga así.

—¡Libros de cocina! —exclamó una mujer al acercarse a la mesa—. Mi kriptonita.

—Con cada compra de un libro regalamos un cupón para un postre gratis en la fiesta de esta noche de Hops and Blues —le explicó Nora, señalando el cartel promocional en el centro de la mesa—. Va a haber un *food truck* especializado en postres y el dueño hace unas manzanas asadas rellenas de crujiente de avena y canela que están de muerte.

La mujer lanzó un gemido.

—Voy a necesitar dos libros de cocina porque no pienso compartir la mía con mi marido: que se coma él su propia manzana asada.

Sheldon siguió a Nora hasta la caja.

—¿Vas a ir a la fiesta?

—No lo he decidido aún —le contestó—. Ha sido una semana muy larga y no me importaría pasar la noche tumbada en el sofá con un buen libro. Aunque, por otra parte, la verdad es que me encantan las hamburguesas y se me hace la boca agua solo de pensar en esa manzana. ¿Y tú? ¿Te apuntas a salir esta noche con tu jefa?

—¿Y ese novio buenorro que tienes no se pondrá celoso?

—Se ha ido esta mañana. Su madre está enferma.

Sheldon reaccionó con comprensión.

—Pobrecilla. Y pobrecillo él también. Ese viaje de seis horas debe de ser agotador. ¿Por qué no la convence para que se mude a Miracle Springs?

—Cuando Jed aceptó el trabajo aquí, me parece que no pensaba quedarse más de un par de años.

—¿Y ahora?

Nora jugueteó con los recibos de las tarjetas de crédito.

—No lo sé. No hemos hablado de eso.

—Las relaciones son complicadas —dijo Sheldon—. Pero las hamburguesas son muy sencillas, y como hoy me encuentro fantásticamente bien, deberíamos ir a esa fiesta. Necesitas que te vean, *mija*. Necesitas sonreír y demostrarles a esas mujeres llenas de prejuicios que ese absurdo artículo de la página cuatro te resbala por completo. —Inclinándose sobre el mostrador, añadió en un susurro—: Y si me lo pides bien, puede que hasta me ponga un sombrero de bruja.

—No hace falta, tú ponte tu fedora y ya está, ¿vale?

Sheldon se rio.

—De acuerdo.

Sintiendo algo parecido a la felicidad por primera vez en días, Nora pasó la siguiente hora haciendo lo que mejor se le daba: emparejar libros con sus lectores potenciales. Acababa de recomendar un libro de Tad Williams a un fan de Tolkien cuando Hester entró en la tienda. La panadera llevaba una chaqueta vaquera sobre un vestido con estampado de flores y el pelo rizado recogido en un moño desenfadado. Parecía lista para salir de fiesta... hasta que Nora advirtió la expresión de ansiedad en su rostro.

—¿Has hablado con Celeste desde que salió ese artículo? —le susurró Hester cuando se quedaron a solas.

—Sí. El martes —contestó ella—. Me pasé por Soothe y le llevé un café. Bren aún estaba medio dormida y no dijo ni una palabra, pero Celeste estaba perfectamente. Me dijo que ya contaba con que la gente desconfíe de sus productos y que está deseando hacer una labor didáctica y enseñarles de primera mano en qué consisten. Ojalá estuviera yo tan tranquila como ella con todo este tema. Me da mucha envidia que se lo haya tomado así.

Hester dejó su teléfono encima del mostrador.

—Pues no creo que siga estando tan tranquila después de esto. Mira.

Nora examinó la imagen de la pantalla del móvil. Tardó un momento en comprender que se trataba del ángel de delante de la tienda de Celeste. Alguien —dio por sentado que no habría sido ella— había colocado una máscara de diablo encima de la cara del ángel y pegado una horca de plástico a su túnica de mármol.

—Jasper está ahora mismo en Soothe, hablando con Celeste —dijo Hester—. Le he pedido que venga aquí cuando acabe de interrogarla. ¿Crees que puede haberlo hecho alguna de esas mujeres?

—A mí me parece la típica chiquillada. —Nora señaló la foto—. Estas cosas las venden en el bazar de la esquina. Podría haberlas comprado cualquiera con un par de dólares en el bolsillo.

Su amiga deslizó el dedo por la pantalla.

—Dime si sigues pensando lo mismo cuando veas el letrero del Pájaro Rojo.

La segunda fotografía era un primer plano de la figura del cardenal que formaba el letrero de la tienda de regalos, que había sido tallada y pintada por un carpintero cheroqui local. Algún grafitero había dotado al pájaro de un par de cuernos negros y una barba puntiaguda.

—Es rotulador permanente. —La voz de Hester estaba impregnada de ira—. Marie está muy enfadada. Y yo también estoy enfadada: primero, el artículo, y ahora, se dedican a pintarrajear los locales con la imagen del demonio. No me lo puedo creer. Es que es alucinante.

Nora apartó el teléfono; no quería seguir mirando al pájaro emborronado ni un segundo más.

—Si los demonios son por culpa de ese artículo de la narices, seguro que me pintan uno en la librería a mí también.

Nora se acordó del día que llegó a la tienda y se encontró con que alguien había lanzado un ladrillo al escaparate; el agujero irregular en el cristal había sido como un puñetazo en el estómago.

Aunque arreglar los desperfectos no había sido demasiado costoso, le había costado mucho más quitarse de encima la sensación de haber sido víctima de una invasión de su intimidad. Miracle Books lo era todo para Nora Pennington, y un ataque a su librería era un ataque contra ella. Le había dolido físicamente ver el escaparate hecho añicos y los libros destrozados. Y, por lo visto, parecía que podía volver a ocurrir.

—Si alguien se mete con mi librería, lo mato —gruñó.

Hester le tocó la mano.

—No hará falta llegar a ese extremo: el ayudante Fuentes ha organizado varios turnos para que patrullen por los alrededores de la librería todo el fin de semana. Está al mando hasta que vuelva McCabe.

—Algo es algo —dijo la librera, dejando una hoja de la fotocopiadora sobre el mostrador. Destapó un rotulador negro y empezó a escribir.

Un minuto después, le mostró a su amiga lo que acababa de escribir.

¡SONRÍE! ¡LA CÁMARA TE ESTÁ GRABANDO!

Hester frunció el ceño.

—Pero si tú no tienes sistema de seguridad.

—Ya, pero eso no tiene por qué saberlo nadie —le respondió en voz baja.

El ayudante Andrews entró en la librería. Cuando se detuvo para aguantar la puerta a la aficionada a los libros de cocina con una bolsa llena de libros en cada mano, Nora le preguntó a Hester por qué iba vestida de fiesta cuando su novio llevaba uniforme.

La panadera le regaló una galleta con forma de hoja de otoño.

—Esperaba que quisieras salir conmigo esta noche.

—Si eso significa que estás abierta a hacer un trío, entonces sí.

Andrews se acercó al mostrador.

—¿Todo bien por aquí? ¿Habéis visto indicios de alguna actividad delictiva?

—Todo en orden —contestó Nora, reprimiendo una sonrisa. Con su cara de niño y aquel cuerpo enjuto y larguirucho, era fácil olvidar que Andrews era un agente de la ley.

La librera vio a una adolescente haciéndose selfis junto al expositor de los marcapáginas. Los selfis estaban muy bien, pero los selfis con churretones de helado derretido eran otra cosa muy distinta.

—Aquí no se puede entrar con helado. Cómetelo fuera, por favor —le dijo. La chica dio un respingo, sorprendida, pero luego puso los ojos en blanco, molesta, y salió a toda prisa del local. Nora se volvió hacia Andrews—. ¿Cómo está Celeste?

—Preocupada, pero no por la máscara del diablo, sino por su hija. —Andrews bajó la voz—. Bren se fue de la tienda a la hora del almuerzo y no ha vuelto aún. No contesta a las llamadas ni a los mensajes y la señora Leopold cree que podría estar metida en algún lío.

—¿Qué clase de lío? —preguntó Nora.

—No me ha dado más detalles. Lo único que me ha dicho es que se vino a vivir aquí para alejar a su hija de una mala influencia. El caso es que Bren tiene veinte años, ya es mayor de edad. Y con tanta gente y tanto jaleo con el festival, los agentes de servicio estamos desbordados. —Andrews deslizó la mano sobre el brazo de Hester—. Mándame un mensaje si ves a Bren esta noche, ¿vale? A ver si puedo tranquilizar a una madre angustiada, al menos.

Nora miró a su amiga.

—¿Y si le preguntamos a Celeste si quiere salir con nosotras?

Andrews respondió antes de darle tiempo de hacerlo a su novia.

—Es un detalle por tu parte, pero cuando cierre la tienda, Celeste tiene pensado quedarse en su casa. Quiere volver a llamar a Bren por teléfono. Nosotros echaremos un ojo a la librería, así que tú y Hester deberíais salir y pasarlo bien. Esa es mi recomendación oficial.

Andrews sonrió a Nora, le dio un beso rápido a su novia y se fue.

Cuando el último cliente hubo salido de la librería, Hester ayudó a Sheldon a limpiar la taquilla de la venta de billetes mientras la librera volvía a colocar los libros sueltos en su sitio y ordenaba las mesas. Imprimió las ventas totales del día, guardó el dinero en metálico en la caja fuerte y apagó las luces.

—Ya pasaré la aspiradora mañana —dijo a sus dos amigos—. Hay una hamburguesa con queso llamándome y diciéndome: «¡Cómeme!».

La cola para las hamburguesas era larga, pero el sonido de la música en directo y el ambiente jovial hicieron la espera más llevadera. June envió un mensaje diciendo que estaba en la cola de la cerveza y que estaba dispuesta a cambiar una cerveza artesana por una hamburguesa con tomates verdes fritos si alguien la invitaba.

Hester y Nora querían una sidra bien fría, pero Sheldon aceptó su oferta. Diez minutos después, se reunieron con June en la zona de pícnic.

—Ya era hora de que aparecieseis —les recriminó—. Casi tengo que tumbarme encima de la mesa para impedir que se sentara más gente.

Sheldon se puso a limpiar su zona de la mesa haciendo grandes aspavientos, cosa que le valió un codazo de June en las costillas. Cuando pudo respirar de nuevo, se puso a examinar su hamburguesa.

—No he probado nunca una doble picante estilo Tex-Mex, pero esta noche me apetece vivir peligrosamente. ¿Qué has pedido tú, Hester?

—La que está crujiente por fuera y al punto por dentro. Está buenísima. —Hester dio un mordisco enorme y sonrió.

Nora estaba demasiado ocupada devorando su hamburguesa con queso para hablar. Solo interrumpió el movimiento de sus mandíbulas cuando Sheldon le ofreció unas patatas fritas estilo gofre. Mientras cogía el bote de kétchup que había en el extremo de la mesa, se fijó en dos figuras sentadas en un banco cerca del parque infantil.

—No miréis justo ahora, pero acabo de ver a Bren al otro lado del parque —dijo—. Está sentada en un banco, hablando con un tipo. A él no puedo verle la cara. Solo veo la sombra.

Sheldon, que estaba a su derecha, chasqueó la lengua.

—Vaya, Bren. Me da a mí que eso que tienes en la mano no es un cigarrillo...

Hester se volvió a mirar.

—¿Es un porro?

—Bren lleva una pinza de esas alargadas para sujetar los porros, así que la respuesta es sí —contestó Sheldon.

June lanzó un suspiro.

—¿Creéis que Celeste lo sabe?

—Le dijo a Andrews que su hija podía estar metida en algún lío —explicó Nora—, así que supongo que sí lo sabe.

Mientras Hester sacaba el teléfono para informar a su novio de lo que había visto, June arrugó el ceño con gesto preocupado.

—Bren es una chica joven, sola, y va a sentarse lo más lejos posible de la gente a fumar marihuana con un extraño. ¿Cómo puede ser tan imprudente?

—Tan imprudente como para compartir el porro: el hombre acaba de darle una calada —dijo Nora—. Sigo sin verle la cara, pero le ha soplado el humo a Bren.

Hester agitó el teléfono en el aire.

—Jasper no me ha respondido al mensaje aún, así que creo que deberíamos seguir vigilándola.

Sheldon arqueó una ceja.

—¿Por qué? Bren es una mujer adulta. No ha desaparecido. No está en peligro. —Mirando a June, dulcificó su tono—. Entiendo a Celeste, claro que sí. Pero ¿de verdad vamos a delatar a Bren por fumarse un porro? ¿Qué somos? ¿Una panda de chivatos?

—No es por el porro —dijo Nora—. Tú no la viste el viernes por la noche, cómo se desplomó en la acera... daba miedo. Puede que necesite ayuda.

—Seguramente hizo alguna estupidez aquella noche, igual que está haciendo una estupidez ahora mismo. Todos cometemos errores cuando somos jóvenes —repuso él—. Esa chica es más áspera que el papel de lija: viste de negro, lleva un montón de *piercings* en la cara y está todo el día de mala leche.

A lo mejor no le gusta estar aquí. A lo mejor no quiere hornear magdalenas mágicas. Si queremos ayudar, deberíamos escuchar la historia de Bren. Además, ¿por qué narices tenemos que hacerle nosotros de niñera?

Antes de que alguien pudiera responderle, June señaló entre la multitud.

—Estella y Jack vienen hacia aquí. ¿Puedo hacerles señas, Nora, o seguís con vuestra falsa pelea?

La librera no oyó la pregunta porque estaba demasiado distraída con lo que estaba ocurriendo al otro lado del parque. Bren acababa de agarrar la mano del hombre e incluso desde tan lejos Nora advirtió la desesperación en el gesto de la joven.

Él se levantó de un salto y apartó la mano. Alargó el antebrazo derecho hacia la luz de la farola y Nora vio un músculo fibroso y una hilera de símbolos tatuados que se extendían desde el codo hasta la muñeca. El hombre desplegó un dedo deformado de vampiro delante de la cara de Bren y lo movió repetidas veces con aire autoritario y, muy posiblemente, amenazador.

La chica tensó todo el cuerpo como si acabaran de darle un golpe. Luego extendió la mano hacia el hombre en un claro gesto suplicante. Este se dio la vuelta sin inmutarse y se confundió con la oscuridad, desapareciendo por detrás de los columpios.

—Vuelvo enseguida —dijo Nora al grupo.

Echó a correr sobre el lecho de mantillo y hojas hasta donde la chica permanecía sentada con la mirada fija a lo lejos y la expresión llorosa y nostálgica de un perro que echa de menos a su dueño.

—Hola —la saludó Nora, sentándose en el extremo del banco.

Como si acabaran de accionar un interruptor, el semblante de Bren adoptó una expresión absolutamente neutra. Se metió la mano en la sudadera negra y se sacó otro porro y un mechero de plástico.

—Un ayudante del *sheriff* ha ido a Soothe esta tarde —la informó Nora—. Tu madre está preocupada, así que le ha pedido que te encuentre. Ya sabe que estás aquí.

—Me alegro por él. —Bren se encendió el porro.

—Te he visto hablando con ese hombre. Parecías disgustada, así que quería asegurarme de que estabas bien.

La chica la fulminó con la mirada.

—¿Se puede saber de qué vas? Te he dicho un millón de veces que me dejes en paz.

Nora vio el destello de ira en los ojos de la joven. Sabía que por debajo de toda esa ira se ocultaba un profundo dolor.

—No debe de haber sido nada fácil: venir a vivir aquí, abrir la tienda... —dijo Nora con delicadeza—. Tú y tu madre tampoco habéis tenido la acogida más calurosa, precisamente.

—Me importa un bledo la gente de este pueblo. No voy a quedarme aquí mucho tiempo. —Bren lanzó una bocanada de humo al cielo—. Venderé magdalenas y collares hasta reunir el dinero que necesito. Después, me iré. Así que ya puedes irle con el rollo de buena vecina a mi madre, porque yo no quiero oírlo ni tampoco lo necesito.

La librera volvió a mirar hacia la zona de pícnic y vio que Estella y Jack ya se habían incorporado al grupo. ¿Sabría Estella cómo manejar a Bren? ¿Sabía alguno de ellos?

—¿Y qué necesitas? —le preguntó Nora.

La joven torció la boca hasta formar una sonrisa leve y enigmática.

—Eres como mi madre: demasiado mayor para entender nada. Demasiado viejas para tomar decisiones arriesgadas. Pagáis vuestros impuestos y vivís vuestras vidas mediocres, seguras y ordenadas. Yo nunca seré así. He encontrado un atajo y pienso tomarlo. Así que haz el favor de volver con tus libros, tu camisón de franela y tus gatos. Me estás cortando el rollo.

—Vale. —Nora se levantó—. Pero para que lo sepas, no tengo gatos. Vivo sola en un vagón de tren detrás de la librería. Y si alguna vez necesitas una amiga, me encontrarás allí. A cualquier hora del día o de la noche. Porque hay algo en lo que tienes razón sobre mí: antes llevaba una vida segura y ordenada. Solo que no era una vida, sino una mentira.

—¿Y? —Bren expulsaba el humo como un dragón enfurecido—. ¿Seguiste viviendo esa vida?

—Le prendí fuego. Y me convertí en otra persona. —Extendiendo la mano cubierta de cicatrices para que Bren la viera, Nora repitió lo que le había dicho Celeste el día que su escultura resultó dañada—. Las cosas rotas siguen siendo bellas.

Por un segundo, Bren se desprendió de su máscara, y en ese momento, Nora la vio como era en realidad: una chica perdida y solitaria. ¿Qué papel jugaba el hombre de los tatuajes en la vida de aquella chica? ¿Era su amante? ¿Su padre? ¿Era amigo o enemigo?

—El vagón de tren detrás de la librería. Cuando quieras.

Bren se quedó mirando al frente, así que Nora se fue.

Mientras volvía al festival, pensó en cómo el libro adecuado en el momento oportuno podía cambiar la vida de cualquier lector; podía alimentar esperanzas, infundir valor, provocar la risa... Si había alguien que necesitaba la compañía de los libros, esa era Bren.

La librera no regresó a la zona de pícnic, sino que se limitó a moverse entre la multitud como un pez atrapado en una fuerte corriente, concentrada en pensar en títulos de libros.

—*Jane Eyre*; *Eleanor Oliphant está perfectamente*; *Tal como era*, de Amber Smith; *Pequeños fuegos por todas partes* —murmuró.

Podía dejar los libros en la puerta de Bren. Tal vez, solo tal vez, la chica leería uno. O todos.

Alguien cogió a Nora del brazo.

—¿Es que pensabas marcharte sin decir nada a nadie?

Parpadeando, salió de su trance.

—¿Estás bien? —le preguntó Sheldon—. ¿Qué ha pasado con Miércoles Addams?

—Que llevabas razón: tenemos que escuchar su historia. Pero tenemos que darle algo antes o, mejor dicho, tengo que dárselo yo: libros. Los libros adecuados.

El hombre la llevó de vuelta con sus amigas.

Hester le dio una manzana asada.

—Esto es de parte de Estella. Ella y Jack han decidido irse ya a casa. —Señaló al otro lado del parque—. Bren se ha ido justo después de ti.

Nora hundió la cuchara en el centro de la manzana y la llenó de una deliciosa masa de canela caliente y dulce. A continuación, bajó la cuchara. Había perdido el apetito. En vez de comer, les contó su breve intercambio con Bren.

—Tendremos que seguir intentándolo hasta que nos escuche —dijo June.

Sheldon se acarició la barbilla.

—Tengo una idea. ¿Por qué no la invitas a dar un paseo contigo a medianoche? Quizá los gatos se enamoren de ella y nos dejen en paz.

—Anda ya... Pero si a ti te encantan esos malditos gatos —se burló June—. Y sé que les das comida a escondidas cuando crees que no te veo.

—Si no vas a comerte esa manzana, ¿puedo llevármela a casa? —le susurró Sheldon a Nora, volviéndose hacia ella.

June puso los ojos en blanco.

—Eres tú quien tiene que irse a casa. Debería haberte cerrado el grifo después de la segunda cerveza.

—Me pasaré al agua —le prometió Sheldon—. Aún no me apetece irme a casa.

A ninguno de ellos le apetecía. Siguieron charlando en la mesa de pícnic, escuchando música y observando a la gente hasta que los bostezos se hicieron demasiado contagiosos para ignorarlos.

—Estos dos carcamales nos vamos ya —anunció June, tirando de Sheldon para que se pusiera de pie.

Él abrió la boca para discutir, pero otro bostezo se lo impidió.

Después de darles las buenas noches, Nora y Hester decidieron irse ellas también. Juntas, se encaminaron hacia la librería.

—He aparcado en el *parking* de detrás de la librería para poder volver a admirar tu escaparate —le dijo la panadera—. La noche que lo acabamos, me fui a casa e hice una lista entera de nuevas combinaciones de sabores, cosas que nunca me había atrevido a mezclar pero que quiero probar, como guindillas y wasabi o sal de trufa negra y zumaque. Ese escaparate me sirvió de inspiración. Me dio ganas de atreverme.

Demasiado conmovida para hablar, la librera apretó la mano de su amiga y las dos siguieron caminando en agradable silencio.

Las hojas se deslizaban por la acera y la luna llena iluminaba la tranquila calle. El aire nocturno tenía un olor especial y Nora estaba deseando ponerse el pijama y acurrucarse en el sofá con una manta y un libro.

Para su inmenso alivio, no había novedades de ninguna clase en Miracle Books. No había rastros de ningún demonio, así que después de contemplar el escaparate durante unos minutos, ella y Hester se dirigieron al aparcamiento.

—Jasper se pasará a echar otro vistazo antes de que acabe su turno —la informó Hester mientras subía a su coche—. Gracias por esta noche.

Nora vio alejarse a su amiga antes de dirigir sus pasos hacia su casa.

De repente, sintió un cosquilleo en el dedo meñique. Se lo tapó con la otra mano con la esperanza de detener el hormigueo, a sabiendas de que no iba a conseguirlo. No quería sentir pinchazos fantasma en un trozo de carne que no estaba allí, no solo porque le produjesen aquellos desagradables mareos, sino porque sabía que el cosquilleo era un presagio. Y nunca presagiaba nada bueno.

Sacó el teléfono y dejó el pulgar suspendido sobre la tecla del número de emergencias. Siguió avanzando despacio, mirando a su alrededor mientras subía las escaleras metálicas que conducían a su terraza delantera.

La luna resplandeciente iluminaba la puerta principal y Nora vio un trozo de papel que asomaba por debajo del felpudo de la entrada. Su inquietud fue en aumento cuando se agachó y sacó el papel de su sitio.

Si lo hubiera reconocido —si hubiera sido la página de un libro, un recorte de periódico o algún folleto impreso—, Nora se lo habría llevado a casa. Pero no se parecía a nada que hubiera visto antes y no podía dejar de mirarlo.

El papel parecía antiguo. Era mucho más grueso que el papel moderno y tenía la pátina amarillenta de los incunables. La hoja estaba cubierta de símbolos escritos en tinta negra con una pluma de punta finísima que se clavaba en el papel. No estaba segura de si lo que tenía ante sí estaba escrito en otro idioma o era algún tipo de código, pero los peculiares símbolos le recordaron al brazo tatuado que se extendía hacia Bren.

No entendía por qué le habían dejado aquella hoja bajo el felpudo ni qué significaba su contenido. Tampoco tenía la menor idea de qué podía representar el extraño dibujo que había en medio de los símbolos. Era una espiral, y a ambos lados de la espiral había dos figuras ataviadas con sendas túnicas. Una sostenía un cuenco y la otra, una serpiente.

El cosquilleo del dedo fantasma de Nora se intensificó.

«¿Habrá alguien observándome?».

Se dirigió al borde de su terraza, observó la ladera detrás de su casa y se quedó inmóvil. Vio una figura sumida en sombras y tendida sobre la hierba, una masa de oscuridad que no debía estar allí. Podía ser un zorro o un ciervo muerto, pero Nora sabía que no lo era.

Presa del pánico, abrió la puerta con manos temblorosas. Una vez dentro de su casa, soltó el misterioso papel y cogió una linterna y un cuchillo de cocina enfundado en su estuche. Se metió el cuchillo en la cintura de los vaqueros y bajó las escaleras de dos en dos hasta llegar al suelo, con el teléfono en una mano y la linterna en la otra.

El miedo hizo que se le erizara todo el vello de los brazos y la nuca, y la hierba le empapó los zapatos con el relente de la noche. Estaba sola, con la casa a su espalda y la forma oscura frente a ella.

—¿Quién anda ahí? —exclamó, con una voz que sonaba apagada y débil.

No esperaba respuesta, así que se armó de valor y apuntó el haz de la linterna hacia el bulto que tenía delante.

La figura muerta no era un ciervo.

Nora gritó horrorizada.

Esa misma noche había mirado a esos ojos y había visto distintas expresiones cruzar aquella cara pálida como la luna. Había oído salir palabras de esos labios azulados. Incluso había hecho una lista de libros para regalárselos a esa chica.

Pero era demasiado tarde: ya nadie podía ayudar a Bren Leopold.

CAPÍTULO SEIS

La vida es corta y el tiempo pasa veloz;
las rosas se marchitan y las sombras se transforman.

Ebenezer Elliott

Nora sintió miedo. En aquella colina rodeada de sombras, se sentía completamente expuesta.

Pero a pesar del miedo, no pensaba apartarse del lado de Bren. Sabía que nadie la culparía si velaba a la chica muerta desde la seguridad de su terraza, pero no podía hacerlo. La joven ya llevaba demasiado tiempo sola en la oscuridad. Ahora se merecía tener una amiga a su lado, aunque eso hubiera dejado de importarle.

Sentada en la hierba húmeda, Nora percibía con todo su ser y todos sus sentidos la quietud de la noche. Las estrellas destellaban inmóviles en el cielo negro. El bosque al otro lado de las vías del tren era una fortaleza silenciosa. No se oía el sonido de los pájaros ni los chillidos de los animales. Era como si la naturaleza al completo estuviera rindiendo homenaje a la difunta.

La librera pensó que ojalá pasara un tren de mercancías bien largo. Agradecería sentir la vibración familiar y oír el ruido metálico de las ruedas, pero las vías siguieron igual de vacías y frías.

A medida que pasaban los minutos, la sensación de soledad fue en aumento, y con ella, la inquietud de Nora. Necesitaba concentrar su mente en algo, así que miró a Bren.

«¿Qué te ha pasado?», le preguntó en silencio.

Deslizó el haz de su linterna sobre el rostro inerte. Al acercarse, percibió de inmediato el fétido olor a vómito. Sentada en cuclillas, inhalando el aire fresco, se fijó en la mano de Bren. Era pequeña, y su piel delicada y suave. Se mordía las uñas. Tenía la piel de alrededor roja y descamada. Casi no quedaban restos del esmalte oscuro.

—¿Por qué te sentías tan infeliz?

Nora pensó en los libros que había querido regalarle. Pensó en que Bren nunca leería otro libro, ni crearía otro recuerdo, ni haría otro collar. No conocería a más gente ni viviría la vida atrevida con la que había soñado. La vida que no iba a empezar hasta que dejase a su madre.

—Ay, Celeste...

Las lágrimas le empañaron los ojos. Cuanto más miraba las uñas de la chica, más le parecían obras de arte abstracto. Pensó que a Bren le habría gustado aquella comparación.

Cuando el sonido de las sirenas rompió el silencio al fin, la librera no se sintió aliviada, sino que le dieron ganas de salir corriendo.

«Tú no eres la responsable de esto», se recordó a sí misma.

Pero ¿era una mala persona por dar por sentado que Bren había muerto por sobredosis? ¿Y si no era así? ¿Y si había sido otra la causa de su muerte?

Reanudó su inspección con la linterna, pero no vio ningún signo evidente de violencia. No había sangre ni hematomas visibles en la piel. La ropa de Bren estaba intacta. Había vomitado, y cuando June la había visto dando arcadas la semana anterior, había sugerido que tal vez iba drogada. Cabía la posibilidad de que esa noche también hubiera consumido algo. Algo más que los porros que se había fumado.

El ruido de las sirenas se hizo más nítido y Nora volvió a iluminar el rostro de la chica. Se fijó en una ramita enredada en el pelo y, al tirar de ella con delicadeza, apartó sin querer un mechón hacia un lado, dejando al descubierto una marca oscura en la nuca. Nora la enfocó con la linterna.

La marca era una hilera de tatuajes minúsculos. Aquellos símbolos... eran justo como los que había en el trozo de papel escondido bajo el felpudo de su casa.

—Pero ¿qué demonios...? —susurró, sintiendo que el miedo volvía a apoderarse de ella.

Se apartó del cuerpo de la chica y se puso a mirar a todas partes con nerviosismo.

Las sirenas habían alcanzado un volumen ensordecedor. Las unidades de emergencias ya estaban allí.

En cuestión de minutos, varios haces de luz perforaban la oscuridad. El ayudante del *sheriff* Fuentes se arrodilló junto a Nora y le puso una manta sobre los hombros. Ella no recordaba lo que le había dicho, pero de algún modo consiguió que se levantara y caminara con él hasta su casa.

—¿Conocía a esa chica? —le preguntó una vez que ya estuvo sentada en su sofá. Aún llevaba la manta sobre los hombros y le habían servido un vaso de agua.

—Se llama Brenna. Es la hija de Celeste Leopold. Son nuevas en el pueblo; son las dueñas de la tienda Soothe.

Fuentes intercambió miradas con Wiggins, la ayudante del *sheriff* que entrenaba a la unidad canina.

Wiggins consultó su bloc de notas.

—Andrews estuvo en la tienda por la tarde.

—Es verdad. Por lo de la máscara y la horca —dijo Fuentes.

—A Celeste no le preocupaba lo del diablo —intervino Nora—, pero le dijo a Andrews que estaba preocupada por su hija. Le explicó que la chica se había ido de la tienda a la hora del almuerzo y no había vuelto. No contestaba a los mensajes ni a las llamadas, y su madre pensó que tal vez se había metido en algún lío. No sé qué quiso decir con eso.

«El hombre de las sombras. El porro. Los tatuajes».

Fuentes hizo una seña a Wiggins para que lo anotara todo y luego volvió a dirigirse a Nora:

—Tengo que volver ahí fuera. ¿Estará usted bien?

Nora asintió.

—Que la traten con delicadeza, ¿de acuerdo? —añadió cuando el agente abrió la puerta para irse.

—Descuide —contestó él con solemnidad.

Una vez a solas con Wiggins, Nora le preguntó si podía preparar un café mientras hablaban. La verdad era que necesitaba hacer algo en lugar de estar sentada, y moverse por su cocina la ayudó a recuperar cierto control sobre la situación.

Con el ruido de fondo del borboteo de la cafetera, Nora repitió la conversación que había mantenido con Bren aquella misma noche. Luego pasó a relatar todo lo que sabía de la joven, que no era mucho.

Naturalmente, la agente se interesó por el hombre del parque y Nora deseó poder proporcionarle una descripción más completa en lugar de describir un antebrazo cubierto de tatuajes y la impresión de que era de complexión enjuta y dedos largos y finos.

Mientras la agente tomaba notas, la librera se dio cuenta de que aún no había mencionado el trozo de papel que había encontrado bajo su felpudo. Ahora estaba sobre la encimera, junto a la nevera.

Estaba a punto de sacar el tema cuando ocurrieron dos cosas: primero, la cafetera emitió un pitido, indicando que había terminado; en segundo lugar, Wiggins recibió una llamada por radio demasiado indescifrable para Nora. Sin embargo, debió de ser importante para la ayudante del *sheriff*, porque dijo que necesitaba salir un momento.

A ella no le importó que la agente tuviera que salir para hablar; ella también estaba deseando poder quedarse a solas un momento. Eso no solo le daba un respiro antes de seguir prestando declaración, sino que así además también podría fotografiar el trozo de papel.

Sabía que la policía tendría que llevárselo como prueba, pero quería estudiarlo de todos modos. Alguien le había dejado la página de un libro o una hoja manuscrita bajo el felpudo, y Nora quería saber quién lo había dejado allí y por qué. ¿Había sido Bren? ¿Había colocado la hoja bajo el felpudo antes de caer de rodillas detrás de su casa y ponerse a vomitar? Si era así, ¿qué mensaje había intentado transmitirle con aquellos símbolos?

«Le dije dónde vivía. Por si necesitaba una amiga».

No esperaba que Bren fuese a aceptar su ofrecimiento, pero si no había ido allí a confiar sus secretos a Nora, ¿por qué otra razón había aparecido muerta justo detrás de su casa?

Wiggins volvió en ese momento, interrumpiendo el hilo de sus pensamientos y mirando con aire anhelante la cafetera. La librera sirvió el café en tazas y señaló un azucarero y un paquete de crema de leche.

—Háztelo al gusto —le indicó.

Wiggins añadió un chorrito de crema de leche a su taza.

—Gracias. Va a ser una noche larga.

Nora le dio tiempo a que se bebiera media taza antes de hablarle de la hoja con los símbolos.

—Supuse que os la llevaríais, así que la he metido en una bolsita de plástico.

La agente examinó los símbolos a través del plástico y luego se volvió hacia Nora.

—¿Qué es?

—Por el tamaño y la textura del papel, podría tratarse de la página de un libro o manuscrito muy antiguo —le explicó—. Las túnicas que llevan las figuras parecen medievales, pero también podrían ser los hábitos de un monje. En cuanto a los símbolos, nunca había visto nada parecido.

—Tú vendes libros raros, ¿verdad? Entonces tal vez conozcas a alguien, otro librero o algún coleccionista, que pueda identificarlo si le envías una foto, ¿no?

Nora dudó. Lo cierto es que no había hechos muchos contactos de ese tipo por medio de Miracle Books, sobre todo porque los libros más caros de su inventario eran primeras ediciones firmadas por autores contemporáneos populares o novelas de época que costaba trabajo encontrar. Sin embargo, en el pasado había tenido mucha relación con la mujer que ahora dirigía la Biblioteca de Manuscritos y Libros Raros de la Universidad de Columbia. El problema era que esa mujer formaba parte de la vida anterior de Nora: su vida como bibliotecaria y mujer casada de un barrio residencial en las afueras. La vida a la que había renunciado.

Seis años atrás, tras recibir el alta de la unidad de quemados de un hospital de Atlanta, Nora se había mudado a Miracle Springs. En todo ese tiempo, no había entrado en internet a investigar si su exmarido se había casado con su amante embarazada, y nunca se había puesto en contacto con viejos amigos o familiares. Esas personas compartían un pasado con aquella mujer que, conduciendo en estado de embriaguez, se estrelló contra un coche en el que viajaban una madre y su hijo pequeño. Nora ya no era esa mujer. Las llamas del fuego la habían convertido en otra persona.

—Yo no vendo libros tan antiguos —le explicó a Wiggins—. Este papel podría ser perfectamente un documento de algún museo. Si era de Bren, tal vez su madre podría identificarlo.

—¿Y qué te hace pensar que podría ser suyo?

Nora no mencionó el tatuaje que había visto en la nuca de la chica. El forense no tardaría en descubrirlo, y ella prefería no tener que admitir que había estado examinando el cadáver. Además, no estaba del todo segura de que esos símbolos tatuados coincidieran con las marcas del papel. Quería que la ayudante del *sheriff* se marchara y la dejara sola para poder abrir la imagen en su teléfono antes de que olvidara cómo eran los tatuajes.

—Di por sentado que lo habría dejado ella —contestó la librera—. Aunque también podría haberlo dejado el hombre que estaba con Bren en el parque. Los tatuajes que llevaba en el brazo me recuerdan a estos símbolos.

Tras dar un último sorbo al café, Wiggins cogió la bolsa de plástico y dijo que seguramente le haría más preguntas más tarde, pero que, por el momento, lo que tenía que hacer Nora era descansar.

Sin embargo, ella tenía otros planes.

—Si no me equivoco, ahora mismo Celeste está sola y está a punto de pasar la peor noche de su vida. Tendrá que identificar el cadáver de su hija, ¿verdad? —La mujer asintió y Nora siguió hablando—: Me gustaría estar allí con ella.

—Vamos a solicitar la asistencia de una trabajadora social, pero es muy considerado por tu parte, Nora. Ya te avisaré cuando tengas que venir.

—¿Adónde debo acudir? —preguntó.

Tras darle los detalles, Wiggins se marchó.

La librera se sentó a la mesa de la cocina y estudió la foto que había sacado del extraño trozo de papel. Aunque el tamaño era mayor que el de la página de una novela contemporánea, parecía la hoja de un libro. Solo uno de los tatuajes de Bren coincidía con un símbolo de la página, y Nora no tenía ni idea de lo que significaba. Si Celeste no podía identificar el documento, el departamento del *sheriff* tendría que consultar a un especialista en lingüística o a un experto en libros y documentos raros.

—¿Qué os traéis entre manos? —preguntó Nora a las figuras vestidas con las túnicas.

A partir del cuenco, la serpiente y las dos plantitas en las que no había reparado hasta ese momento, daba la impresión de que las figuras se disponían a mezclar unos ingredientes. Pero ¿se trataba de un remedio medicinal? ¿O todo lo contrario? ¿Era la fórmula para elaborar un veneno?

Le dieron ganas de abrir el portátil; quería lanzarse a investigar, hacer clic en una web tras otra con información sobre manuscritos y documentos antiguos. Sin embargo, sabía que sus sentimientos acabarían por alcanzarla y que era mejor no huir de ellos.

Si Jed hubiese estado cerca, lo habría llamado, pero su madre estaba enferma y Nora no quería agobiarlo con más preocupaciones. Lo más probable era que Hester estuviera con Jasper, y no quería molestarlos. Tampoco quería importunar a Estella y Jack, lo cual la dejaba con June como la única persona a la que podía acudir.

—Nunca llamas tan tarde. ¿Estás bien? —contestó al teléfono su amiga.

—No —murmuró, y empezó a llorar.

June se vistió en un momento y salió disparada hacia la casa de Nora.

Las dos se quedaron de pie en la terraza, viendo cómo dos hombres trasladaban la camilla con el cadáver de Bren al aparcamiento. Cuando las puertas del furgón del forense se cerraron de golpe, June se estremeció.

—¿Tenemos que ir ya? —susurró.

La librera miró su teléfono, vio el mensaje de Wiggins y asintió.

Diez minutos más tarde, las dos amigas estaban sentadas en sendas sillas de plástico en el oscuro pasillo de la morgue. Cuando oyeron el grito desgarrador de una mujer, procedente de las salas de reconocimiento, se cogieron de la mano.

—Gracias por acompañarme —le susurró Nora.

A June le temblaba el labio inferior. Tenía que hacer un gran esfuerzo por no derrumbarse ella también. Era madre y sentía el profundo dolor en el grito de Celeste. Lo que esa pobre mujer estaba viviendo en ese preciso instante era su peor pesadilla; a June no le costaba nada imaginarse el cuerpo de su hijo tendido sobre aquella mesa de metal. Tyson era toxicómano, y por eso su madre nunca dejaría de temer por su vida.

El ayudante del *sheriff* Fuentes apareció en el pasillo con expresión grave.

—Está muy mal —dijo—. Espero que puedan ayudarme, porque tengo que hacerle unas preguntas. Ahora mismo, no creo que esté en condiciones de hablar con nadie.

Una explosión de ira llameó en los ojos de June.

—¡Acaba de perder a su pequeña!

Nora apretó la mano de su amiga.

—Lo único que podemos hacer es tratar de consolarla —le dijo a Fuentes—. Ahora mismo debe de estar demasiado conmocionada para asimilar nada. ¿Y si se queda usted escuchando mientras hablamos con ella? ¿O mejor la ayudante Wiggins, tal vez? Tengo la sensación de que ahora mismo Celeste preferiría la compañía de alguna mujer.

—De acuerdo, vamos a ver cómo va —respondió el agente—. Y gracias por estar aquí. Sé que es tarde y que es una situación muy dura. Todavía estamos esperando a nuestra trabajadora social. Está de camino, pero aún va a tardar otros veinte minutos.

Nora pensó en la noche que Fuentes tenía por delante. Después de resolver los problemas de organización y orden público relacionados con un festival multitudinario, ahora debía investigar la muerte de una joven. El ayudante venía de una familia numerosa: tenía dos hermanos y cuatro hermanas. Su hermana menor tenía más o menos la misma edad de Bren y era muy probable que estuviera pensando en ella mientras trabajaba en el caso.

Pero por muy difícil que fuera la noche del policía, no era nada comparado con el sufrimiento de Celeste.

Fuentes y Wiggins sostuvieron literalmente a la mujer para llevarla a una salita que contenía un sofá desvencijado y varias sillas desparejadas. Tras ayudarla con delicadeza a sentarse en el sofá, Wiggins se dirigió al pasillo.

—Voy a por unas bebidas a la máquina expendedora —anunció—. Vuelvo enseguida.

Nora se sentó en el espacio vacío a la derecha de Celeste y June ocupó el de la izquierda. La mujer tenía la cara casi tan gris como su pelo. Su mirada era hueca y la tenía fija en la puerta, mirándola como si fuera un portal a otro mundo.

Durante un par de minutos, las tres mujeres guardaron un incómodo silencio mientras Fuentes examinaba su cuaderno de notas. Entonces Nora cogió la mano de Celeste. Tenía los dedos helados, así que la librera le acarició aquella mano inerte con la esperanza de hacerla entrar en calor.

June inclinó el cuerpo hacia delante e hizo una leve inclinación con la cabeza dirigida a Nora. Era hora de ver si Celeste tenía algo que decir.

—Vamos a estar a tu lado en todo momento, cielo —le habló June con tono sosegante y tranquilizador—. Nos sentaremos aquí contigo el tiempo que necesites. No tienes que decir ni una palabra si no quieres. Solo queremos que sepas que no estás sola. Estamos aquí contigo.

Para sorpresa de Nora, June empezó a tararear una canción. No reconoció la melodía, pero era preciosa. Celeste empezó a balancearse como si la música la meciera en sus brazos.

—Estamos a tu lado —susurró Nora.

A la mujer se le humedecieron los ojos y, mientras June seguía tarareando, las lágrimas acumuladas empezaron a resbalarle por las mejillas. Nora le depositó un pañuelo en la mano, pero ella no se dio cuenta. Siguió balanceándose adelante y atrás y llorando.

En ese momento volvió la agente Wiggins. Dejó dos refrescos y tres botellas de agua encima de la mesa y ocupó el asiento de Fuentes. Este se marchó y la agente abrió su libreta por una página en blanco y esperó.

Cuando June terminó de tararear la canción, Nora dejó que el silencio se instalara de nuevo a su alrededor. Esta vez no fue incómodo; se había formado un vínculo entre las mujeres sentadas en el sofá. Era un vínculo frágil, pero tendría que servir. Los ayudantes del *sheriff* necesitaban saber quién era Bren Leopold. Y Nora también.

—Brenna es un nombre muy bonito —dijo—. Y único. ¿De dónde viene?

Celeste sonrió.

—Es celta. Significa «belleza de pelo negro». Brenna es como Blancanieves, no se pone morena nunca: pasa de estar blanca como la leche al rojo langosta en un minuto. Estuvo toda la infancia llevando sombreros y gafas de sol, como si fuera una estrella de cine. Ahora le ha dado por el color negro. Dice que es el color del poder. De la rebelión. Y de los secretos.

Nora no pasó por alto que Celeste estaba hablando en presente. También era la segunda vez que mencionaba los secretos de su hija.

—Esta noche vi a Bren —le explicó—. En el festival. Hablamos un rato.

La expresión de la mujer se volvió más alerta, recordándole a Nora a un submarinista que hubiera salido a la superficie demasiado rápido. Estaba desorientada, pero luchaba por recuperar la concentración.

—¿Habéis estado hablando? —preguntó.

La librera no quiso ahondar en el dolor de Celeste repitiendo todo lo que le había dicho su hija, por lo que, en lugar de eso, describió el resplandor de la luna llena y cómo la música del festival llegaba hasta el banco del parque donde estaba sentada. Le contó que parecía que a Bren le había gustado la comida porque los únicos restos que le quedaban en la bandeja de cartón eran un envoltorio arrugado de hamburguesa y unas pocas patatas fritas.

—Yo también fui nueva en este pueblo, así que animé a Bren a que viniera a mi casa, detrás de la librería, si alguna vez necesitaba una amiga. No me dijo nada, pero por la forma en que me miró me di cuenta de que mi ofrecimiento significaba algo para ella.

A Celeste volvieron a brotarle las lágrimas.

—¿Y ha venido a verte esta noche? ¿Qué ha pasado? ¿Estabas en casa?

El sentimiento de culpa hizo que a la librera se le encendieran las mejillas.

—No lo sé. Después de estar hablando con ella, yo aún me quedé un rato en el festival. Luego me pasé por Miracle Books de camino a casa. —Pronunciaba cada palabra embargada de remordimiento—. Más tarde, cuando volví a ver a Bren cerca de mi casa, me quedé sentada a su lado. Todo estaba muy tranquilo. Solo estábamos nosotras y la luna.

Celeste hundió la cara en un fajo de pañuelos y se echó a llorar. June le frotó la espalda y le fue hablando en murmullos, con dulzura. Al cabo de un rato, la desconsolada mujer se serenó y June la convenció para que bebiera un poco de agua.

—Tienes que saber algo más —le dijo—: Bren no estaba sola en ese banco del parque. Estaba con un hombre. Todos la vimos hablando con él.

Nora oyó un crujido cuando la mujer apretó con fuerza la botella de plástico que tenía en la mano.

—¿Qué aspecto tenía?

—No llegamos a verle la cara —contestó Nora—. ¿Conoce Bren a alguien en Miracle Springs? ¿Había hecho algún amigo nuevo estos días?

Celeste levantó las manos en el aire.

—No lo sé. Desde que llegamos aquí, dejó de contarme muchas cosas. No quería mudarse, pero no teníamos elección.

Wiggins se dio unos golpecitos en el brazo para recordarle a Nora los tatuajes del hombre.

La librera los describió lo mejor que pudo.

—Una especie de símbolos. Aquí. —Le tocó el antebrazo—. ¿Conoces a alguien con ese tipo de tatuajes?

Su respuesta fue casi inaudible.

—Demasiados secretos.

Celeste estaba volviendo a desconectar, a hundirse en el abatimiento absoluto. Estaba traumatizada y se estaba cerrando como mecanismo de autoprotección. Era una crueldad seguir teniéndola en aquella sala aunque solo fuera un minuto más.

—No puede seguir con esto —dijo Nora—. Necesita descansar.

Al ver de nuevo la palidez cenicienta en el rostro de Celeste, Wiggins salió al pasillo para pedir ayuda. Cuando regresó, dio las gracias a Nora y June.

—La trabajadora social ya ha llegado, así que podéis iros —añadió.

Las dos amigas regresaron a casa de Nora, demasiado hundidas para hablar.

—No deberías conducir tan tarde —dijo la librera—. Quédate aquí esta noche; yo puedo dormir en el sofá.

June soltó una carcajada desganada.

—Cariño, tengo insomnio. Si no estuviera contigo, estaría leyendo, tejiendo o encabezando un desfile de gatos. Hablando de gatos, por ahí aparece uno de ellos. Cree que he empezado sin él.

Tenía razón: un enorme gato atigrado naranja cruzaba trotando el aparcamiento. Otros gatos lo seguían desde cierta distancia.

—¿Te vas a ir andando a casa? —le preguntó Nora.

—Solo voy a dar una vuelta. Necesito llevarme el coche para ir a visitar a Tyson mañana. —Su expresión se dulcificó—. Oye, ya sé que estás preocupada por mí por los paralelismos entre la hija de Celeste y mi hijo, pero Tyson está recibiendo la ayuda que necesita, y yo le doy gracias a Dios por ello todos los días. A mí quien me preocupa eres tú: prométeme que mañana dormirás hasta tarde, para que puedas recuperarte un poco. Le diré a Sheldon que abra él la librería. No te atrevas siquiera a aparecer antes del mediodía, o por la noche te echaré una bronca de campeonato, cuando nos veamos en el club de lectura.

Nora sonrió.

—Intentaré dormir.

—¿Tienes manzanilla? ¿Melatonina? ¿Algo que te ayude?

Había una botella de vino en la despensa, pero la librera trató de no pensar en eso.

Las dos mujeres se abrazaron, Nora subió las escaleras hasta su terraza y desde allí vio a June atravesar el aparcamiento con su escolta de gatos callejeros. Cuando desaparecieron de su vista, dirigió la mirada hacia la colina. Por un momento, le pareció volver a ver la figura oscura del cuerpo de Bren.

Recordó las preguntas embargadas de dolor de Celeste.

«¿Y ha venido a verte esta noche? ¿Qué ha pasado? ¿Estabas en casa?».

De inmediato, toda la culpa que había sentido al oír aquellas preguntas volvió a apoderarse de ella. Sí, lo más probable era que Bren hubiese ido allí en su busca, y no, no estaba en casa entonces.

«Si no hubiera pasado primero por la librería, ¿habría estado aquí a tiempo para ayudar a Bren? —se preguntó, bajando la vista al felpudo de la entrada—. Si no hubiera estado por ahí buscando demonios con cuernos, ¿podría haberle salvado la vida?».

Cansada tanto física como anímicamente, Nora entró en su casa, dejó las llaves en la encimera de la cocina y se desplomó en la cama. Se quitó los zapatos y esperó a que el sueño la llevara a un dulce estado de inconsciencia, pero este se negaba a obedecerla.

Parte del problema era que seguía llevando el teléfono en el bolsillo y se le clavaba en el costado. Lo sacó y se quedó mirando la foto de la página del libro hasta que los símbolos se desdibujaron. Al final, cerró los ojos.

Sus sueños se vieron asediados por imágenes de una mujer de pelo negro y un hombre que llevaba una serpiente alrededor del cuello como si fuera un pañuelo. La mujer lloraba mientras el hombre depositaba un recipiente de madera en sus manos.

Los dedos del hombre estaban cubiertos de tatuajes, mientras que su rostro era una sombra en constante cambio. La víbora, una serpiente venenosa, era aterradora. Unas gotas negras de veneno le resbalaban de los colmillos y desviaba la cabeza hacia atrás, lista para atacar.

El yo onírico de Nora sabía que si se acercaba demasiado, no sobreviviría al duelo con el reptil. Intentó correr, pero sus piernas se negaban a avanzar, y cuando miró hacia abajo, vio que tenía la parte inferior del cuerpo de mármol. No podía moverse, y el hombre de la serpiente iba a por ella.

CAPÍTULO SIETE

Si quieres finales felices, lee libros de cocina.

DEAN YOUNG

A la mañana siguiente, a Nora le dolía todo el cuerpo por culpa de la falta de sueño, pero después de una pastilla de ibuprofeno, un café y una larga ducha, volvía a sentirse algo parecido a un ser humano. Se vistió con sus vaqueros favoritos y una blusa color óxido, y dedicó más tiempo del habitual a peinarse y maquillarse. Ese día acudiría a Miracle Books una multitud de asistentes al festival, y la librera estaba decidida a causarles una buena impresión.

Mientras se aplicaba el corrector por debajo de los ojos, se preguntó cómo estaría Celeste. ¿Estaría en casa? ¿La acompañaría la trabajadora social? ¿Habrían vuelto a interrogarla?

El ayudante Fuentes no podía hacer mucho más hasta que el forense concluyera su informe, y el *sheriff* McCabe estaría de vuelta antes de eso. Ese pensamiento le resultaba reconfortante. Fuentes era un buen hombre, pero había estado haciendo turnos extras para cubrir a McCabe y necesitaba descansar. El *sheriff* investigaría la muerte de Bren con tacto y sensibilidad, y si Nora lo conocía tan bien como creía, el grupito de las Defensoras de los Valores Sólidos no le haría ni pizca de gracia.

«¿Qué harán ahora? ¿Pintar un diablo con cuernos en la lápida de Bren?».

La posibilidad de que aquella panda de mojigatas echaran más sal en la herida de Celeste reavivó la ira de Nora. Si se enteraban de que Bren consumía drogas, no dudarían en proclamar triunfalmente a los cuatro vientos que ellas ya habían denunciado que el CBD era una droga de iniciación. Pero ¿con qué fin? ¿Para echar del pueblo a una madre en pleno proceso de duelo por la muerte de su hija?

Se puso una parka y salió a la terraza. Contempló la colina, donde centenares de gotas de rocío estaban adheridas a centenares de briznas de hierba. Relucían bajo la luz del sol como cristales transparentes, como los abalorios que hacía Bren.

Una brisa estremecía la hierba y las gotas de rocío danzaban y centelleaban. En ese momento, Nora sintió como si Bren estuviera allí, pero cuando una nube se deslizó para tapar el sol, la sensación desapareció.

Un tren emitió un silbido en algún punto de la línea de ferrocarril, y el sonido esperanzado y melancólico le hizo pensar que ojalá Jed no estuviera tan lejos. Sacó el teléfono rápidamente y lo llamó.

—Hola, forastero. ¿Cómo estás?

—He tenido días mejores. —La voz de Jed era sombría—. Mi madre está ingresada en el hospital. Tiene una infección, Nora. Una infección pulmonar.

Tras haber pasado varios meses en una unidad de quemados, ella era plenamente consciente de que los pacientes con lesiones internas eran más propensos a contraer infecciones, circunstancia que no desaparecía después de recibir el alta.

Muchos supervivientes salían del hospital con un sistema inmunitario debilitado de por vida.

Aunque la madre de Jed había ingresado varias veces en el hospital desde el incendio, él siempre había estado allí para atenderla, pero esta vez era otra persona quien la había llevado al centro hospitalario porque él vivía a seis horas de distancia, en Miracle Springs.

—Lo siento mucho —dijo Nora—. Ojalá pudiera darte un abrazo ahora mismo.

—Ya. A mí también me gustaría —respondió él. Hubo una pausa y, cuando volvió a hablar, su tono era frío como el hielo—. Tienes que saber que no me iré de aquí hasta que ella esté bien. Hasta que ya esté en casa y se haya recuperado por completo.

Jed tenía ganas de discutir. Nora sabía que no estaba enfadado con ella, sino consigo mismo. Después de todo ese tiempo, aún seguía odiándose por ser el responsable del incendio en el que su madre había resultado herida. Ella le había dado una lista de libros para ayudarle a superarlo, pero se había negado a leerlos. Él le había dicho varias veces que no necesitaba terapia de ningún tipo, tampoco la biblioterapia, que lo único que necesitaba era trabajar el máximo número de horas para que su madre recibiera los mejores cuidados posibles.

—Eres un buen hijo, Jed. —Nora trató de infundir ternura y calidez a cada palabra—. Seguro que tu madre se recuperará el doble de rápido porque tú estás ahí a su lado. ¿Quieres que haga algo por ti mientras estás fuera? ¿Quieres que vaya a tu casa? ¿Que me pase por casa de tu vecina a ver cómo está Henry Higgins?

Jed soltó una exhalación.

—Tal vez sí. No lo sé. Ahora mismo estoy demasiado preocupado por mi madre para pensar en eso. Sé que hoy tenéis un festival muy importante y estarás a tope de trabajo, así que vete a vender toneladas de libros. La enfermera de mi madre viene hacia aquí. Tengo que colgar.

Nora abrió la boca para desearle que fuera todo bien, pero él ya había colgado.

—Vender toneladas de libros —repitió en voz alta. Después de lo sucedido la noche anterior, eso era lo que más le gustaría del mundo.

Entró en Miracle Books y se encontró con que Sheldon ya había preparado café, colocado las bandejas de los bolsilibros y ordenado las estanterías. Estaba limpiando los sillones de lectura con el aspirador de mano cuando ella le dio un golpecito en el codo.

—¿Algún rastro de vandalismo? —le preguntó cuando dejó el aspirador.

Haciendo caso omiso de su pregunta, Sheldon la estrechó entre sus brazos.

—No te preguntaré por qué estás aquí cuando podrías haberte quedado durmiendo porque ya sé la respuesta: necesitabas estar entre amigos. Jane Austen, J. R. R. Tolkien y Sheldon Silverstein Vega.

Los abrazos de oso de Sheldon eran mágicos. Cuando Nora apoyó la mejilla en su hombro, percibió su olor a menta y lana. Entre los brazos de su amigo, se sentía segura. Para haber sido alérgica a los abrazos durante gran parte de su vida, lo cierto es que a Nora le encantaría que Sheldon le diera uno todos los días de la semana.

No sonreía cuando se separó de ella.

—Antes de que creas que tus problemas han desaparecido simplemente porque te he abrazado como si fueras un peluche, será mejor que eches un vistazo al almacén.

«¡Los demonios!». Mientras corría hacia el almacén, Nora visualizó la imagen de la estatua de Celeste y el letrero de la tienda de Marie. Cuando vio una calabaza encima del mostrador, lanzó un gemido de alivio.

Quienquiera que hubiese transformado aquella calabaza en un demonio no se había esforzado demasiado: había empleado un rotulador negro para dibujar una cara malvada y una barba puntiaguda en la superficie. Tras clavar un par de cuernos de demonio a cada lado del rabito de la calabaza, la habían dejado en la puerta de la librería para que Nora se la encontrara.

—¿Dónde estaba? —le preguntó a Sheldon.

—En la jardinera de delante. Las caléndulas están todas espachurradas.

La librera la examinó con atención.

—Me sirve.

—¿Vas a volver a dejarla ahí fuera?

La mujer cogió un bote de pintura negra en espray de la estantería del material.

—Después de darle unos retoques.

Para cuando acabó de colocar el último libro de temática gastronómica en la mesa de la acera, todas las plazas de aparcamiento de la calle principal estaban llenas. No iba a haber nadie para atender aquella mesa, pero había descubierto que la presencia de más gente disuadía a los ladrones. También esperaba que hubiese clientes entrando y saliendo de Miracle Books durante todo el día, así que decidió utilizar la jardinera para sujetar la puerta principal y mantenerla abierta. Su calabaza recién tuneada no iba a pasar desapercibida para nadie.

Después de cubrirla con dos capas de pintura en espray negra, Nora había escrito una cita en la superficie brillante con un rotulador blanco.

Cuando le llevó el producto acabado a Sheldon, este se puso las gafas y leyó el texto en voz alta:

—«No es necesario un tenedor de plata para comer buena comida». —Miró a Nora—. ¿De quién es esa frase?

—Del chef Paul Prudhomme. Es ese hombre alegre y barbudo que sale en las etiquetas de los botes de condimentos Magic Seasoning. Tenemos algunos de sus libros de cocina en exposición en la mesa. *Louisiana Kitchen* es un clásico. Me ha parecido una buena cita para una celebración de los productos que van de la granja a la mesa.

Al parecer, sus clientes estaban de acuerdo con ella, pues la mayoría sonreía después de leer la frase, y muchos hacían fotos de la calabaza.

Una mujer con una camiseta que decía: ME GUSTAN MIS VACAS Y TAL VEZ 3 PERSONAS le preguntó si podía dejar una pila de libros de bolsillo en el mostrador de caja.

—Ahora quiero salir a ver qué tenéis en la mesa de fuera —explicó—. En mi pueblo no hay librerías ni tampoco biblioteca, así que si quiero hacerme con una buena provisión de libros, esta es la mía. Por cierto, me encanta la calabaza.

Nora cogió el libro de *Louisiana Kitchen* de la mesa y lo colocó en un soporte de acrílico junto a la caja registradora, donde estaría a la vista de todo el mundo. Deslizó la mano por la cubierta con la ternura de una madre acariciando la mejilla de su hijo.

Una vez más, un libro había acudido a su rescate: la intención de quienquiera que hubiese hecho aquella calabaza demoniaca había sido insultarla o asustarla. Sin embargo, gracias a una breve pero simpática frase de un chef autor de libros de cocina, la calabaza que pretendía hacerle daño estaba generando ventas y publicaciones en redes sociales. Estaba creando un ambiente positivo para todos los que entraban en su local. Nora no se sentía herida ni asustada, sino que estaba absolutamente encantada.

Los libros también la habían salvado la última vez que tuvo miedo: después de que alguien arrojara un ladrillo contra el escaparate de su librería, a Sheldon se le había ocurrido la brillante idea de convertirlo en una vitrina donde exponer libros prohibidos.

Esa exposición hizo furor en todo el pueblo, y los lectores estuvieron etiquetando a Miracle Books en las redes sociales durante varias semanas. No solo se dispararon las ventas, sino que los libros prohibidos se convirtieron en tema de debate y conversación entre los habitantes de todo el estado.

Ese día, todo el mundo estaba hablando de comida: de cómo cultivarla, cosecharla, venderla, prepararla y comerla. Los olores de los puestos ambulantes se colaban en la tienda y, cuando un hombre entró con una cesta de manzanas fuji, a Nora le rugieron las tripas. Estaba encantada con la cola de clientes que esperaban a ser atendidos, pero parecía que aún iba a tardar un buen rato en poder echarse algo al estómago.

Acababa de darle a un cliente el recibo de compra por una pila de libros sobre cómo hacer pan, cerveza y conservas de frutas y verduras cuando Estella entró con aire despreocupado en la librería. Con su vestido de algodón, sus botas de vaquera y su sombrero de paja, parecía la modelo de portada de una novela romántica sobre la esposa de un granjero.

Aunque la admiración de la mayoría de los clientes que hacían cola era más que evidente, Estella no esbozó ni siquiera una tímida sonrisa. Había intercambiado su actitud coqueta por el respeto y el apoyo de las mujeres del pueblo. Sin la ayuda de estas, el negocio de Estella no podría sobrevivir.

Además, ya no necesitaba seguir coqueteando con nadie; estaba enamorada de Jack Nakamura, y el amor le sentaba bien. Estaba tan radiante como una novia el día de su boda.

—Traigo el almuerzo —anunció, deslizándose por detrás de la caja con una bolsa reutilizable en la mano.

Después de dar las gracias a su cliente, su amiga se volvió hacia ella y le dedicó una sonrisa.

—Eres un ángel.

Estella soltó una carcajada.

—¡Ja! Llevar una aureola en la cabeza limitaría mucho mi surtido de peinados. En fin, tengo todavía hora y media hasta que venga mi próxima clienta, así que siéntate y come. Puedes decirme cómo funciona la caja registradora entre bocado y bocado. Al fin y al cabo, es un festival de comida, ¿no?

—¿Y Sheldon? —preguntó Nora después de saludar al siguiente cliente. Utilizó la pistola de escáner para escanear el código de barras de la contraportada de cada libro mientras Estella observaba con interés.

—Hester se está ocupando de Sheldon. Se ha colado en la librería mientras tú le dabas el cambio a ese buenorro con el sombrero de vaquero.

Estella observó cómo su amiga llevaba a cabo dos transacciones más antes de anunciar que ya estaba lista para tomar el relevo.

Nora nunca comía delante de sus clientes, pero decidió saltarse su propia norma por una vez. La bolsa de la compra contenía una botella de té helado, un sándwich y un recipiente de macedonia de frutas. La macedonia era una refrescante mezcla de manzanas, peras, uvas y nueces mezcladas con un aliño ligero de yogur. El sándwich era de jamón y queso *brie* a la plancha con pan de trigo con miel.

—Esto tiene una pinta increíble —dijo Nora.

—Todo es del mismo proveedor. Utiliza alimentos de granjas de kilómetro cero, y su mujer es la que elabora el pan. Si ella y Hester no se hubieran puesto a hablar de la masa madre, habríamos venido antes.

La librera se limpió las manos con una toallita húmeda y dio un mordisco al sándwich. Estaba caliente y delicioso, y las cebollas caramelizadas y la compota de manzana eran el contrapunto perfecto para el sabor salado del jamón y el queso. Se comió las dos mitades en el tiempo que Estella tardó en completar cinco transacciones.

—¿Saben por qué Soothe está cerrado? —preguntó la mujer al frente de la cola justo cuando Nora acababa de hincar el tenedor en la macedonia—. Una pareja de mi hotel me ha comentado que podía comprar productos de CBD allí. La artritis de mi padre ha empeorado mucho y estoy desesperada por encontrar algo que le ayude.

La librera se bajó del taburete y se inclinó sobre el mostrador, animando a la mujer a inclinarse también.

—La dueña acaba de perder a un familiar y creo que va a tardar algún tiempo en volver a abrir —le explicó en voz baja—. Y no se lo digo para que gaste más dinero en mi local, pero Sheldon, ese apuesto hombre de ahí atrás que hace el mejor café del mundo, es una especie de experto en artritis. En dolor crónico, en general. Podría darle algunas ideas.

La mujer dejó sus libros en el mostrador y salió de la cola. Nora la guio hasta la taquilla y, en cuestión de minutos, ella y Sheldon estaban sentados en el corro de sillones de lectura, charlando animadamente. Nora ocupó el lugar de su amigo al frente de la cafetera expreso y le dijo a Hester que dejara de lavar tazas.

—Tú ya has trabajado suficiente en la panadería esta mañana. No tienes que seguir trabajando aquí.

La panadera se secó las manos con un trapo.

—Quiero ayudar. Estoy preocupada por ti. Después de todo lo que pasó anoche... —Sacudió la cabeza, respiró hondo y siguió hablando—: Y por si fuera poco, Sheldon me ha contado lo de la calabaza. Creía que esa jauría de lobas te dejaría en paz. Supongo que estaba equivocada.

Nora puso mala cara.

—Espero que sea el último mensaje que envíen. Cuando lo de Bren salga a la luz, la gente debería pensárselo dos veces antes de acosar a sus vecinos. Sobre todo cuando se trata de una vecina que acaba de perder a su hija.

—Eso es lo que haría cualquier persona decente, desde luego, pero si Celeste reabre la tienda, podría seguir siendo un objetivo para ellas. Esas mujeres podrían centrarse en atacar los productos CBD y pasar olímpicamente del hecho de que sea una madre desconsolada.

Dejaron de hablar unos minutos mientras Nora preparaba un Jack London y Hester calentaba dos bolsilibros de chocolate.

—¿Dónde está Celeste? ¿Lo sabes? —le preguntó cuando volvieron a quedarse solas.

—En su apartamento. La trabajadora social está con ella. Nora, no tiene absolutamente a nadie: ni familia cercana ni amigos. Tenemos suerte, ¿sabes? —Sacudió de nuevo la cabeza—. Jasper me ha dicho que anoche le administraron un sedante y consiguió dormir un poco. Esta mañana ha pasado por allí a ver cómo seguía. Estaba un poco grogui, pero le ha cogido la mano y le ha dicho, susurrándole, que tendrían que haberse ido antes de la comunidad. Jasper ha intentado averiguar qué ha querido decir con eso, pero no ha sacado nada en claro.

A Nora, aquellas palabras de Celeste le resultaron inquietantes, pero no sabía precisar por qué. Nunca había oído a Bren ni a Celeste hablar de ninguna comunidad.

—¿Cómo podemos ayudarla? —preguntó Hester.

Cuando otro cliente se acercó a la pizarra del menú y se puso a estudiar las opciones, la librera se dio cuenta de que había llegado el momento de relevar a Estella.

—Esta noche trazaremos un plan. Primero hablaremos de Celeste, y si no nos da tiempo a comentar el libro del club de lectura, pues no lo comentamos. Al libro le va a dar igual. Los libros nunca nos abandonan; siempre esperan, son leales como un perro y pacientes como un abuelo.

Hester sonrió.

—Se te iluminan los ojos cuando hablas de libros, como si tuvieras una estrella dentro. ¿Me pongo yo así cuando hablo de mis bollos?

—Querida, cuando tú hablas de tus bollos, no es como si tuvieras una estrella dentro, sino una galaxia entera —dijo Sheldon al entrar en la taquilla de la venta de billetes—. Os quiero mucho a las dos, pero ahora debéis marcharos. Mi espacio personal es una *suite* de lujo y acabo de acceder a mis aposentos.

Con Hester a su espalda, Nora se dirigió a la entrada y dio las gracias a Estella por su ayuda y por el delicioso almuerzo. Luego se colocó detrás del mostrador.

El resto de la tarde transcurrió entre ofrecer recomendaciones e ir embolsando un libro tras otro, envolviendo embellecedores de estantes, reorganizando los expositores y reponiendo existencias.

A la hora del cierre, la librería estaba hecha un desastre. Había enormes huecos en casi todas las estanterías. Mirara donde mirara, los libros se apoyaban en otros libros. La imagen le recordó a unos niños pequeños recostando sus cansadas cabecitas en el regazo de sus padres.

Aunque a Nora le encantaban los festivales, no le gustaba toda la basura que dejaban tras de sí. Llevaba años dedicándose a aquello, pero le seguía molestando encontrar restos de chicle, recibos de compra arrugados, lazos para el pelo, envoltorios de caramelos, corazones de manzana, pañuelos de papel usados, botellas de agua, pajitas, palillos de dientes, patatas fritas, Cheerios, bolígrafos, lápices, servilletas y calderilla por toda la tienda.

No recordaba la última vez que había visto el suelo cubierto de tantas capas distintas de porquería, y las papeleras estaban a rebosar.

—¡Madre del amor hermoso! —exclamó Sheldon desde la sección de libros infantiles—. Estos libros de Clifford están todos pegajosos y de color azul.

—Seguro que es algodón de azúcar.

El hombre lanzó un gemido.

—Limpiar cochinadas de niños como estos pegotes de azúcar y gérmenes no entra dentro de mis obligaciones laborales. Este marinero abandona el barco.

—Vete, no te preocupes, que en cuanto despegue esta manzana de caramelo de la moqueta, yo me encargo de Clifford. —Nora se puso en cuclillas y sonrió a su amigo—. Hoy has estado fenomenal, como siempre, pero seguro que estás agotado. ¿Quieres tomarte el lunes libre?

Sheldon parecía horrorizado.

—De eso ni hablar. Tenemos que prepararnos para la próxima tanda de festivales. Ya descansaré mañana. Tú vete a las ventas de segunda mano. Todos esos artículos otoñales que compraste la semana pasada ya han volado, así que cuando termines con lo del club de lectura, acuéstate temprano. Tienes que cuidarte tú también.

Tras pellizcarle la mejilla como hacía su abuela judía con la suya, Sheldon se marchó.

Ella despegó la manzana de caramelo, limpió los libros de Clifford, vació las papeleras y aspiró el suelo. Una vez en casa, se dio una ducha rápida y se cambió de ropa. Todavía tenía el pelo húmedo cuando se puso el abrigo. Por primera vez, su sofá le parecía más apetecible que una sesión del Club Secreto de la Lectura y la Merienda. Nora quería a sus amigas, le encantaban los libros y le encantaba la comida, pero estaba muy muy cansada.

«¿Y Celeste? Está completamente sola».

Con ese pensamiento en la cabeza, corrió de vuelta a la librería.

June esperaba junto a la puerta de los repartos, sujetando una caja de cartón.

—¿Qué hay para hoy en esa fuente de horno? —A Nora le rugía el estómago de pura expectación.

—Guiso de pollo y arroz salvaje. Estella ha hecho ensalada de espinacas y Hester traerá sobras de la panadería.

La librera frunció el ceño.

—Yo pongo los utensilios de papel y las bebidas y las demás traéis la comida; no me parece justo.

—Cariño, tienes que hacer como Elsa en *Frozen*: soltar y relajarte. Yo tengo más tiempo para cocinar que tú, y además me gusta. —Llevó la caja a la taquilla—. Después de lo de anoche, me ha hecho bien poder hacer algo productivo. He preparado este guiso para nosotras, pero también he cocinado para Celeste, para asegurarme de que tenga el congelador bien lleno de comida reconfortante.

Nora sacó una botella de vino blanco de la nevera.

—Aún no estará preparada para los libros reconfortantes, pero necesitará compañía. Aunque, más que sentarnos a tomar el té con ella y ofrecerle nuestras condolencias, lo que va a necesitar es que le echemos una mano con Soothe, solo que no sé cómo nos las vamos a arreglar para hacer eso.

—Desde el momento en que salimos del vientre materno, las mujeres nacemos sabiendo hacer varias cosas a la vez —anunció Estella desde la puerta.

—¿De qué estáis hablando? —exclamó Hester—. Acabo de llegar.

Las cuatro amigas decidieron aparcar cualquier conversación sobre Celeste hasta haberse servido el guiso de June y la ensalada de Estella en los platos. La caja de la panadería de Hester contenía un surtido de postres, entre ellos un *blondie* de manzana y canela, un *brownie* de nueces pacanas, pan de calabaza, *strudel* de manzana y unas cuantas galletas de jengibre.

—Yo esperaré un rato para digerir la cena antes de abalanzarme sobre el contenido de esa caja —dijo June cuando se sentaron—, pero que sepáis que el *brownie* de nueces pacanas es mío.

—La cocinera siempre debería ser la primera en elegir el postre. —Nora señaló su plato con el tenedor—. Este guiso está buenísimo. ¿Qué más le has hecho a Celeste?

June enumeró una lista de platos que incluían macarrones con queso, lasaña de salchichas, pastel de pollo y pastel de carne.

Ella y Hester intentaban convencer a Estella de que el glaseado del pastel de carne era mejor que el kétchup cuando Nora oyó que alguien llamaba a la puerta de atrás.

Como nadie más había oído el ruido, se escabulló del corro de sillones, se dirigió al fondo y abrió la puerta de acero. Se quedó de piedra al ver a Celeste al otro lado.

—¿Puedo entrar? —le pidió, con una vocecilla tan débil como un soplo de viento.

—Pues claro.

La librera abrió la puerta de par en par y la invitó a pasar.

—Las chicas de mi club de lectura están acabando de cenar. ¿Te apuntas? Es un grupo muy reducido y me parece que las conoces a todas —añadió, dando por sentado que no le apetecería socializar—. Solo están Hester, June y Estella.

La mujer la miró con aire vacilante.

—Aunque también podemos hablar aquí detrás. Lo que te resulte más cómodo —añadió al verla dudar.

Celeste se asomó a mirar por detrás del hombro de Nora, escudriñando el tenue pasillo como si pudiera ver de dónde venían las voces femeninas.

—Vamos. Hay un sillón mullido y un vaso de vino esperándote —la animó.

Cuando la otra mujer asintió, la librera deslizó el brazo alrededor de su estrechísimo talle y la guio hasta el corro de sillones.

June, Estella y Hester estaban riéndose de algo cuando Nora reapareció. Al ver a Celeste, las risas cesaron al instante.

—Pasa, pasa. Ven a probar el mejor sillón de la casa. Te lo he calentado y todo. —June señaló su sillón púrpura favorito.

Nora cogió otra copa de vino de la taquilla.

—No es la mejor cosecha del mundo, desde luego —le dijo a Celeste mientras le servía el caldo—, pero es la clase de vino que acaba gustándote cada vez más. Después de dos o tres copas, está casi bueno.

La librera bebía agua con gas, pero en ese momento se habría pimplado gustosa una copita de tinto barato. No era como June; las situaciones como aquella la hacían sentirse incómoda, y sabía que el alcohol la relajaría.

«Si Celeste puede sobrevivir a la pérdida de su hija, tú puedes sobrevivir perfectamente a la sensación de incomodidad».

Celeste aceptó la copa y se quedó mirando como hipnotizada el líquido carmesí. Al final, bebió un sorbo. El vino le manchó los pálidos labios y Nora pensó que tendría que haberle ofrecido vino blanco en lugar de tinto. Tras un segundo sorbo, la mujer la miró.

—Necesito un favor y no sabía dónde más acudir.

—Lo que sea. Solo tienes que pedirlo —le dijo.

—¿Podríais llevarme a casa de Bren? Solo teníamos un coche, y lo ha estado conduciendo ella. Ni siquiera sé dónde está aparcado. —Se hundió en el sillón, como si el breve discurso la hubiera dejado agotada.

Nora estaba confusa. Pero ¿no vivía Bren en el apartamento de encima de la tienda? Rememorando el día en que se había pasado por Soothe para desearles suerte y darles sus regalos, recordó que Celeste estaba esperando que su hija llegara con las magdalenas, pero Bren no había bajado del piso de arriba, sino que había llegado hasta la tienda con el coche procedente de otro sitio. Por lo visto, de su propia casa.

La librera miró con aire interrogante a June, quien respondió asintiendo enérgicamente con la cabeza.

—Podemos ir en mi coche —le dijo a Celeste—. ¿Quieres esperar un rato o prefieres que vayamos ahora mismo?

La mujer dejó claros sus deseos soltando la copa de vino y poniéndose de pie. El resto del grupo siguió su ejemplo y no tardaron en subirse todas al Bronco de June.

—La casa está en Hummingbird Lane —dijo Celeste desde el asiento del copiloto—. En pleno corazón del bosque.

June tuvo que echar mano de su creatividad para maniobrar y sortear el tráfico del aluvión de asistentes al festival.

A pesar de que la mayoría de los eventos ya habían terminado, el grupo de música *country* había atraído a una gran multitud. Los fans del popular estilo musical habían ocupado la mayoría de las plazas de aparcamiento, lo que hacía que el resto de conductores tuvieran que estar dando vueltas como buitres, desesperados por encontrar un sitio donde aparcar antes de perder sus reservas para la cena en los restaurantes locales.

June bajó la ventanilla y la música del parque interrumpió el silencio que inundaba el interior del Bronco. Siguió manteniéndola abierta aun después de dejar atrás el límite del pueblo. El aire nocturno entraba sigilosamente en el coche, impregnado del aroma a pino y a humo de leña.

Hummingbird Lane estaba a diez minutos en coche del centro del pueblo. Las casas de la carretera de gravilla eran pequeñas y recoletas. La frondosa arboleda y los largos caminos de acceso hacían que fuera difícil verlas, pero Nora acertó a vislumbrar unas cuantas pilas de leña, varios anexos, gallineros y las vallas de alambre de los cercados para perros.

La casa de Bren era de color verde brillante con un ribete blanco que había ido amarilleando con el paso de los años. Junto a la puerta principal había un aplique de pared resquebrajado rodeado por una nube de mosquitos. De las dos ventanas delanteras colgaban sendas persianas de vinilo, la pintura de todas las superficies estaba desconchándose y había telarañas en casi todos los rincones. La entrada estaba llena de moho.

—Necesitábamos un sitio que tuviera dos hornos, y esto era lo único que podía permitirme —explicó Celeste, dándose unas palmadas en el bolsillo.

Introdujo la llave en la cerradura, pero la puerta se abrió unos centímetros hacia dentro antes de que pudiera girar la llave.

Se quedó inmóvil.

Nora estaba justo detrás de ella, y cuando vio que la mujer se quedaba paralizada por el miedo, ella también se puso rígida. La sensación era contagiosa.

Sin embargo, la librera también quería proteger a Celeste, así que la apartó con cuidado y dio un empujón a la puerta. Esta se abrió por completo y las bisagras chirriaron hasta que el movimiento se detuvo.

Nora fue palpando la pared de dentro en busca de algún interruptor, y cuando localizó el plástico duro con los dedos, accionó dos interruptores y la luz inundó el salón de la casa de Bren.

—Oh, no —exclamó con un hilo de voz.

Al entrar en la sala, se encontró con una escena de caos y destrucción. Celeste salió disparada hacia un corto pasillo. Nora fue corriendo tras ella y se detuvo en la puerta de un dormitorio. Estella, June y Hester se arremolinaron a su alrededor y todas contemplaron el triste espectáculo.

Alguien había puesto patas arriba el dormitorio de Bren: había ropa tirada por todas partes, las sábanas y las colchas estaban hechas un gurruño en un rincón; las almohadas y el colchón habían sido acuchilladas varias veces y los muebles —una cajonera y una mesa de plástico— estaban destrozados. Las puertas del armario estaban abiertas, dejando al descubierto una maleta con el forro rajado, un botín negro y una lámpara rota.

Celeste cayó desplomándose en el suelo. Se llevó las rodillas al pecho y empezó a balancearse hacia delante y atrás.

Nora corrió a su lado de inmediato. Le rodeó los hombros con el brazo e intentó calmarla, pero la mujer no dejaba de mecerse y sus ojos volvían a exhibir la misma mirada perdida de antes.

—¿Sabes quién puede haber hecho esto? —le preguntó en un susurro—. ¿Crees que ha sido el hombre del brazo tatuado?

Miró a sus amigas y sintió alivio al ver que Hester tenía el teléfono pegado a la oreja. Estaba llamando a Andrews. Menos mal. La policía no tardaría en llegar.

La librera frotó la espalda de Celeste y le dijo que todo se arreglaría. Pero mientras contemplaba los despojos del dormitorio de Bren, se preguntó si de verdad aquello podía tener arreglo.

Porque alguien había entrado en casa de su hija, alguien había destrozado todas sus cosas.

¿Habría encontrado ese alguien lo que buscaba? Nora no lo creía. Todo apuntaba a que a quien había encontrado era a Bren.

¿Y si la chica no le había dicho dónde estaba lo que estaba buscando? ¿Y si eso le había costado la vida?

Con la mirada fija en los restos destripados de un oso de peluche, a la librera le dio miedo averiguar la respuesta a esa pregunta.

La rabia responsable de aquellos destrozos aún seguía presente en la casa; seguía allí aferrada como un olor repugnante o un recuerdo siniestro. Nora visualizó un cuchillo rajando el forro de la maleta y los cojines del sofá. Se imaginaba perfectamente unas manos desgarrándolo y rompiéndolo todo. Oía los cristales romperse y la madera astillarse.

No era una rabia cualquiera. No era una gamberrada adolescente ni la furia de un exnovio con sed de venganza. Aquella era una clase de rabia sin comparación con ninguna otra.

La rabia de un asesino.

CAPÍTULO OCHO

La amistad es innecesaria, como la filosofía, como el arte...
No tiene valor de supervivencia; más bien es una de esas cosas
que dan valor a la supervivencia.

C. S. Lewis

Ese domingo, Nora fue una de las primeras en llegar a un mercadillo de objetos de segunda mano procedentes de distintas casas particulares. Hizo numerosos hallazgos y se llevó dos cajas llenas de libros antiguos. Era un surtido heterogéneo: había cancioneros infantiles, clásicos de la literatura, novelas policiacas y títulos infantiles poco conocidos, pero todos los libros estaban ilustrados y en buen estado. Además compró dos álbumes ilustrados de gran formato sobre tartanes y clanes escoceses que irían a parar a la mesa de exposición que pensaba montar para el festival del siguiente fin de semana, los Juegos de las Highlands.

No solo tuvo suerte con las compras, sino que uno de los clientes habituales de Nora también estaba en el mercadillo. Wyatt, aficionado a los misterios históricos, los *thrillers* contemporáneos y las novelas gráficas, se ofreció a llevarle los libros al pueblo.

—Puedo dejártelos en tu terraza —dijo señalando al cielo—. Dicen que va a llover, pero no creo que empiece hasta la tarde.

Tras aceptar agradecida su ofrecimiento, Nora se apuntó mentalmente regalarle a Wyatt un ejemplar de *La paciente silenciosa* la siguiente vez que pasara por Miracle Books.

—Me haces un favor enorme —le dijo—. Si tienes tiempo, ven a verme esta semana. El martes sale en versión de bolsillo uno de los mejores *thrillers* del año pasado. Ese libro te va a encantar.

Sin destriparle el libro, le hizo un resumen del argumento mientras cargaban sus cajas en el maletero del coche de Wyatt.

—En casa tengo al menos veinte libros pendientes, pero acabas de crearme la necesidad de leer precisamente este —dijo el hombre—. De pronto, esperar hasta el martes se me va a hacer eterno.

Riendo, subió a su coche y se marchó.

A la hora del almuerzo, Nora ya había comprado los mejores artículos de cinco ventas de objetos de segunda mano de casas particulares y del mercadillo. Sheldon estaría encantado con la pila de tesoros que iba a encontrar en el almacén de la librería. No había nada que le gustara más que limpiar, etiquetar y ordenar los objetos de las estanterías. Varios artículos, como el camión de hierro fundido que transportaba calabazas de madera en miniatura, la familia de búhos de cerámica *vintage*, la caja de galletas en forma de bellota y la cesta de mimbre con forma de ardilla, se venderían en un santiamén. Podía ponerles un precio astronómico y seguirían vendiéndose, pero quería que sus clientes volvieran a la librería, y sabía que la mejor manera de ganarse su fidelidad era ofreciéndoles un trato justo.

Debería haberse sentido satisfecha con todo lo que había conseguido esa mañana, pero la noche anterior había vuelto a dormir mal y ya no podía ni con su alma. Hasta ese momento, había estado demasiado concentrada en reponer su inventario como para pensar en la casa destrozada de Bren, pero en la calma y la tranquilidad de su propia casa, las imágenes de la destrucción se agolpaban en su cabeza.

Aunque peor aún que esas imágenes era el recuerdo de Celeste, sentada en el suelo del dormitorio, abrazándose las rodillas y meciéndose adelante y atrás. Nora no conseguía dejar de revivir ese momento. Puso una lavadora y quitó el polvo del salón, pero las tareas domésticas no lograron distraerla. Al final, decidió salir de casa.

Se dirigió al supermercado, diciéndose que un poco de ejercicio era mejor que nada. La falta de sueño le impedía planear una excursión un poco más seria. Lo único que le apetecía era pasar el resto de la tarde con una taza de té y un libro. Quería evadirse de la realidad durante unas horas. ¿Acaso era mucho pedir?

Pues por lo visto, sí lo era, porque el *sheriff* Grant McCabe estaba en la puerta del supermercado, mirándola mientras se dirigía hacia él.

Al verlo, el nudo que le oprimía el pecho desde la noche que encontró el cadáver de Bren cedió un poco. McCabe era especialista en solucionar las cosas; siempre encontraba el equilibrio, hacía que el mundo fuese un lugar mejor.

—Has vuelto —sonrió aliviada, pero también porque se alegraba de verlo.

McCabe alargó la mano y la cogió del hombro.

—Me han dicho que has tenido un par de días duros.

—No tan duros como los de Celeste.

El hombre bajó el brazo y asintió con aire solemne.

—¿Cómo está? —preguntó Nora.

—He venido a comprar uno de esos sándwiches ya preparados para comérmelo en mi despacho. —Señaló las bolsas reutilizables—. Si quieres, pásate por la comisaría cuando termines de comprar y hablamos un rato.

Nora echó un vistazo al escaparate del supermercado, con las calabazas y las macetas de crisantemos. La gente cruzaba las puertas automáticas, saludando a sus amigos o deteniéndose para saludarles. Era un día normal y corriente para todos los habitantes de Miracle Springs.

Para todos menos para Celeste Leopold.

—También podría coger un sándwich ahora mismo e ir a comprar más tarde, si te va bien.

Vio un atisbo de sonrisa en la cara de McCabe.

—Me va bien.

Los sándwiches no eran de buena calidad. McCabe no dijo nada sobre la lechuga pasada o los tomates blandos de su sándwich italiano, sino que se limitó a tirarlos a la papelera. Los dos trozos de beicon correoso del cruasán de pavo, beicon y queso de Nora también acabaron en el mismo sitio.

—Lo mejor de la comida preparada son las patatas fritas —dijo, aunque no se terminó las suyas porque el sándwich le había quitado el apetito. Además, estaba lista para que le diera noticias sobre Celeste. Sentada en su silla, la librera esperó a que McCabe la pusiera al corriente. Pero el *sheriff* tenía otros planes.

—Leí ese artículo que ponía en el punto de mira a Miracle Books, Soothe y la tienda de regalos Pájaro Rojo, aunque sin mencionarlas por el nombre. También me han contado lo del letrero vandalizado y los objetos que colocaron en la estatua del ángel. Háblame de la calabaza que encontraste.

Nora sintió una punzada de irritación. No quería que lo de la calabaza con cuernos de su librería fuese de dominio público; Hester debía de habérselo dicho a Andrews y este le habría pasado la información a McCabe.

—No es para tanto. Alguien dejó una calabaza con unos cuernos de diablo y una sonrisa malvada en la jardinera de delante de la librería. Yo misma pinté encima, añadí una cita de un libro y utilicé la calabaza para llamar la atención de la gente. Al final, hasta resultó positivo para el negocio.

Si a McCabe le impresionó aquella actitud inspirada en aquello de «No hay mal que por bien no venga», lo disimuló muy bien.

—¿Crees que ya se habrán dado por satisfechos? Me refiero a la gente que ha ido dejando esos demonios por ahí.

La librera extendió las manos.

—La hija de Celeste está muerta. Si la gente sigue molestándola aun viendo que ha perdido a Bren, a saber cuándo pararán. Hablando de Celeste, ¿cómo está?

El *sheriff* abrió el expediente que tenía sobre la mesa.

—El ayudante Fuentes me ha puesto al día de todo lo ocurrido mientras he estado fuera, pero no es lo mismo que oírlo directamente de las personas implicadas. ¿Me ayudas a ver las cosas desde tu perspectiva? Me gustaría que empezaras por el principio, desde el día que conociste a las Leopold.

La intención de Nora era hacer todo lo posible por ayudar al *sheriff* a descubrir qué le había pasado a Bren, además de averiguar quién había destrozado su casa, así que se lo contó todo.

Tardó más de lo esperado en relatar todos los detalles, comiéndose el resto de las patatas fritas y bebiéndose todo el té helado mientras hablaba.

Cuando terminó, estaba agotada.

—Puede que necesite tu ayuda —dijo McCabe después de anotar algo en su libreta—. No hemos sacado nada en claro de la página del libro que te dejaron debajo del felpudo. Me he puesto en contacto con varios profesores y bibliotecarios para ver si alguno de ellos reconoce el código o el lenguaje, pero no sé cuándo responderán, si es que responden. Como hoy es domingo, la mayoría no leerá mi mensaje de correo hasta mañana, pero me gustaría entender qué pinta ese documento en todo esto. ¿Conoces a alguien que pueda identificarlo? ¿Algún experto en libros antiguos?

«Roberta Rabinowitz —pensó Nora—. Si hay alguien capaz de identificar la página de ese libro, esa es ella».

—Podría darte un par de nombres —le dijo.

McCabe le dio una hoja de papel y ella anotó el nombre de Roberta y su puesto en Columbia. También añadió el nombre de un bibliotecario especializado en colecciones especiales de la Biblioteca del Congreso.

—Si ninguna de estas dos personas puede identificar esa página, eso significa que nadie puede —señaló ella. Antes de que McCabe pudiera volver a hablar, añadió—: ¿Crees que por eso pusieron la casa de Bren patas arriba? ¿Porque estaban buscando esa página?

—Sin saber lo que es, resulta difícil decirlo.

Al recordar el oso de peluche destripado de la chica, Nora hizo una bola con la servilleta que llevaba en la mano, apretándola con fuerza.

—¿Y qué hay del hombre de los tatuajes en el brazo?

—Hemos llamado a todos los hoteles y los *campings* de la zona. Ninguno de los encargados ha visto a ningún huésped con esa clase de marcas. —McCabe negó con la cabeza—. Aunque sería muy fácil ocultar esos tatuajes a la vista. Además, ese hombre podría haberse ido hace mucho tiempo. El festival atrajo a más de mil personas al pueblo, algunas se han quedado por aquí, pero otras se marcharon antes de que empezara el concierto.

—¿Y Celeste? ¿Consiguió declarar anoche?

McCabe la miró con expresión apesadumbrada.

—No. Cuando Andrews vio el estado en que se encontraba, llamó a su trabajadora social y la dejó a su cargo. Luego me pasaré por su casa. Tengo que interrogarla, aunque intentaré por todos los medios no alterarla.

Nora pensó que ojalá Celeste pudiera tomarse todo el tiempo que necesitara para esconderse del mundo, pero el mundo nunca se lo permitiría. Su hija no solo había muerto de forma repentina, sino que además alguien le había destrozado la casa y todas sus pertenencias. Celeste era la única persona que podía arrojar algo de luz sobre lo ocurrido, y McCabe necesitaba averiguar qué era lo que sabía. No quería causarle más sufrimiento, pero para Grant McCabe la verdad era un asunto primordial: valoraba la verdad por encima de todas las cosas.

—Por favor, dile a su trabajadora social que estoy a su disposición —dijo Nora, levantándose—. Si necesita que alguien haga compañía a Celeste, que le lea o le haga algún recado, que me llame. Quiero que sepa que no está sola.

Él le prometió que le transmitiría el mensaje. Mientras la acompañaba de vuelta al vestíbulo, le dijo que a su hermana le había encantado el libro de cocina que le había regalado.

—Te debo un almuerzo mucho mejor que el de hoy. La próxima vez, salimos a algún sitio —dijo. Luego se tocó el ala del sombrero y añadió—: Me alegro de haberme cruzado contigo. Va a ser lo mejor que me pase en el día de hoy.

Un ola de calidez recorrió el cuerpo de Nora. Estuvo a punto de decirle a McCabe que le había echado de menos. Era cierto, pero se mordió la lengua y optó por responderle simplemente que ella también se alegraba.

Una vez fuera, el cielo estaba cubierto de nubes grises y parecía que iba a llover de un momento a otro. Nora apretó el paso.

Quería hacer la compra y llegar a casa antes de que estallara la tormenta.

Dejó las bolsas reutilizables en un carrito y se apresuró a recorrer la sección de frutas y verduras, dedicando menos tiempo de lo habitual a inspeccionarlas. La cola para el mostrador de la charcutería *gourmet* era bastante larga, así que cogió número y, dejando el carrito aparcado cerca de un palé de refrescos apilados en forma de portería de fútbol, se dirigió al pasillo de las sopas y las conservas de carne.

El carrito de Connie Knapp estaba colocado justo delante del lineal de las sopas. Nora no iba a poder llegar a alcanzar su marca favorita sin pedirle a la mujer que se moviera.

Las dos mujeres no se habían visto desde el encontronazo en Miracle Books, pero Connie sonrió a Nora como si fueran viejas amigas.

—Hola, vecina. ¿Te molesto?

A la librera le entraron ganas de arrancarle la lata de crema de champiñones de las manos, abrirla y tirársela por la cabeza, pero en vez de eso, se acercó tanto a ella que percibió el olor de su perfume floral y vio la constelación de pecas que tenía en el cuello.

—Ahórrame tu pantomima de la vecina solícita —le dijo Nora, hablando entre dientes—. Lo que decías en el artículo de Olga no era muy amable.

Connie se tocó el collar de perlas como si fuera un talismán.

—Esto es una democracia y tengo derecho a opinar. Estoy en mi derecho divino de expresar mis creencias, tanto por escrito como de cualquier otro modo. Ya te dijimos lo que opinábamos de tu escaparate; fuimos directas y sinceras. Te dimos una oportunidad, pero nos ignoraste. Eso no fue muy inteligente por tu parte.

Nora estaba demasiado cansada para dominar su ira.

—¿Sabes qué creencias defiende mi escaparate? El derecho divino de mis clientes a leer los libros que deseen. Como no pudiste intimidarme, organizaste una campaña de desprestigio contra mí y otras dos propietarias de negocios locales, tres mujeres trabajadoras que tratamos de ganarnos la vida honradamente. ¿Se puede saber por qué somos una amenaza para ti?

—Creo que te lo he dejado muy claro —replicó Connie—. Vuestros negocios son una mala influencia para nuestros jóvenes, especialmente para nuestras chicas. Mucha gente está de acuerdo conmigo.

—¿Y ahora qué? —repuso la librera—. Primero fue el artículo; después, el vandalismo. ¿Eso es lo que hace la mujer de un pastor de la iglesia para pasar el rato? ¿Destruir el medio de sustento de sus convecinos y dibujar demonios en los letreros de las tiendas? —Cogió una lata de sopa de guisantes y la tiró dentro del carrito de Connie, aplastando una barra de pan—. ¿Por qué no te dedicas a montar un comedor social? ¿O a recoger prendas de abrigo para los sintecho? Podrías hacer tantísimas cosas buenas con tu influencia. Pero tú quieres más, ¿verdad? Quieres tener seguidores. Quieres ser una líder, una mujer poderosa. ¿No te das cuenta de lo irónico del asunto?

El dardo de Nora dio justo en el blanco y Connie frunció los labios con rabia.

—Lo que dices no tiene sentido —le espetó—. Esta conversación ha terminado. Tengo una familia que me está esperando en casa. Si tú tuvieras una, entenderías por qué hago lo que hago.

En ese momento, una anciana con un vestido de color burdeos llegó con su carrito hasta donde estaban las dos mujeres.

—¿A que hoy el coro ha estado especialmente bien? —le preguntó a Connie.

Esta le dio la razón y la anciana sonrió y se marchó arrastrando los pies con paso lento.

Después de sacar la lata de sopa de guisantes del carrito y devolverla a la estantería, Connie miró fijamente a Nora.

—«Comerán los frutos de sus andanzas». Eso es del libro de los Proverbios.

—«¿Tú quién eres para juzgar a tu prójimo?». Eso es de la epístola de Santiago. —Nora rodeó el carrito de Connie y extrajo de la estantería unas latas de sopa de pollo con fideos y de ternera con cebada—. No soy ninguna adoradora del diablo; soy una amante de la lectura. Como la mayoría de los libros, la Biblia está llena de sabiduría. Y como la mayoría de los libros, hay que leerla con la mente y el corazón abiertos. Si tienes problemas para hacerlo, deberías venir a verme. Podría recomendarte algunos textos devocionales maravillosos.

Era verdad. A lo largo de los años, Nora había recopilado una lista de títulos de libros para clientes que atravesaban una crisis de fe. Según su experiencia, personas de todos los credos se enfrentaban a momentos de duda.

Connie entrecerró los ojos.

—No pienso pisar tu librería hasta que tenga un nuevo dueño.

Y dicho eso, empujó el carrito dejando atrás a Nora y dobló la esquina.

De vuelta en el mostrador de la charcutería *gourmet*, la librera tuvo que coger número de nuevo, ya que habían nombrado el suyo diez minutos antes y, como no respondió nadie, había perdido su turno.

Terminó de pedir pavo asado y queso provolone segundos antes de que se oyera un martilleo en el tejado de la tienda.

—¿Qué ha sido eso? —preguntó una mujer que estaba esperando unas lonchas de jamón a la miel.

En ese momento resonó un trueno.

El dependiente de la charcutería dirigió la vista hacia el cielo.

—Los ángeles están llorando y el demonio se ha puesto a bailar. Nos espera una tormenta infernal.

La Gingerbread House solía cerrar los lunes, así que Nora se sorprendió cuando Hester le envió un mensaje diciéndole que pasase a recoger sus bolsilibros.

—Mis clientes estarán encantados —le dijo cuando la panadera le abrió la puerta trasera de la tienda—. Pero ¿qué haces aquí?

—Estoy haciendo magdalenas. Hoy Celeste va a abrir su tienda.

Nora siguió a su amiga hasta el obrador. Había bandejas de magdalenas enfriándose en las rejillas y la estancia olía a café, chocolate derretido y canela.

—¿Tienes hambre? Aquí tengo unos cuantos descartes. —Hester señaló varias magdalenas de forma irregular—. Hay de crema de queso y calabaza, de *crumble* de manzana o de expreso con chocolate.

—Nunca digo que no al chocolate por la mañana... ni por la tarde, ni tampoco al mediodía. —Nora desenvolvió la magdalena caliente y le dio un mordisco. El dulzor del chocolate se compensaba con el sutil sabor amargo del café expreso. Hester había añadido cerezas deshidratadas a la mezcla y el toque de acidez potenciaba el resto de los sabores—. Madre mía, Hester. Se agotarán en una hora. ¿Cómo lo has conseguido?

—Anoche llamé a la trabajadora social de Celeste para ver cómo estaba y me dijo que tenía previsto abrir hoy. Cuando me enteré, me ofrecí voluntaria para hacer magdalenas. Solo estoy llevando a la práctica tu propia idea. —La panadera estiró la mano y cogió un trozo de papel que había encima del mostrador, a su espalda. Lo sacudió para quitarle un poco de harina y se lo dio a su amiga—. Aquí está nuestra hoja de inscripción del Club Secreto de la Lectura y la Merienda.

Nora examinó la hoja y vio que Estella se había ofrecido a ayudar unas horas el martes y el jueves, mientras que June iba a renunciar a sus pausas para el almuerzo para trabajar en Soothe. La librera estaba conmovida —aunque no sorprendida— por la amabilidad de aquellas mujeres.

—Si a Sheldon le parece bien, yo iré los lunes y miércoles por la tarde. Los viernes dependerá un poco de cómo vaya el día.

Hester le ofreció un bolígrafo.

—Apúntate mientras empaqueto tus bolsilibros. June también va a pedir voluntarias en su taller de punto de media del miércoles por la tarde.

Nora frunció el ceño.

—¿Delante de los morros de Dominique? Así me gusta.

Hester empezó a pasar los pastelillos de la bandeja a la caja.

—Dominique es madre. No creo que tenga la desfachatez de seguir metiéndose con Celeste. No creo que nadie más vuelva a hacerlo cuando se enteren de lo de Bren.

La librera estaba intentando decidir si debía mencionar su encuentro con Connie cuando Hester añadió algo más:

—Tengo que contarte algo, pero no puede salir de esta habitación. En serio. Que no salga de aquí, prométemelo.

—No saldrá de aquí. Te lo prometo.

—Esta mañana, Jasper iba al trabajo cuando ha visto mi coche aparcado enfrente. Ha entrado a ver por qué estaba en la panadería porque no sabía que había hablado con la trabajadora social de Celeste. Se ha zampado varios de mis descartes con crema de queso y calabaza mientras le ponía al corriente.

Sonrió, deleitándose momentáneamente con el recuerdo de la imagen de su novio disfrutando de sus creaciones. Nora se enjuagó las manos en el fregadero. El sonido sacó a Hester de su ensimismamiento y reanudó su relato.

—Mientras comía, recibió una llamada. Yo estaba con la batidora en ese momento, así que salió afuera para hablar. Cuando la apagué, le oí decir: «¿Positivo en marihuana, pero en ninguna otra droga? ¿Está seguro?». Colgó y le pregunté si la llamada era sobre el análisis toxicológico de Bren. Me dijo que olvidara lo que había oído y salió corriendo.

—Ninguna otra droga —murmuró Nora—. Se fumó al menos un porro, así que es normal que diera positivo en cannabis, pero si no había ninguna otra droga en su organismo, ¿qué fue lo que la mató?

La expresión de Hester era grave.

—Exacto.

La conversación se repitió en la mente de la librera mientras desmontaba las mesas con la temática de los productos de la granja a la mesa y devolvía el resto de los libros a sus correspondientes estantes. Mientras ella se ocupaba de aquello, Sheldon preparaba bebidas, servía comida y colocaba todos los tesoros que Nora había encontrado el domingo anterior.

Había poco movimiento, lo normal para un lunes por la mañana. Más tarde, a la hora del almuerzo, repuntaría la afluencia de gente, otro pico a la salida del colegio y luego, entre las cinco y las seis, un incremento notable cuando los visitantes del pueblo acudiesen al centro a tomar un cóctel o a cenar.

Nora quería aprovechar los ratos muertos para preparar la librería para los Juegos de las Highlands. El festival no se celebraba en Miracle Springs, pero muchos de los veinticinco mil asistentes pasarían por allí el viernes, y esperaba venderles libros a todos.

Su primer objetivo fue crear un expositor especial para la sección de novela romántica. Gracias en parte al éxito televisivo de la serie *Outlander*, las novelas románticas ambientadas en Escocia se habían hecho muy populares. A las lectoras de Nora les volvían locas los hombres con falda escocesa y, en el festival del año anterior, cualquier libro que insinuara la presencia de un highlander volaba de las estanterías. Por desgracia, la librera se había quedado corta con el pedido de ejemplares y no había podido satisfacer todas las necesidades de sus clientas.

Pero ese año estaba preparada: además de los montones de libros de Diana Gabaldon que tenía en el almacén, también había encargado un generoso suministro de otros libros de ficción romántica de lo más sugerente, como *El beso del highlander*, *Lady of the Glen*, *On a Highland Shore*, *Kilted for Pleasure*, *To Love a Scottish Lord* y muchos más.

El pasillo de la sección de misterio también tendría su propio expositor especial con las obras de Ian Rankin, Conan Doyle, Val McDermid, Molly MacRae, Anna Lee Huber y Kaitlyn Dunnett, y como no podía haber una celebración de temática escocesa sin uno de los autores favoritos de Nora, una mesa próxima al corro de sillones de lectura estaría dedicada por entero a los entrañables libros de Alexander McCall Smith.

En la mesa «Tierras escocesas», los clientes podrían encontrar la poesía imprescindible de Robert Burns y sir Walter Scott, así como escritores escoceses contemporáneos como Carol Ann Duffy, Kate Atkinson, Irvine Welsh y Jenni Fagan.

Semanas antes, Hester había informado a las integrantes del Club Secreto de la Lectura y la Merienda que tenía previsto vender cajas de *shortbread*, la galleta tradicional escocesa, a los asistentes a los Juegos de las Highlands. Llevaba semanas horneándolas y tenía el congelador a rebosar de distintas variedades de limón, chocolate blanco, sirope de arce, mantequilla de cacahuete y pepitas de chocolate, además de la versión más tradicional.

Consciente de que las creaciones especiales de Hester iban a servir de estímulo a su público lector, Nora decidió exponer una selección de libros de cocina escocesa junto a la caja.

Sin embargo, no iba a poder hacer todo aquello en un solo día. Cuando terminó una de las tareas de su lista, esperó a que el jaleo de la hora del almuerzo se calmara un poco y se dirigió a Soothe.

Se detuvo en la entrada de la tienda para contemplar la estatua con el ala rota. «Si eres un ángel de la guarda, tu trabajo no se te da muy bien, la verdad».

Pero entonces recordó que, la noche de la muerte de Bren, el rostro de la mujer de mármol estaba cubierto por una máscara de demonio. También recordó oír decir a Celeste que todas las mujeres de su familia se llamaban igual que aquel ángel, Juliana, alguien que siempre intentaba ayudar a los demás, una mujer entregada a sanar a las personas, no a luchar contra ellas.

Arrepintiéndose de su primer pensamiento sobre la estatua, Nora puso la mano sobre la de la mujer de mármol. Descubrió que el frío de la piedra le resultaba reconfortante.

Al entrar en la tienda, sintió cierta aprensión, pero no tenía por qué preocuparse: sonaba una música suave, la fuente de agua gorgoteaba alegremente y Celeste estaba ocupada envolviendo una enorme cesta de regalo para una mujer vestida para hacer yoga. Había otra mujer junto al mostrador de las joyas y la bisutería, y Nora advirtió su interés por una de las piezas del interior de la vitrina.

—¿Dónde están las llaves? —le preguntó la librera a Celeste.

—No está cerrada —respondió con una sonrisa de alivio al verla—. Gracias.

Nora se propuso firmemente dedicar la siguiente hora y media a ser la mejor vendedora del mundo, empezando por la mujer que estaba examinando las joyas. Le dejó probarse media docena de piezas y la clienta acabó llevándose dos collares y tres pulseras.

Celeste se acercó al mostrador y estuvo observando a la librera reordenar la mercancía en la bandeja superior.

—Ojalá pudiera quedarme con todas, pero no puedo permitirme sentimentalismos —dijo.

Nora colocó con cuidado un collar con un colgante de cristal. Bren había creado aquella pieza; cuando alguien la adquiriese, no habría forma de sustituirla.

—La mujer que acaba de irse me ha dicho que en cuanto tocó el collar de Bren sintió una clara sensación de calma.

La expresión de Celeste adquirió un aire melancólico.

—Así era mi niña antes: un espíritu tranquilo y despreocupado. No se enfadaba casi nunca. Nunca decía una palabra más alta que la otra. Siempre con una sonrisa en los labios. Siempre estaba tarareando o cantando.

A Nora le costaba asociar aquella descripción de la niña con la muchacha hostil que había conocido.

—¿Qué le hizo cambiar?

—No quería venirse a vivir aquí —contestó. Luego atravesó la habitación y se puso a ordenar el rincón dedicado a envolver cestas de regalo.

Aunque no era la primera vez que utilizaba aquello como excusa para explicar la ira que sentía su hija, Nora creía que había algo más. ¿Qué era lo que había dejado Bren atrás como para estar tan enfadada con el mundo? ¿Un hogar? ¿Amigos? ¿Un amor?

Fuera cual fuera el motivo, Bren tenía veinte años. Su madre no podía obligarla a mudarse con ella a ningún sitio, así que ¿por qué lo había hecho? Definitivamente, detrás de aquello había mucho más de lo que Celeste estaba dejando entrever.

¿Qué era lo que le había dicho al ayudante Andrews la mañana después de la muerte de su hija? Que ojalá se hubiesen ido antes de la comunidad. ¿Qué comunidad? ¿Había pasado algo malo allí? ¿Algún episodio oscuro y violento? ¿Y si ese algo las había seguido hasta Miracle Springs? ¿Habría destrozado la casa de Bren? ¿Y si había sido la causa de su muerte?

En ese momento, otra clienta entró en la tienda. Examinó varias cestas antes de entablar conversación con Celeste. Nora la oyó decir que, aunque quería comprar dos, primero necesitaba saber si podía proporcionarle un certificado de autenticidad.

La librera no tenía ni idea de lo que significaba eso, así que se acercó a las dos mujeres.

Al verla, Celeste le hizo señas para que se uniera a ellas.

—Tengo que explicarte esto, Nora. Es muy importante. Verás, esta amable señora es una compradora muy bien informada —dijo, señalando a la clienta—. COA son las siglas del certificado de análisis, el documento de laboratorio que indica exactamente los cannabinoides que contiene un producto de CBD. Con esto, los clientes saben que están comprando productos sin THC. Y como hay tantos productos de CBD falsos en el mercado, también demuestra que el contenido de cannabidiol coincide con lo que aparece en la etiqueta del producto. Yo guardo copias de todos mis COA en esta carpeta verde; lo digo por si alguna vez necesitas enseñarle alguno a un cliente.

Al parecer, la mujer se quedó satisfecha al ver el certificado, porque compró dos cestas y le dijo a Celeste que recomendaría Soothe a sus amigas.

En ese momento, entraron en la tienda dos clientes más, seguidos del cartero. Viendo que Celeste estaba ocupada, este se dirigió a Nora.

—¿Es que no tienes bastante con la librería? —bromeó, entregándole el fajo de cartas.

—Hoy me he escaqueado. He oído que aquí había magdalenas.

El cartero miró la vitrina.

—Pues deben de estar buenas, porque veo que solo queda una.

Nora se metió detrás del mostrador, introdujo la última magdalena de *crumble* de manzana en una bolsa y se la regaló al cartero.

—Invita la casa.

Tras añadir unos dólares de su propio bolsillo a la caja para cubrir el coste de la magdalena, la librera decidió ir a dejar el correo en el mostrador del fondo de la tienda, con el resto de los papeles de Celeste. Recogió la pila de catálogos, folletos y cartas, pero una postal se escapó del paquete y cayó al suelo.

Al agacharse, los ojos se le fueron inmediatamente al nombre del destinatario. La postal no iba dirigida a Celeste Leopold, sino a Cecily Leopold, y aunque no era su intención leer el mensaje, era tan corto que no pudo evitarlo:

PUEDES HUIR,
PERO NO PUEDES ESCONDERTE

Nora permaneció en cuclillas con la postal en la mano, paralizada por el miedo.

Una vez superado el susto inicial, dio la vuelta a la postal; en el anverso aparecía una fotografía de un lago rodeado de pinos. Era una escena apacible que podía ser de cualquier parte del país.

Le dio la vuelta de nuevo y volvió a experimentar la misma sensación de miedo. Apartó la mirada del mensaje y examinó el matasellos de la oficina de correos. Habían enviado la postal desde Pine Hollow (Carolina del Norte), un lugar del que Nora nunca había oído hablar.

Se levantó, sujetando la tarjeta por una esquina. Celeste estaba dejando a una mujer oler un frasco de aceite de CBD. Otro cliente estaba dirigiéndose hacia donde estaba Nora, así que se metió la postal en el bolsillo, llevó el correo a la parte de atrás y volvió a tiempo de ver la cara de decepción del hombre.

—Ya no quedan magdalenas —dijo lanzando un suspiro—. Y la panadería también está cerrada. Con lo bien que me vendría a mí algo para levantarme el ánimo..., pero parece que hoy no es mi día, no.

—Tal vez pueda ayudarlo. Deme un momentito.

Nora llamó a Miracle Books, mantuvo una breve conversación con Sheldon y luego dio indicaciones al hombre para ir a la librería, donde le esperaría un bolsilibro de chocolate.

A continuación, limpió las manchas de huellas y el polvo de las vitrinas de la comida y la bisutería. Ya era la hora de marcharse, pero no quería interrumpir a Celeste por si estaba en plena venta.

—¡Tengo que irme! —anunció mientras abría la puerta principal—. Te he dejado el correo en el mostrador de la parte de atrás.

Celeste se despidió de ella con la mano y esbozó una sonrisa leve y forzada. Parecía otra persona comparada con la mujer alegre y animosa que Nora había conocido la semana anterior; su piel había perdido toda su luminosidad y lucía un aspecto apagado; la falta de sueño le había descolorido el contorno de los ojos y parecía demacrada. La tristeza y el dolor por su pérdida estaban consumiéndola a un ritmo alarmante.

Tragándose el nudo que tenía en la garganta, Nora se marchó.

De camino a la librería, volvió a estudiar la postal.

Alguien quería asustar a Celeste, pero ella no estaba dispuesta a permitirlo: Nora y sus amigas formarían un círculo protector en torno a aquella mujer, que ya había sufrido suficiente.

Sacó su teléfono y llamó al *sheriff* McCabe.

—¿Puedes venir a la librería ahora mismo? —le dijo cuando contestó—. Creo que he encontrado algo relacionado con la investigación sobre la muerte de Bren.

—¿Es importante? —le preguntó él—. Estoy en mitad de una reunión.

—Decídelo tú. Es una amenaza. Ha llegado con el correo de hoy y va dirigida a Celeste.

McCabe hizo una pausa.

—Voy para allá —dijo inmediatamente.

CAPÍTULO NUEVE

El mal viaja por el mundo bajo anonimato;
solo las consecuencias periódicas de sus deseos
revelan su presencia.

Dean Koontz

Un lunes al mes, tras la jornada escolar, un grupo de madres se reunía en Miracle Books. Tomaban café y charlaban mientras sus hijos hacían los deberes o leían un libro. Cuando Nora regresó a la taquilla-cafetería, se alegró al ver a las madres de siempre en el corro habitual de los sillones de lectura. Sus hijos estaban tirados en el suelo de la sección infantil, rodeados de libros de texto, cuadernos y álbumes ilustrados. Era una escena entrañablemente doméstica.

—¿Lo ves? Esas mujeres de ahí saben perfectamente que no soy ninguna sierva del diablo —le dijo Nora a Sheldon.

El hombre lanzó un gruñido.

—Eso es porque no saben cuál es tu propuesta para la hora del cuento de miedo.

Nora se rio.

—¡Pero si lo del libro de *Todos mis amigos están muertos* solo lo dije de broma!

—Ningún niño quiere ver ilustraciones de un dinosaurio deprimido, por muy buenos que sean los dibujos. Solo de ver a ese

Tyrannosaurus rex me dan ganas de tomarme una dosis doble de Prozac.

—Pues teniendo en cuenta que tú elegiste *¡Cómo mola tu escoba!*, no me parece que seas la persona más indicada para criticar mi elección... ¿De verdad crees que es un buen momento para leer un libro sobre una bruja? —replicó Nora.

—Es un libro precioso.

Como eso no podía rebatírselo, la librera colocó la postal encima del mostrador y fotografió ambas caras con la cámara de su teléfono antes de introducir la tarjeta en una bolsa para sándwiches.

—¿Qué es eso?

Le enseñó la postal a Sheldon.

Este leyó el mensaje, sintió un escalofrío y luego examinó la pintoresca escena del lago antes de devolvérsela a Nora.

—Conque Cecily, ¿eh? Qué nombre más bonito. ¿Y ha leído ya esta postal tan bucólica y cariñosa?

—No. Ya está bajo suficiente estrés emocional como para tener que lidiar con esto también. Se lo he contado a McCabe. Viene de camino.

Sheldon dio un golpecito en el mostrador.

—Yo se la doy, no te preocupes. Tú tienes otra misión: Janice, la encantadora señora del jersey de cuello barco, es la nueva presidenta de la AMPA de la escuela y necesita unos libros contra el acoso escolar. No le digas que lo he dicho yo, pero no creo que esas campañas funcionen. Puedes hacer que los niños lean libros, pinten murales y hagan promesas, pero no puedes acabar con el acoso escolar. Los acosadores son astutos: se esconden detrás de perfiles falsos y mensajes anónimos. Incluso en la escuela primaria. Y no todos los acosadores son niños. Están en todas partes, desde los lugares de trabajo hasta en el Gobierno.

Mira a esa jauría de lobas. ¿Crees que unos libros sobre la bondad y la tolerancia van a convencerlas de que dejen a la gente en paz?

—Los niños están más abiertos al cambio, así que merece la pena hablar del tema con ellos —defendió Nora—. Si los niños creen que los adultos de su escuela van a escucharlos, apoyarlos y crear un entorno seguro a su alrededor, estarán más dispuestos a confiar en ellos. Y si un libro les ayuda a expresar sus sentimientos, eso siempre es una victoria. También para los *bullies*. Los acosadores atacan a los demás porque sufren. Eso no les hace sentirse mejor, pero no saben qué otra cosa hacer. El deporte, la música, el arte, la orientación escolar... eso les da a los niños una vía de escape para canalizar todos esos sentimientos.

—No si siguen recortando el presupuesto de las escuelas —dijo Sheldon—. He oído a nuestras madres de los lunes decir que no hay dinero suficiente para lápices de colores ni cartulinas. Si quieren que sus hijos hagan alguna actividad artística además de sombras chinescas, van a tener que recaudar fondos vendiendo muchas galletas caseras.

Todo el mundo tenía problemas, pero ese lunes parecían más frecuentes de lo habitual.

En momentos así, en lugar de un establecimiento comercial, la librería parecía más bien un santuario. Puede que las madres del corro de sillones de lectura estuviesen estresadas, pero en aquel remanso de libros y paz podían respirar hondo, podían mantener una conversación adulta, compartir ideas y alguna que otra carcajada, y cuando llegaba el momento de irse, sus problemas ya no parecían tan graves.

En cuanto Nora salió de la taquilla, Janice le hizo señas para que se acercara.

—Justo la mujer que estaba buscando. ¿Tienes un minuto? ¿O treinta?

Nora sonrió.

—Claro.

Otra madre se levantó de su sillón.

—Ven, siéntate aquí. Tengo que irme volando: una de mis hijas tiene entrenamiento de voleibol y la otra partido de fútbol. Voy a quemar hasta la última miga de esa tostada con Nutella corriendo entre el gimnasio y los campos de fútbol.

Después de desearle suerte, sus amigas se pusieron a hablar de lo difícil que era conseguir sentar a toda la familia a cenar platos sanos y caseros.

—Yo pido comida a domicilio tres noches a la semana porque no tengo tiempo para pensar, y mucho menos para cocinar —confesó una de las madres.

Otra explicó que su olla de cocción lenta le había resuelto la papeleta muchas veces, mientras que otra admitió que servía tortitas para cenar cada vez que su marido trabajaba hasta tarde.

Con sus amigas ocupadas, Janice inclinó el cuerpo hacia delante y centró su atención en Nora.

—Imagino que Sheldon te habrá contado ya que necesito libros sobre el acoso escolar —empezó—. Déjame que te ponga un poco en antecedentes: después de reunirme con los profesores esta mañana, está claro que lo que hizo el distrito escolar el curso pasado fue un desastre. Supongo que aunque la diseñaron con buena intención, al final la campaña fue mucho ruido y pocas nueces. Como los niños no participaron, fue un fracaso. Tenemos que pensar a ver qué hacemos para motivarlos.

Janice metió la mano en una bolsa de tela y sacó una carpeta.

—Los profesores me han dicho que las recompensas en grupo son un aliciente para sus alumnos. A los niños les gusta celebrar las cosas juntos. Un profesor me ha contado que sus hijos leyeron el doble de libros el curso pasado en comparación con el anterior gracias a una fiesta con pizzas.

—¡Qué bien!

—Sí, eso fue lo que dije yo. Pero para algunos niños, más que la fiesta, lo importante era la pizza. Una cuarta parte de nuestros alumnos están en situación de vulnerabilidad alimentaria, lo que significa que muchas veces su almuerzo escolar es su comida más importante del día. —Levantó ambas manos para impedirse a sí misma desviarse del tema—. Aquí es donde entras tú. ¿Puedes encontrar libros sobre el acoso que no lleven la palabra «acosador» en el título? O mejor aún, ¿libros sobre el acoso que mencionen la comida?

En ese momento sonaron las campanillas de la puerta de entrada y Nora supuso que sería el *sheriff* McCabe.

—Voy a buscarte algunos títulos —le dijo a Janice—. Quieres cubrir todos los cursos, ¿verdad?

—Sí. Desde preescolar hasta quinto de primaria. Necesitaríamos libros de distintos niveles de lectura, pero estoy pensando que también sería muy buen tema para las lecturas conjuntas de los mayores con los pequeños.

Nora no podría estar más de acuerdo.

—Con las lecturas conjuntas todos salen ganando. Los pequeños se sienten especiales y practican la lectura y a los mayores les sube la autoestima y mejoran sus habilidades sociales. Y si además alguno de los libros que leen juntos incluye un mensaje sutil sobre el acoso escolar, cubrimos varios objetivos a la vez.

Tras prometer que volvería con una lista de recomendaciones, Nora fue a la taquilla a coger la bolsa con la postal y le dijo a Sheldon que podía irse a casa cuando quisiera.

Se tropezó con McCabe al doblar la esquina de la sección de ficción. Al ver la bolsa, el hombre alargó la mano instintivamente para cogerla.

—¿De dónde has sacado esto? —le preguntó, frunciendo el ceño.

Nora explicó el plan que habían diseñado ella y sus amigas para que la tienda de Celeste pudiera seguir funcionando.

McCabe se sacó las gafas de lectura del bolsillo de la camisa.

—Maldita sea. Necesito más luz natural. Incluso con las gafas —suspiró—. Hacerse viejo es una faena. Vamos junto al escaparate, anda.

Mientras McCabe examinaba la postal, la librera aprovechó para buscar algunos títulos para Janice. Tuvo ocasión de anotar dos antes de que el *sheriff* se acercara a la caja con la postal.

—¿Se la has enseñado a la señora Leopold?

—No. Me la guardé enseguida en el bolsillo.

Sonaron las campanillas de la puerta y, al volverse, McCabe vio entrar a un trío de adolescentes. Las tres iban tan juntas que parecían unidas por los hombros y las caderas. Con sus vaqueros rotos, las largas trenzas, las zapatillas blancas y los auriculares, eran casi idénticas. Nora reconoció a las dos chicas rubias, pero nunca había visto a la morena. Las rubias, que tenían quince años, eran aficionadas a la fantasía juvenil. Compraban todos los libros de Leigh Bardugo y Sarah J. Maas y nunca necesitaban ninguna recomendación. Ambas formaban parte de un club de lectura muy activo de Instagram y estaban tan al día de las tendencias en literatura juvenil que muchas veces era la propia Nora quien les preguntaba qué libros encargar para la librería.

McCabe inclinó la barbilla a modo de saludo, lo que hizo ruborizarse a las tres adolescentes, que avanzaron como una sola figura hacia las pilas de libros, dejando tras de sí una estela de risitas y murmullos.

—En mi experiencia, es mejor evitar el contacto visual directo hasta que se sientan cómodas en tu presencia —dijo Nora al ver la expresión de desconcierto del *sheriff*.

—Tomo nota. —McCabe levantó la postal en el aire—. Gracias por esto. Y por echar una mano a Celeste. Seguramente va a ser la semana más larga y dura de su vida.

La librera no pensaba dejar que se fuera sin más.

—¿Te contó algo ayer? No te lo pregunto con ánimo de entrometerme. Te guste o no, estoy involucrada en este asunto; fui yo quien encontró el cuerpo de Bren y alguien dejó esa página del libro bajo mi felpudo, así que creo que tengo derecho a saber si estáis tratando el caso como un asesinato.

—Ojalá pudiera darte una respuesta directa. Celeste dijo que su hija tenía algunos secretos, pero no ha querido dar más detalles. El forense tampoco ha podido precisar la causa de la muerte. Está esperando los resultados de más pruebas.

—Quizá las respuestas estén en otro lugar —sugirió Nora—. Como Pine Hollow.

En ese momento, una de las madres apareció por la parte delantera con su hijo a rastras. Tras despedirse de Nora, los dos salieron de la librería. Otra madre y sus tres hijos no tardaron en marcharse también. Una tercera madre cargada con varios libros se acercó a la caja. La hora del café había terminado.

McCabe se fue y Nora cobró los libros a la mujer. Luego volvió al corro de sillones de lectura para compartir sus recomendaciones con Janice.

—Para los cursos de primaria, mi fuente de referencia para libros sobre temas complejos es una bibliotecaria infantil que escribe en un blog sobre los mejores libros para el aula —dijo, tomando asiento al lado de la presidenta de la AMPA—. Lleva más de una década publicando entradas sobre el tema y ninguna de sus recomendaciones me ha fallado hasta ahora. Para los niños más pequeños, los dos títulos que he elegido son *The Potato Chip Champ* y *Pastel para enemigos*.

A Janice se le iluminaron los ojos.

—¿Y tratan el acoso escolar?

—El libro de Chip Champ va sobre la bondad y sobre lo que significa tener una amistad sana. Es un libro estupendo para el comienzo del curso escolar. *Pastel para enemigos* trata sobre cómo afrontar los conflictos. La bibliotecaria dice que es especialmente útil para niños con problemas de habilidades sociales.

—Patatas chips y pasteles. A los niños les encantan las dos cosas —señaló Janice, tomando notas en su libreta—. Y si organizamos el programa de lectura conjunta, los niños mayores pueden leer los libros y compartir las recompensas. ¿Tienes alguna recomendación para ellos también?

—Ninguna que lleve algún tipo de comida en el título. Sin embargo, *The Recess Queen* y *Just Kidding* son perfectos para ese grupo de edad. Una historia está protagonizada por chicas y la otra es de un grupo de chicos.

El bolígrafo de Janice se deslizaba velozmente por la hoja de la libreta.

—Con dos ya tengo suficiente. Si les hacemos leer demasiados libros sobre el mismo tema, obtendremos los mismos resultados que el año pasado. Voy a encargar ejemplares de estos cuatro ahora mismo. En cuanto lleguen, me reuniré con los profesores y pensaremos en formas creativas de debatir los mensajes que propone cada libro, y cuando digo creativas quiero decir baratas.

Más tarde, cuando Nora hubo hecho el pedido, pensó en lo mucho que Connie Knapp podría aprender de la presidenta de la AMPA: Janice había abordado un problema pidiendo ayuda y aceptando las ideas y sugerencias de los demás.

Connie, en cambio, utilizaba la táctica del miedo, conseguía que la gente se pusiera de su lado explotando sus fuentes de ansiedad y desacreditando a sus oponentes. Ambas mujeres aseguraban que su propósito era ayudar a la comunidad, pero la única que realmente cambiaría Miracle Springs para mejor era Janice.

Después de la hora de las madres del cole, Sheldon ya lo había recogido todo, dejando a Nora a cargo de la sección infantil.

Un ejemplar de *Tributo*, de Holly Black, había acabado entre los libros táctiles, así que Nora lo llevó a su sitio en la sección de literatura juvenil.

Las tres adolescentes estaban allí, sentadas en el suelo. Las dos chicas rubias estaban pegadas hombro con hombro y con gruesos libros de tapa dura abiertos sobre el regazo. La morena estaba de espaldas a las estanterías y tenía su libro apoyado sobre las rodillas dobladas. A Nora le encantaba ver a las chicas absortas de ese modo en sus libros y les dedicó una sonrisa, colocó *Tributo* en su estante y volvió a la parte delantera de la tienda.

Veinte minutos más tarde, la chica morena se acercó a la caja abrazando un libro contra el pecho.

—Hola —dijo en un susurro propio de un ambiente de biblioteca.

—Hola —respondió Nora.

La chica apartó el libro y miró la cubierta con aire nostálgico y soñador. Nora conocía esa mirada: era la expresión de una lectora que no quería separarse de su libro.

—¿Hay algún límite sobre cuánto tiempo podemos pasar aquí, leyendo en la librería?

—¿Por qué? ¿Qué libro te interesa? —le preguntó Nora a su vez.

La chica le enseñó la cubierta de la novela. Era *Cinder*, de Marissa Meyer.

—Ah, el primero de la serie Crónicas Lunares —Nora asintió con la cabeza—. Tenía mis dudas sobre ese libro antes de leerlo, pero ese cruce entre *Cenicienta* y *Blade Runner* me conquistó. Me parece que eres demasiado joven para conocer esa película. El caso es que podéis leer hasta la hora de cierre.

—¿En serio? Pero esto no es una biblioteca.

La chica estaba verdaderamente desconcertada.

—No, no lo es —convino Nora—. Pero si te gusta tanto *Cinder*, puede que te compres *Scarlet*. Por eso los libreros dejamos que la gente pase todo el tiempo que quiera hojeando libros. Contamos con que se enamoren de una serie y compren la siguiente entrega.

La chica se puso roja como un tomate.

—Yo no. No puedo llevar un libro así a mi casa.

Le estaba diciendo a Nora que, a pesar de que ya iba al instituto, no le dejaban elegir sus propios libros para leer por placer. Se los elegía otra persona. Un padre o una madre controladores, probablemente.

—No pasa nada —se apresuró a asegurarle Nora—. Puedes leer aquí. Solo tienes que gastarte algún dinero de vez en cuando, pidiendo un chocolate caliente o comprándote un marcapáginas. ¿Te parece bien?

La sonrisa de la chica le transformó el rostro: la alegría le salía a raudales de los ojos.

—¿Lo dice en serio? ¿Y podría venir todos los días?

La librera sonrió.

—Claro, todos los días. Pero si vas a convertirte en clienta asidua, será mejor que me tutees. —Le tendió la mano—. Me llamo Nora.

La alegría de la chica se esfumó de golpe. Aunque saltaba a la vista que le daba cosa hacerlo, estrechó la mano de la librera.

—Yo soy Vicky —dijo.

—Encantada de conocerte, Vicky. ¿Eres nueva en Miracle Springs?

—Sí. Nos hemos venido a vivir aquí desde Alabama —respondió, con aire aún más deprimido.

De repente, una de las dos chicas rubias asomó la cabeza por la esquina de la sección de ficción.

—Eh, Knappster... —la llamó en un susurro—. ¿Qué haces?

—Estaba preguntando por este libro —le respondió su amiga, enseñándole el ejemplar. Luego, antes de volver a la sección de literatura juvenil, dedicó a Nora una sonrisa débil pero cálida y llena de gratitud.

La librera se pasó las manos por la cara, sin poder creérselo: acababa de conocer a la hija de Connie Knapp. La mujer que quería destruir Miracle Books tenía una hija, una adolescente, que ansiaba poder leer los libros que quisiera con total libertad. Vicky había acudido a la librería en busca de historias y refugio, y no solo había encontrado ambas cosas, sino que también había hecho una amiga.

Nora Pennington, la defensora de los libros y de los amantes de los libros, era ahora su aliada.

Aquella tarde, después de cerrar, no se fue directamente a casa. En lugar de eso, se paseó por Main Street mirando los escaparates y disfrutando del ruido que hacían las hojas secas al crujir bajo sus pies.

Ya era oficial: la temporada de sacar los jerséis de invierno estaba allí y aunque la librera tenía una pizca de frío con aquella blusa blanca y su pañuelo estampado con imágenes de libros, no le importaba. Tras haber pasado la mayor parte del día encerrada en la librería, el aire fresco de la tarde le resultaba estimulante.

Se detuvo bajo el toldo morado de Soothe y se asomó a mirar dentro de la tienda. Salvo por las luces del escaparate, el resto del establecimiento estaba a oscuras. Todo estaba en silencio. Cuando miró a la segunda planta, vio una luz mortecina en dos de las ventanas. Celeste estaba en su apartamento, sana y salva. Satisfecha, la librera se dio media vuelta y se dirigió a casa.

Al caer la temperatura, la noche estaba pidiendo a gritos un plato de comida reconfortante, así que Nora decidió preparar un chili de pavo para cenar. Mientras el pavo troceado se doraba en el fuego, escurrió una lata de alubias rojas y se puso a picar una cebolla pequeña. Normalmente escuchaba música mientras cocinaba, pero esa noche necesitaba pensar. ¿Qué podía hacer el Club Secreto de la Lectura y la Merienda para ayudar y proteger a Celeste cuando sabían tan poco de ella?

Mientras el chili se rehogaba a fuego lento, abrió una libreta y encendió el portátil. Era hora de buscar respuestas, empezando por Pine Hollow, en Carolina del Norte.

Enseguida descubrió que Pine Hollow era un pueblo muy pequeño, probablemente de la mitad del tamaño que Miracle Springs, pero igual de recóndito. Miracle Springs estaba rodeado de montañas, mientras que Pine Hollow estaba rodeado de granjas o humedales. Al ver las fotos y leer la información sobre la historia del pueblo, a Nora le dio la sensación de que se trataba de un lugar muy tranquilo, alejado del mundanal ruido. No era una localidad en el que se celebraran festivales ni hubiera puestos ambulantes de comida. Las actividades de ocio se limitaban a la pesca en el lago o la caza en el bosque; no había cines, ni centros comerciales, ni cafeterías, ni heladerías, ni urbanizaciones con parques infantiles y clubes sociales.

—Un pueblo solitario —dijo Nora, levantándose para apagar el fogón de la cocina.

Cuando volvió a la mesa con un cuenco humeante de chili y un corrusco de pan integral, decidió posponer su investigación hasta después de comer. No tenía manos suficientes para comer, teclear y tomar notas, pero sí podía masticar y leer su libro sin problemas.

Dos capítulos después, tenía el estómago lleno y la cabeza hecha un lío. La vida de los personajes de ficción la había absorbido de tal modo que se había olvidado de Celeste. La sensación de confusión no duró mucho, y sabía que podría continuar con *Piso para dos* en cuanto terminara sus pesquisas sobre Pine Hollow, pero aun así le costó soltar el libro y volver a la realidad.

Después de dejar el cuenco en remojo en el fregadero y rellenarse el vaso con agua con gas, pulsó la barra espaciadora de su portátil. El ordenador, un cacharro cada vez más viejo, tardó una barbaridad en volver a despertarse.

—Yo te entiendo —le dijo Nora a la máquina—. Hay días en los que solo quieres seguir soñando...

Escribió «Cecily Leopold» y «Carolina del Norte» en el recuadro de búsqueda de Google y encontró un resultado que contenía tanto el nombre de Cecily Leopold como la palabra «comunidad».

Hizo clic en el enlace, que la llevó a la web de un periódico de la zona este del estado. El titular de la noticia decía así: «Despedido el trabajador de una escuela tras dar positivo en un test de detección de drogas por consumo de CBD» y databa del mes de marzo anterior.

—CBD —susurró Nora—. Oh, no...

El artículo relataba la historia de Lazarus Harper, de sesenta y cuatro años de edad y trabajador de la cafetería de una escuela del condado de Washington. Harper, que padecía lumbalgia crónica desde hacía más de una década, estaba harto de los fármacos que le recetaban sus médicos; el elevado coste y los efectos secundarios negativos lo llevaron a buscar alternativas y descubrió encantado que el aceite de CBD era un remedio asequible para aliviar el dolor sin efectos secundarios adversos. Por desgracia, en enero no superó un control de detección de drogas obligatorio para todos los trabajadores del estado. Los niveles de THC de Harper eran superiores al 0,3 %, a pesar de que la etiqueta del producto declaraba que el aceite de CBD no contenía dicha sustancia. Harper había comprado el aceite de CBD a Cecily Leopold, de la comunidad de Still Waters. El hombre tenía intención de emprender acciones legales contra la señora Leopold y el líder de la comunidad por vender un producto fraudulento, así como contra el Consorcio de Educación del Condado de Washington por despido improcedente.

El artículo iba acompañado de una foto de Lazarus Harper en la que aparecía con una barba descuidada, la piel curtida y los ojos hundidos. Las arrugas de su rostro, los capilares rotos en la zona de la nariz y una calva incipiente eran indicios de que había llevado una vida dura.

—¿Eres tú el hombre del parque? —le preguntó Nora.

Como en la foto no se veía su cuerpo, buscó otras imágenes de Harper, pero no encontró nada.

Frustrada, desvió su atención a la comunidad de Still Waters; aquel tenía que ser el lugar del que Celeste había hablado al ayudante Andrews cuando estaba bajo los efectos de los fármacos, el lugar del que ella y su hija deberían haberse marchado mucho antes.

Había una web comercial de la comunidad y aparecía mencionada en tres artículos más aparte del de Harper.

La librera hizo clic en la web de la Galería Still Waters, que resultó ser una galería virtual con todas las formas de arte imaginables: había secciones de pintura, escultura, joyería, vidrieras, cerámica, textiles, mosaicos, caligrafía, dibujo, grabado, muebles, fotografía y mucho más. Todo estaba a la venta, y cada uno de los artículos incluía una descripción, una breve biografía del artista y el precio. Las compras podían realizarse mediante PayPal y el contacto era un formulario de correo electrónico.

Como no halló ningún rastro de Cecily o Bren en la web, Nora empezó a leer los artículos que hablaban de la comunidad de Still Waters.

El primero era poco más que una nota breve que describía la colisión entre un automovilista y un oso negro de seiscientos kilos. El texto atribuía la supervivencia del conductor a la intervención de un residente de Still Waters llamado Jacob Dietz, un artesano que trabajaba con metales que había acudido al lugar del siniestro a prestar auxilio.

Otra residente de la comunidad, una mujer llamada Molly Peterson, encontró a una niña que se había perdido durante una acampada y a la que su familia llevaba dos días buscando por todas partes. La señora Peterson la vio en un lecho de musgo bajo un afloramiento de rocas. La pequeña estaba profundamente dormida e ilesa. Después, la señora Peterson y la niña se hicieron amigas y mantuvieron su relación de amistad mediante el intercambio epistolar.

El último artículo era menos complaciente: un matrimonio formado por el señor y la señora Minnick afirmaba que su hija se había escapado de casa para unirse a la «secta» de Still Waters. Como la joven tenía diecisiete años, la policía había intervenido abriendo una investigación. El resultado de las pesquisas policiales no dio lugar a ninguna acusación y la chica regresó a casa sin incidentes. Cuando cumplió dieciocho años, hizo las maletas y regresó a Still Waters. Los Minnick contaban ahora a todo el mundo que su hija vivía en el bosque como una salvaje.

—¿En qué bosque? —murmuró Nora.

Por lo visto, la comunidad de Still Waters no tenía ninguna dirección postal y tampoco aparecía en ningún mapa. No fue hasta después de indagar en la base de datos del registro de la propiedad del condado cuando Nora localizó por fin un apartado de correos y un número de parcela que se correspondía con una enorme extensión de terreno a tres kilómetros de la localidad de Pine Hollow.

La librera intentó inspeccionar la zona con la vista por satélite del mapa, pero esta solo mostraba un mar de pinos y un manchurrón azul que asomaba en medio de todo el verde.

De pronto recordó la foto de la postal que habían enviado a Cecily Leopold. El lago de aquella tarjeta era del mismo tono azul que el de la pantalla del ordenador de Nora.

—Azul de Prusia.

Si Cecily Leopold y Celeste Leopold eran la misma mujer, entonces Cecily tenía un enemigo en Pine Hollow: Lazarus Harper la culpaba de haber perdido su medio de sustento, la culpaba a ella y al lugar que hasta entonces ella y Bren habían llamado su hogar.

Nora pensó en el hombre del brazo tatuado y en la página del libro antiguo, en su lenguaje desconocido y en las figuras vestidas que reunían ingredientes para elaborar un brebaje misterioso.

Los Minnick habían llamado «secta» a la comunidad de Still Waters.

¿Y si Cecily se había marchado de Pine Hollow porque había pasado algo en Still Waters? ¿Y si las acusaciones contra Lazarus Harper por el aceite de CBD les habían causado problemas a madre e hija? Tal vez les habían dicho que se fueran; tal vez les habían dado la espalda.

Cecily no había hecho las maletas y se había mudado obedeciendo a un impulso, sino que lo tenía todo planeado: había alquilado un edificio al otro lado del estado, había alquilado una casa para Bren y se había cambiado el nombre por el de Celeste.

Pero no había bastado con aquello, su nuevo nombre no era lo bastante distinto.

Alguien la había encontrado.

¿Era Lazarus Harper? ¿O se trataba de otra persona?

¿Quién había enviado la postal?

¿Quién había dejado la página del libro bajo el felpudo de Nora?

¿Qué le había pasado a Bren?

Nora fijó la mirada en el lago de su pantalla. El óvalo de agua azul estaba rodeado de árboles frondosos; parecía el ojo del gigante de un cuento encerrado en las entrañas de la tierra. No era el lago plácido y tranquilo de la postal, sino que sus profundidades eran insondables. Sus aguas ocultaban secretos.

Nora no quiso seguir mirándolo y cerró de golpe la tapa del portátil, dejando la habitación a oscuras. De repente, se dio cuenta de lo tarde que era, del silencio y la oscuridad que la rodeaban. La única luz que había en toda la casa procedía de la tenue bombilla de encima de los fogones de la cocina.

No era suficiente, no si había un monstruo suelto en Miracle Springs.

¿Había venido un monstruo en busca de Bren? ¿Y si estaba acechando a Celeste? ¿Estaría ahí fuera, en la oscuridad?

Acechando. Aguardando el momento oportuno. Acariciando su objetivo.

CAPÍTULO DIEZ

¿En qué otro lugar muestra la naturaleza humana
más debilidad que en una librería?

HENRY WARD BEECHER

Nora se levantó temprano, se vistió con ropa cómoda y salió a andar por los dorados bosques otoñales hasta que el camino se fusionó con un sendero señalizado. Mientras enfilaba las colinas que se alzaban sobre Miracle Springs, los pensamientos se le agolpaban en la cabeza. Le preocupaba Celeste. Y también Jed. Se preguntaba qué estarían tramando Connie y su jauría de lobas. Empezó a elaborar una lista de tareas pendientes.

Aquella vorágine mental no se apaciguó hasta que Nora se detuvo ante unas vistas impresionantes, pero en cuanto su cuerpo reanudó el movimiento, también lo hizo su cerebro. Volvió a repasar lo que había descubierto sobre Pine Hollow y Still Waters, recordando los detalles del artículo sobre Lazarus Harper, las connotaciones del aceite de CBD, la galería de arte *online* y la acusación de que la comunidad era una secta.

Cuanto más alto subía, más esfuerzo empleaban sus piernas y sus pulmones. El ejercicio le sentaba bien, pero al final tuvo que quitarse la sudadera y atársela a la cintura. Debajo llevaba la camiseta con el lema MÁS FELIZ QUE UN NIÑO CON LIBROS NUEVOS, una de las favoritas de Jed. Acarició la tela suave y decidió llamarlo cuando volviera a tener cobertura.

«¿Y qué me dices de McCabe? —inquirió una voz insidiosa—. ¿No quieres consultar con él lo que has averiguado sobre Pine Hollow? ¿Ver si has descubierto algo que él no sabe aún?».

La idea era ridícula. McCabe podía comprobar los antecedentes de Cecily Leopold. Podía llamar a cualquier cuerpo policial con jurisdicción sobre Still Waters y solicitar un informe completo. Lo más probable era que él y su equipo hubiesen recabado más información en diez minutos que Nora en dos horas enteras.

«¿Y en qué lugar me deja eso a mí?».

Ella y sus amigas podían seguir ayudando a Celeste: podían hornear magdalenas, preparar comidas y trabajar por turnos en Soothe. Solo que nada de eso iba a consolar a Celeste ni a hacer que se sintiera segura. La mujer seguiría subiendo las escaleras después de trabajar en la tienda y se encerraría en su apartamento hasta la mañana siguiente. Y aunque la trabajadora social iba a menudo a ver cómo estaba y McCabe no la perdía de vista, ninguno de los dos podía aliviar su soledad ni disipar sus miedos. Necesitaba amigos. Amigas, mejor dicho. Un grupo de mujeres que llenaran su triste y silenciosa casa de ruido, comida y alegría.

—El Club Secreto de la Lectura y la Merienda tiene que hacer una visita a domicilio —sentenció Nora en voz alta al llegar al final del sendero.

Una vez en casa, se duchó, se preparó una infusión con canela y llamó a Jed. Como no contestaba, le dejó un mensaje diciéndole que lo echaba de menos y que esperaba que su madre estuviera mucho mejor. Dudó unos instantes antes de decirle que ella y sus amigas estaban ayudando a una mujer de la localidad que acababa de perder a su hija.

—Y ahora, cambiando de tema, que sepas que me he ganado una archienemiga —añadió luego, tratando de quitar hierro al asunto—. Soy como un personaje de cómic; puede que hasta me haga falta un traje. Quizá un mono y unas Converse. El caso es que no creo que mis superpoderes librescos vayan a servirme de nada con esta mujer.

Decidiendo que ya había hablado bastante, le pidió a Jed que la llamara cuando pudiese y colgó.

A continuación, pasó la aspiradora por el suelo de la librería y se puso a quitar el polvo de los estantes. Esperaba que el sanitario la llamara y le diera una excusa para dejar de limpiar, pero no lo hizo.

—¡Pero bueno! ¿Y esas cejas que me traes hoy? —exclamó Sheldon nada más verla.

Nora se llevó los dedos a la cara.

—¿En serio? Pero ¿en plan conde Olaf o cómo?

Sheldon cogió una taza de *Maléfica* del tablón.

—Es solo una cana, pero no me hagas caso. Ya sabes que no soy persona hasta que me tomo el primer café.

—¿Una cana?

Nora se sacó una polvera del bolso y se examinó las cejas. Enseguida vio el pelo ofensivo, encajado en medio de la ceja izquierda. Justo después, localizó un segundo pelo blanco.

—¡Madre de Dios! Me he hecho vieja de la noche a la mañana.

Una vez que hubo preparado el café, Sheldon limpió un par de pinzas, sentó a Nora en un sillón y le arrancó hábilmente los «bigotes blancos».

Al cabo de unos minutos le colocó en las manos una taza de café humeante.

—No debería meterme contigo después de todo lo que estás pasando. ¿Quieres desahogarte? Prometo no hacer comentarios desagradables.

Seis meses atrás, Nora habría dicho que no, pero hablar con Sheldon siempre la hacía sentirse mejor. Se sentaba a escuchar como nadie, permanecía inmóvil y no interrumpía en ningún momento. Su mirada era benévola y comprensiva, y era un hombre de absoluta confianza.

—Pues la verdad es que sí —contestó Nora.

Sheldon se acomodó en su sillón y esperó a que ella empezara a hablar.

—He estado aguantando el tipo y fingiendo que lo de Connie no me asusta, cuando lo cierto es que tengo miedo. ¿Te acuerdas de la última vez que vandalizaron Miracle Books? Entre las reclamaciones al seguro y el informe de la policía, me sentí como si fuera una víctima. No quería volver a sentirme así nunca más. —La librera dio un sorbo a su café—. Connie no se va a olvidar de esto así como así, me lo dejó bien claro. Ojalá pudiera mentalizarme para lo que sea que me tiene preparado, pero no puedo. Puede que haya una alimaña mucho más grande y aterradora en el pueblo que Connie Knapp.

Tras resumirle todo lo que había averiguado en internet la noche anterior, Nora se quedó callada. Acarició su taza y dio tiempo a su amigo para que asimilase la gran cantidad de información.

Él se quedó un buen rato con la mirada fija en un punto medio. Al final, miró directamente a la librera.

—Si ese tal Harper está merodeando por Miracle Springs porque tiene una cuenta pendiente con Celeste —le dijo—, ¿qué puedes hacer tú al respecto? Creía que confiabas en McCabe y compañía. ¿No crees que son capaces de solucionar el problema?

—Sí, yo confío en el *sheriff*, pero Celeste no —respondió—. Ella no le va a decir lo que necesita saber. Pero ¿por qué no? Su hija está muerta. ¿Por qué no iba a hacer Celeste todo cuanto esté en su mano por averiguar qué ha pasado? ¿Acaso tiene miedo de que McCabe descubra lo de Lazarus Harper? ¿O algo peor? —Soltó la taza de café con un golpe seco—. Celeste acusaba a su hija de guardar secretos, pero ahora ella está haciendo lo mismo. ¿Cómo puede McCabe protegerla sin saber quiénes son sus enemigos?

—Me preocupa Celeste, pero también me preocupas tú.

Nora se encogió de hombros.

—Sigo diciéndome a mí misma que en cuanto le di la página de ese libro a McCabe, yo ya dejé de tener algo que ver con todo este asunto, pero lo cierto es que ni yo misma me lo creo. ¿Por qué la dejaron bajo mi felpudo, para empezar? ¿Por qué siento como si alguien hubiera marcado mi casa?

Avergonzada por la teatralidad evocadora del Antiguo Testamento de esa última frase, Nora apartó la mirada.

Cuando volvió a mirar a Sheldon, este fruncía los labios con inquietud.

—Por alguna razón, te encuentras en el centro de dos dianas distintas: Connie Knapp ha decretado que eres una mala influencia para nuestra juventud y va a librar una guerra contra ti liderando a su tropa de mamás osas. En cuanto al segundo objetivo, es tu castigo por mostrar interés por Bren.

La librera quiso protestar, pero Sheldon la hizo callar.

—Tú tienes debilidad por ciertas personas, por gente con carencias y necesidades. Igual que June, Hester y Estella. Vosotras sois las verdaderas mujeres mágicas de este pueblo y tenéis que usar vuestros poderes para hacer hablar a Celeste. Tenéis que quitar el tapón de esa botella, aunque puede que necesitéis más de una botella para que desembuche y os cuente lo que sabe.

—No me gusta la idea de usar el alcohol para coaccionarla.

El hombre pasó el dedo índice por las asas de las tazas de café vacías y se levantó.

—Bueno, ya sabes lo que suele decirse sobre las situaciones excepcionales...

—¿Que exigen medidas excepcionales?

Sheldon extendió las manos.

—De donde yo vengo, a eso lo llamamos «tequila».

Nora envió un mensaje de texto a las integrantes del Club Secreto de la Lectura y la Merienda explicándoles su plan de ir a ver a Celeste y preguntándoles qué día les iría mejor. Tras un breve intercambio de mensajes, el grupo decidió que sería el jueves.

La librera estaba anotando la visita en su calendario de sobremesa cuando Hester le envió otro mensaje:

«No podemos presentarnos en su casa con la cena y esperar que C. se sincere con nosotras. Es demasiada presión. Necesitamos alguna maniobra de distracción. No es como si hubiésemos quedado para jugar al Pictionary o a las cartas».

Nora pensó en los distintos libros que tenía sobre el tema del duelo. Algunos de ellos incluían actividades como escribir un diario, escribir cartas a los seres queridos, crear murales de recuerdos o llenar una caja con objetos especiales.

«Seguro que alguno de mis libros tendrá la respuesta —contestó—. Ya encontraré algo».

Estella intervino en el chat grupal en ese momento.

«Va a ser un poco incómodo. ¿Llevamos vino?».

June y Hester enviaron unos emojis con los pulgares hacia arriba.

Nora se negaba a usar emoticonos, así que se limitó a escribir: «Sí».

Guardó el teléfono y miró por el escaparate justo en el momento en que pasaba el minibús del hotel. El periodo de mayor afluencia matutina estaba a punto de comenzar.

Sacó una escoba y barrió la acera frente a la tienda. La calabaza pintada del festival de la semana anterior seguía en la jardinera, pero sin el contexto de los productos que iban de la granja a la mesa, la cita sobre la comida había perdido sentido. Nora decidió sustituirla por una calabaza normal.

Tras llevar la calabaza negra al almacén, se fue corriendo a la ferretería que había calle arriba, donde compró una calabaza alta con el rabito retorcido, una col rizada a punto de echar flores y una planta de la moneda. Plantó la col rizada y la planta de la moneda en la mitad delantera de la jardinera y dejó la calabaza en la mitad de atrás.

Estaba regando las plantas cuando una pareja se acercó al escaparate. Nora los vio con el rabillo del ojo, pero la mujer habló antes de que ella tuviera oportunidad de volverse y saludar.

—¿No nos ha dicho nuestra guía que no entrásemos en esta tienda?

—Sí —respondió el hombre.

—Ah, pues no pienso hacerle caso. Me gustan las librerías. ¿A ti no, Hank?

—Sí.

La librera se apartó a un lado para dejar pasar a la pareja. No los siguió al interior de la tienda, sino que miró a un lado y a otro de la acera en busca del resto de los huéspedes del hotel. Era fácil distinguirlos entre la multitud porque, al registrarse, les daban a todos una bolsa turquesa de tela con el logotipo del establecimiento.

Nora vio a dos mujeres que llevaban las bolsas delatoras detenerse delante de una *boutique* de ropa. Tras examinar un momento un trozo de papel, entraron en la tienda. ¿Qué había escrito en aquel papel? ¿Una lista de tiendas que visitar? ¿O una lista de tiendas prohibidas?

Nora visualizó la imagen del rostro de Connie.

—La voy a matar —murmuró, y entró en la librería.

Esa vez no se fijó en los lomos de los libros con los colores del arcoíris ni percibió el dulce aroma a café, cuero y papel. No oyó el cálido crujido de los tablones de madera de pino bajo sus pies ni el delicioso susurro de las páginas entre los dedos de los lectores. Lo único que consiguió atravesar el avispero de furia que zumbaba en su cabeza fue el silbido del vapor de la cafetera expreso.

Nora se sentía igual que la espuma de la leche que Sheldon estaba calentando, un remolino de burbujas de aire a punto de hervir de indignación, y solo había una cosa capaz de templar su ira: necesitaba emparejar el libro adecuado con el lector adecuado. Si conseguía unir a ambos, tal vez podría evitar que su mundo siguiese tambaleándose durante un rato.

Encontró a la pareja formada por Hank y su mujer hojeando las novedades de la sección de misterio. Tras presentarse, Nora les preguntó si necesitaban ayuda.

—Me parece que sí —dijo la mujer, señalándose a sí misma—. Yo soy Gertie y este es mi marido, Hank. Vamos a ir a ver a su hermana para Acción de Gracias y me gustaría llevarle un regalo. Le encanta leer, pero es muy especialita con los libros. No soporta las palabrotas, la violencia intensa ni el contenido «solo para adultos», usted ya me entiende...

—Sí, entiendo —dijo la librera—. ¿Y le gustan las novelas de misterio?

—Le vuelven loca. Tiene una colección enorme de novelas de Agatha Christie y se las ha leído casi todas dos veces. Me gustaría llevarle algunos libros de misterio como esos, con clase y aptos para todas las edades.

—¿Y solo libros que estén ambientados en Inglaterra?

Gertie se lo pensó.

—Creo que está preparada para un nuevo entorno. De hecho, estoy segura de que le encantaría un ambiente sureño. Vive en un pueblecito de Misisipi. Tiene dos gatos, un perro y varios caballos. Hace de voluntaria en el refugio de animales del pueblo y en la biblioteca. Es una mujer maravillosa.

Nora sonrió.

—Sí que lo parece. Y usted sería una cuñada maravillosa presentándole una nueva serie ambientada en Misisipi. Sé de dos candidatas estupendas. —Sacó un libro de la estantería y se lo dio a la mujer—. Tengo la sensación de que a su cuñada le va a encantar Sarah Booth Delaney, la detective de Carolyn Haines. Es una belleza sureña poco convencional con cierta afición a resolver crímenes, y la autora es una amante y defensora de los animales.

—¡Genial! Y ya veo que es una serie larga, así que si le gusta el primer libro, ¡podemos comprarle más para Navidad! —Gertie se guardó el teléfono en el bolsillo y le pasó el ejemplar de *Them Bones* a su marido—. ¿Lo coges tú, Hank?

—Hablando de bibliotecas —dijo Nora, cogiendo otro libro—. Aquí tengo *Crimen descatalogado*, el primer libro de la serie Misterios Felinos, de Miranda James. También está ambientado en Misisipi. Está protagonizado por un bibliotecario encantador que se llama Charlie Harris y por su gato igual de encantador, Diesel.

Gertie apoyó la mano en el brazo de Nora.

—¡Ay, mira qué cubierta tan bonita! Yo también quiero leerlo. Es perfecto. Me alegro tanto de que hayamos venido hoy, ¿verdad, Hank?

Antes de que el marido pudiera responder con su invariable «sí», Nora le preguntó si podía ayudarlo a encontrar algún libro para él.

El hombre se ruborizó; aunque debía de tener más de setenta años, parecía un niño pequeño que no esperaba que su profesora lo llamara a salir a la pizarra.

—Me ha gustado mucho nuestro viaje en tren desde Asheville. Hacía mucho tiempo que no viajaba en tren, pero siempre me han gustado. Un año mi hermana me regaló *Asesinato en el Orient Express* por Navidad y me lo leí en un periquete. ¿Tiene algún otro libro de misterio con trenes?

—Déjeme pensar... —Nora paseó la mirada por las estanterías—. ¿Ha leído *El gran robo del tren* o *El detective del ferrocarril*?

Hank confesó que nunca había oído hablar de ninguno de los dos libros.

—Mi marido no ha tenido mucho tiempo para leer —dijo Gertie, dedicándole una sonrisa tierna—. Trabajaba todos los días de la semana para que nuestros cinco hijos pudieran graduarse en la universidad sin tener que pedir ningún préstamo. Hace unos meses por fin se jubiló y su médico quiere que se lo tome con calma, así que si los libros con trenes le ayudan a relajarse, nos los llevamos todos. Yo siempre he pasado las tardes enfrascada en la lectura y así ahora mi amor me acompañará.

Más tarde, cuando Gertie y Hank hubieron pagado sus libros y estaban decidiendo entre merendar unos bolsilibros de chocolate o comprar algo en la Gingerbread House después de visitar un par de tiendas más, Nora sintió que la ira la embargaba de nuevo; no era tan feroz como antes, pero estaba ahí.

La librería debería haber estado más concurrida, debería haber más huéspedes del hotel rebuscando entre las estanterías, pero ni siquiera entraban por la puerta. Vio más de una vez a gente con bolsas turquesas detenerse frente al escaparate. Examinaban la mágica escena libresca antes de dar media vuelta y marcharse frunciendo los labios con aire de desaprobación.

—¿Gertie? —la llamó Nora desde detrás de la caja—. Tienen que ir a visitar la panadería sin falta: la dueña, Hester, hace auténtica magia con sus manos de repostera. Sus creaciones no solo están deliciosas, sino que también hacen sentirse bien a la gente.

—Ah, pues entonces deberíamos pasarnos por allí ahora mismo —dijo Hank—. Gracias por la recomendación.

Nora salió de detrás de la caja y se acercó a la pareja.

—Parece que hoy han recibido varias recomendaciones, no solo la mía. Me ha parecido oír que les han aconsejado no entrar en esta librería. No se lo diré a su guía, pero los empleados del hotel no suelen ir por ahí diciéndoles a los huéspedes dónde comprar.

Hank señaló el logotipo de su bolsa.

—No era nuestra guía. Era la conserje.

—Así es —confirmó Gertie—. Se subió al minibús turístico y nos dijo que la mayoría de los comercios del pueblo eran de primera categoría, pero que había un par que ella llamaba tiendas para «pensárselo dos veces». Nos dijo que deberíamos pensárnoslo dos veces antes de visitar esos establecimientos, ¿no fue eso lo que dijo, Hank?

—Sí.

Nora hizo un gran esfuerzo por no perder la calma.

—¿Y qué tiendas eran las de la lista para «pensárselo dos veces»?

Gertie rebuscó en su bolso y sacó un pequeño bloc de notas.

—Soothe, la tienda de regalos Pájaro Rojo y Miracle Books.

Nora se hizo la tonta.

—¿Y dijo la conserje por qué estaban esas tiendas en la lista?

Gertie intercambió una mirada de desconcierto con su marido antes de contestar.

—Pues parece un poco extraño, ahora que hemos estado en su librería, pero la mujer nos dijo que se consideraban lugares... ¿cómo lo dijo, Hank?

—De mala reputación.

—Eso es. Nos contó que ni ella ni sus amigas pisaban esas tiendas, así que nosotros tampoco debíamos hacerlo. —Al ver la expresión herida en los ojos de Nora, Gertie alargó la mano y se la cogió. Cuando reparó en la piel rugosa y el dedo meñique parcialmente amputado, la compasión inundó su rostro—. No te preocupes, cielo: Hank y yo les diremos a todos los huéspedes que no le hagan ni puñetero caso a esa conserje. Nos has hecho sentirnos como si estuviésemos en nuestra propia casa y volveremos, puedes contar con ello.

La delicadeza de Gertie aplacó la furia de la librera, pero no por mucho tiempo. La pareja acababa de salir por la puerta cuando Nora llamó a June.

—¡No me lo puedo creer! —exclamó su amiga al enterarse de lo ocurrido—. Lo que ha hecho esa conserje va contra las normas: se supone que los empleados del hotel no pueden recomendar ningún negocio local en particular. La tarea de la conserje consiste en distribuir el mapa de los locales comerciales del centro, explicar el horario del minibús y hacer reservas para cenar. Mi jefe va a poner el grito en el cielo cuando se entere de que esa mujer ha estado echando pestes de algunos de los comercios locales.

—Espero que haga algo más que poner el grito en el cielo —se lamentó Nora—. Podría romperle unos cuantos dientes, por ejemplo, para empezar.

—Yo me encargo de esto, querida —dijo June—. Voy a grabarla cuando diga eso de que hay tiendas en las que hay que pensárselo dos veces antes de entrar. Bajaré al pueblo en el próximo minibús, pero tengo que darme prisa si quiero un asiento en la parte de atrás. Me pondré un sombrero y gafas de sol y me taparé la cara con un mapa. Confía en mí, esto lo arreglo yo en un pispás.

Nora se calmó un poco; si había alguien capaz de poner remedio a aquella situación, esa era June.

Hacia el mediodía, la librera esperaba que hubiese un repunte en el número de clientes a la hora del almuerzo, pues era la hora habitual en que los lugareños acudían a recoger sus pedidos especiales o elegir su siguiente lectura. También era el momento en que muchos de los huéspedes del hotel que habían empezado sus compras en el otro extremo del pueblo llegaban hasta Miracle Books.

Gertie y Hank debían de haber hecho algo para influir en sus compañeros del minibús, porque la librería estuvo a tope desde el mediodía hasta las dos y media.

Nora fue contando el número de clientes mientras iba recolocando en su sitio los libros que estaban desperdigados por los rincones.

—Tenemos siete clientes y queda menos de una hora para la hora punta de media tarde — le dijo a Sheldon—. Me siento mal por ella, pero para cuando llegue a Soothe, tendré que dar media vuelta y volver. Llamaré a Celeste y le diré que no voy a ir.

Sheldon, que tenía el fregadero lleno de tazas sucias, no se molestó en disimular su alivio.

—Eso significa que puedo irme a casa, darme un baño caliente y luego pasar toda la tarde repantigado en un sillón reclinable con mis almohadillas eléctricas.

A Nora le bastó un vistazo a las muñecas y los nudillos hinchados de su amigo para saber que estaba con un molesto brote de artritis reumatoide. Señaló el reloj de pared.

—Vete ahora mismo. Date la vuelta, que te desato el delantal. Y no hay peros que valgan.

—No pienso ponerte ningún pero: me duele todo.

La librera tiró del lazo y cogió el delantal antes de que cayera al suelo. Cuando Sheldon se dio la vuelta, lo señaló con un dedo amenazador.

—Tienes que avisarme cuando te duela algo. Prefiero tenerte aquí unas horas al día que en la cama varios días seguidos. Teníamos un trato: nada de hacerse el héroe.

—Mira quién habla, Edna St. Vincent Millay —dijo—. Estás quemando la vela por los dos extremos tan rápido que para cuando llegue Halloween, estarás en un charco de cera. No vas a poder solucionar tus propios problemas si te empeñas en arreglar los problemas de tus clientes, los de Celeste y, además, los de Jed.

Nora ladeó la cabeza.

—No intento arreglar los problemas de Jed. Su madre está enferma; no puedo hacer nada para cambiar eso. ¿O estás hablando de otra cosa? ¿Qué sabes tú, Sheldon? Vamos, desembucha.

—¡Está bien, está bien! —Sheldon levantó las manos en señal de rendición—. Llamó hace unos veinte minutos. No podía interrumpirte porque estabas hablando con ese hombre que acababa de perder a su perro, pero sé que Jed te va a pedir algo que tú no puedes darle.

—¿El qué?

Sacudiendo la cabeza, el cubano cogió su fiambrera y se dirigió a la puerta.

—No pienso darte ese mensaje, ni hablar. Tendrás que volver a llamarlo tú. —Hizo una pausa antes de añadir—: Desde algún sitio con un poco de intimidad.

Aunque la reacción tan críptica de Sheldon la había puesto de los nervios, Nora llamó primero a Celeste. Para entonces ya iba con medio turno de retraso, pero Celeste le dijo que no se preocupara.

—Hoy ha habido muy poco movimiento —le explicó—. Ya sé que si no hay movimiento, el negocio no es rentable, pero ha estado bien poder hablar con la gente sin prisas. Mis clientes de hoy me han hecho sentir que lo que hago merece la pena.

—Claro que merece la pena —le aseguró Nora, ahuyentando los pensamientos sobre Lazarus Harper—. Escucha, Celeste, estoy segura de que cuando acabas de trabajar estás muy cansada, pero a mis amigas y a mí nos gustaría mucho ir a verte el jueves por la noche. Seríamos Hester, Estella, June y yo. Llevaremos algo de cenar y nos quedaremos un ratito a charlar y hacerte compañía. ¿Qué te parece?

La pausa al otro lado de la línea se le hizo eterna. Por fin, Nora oyó un leve resoplido.

—De acuerdo —susurró entonces Celeste.

—Estupendo. Que descanses. Te veo mañana.

La librera estaba encantada de que hubiera accedido a cenar con ellas, pero su alegría no duró mucho. Mientras se dirigía a la puerta para llamar a Jed, volvió a sentir que la invadía la ansiedad.

Como el sanitario no contestaba, le dejó un mensaje en el que le decía que sentía no haber podido ponerse antes al teléfono y que la próxima vez que la llamara intentaría contestar sin falta.

¿Qué iba a pedirle Jed? ¿Y si quería que cuidara de Henry Higgins? Nora no sabía cómo iba a arreglárselas para encargarse de un perro junto con todo lo demás, pero encontraría la manera.

—No puede ser eso —murmuró mientras lavaba la última taza—. Sheldon me lo habría dicho.

Sonaron las campanillas de la puerta y, al cabo de unos segundos, dos niños pasaron corriendo por delante de la taquilla camino del rincón de literatura infantil. Su madre, ávida lectora y clienta fiel, apareció justo detrás.

—Hola, Nora. —Tras parar un momento para recuperar el aliento, dijo—: Quiero un libro de Louisa May Alcott para mí, otro sobre Cristóbal Colón para Max y otro sobre los ciclos biológicos para Davis. El viernes que viene nos darán los informes escolares con las notas, lo que significa deberes para todos. Hay que entregarlos el lunes. Va a ser la mar de divertido...

Llegaron otras madres con sus hijos y con peticiones similares, y la tarde pasó como un torbellino mientras Nora daba a los niños libros sobre travesías marinas, construcción naval, exploradores, ecosistemas y patrones climáticos. También vendió muchas novelas románticas ambientadas en Escocia.

—Me pregunto cómo le quedaría a Bill una falda escocesa —le dijo una mujer a otra mientras se dirigían a la puerta—. Podría regalársela por Navidad.

—¿Y dónde se la va a poner? —preguntó su amiga.

La primera mujer le tapó las orejas a su hija antes de responder a la pregunta:

—¿Dónde va a ser? ¡En el dormitorio!

La respuesta de la amiga quedó sofocada por el escandaloso tintineo de las campanillas de la puerta, pero Nora se dio por satisfecha al ver las sonrisas en los rostros de las mujeres y las bolsas de libros que llevaban en las manos.

La librera no tuvo un solo segundo de tregua en el ajetreo de media tarde y, antes de darse cuenta, la jornada laboral había terminado. Acababa de ordenar las estanterías y se disponía a cerrar la puerta y apagar la luz de la caja cuando le sonó el teléfono. Era Jed.

—Llevo todo el día pensando en ti —dijo ella—. ¿Cómo estás?

—Fatal. Mi madre está en coma —contestó, con la respiración entrecortada—. Tengo mucho miedo, Nora.

Percibió el dolor que embargaba la voz de Jed y deseó poder hacer algo por aliviárselo. Se le encogía el corazón de pura compasión y se apretó el teléfono contra la mejilla como si estuviera apretando el cuerpo de él contra el suyo.

—Lo siento mucho, Jed. ¿Puedo hacer algo para ayudarte?

—Te necesito. Aquí. Ahora. —Las palabras salieron en un susurro crudo, como si Jed no tuviera fuerzas para más—. No quiero pasar por esto solo. Estoy tan cansado... Necesito que vengas y estés conmigo, a mi lado.

Aquello dejó a Nora destrozada. Esperaba que le pidiera que cuidara de su perro, no tener que pedirle prestado el coche a alguien y atravesar el estado para reunirse con él junto al lecho de muerte de su madre. No podía hacer eso. No podía abandonar a Celeste. No podía irse mientras Connie Knapp y las Defensoras de los Valores Sólidos tuvieran como objetivo Miracle Books. Y la multitud de los Juegos de las Highlands se dirigiría a Miracle Springs en unos días. Lo que le estaba pidiendo era imposible.

—Jed...

No hizo falta que dijera nada más. Su tono de disculpa dejaba traslucir perfectamente su negativa.

—Lo siento —dijo. Y lo sentía de veras. Sentía no poder estar a su lado. Lamentaba haberlo decepcionado. Lamentaba haberle hecho daño cuando él estaba sufriendo tanto ya.

—Yo también. —Parecía desilusionado, pero también enfadado—. Solo por esta vez, esperaba que me antepusieras a todo lo demás.

Oyó un clic. Jed acababa de colgar.

Nora se quedó allí plantada en su librería vacía, aturdida. Era como si hubiera estallado una granada, pero ella no la había visto caer ni había oído la explosión.

—¿Qué acaba de pasar? —les preguntó a los libros, pero no tenían nada que decir. Las estanterías estaban sumidas en sombras. Los lomos de colores eran una paleta de grises. Todos los títulos habían cerrado ya los ojos por esa noche—. No es culpa tuya —dijo Nora, apoyando la mano en el libro más próximo—. Sabía que, tarde o temprano, este momento acabaría llegando: cuando yo no sería suficiente para él.

Tras deslizar las yemas de los dedos por el lomo de otro libro en un intento de recuperar su equilibrio emocional, se volvió hacia la entrada para cerrar la puerta.

Nora estaba aún muy aturdida cuando cambió el cartel del escaparate de ABIERTO por el de CERRADO y, seguramente, por eso no reaccionó cuando vio que el *sheriff* McCabe había entreabierto la puerta principal.

—Sé que está cerrado, pero hay alguien que me gustaría que conocieras antes de que te vayas para casa. ¿Tienes un minuto?

Había una mujer de pie en la acera, con la atención puesta en algo que había en la otra acera de la calle. Con la cara vuelta hacia el otro lado, Nora solo veía una masa de rizos castaños.

De repente, la mujer se volvió hacia la librería y Nora sintió como si le hubieran dado un puñetazo. Se olvidó hasta de respirar. Le flaquearon las rodillas y se agarró al marco de la puerta sin darse cuenta de que le temblaban los brazos.

—¿Estás bien? —McCabe comenzó a empujar la puerta—. Te has puesto muy pálida. Pareces un fantasma.

«Ella es el fantasma».

No podía pensar con claridad. Estaba confusa, dividida entre el presente y el pasado.

Apretando la palma de la mano contra el pecho de McCabe, Nora le impidió entrar.

—No es buen momento.

Le cerró la puerta en las narices, echó el cerrojo y desapareció entre las pilas de libros.

En mitad de la sección de ficción, se desplomó en el suelo y se abrazó las rodillas.

Se escondería allí, entre todas esas historias, hasta que fuese seguro volver a salir.

CAPÍTULO ONCE

Solo los cobardes torturan a las mujeres.

Patricia Briggs

—¡Sé que estás ahí dentro! —gritó la mujer desde la terraza de Nora—. Deja de comportarte como una niña pequeña y abre la puerta. Soy yo, Bobbie. Antes era tu mejor amiga, ¿te acuerdas? ¡Te echo de menos, maldita sea! Te he echado tanto de menos... Ni te lo imaginas. Fuimos amigas durante veinte años y luego, ¡zas! Te marchaste. Habría dado cualquier cosa por haber sabido algo de ti desde que te fuiste, por tener alguna noticia, por pequeña que fuera.

Nora empujó la espalda contra la puerta como si pensara que Bobbie iba a echarla abajo. A pesar de que no iba a dejarla entrar, sus palabras sí lograron abrirse paso en su interior. Mientras la escuchaba, los ojos de Nora se llenaron de lágrimas. Apartándose de su puesto defensivo, abrió la puerta.

—Ahora me llamo Nora —le dijo a la mujer de pie en su felpudo de bienvenida.

—Supongo que es por la Nora de la obra de Ibsen, aunque no entiendo por qué. Ya me lo explicarás, además de muchas otras cosas. O no tienes por qué explicarme nada si no quieres. —Bobbie extendió las manos—. Solo déjame entrar para que pueda darte un abrazo.

La librera dio un paso atrás cuando Roberta Rabinowitz, alias Bobbie, entró en su casa. La mujer dejó su bolso en el suelo y la abrazó.

—No me puedo creer que seas tú de verdad —susurró—. Dios, ha pasado tantísimo tiempo... Déjame verte.

Las dos mujeres se separaron. Estudiaron sus rostros surcados por las lágrimas y el rímel corrido hasta que ambas se echaron a reír.

—Las dos siempre tan dramáticas... —exclamó Nora.

—Y que lo digas. —Bobbie sacó una botella de vino de su bolso y señaló la cocina—. Nora es un nombre que le va que ni pintado a alguien que vive en una casa de muñecas. ¿Bebes en dedales o tienes algún vaso para niñas grandes?

La librera no se paró a pensar en lo que hacía. Se limitó a abrir un armario y sacar un par de copas de vino.

—No te olvides de nuestra regla número uno: nada de conversación seria hasta después del brindis.

Bobbie sonrió.

—Es una buena regla. Como esas parejas que acuerdan no acostarse nunca enfadadas.

Mientras introducía el sacacorchos en el tapón, a Nora se le fue la vista hacia el dedo anular de Bobbie. Se alegró al ver una alianza de oro. Su matrimonio seguía incólume.

El corcho salió con un chasquido sordo. Nora lo tiró a la papelera mientras su amiga servía el vino.

—«¡Ajajá! A la botella acudo»...

—«Para curar mi corazón y ahogar las penas» —dijo Nora, completando el pareado de Tolkien.

Las mujeres entrechocaron los bordes y bebieron. El vino, un cabernet del Valle de Napa, inundó la boca de Nora con un *bouquet* de sabores veraniegos. Paladeó el aroma a ciruelas, cerezas, tierra fértil y chocolate negro. El vino tenía cuerpo y era suave. Se deslizó por su garganta y se filtró en su sangre, calmándole los nervios crispados.

—Estás muy cambiada —le dijo Bobbie—, aunque sigo viendo a tu antiguo yo.

Nora se levantó y se quitó el jersey por la cabeza. Se quedó en su camiseta interior blanca, mostrando abiertamente sus cicatrices. Se volvió y dejó que Bobbie viera exactamente lo cambiada que estaba.

—También se me quemó la cara —explicó—. ¿Ves esta cicatriz que tengo en el cuello? Parece un pulpo, ¿verdad? Bueno, pues tenía un pulpo más pequeño en la mejilla, que iba desde la barbilla hasta la frente. Además, para colmo, fui víctima de otro incendio hace unos años. Aunque no sufrí quemaduras graves, pasé por quirófano y me sometí a una operación de cirugía plástica avanzada. Tengo cicatrices en el nacimiento del pelo, pero gracias a ese cirujano ya no parezco el Fantasma de la Ópera.

—Pues qué lástima. Hasta que llegó *Hamilton*, el Fantasma era el tío más buenorro de todo Broadway. —Bobbie le cogió la mano—. Viéndolo por el lado positivo, lo bueno es que ahora ya no vas a poder enseñar el meñique mientras sujetas una taza de té.

—¿Hasta cuándo vas a seguir recordándomelo? ¡Solo lo hice una vez! —protestó Nora.

Bobbie levantó su copa de vino, extendiendo de forma exagerada el dedo meñique al hacerlo.

—Ya, pero es que esa única vez fue en el Russian Tea Room. Con mis padres. ¡Creí que a mi madre le iba a dar algo!

Las antiguas compañeras de habitación en la universidad se sonrieron. Bromearon como siempre, como si la última vez que se habían visto hubiese sido hacía unos días, y no varios años.

—¿Quieres que te hable de tu ex? —le preguntó Bobbie.

La sonrisa de Nora se esfumó.

—No. No me hables de nadie de mi antigua vida. No tuviste ninguna noticia mía porque la única forma de poder convertirme en otra persona era cortando por completo los lazos con mi pasado. Aquellos meses en la unidad de quemados fueron como estar en el interior de una crisálida. Cuando por fin me hube recuperado lo suficientemente para salir, no era ninguna mariposa, sino una polilla de la luz. Pero había cambiado. De forma irrevocable. Ya no había vuelta atrás.

La expresión herida de Bobbie fue transformándose poco a poco en un gesto de culpabilidad.

—Debería haber ido a verte al hospital, pero no pude. Yo, la mujer más dura que conoces. Cuando más me necesitabas, te defraudé. Lo siento mucho.

—Nada de reproches: tú estabas en Nueva York, tenías una carrera y una familia. No podías cogerte una excedencia de tu vida para sentarte a montar guardia junto a mi cama.

—¿Cuántas veces tengo que decírtelo? Vas a tener que morirte para que monte guardia junto a tu cama, no basta con «casi» morirte. —La mujer puso los ojos en blanco—. Ufff.

Nora se rio. Era tan surrealista ver a Bobbie en su cocina... La misma Bobbie de siempre, con aquella espalda ancha y las manos delicadas, con su barbilla con hoyuelos y los ojos azul pizarra. Con su ronca voz con acento de Brooklyn, la melena de pelo castaño... Tenía buen aspecto.

—Seguro que habrás oído toda clase de cosas sobre mí, pero te voy a contar mi versión —le dijo Nora—. En pocas palabras, mi marido se enamoró de otra mujer. Ella se quedó embarazada y él pensaba dejarme por ella. Cuando me enteré de su doble vida, perdí la cabeza. De verdad. Después de beberme todo el alcohol que encontré, decidí conducir hasta la casa de la otra mujer y enfrentarme cara a cara con ellos dos... pero nunca llegué allí. Me estrellé contra otro coche y se prendió fuego. Saqué a la madre y a su hijo pequeño del amasijo de hierros y, por suerte, ninguno de los dos resultó herido grave. Sin embargo, la mujer que conocías murió esa noche. Ahora, soy Nora Pennington. Tengo cicatrices de quemaduras en el cuerpo y soy dueña de una librería.

Bobbie lanzó un silbido.

—Guau. Es increíble. Vale, ¿y tienes amigos? ¿Hay algún hombre en tu vida?

—Había uno —respondió—. Hasta hoy.

Le contó la historia de Jed y le habló de Hester, June y Estella.

—Pero no son sustitutas de Bobbie —añadió con una sonrisa socarrona—. Eso no existe.

Lanzando un resoplido, Bobbie apuró el vino de su copa. Después de volver a rellenar ambas, señaló el sofá.

—Será mejor que nos pongamos cómodas si voy a decirte hasta qué punto soy sustituible...

Nora ya empezaba a notar los efectos del alcohol; no recordaba la última vez que se había sentido tan relajada. El zumbido insistente de sus preocupaciones se había apaciguado. Ahora podía concentrarse en el momento presente y solo en él.

—Llevas el mismo anillo que vi a Stan colocarte en el dedo, así que él no cree que seas sustituible.

—Uy, Stan y yo seguimos casados, sí —rio Bobbie—, pero solo para los cumpleaños, las bodas y las fiestas judías más importantes. El resto del tiempo, Stan y su novio viven juntos en el Soho. Javier es el arquitecto que contraté para reformar nuestro garaje y convertirlo en un apartamento. Por desgracia, también «convirtió» a Stan.

Nora no se dio cuenta de que tenía la boca abierta hasta que Bobbie le dijo que la cerrara.

—Me cabreé mucho con Stan, pero no me sorprendió. Cuando nos conocimos, yo ya sabía que le gustaban los hombres y las mujeres. Supongo que los dos creíamos que había dejado atrás esa otra opción cuando se casó conmigo. Hasta que apareció ese arquitecto inteligente, sexi y con un talento portentoso. Stan estaba loquito por él. —Bobbie extendió las manos—. Toda la familia se enamoró de Javier. Los niños saben lo de Stan, por cierto, pero nuestros padres no. Ahora ya solo quedan vivos mi madre y su padre, y ellos no podrían soportar saber la verdad.

—¿Y continuar con la farsa no te resulta agotador?

Bobbie parecía increíblemente triste.

—Por supuesto. Pero cuando termine la farsa, Stan se habrá ido para siempre. Tengo un hijo en la universidad y otro está estudiando un posgrado. Muy pronto, solo quedaré yo en esa casa.

—Alquílale el apartamento del garaje a algún becario de la biblioteca. O invita a algún profesor visitante a alojarse contigo —sugirió Nora—. Seguro que les encanta compartir mesa con la gran y poderosa Roberta Rabinowitz. Al menos esa gente de Columbia es lo bastante inteligente como para saber apreciar que tienen una joya como tú.

Bobbie frunció el ceño.

—Pues hay quienes han intentado deshacerse de mí varias veces a lo largo de estos años, pero no pienso consentirlo. Esa biblioteca es como mi tercer hijo, y nadie lucha contra los recortes presupuestarios como una madre tratando de proteger a su hijo —se rio—. No es por presumir, pero los peces gordos del consejo saben que más les vale no meterse conmigo. He ayudado a muchos académicos a terminar sus investigaciones, he conseguido cientos de miles de dólares en donaciones y he duplicado nuestros fondos. Solo me iré de allí con los pies por delante. Quiero encontrarme con Dios oliendo a papel de pergamino, a negro de humo y a la vainilla mustia de los libros viejos. Dios sonreirá cuando huela el perfume de mi biblioteca.

Un cómodo silencio se instaló entre ellas ante aquella entrañable imagen. Se miraron, sonrieron y luego rieron a carcajadas.

—Desde luego, el primer año de universidad me tocó la lotería contigo —dijo Nora—. Ni en mis sueños más salvajes me habría atrevido a fantasear con compartir habitación con una amante de los libros, pero así fue. No solo como lectora, sino como entusiasta del libro como objeto, una apasionada de su historia y su fabricación, con un interés desmedido por conocer cómo conservarlos y restaurarlos, cómo archivarlos, coleccionarlos, promocionarlos e inmortalizarlos. ¿Recuerdas aquellas listas tan disparatadas que hacíamos?

—¿Con qué tres autores de la Era del *Jazz* nos acostaríamos? ¿Con qué poetas románticos? ¿Personajes de Shakespeare? Los villanos góticos eran mis favoritos. —Bobbie alzó su copa—. Los mejores seis años de mi vida. —Desinflándose de repente, bajó la copa—. Seis años. Llevamos sin hablar el mismo tiempo que tardamos en sacarnos dos títulos universitarios.

El peso de esos años se cernía implacable sobre ellas. El aire de la habitación se enrareció, y fue como si una densa nube de borrasca estuviera suspendida sobre sus cabezas, sofocando su alegría.

En la universidad, Nora habría buscado una cita literaria que expresara su estado de ánimo; así era como ella y Bobbie afrontaban un suspenso, un desengaño amoroso o cualquier otra contrariedad. Para abordar sus sentimientos en ese preciso instante, Nora podría repetir la afirmación de Lewis Carroll de que no podía volver al ayer porque entonces era una persona distinta. Y Bobbie podría responderle con la cita de C. S. Lewis: «No puedes volver atrás y cambiar el principio, pero puedes comenzar donde estás y cambiar el final».

Pero ya no eran universitarias. Eran mujeres de mediana edad con canas y celulitis. Estaban curtidas en mil batallas y conocían el mundo. Y no era el momento de juegos literarios.

—¿Cómo supiste que era yo? —preguntó Nora al fin.

La mujer se recostó en su silla y suspiró.

—¿En serio? El *sheriff* de un pueblecito de Carolina del Norte se pone en contacto conmigo para ver si puedo identificar una página de un libro antiguo. Por favor... Todos los bibliotecarios saben quién soy. Los historiadores me conocen, los coleccionistas de libros me conocen, los bibliófilos me conocen... pero ¿cómo podía saber de mí un *sheriff* de un pueblo perdido de la mano de Dios? Esa fue la primera pregunta que le hice al *sheriff* McCabe.

—Ah —dijo Nora.

—Si de verdad querías que nadie te encontrara, ¿por qué usar tu apellido de soltera? Ya estabas tomando prestado el nombre de Ibsen, así que ¿por qué no ser Nora Helmer?

La librera se encogió de hombros.

—Siempre me gustó mi apellido de soltera, y lamenté mi decisión de renunciar a él cuando me casé. Me alegro de haberlo recuperarlo. Pero volvamos a ti. Después de que McCabe te dijera mi nombre, ¿hiciste la maleta y cogiste un avión? ¿Así, sin más?

—Le pedí al *sheriff* que te describiera primero, pero sí, eso fue lo que pasó —explicó la mujer. Un brillo de humor reapareció en sus ojos—. Creo que le gustas. Cuando le pedí una descripción física, me dio la típica respuesta de policía. Cuarenta y tantos, metro setenta, morena, etcétera. Pero no se detuvo ahí. También dijo que eras inteligente y cariñosa, y que tu librería es el corazón y el alma del pueblo. Y supe que esa librera tenías que ser tú.

—¿Así que llamaste al trabajo diciendo que estabas enferma y te fuiste con el coche hasta el aeropuerto de LaGuardia?

—Bueno, al de Newark, en realidad. Y no me hizo falta decir que estaba enferma. Tengo un montón de días de vacaciones acumulados porque nunca voy a ningún sitio. —Bobbie lanzó una mirada lastimera a su copa de vino vacía—. Los viajes familiares y las escapadas románticas son cosa del pasado. Me voy de vez en cuando algún fin de semana de chicas, pero nunca falto al trabajo. —Nora se fue a la cocina y rebuscó en la despensa. Cuando sacó una botella de vino, Bobbie exclamó—: ¡Así me gusta!

—Es un malbec argentino barato —dijo Nora—. Si mañana te levantas con la boca reseca y un dolor de cabeza horroroso, no digas que no te lo advertí.

—Deja ya de hablar mal del pobre vino —le ordenó Bobbie—. Ahora voy a hablarte sobre la página de ese libro y para eso, las dos vamos a necesitar un poco de coraje en forma de líquido.

Nora abrió la botella y decantó el caldo en un recipiente de cristal. Luego cogió el decantador por el cuello y agitó el líquido con la esperanza de que una infusión de oxígeno mejorara su sabor y acabado. Le dijo a Bobbie que lo sirviera mientras ella lavaba medio kilo de fresas y las colocaba en un bol.

Bobbie llevó las copas a la mesa de la cocina y se sentó.

—Te toca hacer un brindis.

La librera dejó el bol de fresas encima de la mesa.

—«La alta y fina literatura es vino» —dijo.

Su amiga asintió con la cabeza.

—Mark Twain.

—Muy bueno. Voy a emparejar tu cita de Twain con otra de Virginia Woolf: «El lenguaje es vino sobre los labios».

Tras entrechocar los bordes de sendas copas, cada una de las mujeres tomó un sorbo del malbec. Como Nora ya estaba un poco achispada, apenas se humedeció los labios con el primer sorbo. Bobbie dio más bien un trago largo, señal inequívoca de que estaba nerviosa.

—¿Te acuerdas de aquella conferencia a la que asistimos en la Universidad de Nueva York cuando estábamos estudiando el posgrado? —preguntó—. ¿Aquella sobre la historia de los textos religiosos?

—Recuerdo que nuestro profesor no esperaba que el conferenciante incluyera libros sobre misticismo. —Nora inclinó el cuerpo hacia delante con impaciencia—. ¿La página de ese libro es de algún antiguo texto místico?

Bobbie cogió dos fresas del bol, dejó una en la mano de Nora y se metió la otra en la boca.

—Mira, lo vamos a hacer así: yo te cuento algo y tú me cuentas algo también. Empezaremos por ti: ¿qué tienes tú que ver con esa página?

—No puedo responder a eso con una sola frase.

—Tengo todo el tiempo del mundo. Me alojo en la casa de huéspedes Mist and Roses, y ya me he quedado prendada de este sitio. Si no fuera porque mi biblioteca me necesita, no me iría nunca de aquí.

Nora se comió su fresa, respiró hondo y le contó a Bobbie la historia de Celeste y Bren. No omitió ninguna información, a pesar de que a McCabe no le haría ninguna gracia que compartiera detalles de una investigación en marcha con una extraña.

Solo que Bobbie no era ninguna extraña; había aparecido como un espíritu recién salido del *Cuento de Navidad* de Dickens. El mero hecho de verla había llevado a beber alcohol a Nora, quien ya iba por su tercera copa de vino. Si no echaba el freno, pronto cruzaría la línea y pasaría a estar directamente borracha.

Cuando terminó su relato, la librera esperó una reacción inmediata de Bobbie. Su amiga bibliotecaria nunca se quedaba sin palabras, pero en ese momento era como si no tuviera nada que decir. De hecho, parecía estar a kilómetros de allí.

Nora agitó las manos.

—¿Hola? ¡Tierra llamando a Bobbie! Ahora te toca a ti.

—Santa Juliana... —murmuró Bobbie como en estado de trance. Sacudió la cabeza y señaló el portátil de Nora—. Enciende ese cacharro, ¿quieres? Tengo que hacerte un repaso de Historia.

La librera le acercó el portátil.

—Las figuras ataviadas con túnicas de ese libro se parecen mucho a otras que he visto en herbarios de plantas silvestres, libros de oraciones y biblias del siglo XIII, pero nunca había visto esa clase de escritura —dijo, con las manos suspendidas encima del teclado—. Sería lógico suponer que se trata de latín o griego. ¿Qué son esos símbolos? ¿Una cifra? Tal vez. Pero sin la clave, descifrar el mensaje es como traducir la piedra Rosetta con los ojos vendados.

—Volviendo a la pregunta que te hice hace veinte fresas: ¿es la página de algún texto místico?

Bobbie se puso a teclear.

—Ya le expliqué al *sheriff* que lo máximo que podía decirle a partir de una imagen enviada por correo electrónico eran puras conjeturas. Sin ver físicamente la página, sin analizar la tinta ni examinar el papel mediante un microscopio, lo único que podía decirle es que me recordaba a un texto antiguo singular. Singular y muy raro.

Nora estaba perdiendo la paciencia.

—Ve al grano de una vez, Bobbie.

—Grimorios. —La mujer prácticamente escupió la palabra—. Las figuras vestidas con túnicas y el lenguaje indescifrable me recuerdan a un libro de hechizos. Hace años, estuve en Londres para una conferencia, y había una exposición sobre magia y folclore en la Biblioteca Británica. Vi dos grimorios del siglo XIV con dibujos, conjuros, cartas astronómicas y muchas más cosas. No soy supersticiosa, y nunca he visto un libro, manuscrito, códice o infolio que no me gustara, pero esos grimorios no me gustaron nada. Olían a carne putrefacta y el aire que rodeaba la vitrina estaba helado, a pesar de que en el resto de la sala hacía un calor asfixiante. No podía soportar estar al lado de esos libros ni un minuto más.

La copa de vino de Bobbie estaba vacía, así que cogió la de su amiga y bebió un trago fortalecedor. Luego pulsó una tecla del portátil y la pantalla se llenó de imágenes en blanco y negro de plantas, figuras con túnicas, formas geométricas, bestias de aspecto aterrador y símbolos extraños.

—Estos libros de hechizos no despiden buen rollo, precisamente. Nada que ver con esas series de televisión de magia y ciencia ficción tipo *Embrujada* —dijo Bobbie en voz baja—. Los grimorios destilan algo oscuro y peligroso. Su carácter insólito los hace muy sugerentes, y son algunos de los textos más preciados por los coleccionistas de todo el mundo. Si esa página es de un grimorio auténtico, alguien tiene una verdadera mina de oro en su casa.

Nora pensó en los símbolos tatuados en la nuca de Bren y en la afición de la joven por la ropa de color negro. Sin embargo, en su casa no había ni rastro de conjuros o hechizos; no había velas quemadas ni espejos pintados. Solo estaban esos símbolos de la nuca, o los del brazo del hombre del parque. Los de la página del libro.

«Una secta». Al menos dos residentes de Pine Hollow habían utilizado esa palabra para describir Still Waters.

—¿Hay algo más? —le preguntó Nora.

—Cuando me hablaste de Celeste, me dijiste que su estatua se llamaba Juliana. —Bobbie estaba escribiendo de nuevo en el portátil. Las imágenes del grimorio desaparecieron—. Aquí está: santa Juliana de Nicomedia.

Nora se encontró con la mirada inocente de una joven con el semblante serio, los ojos oscuros, la nariz respingona y los labios finos. A diferencia de la estatua de Celeste, la Juliana de la imagen de aquel cuadro al óleo bajaba la cabeza en una pose humilde o penitente. Un delgado halo le rodeaba la cabeza y llevaba la larga melena castaña parcialmente cubierta. La túnica le caía en pliegues amplios y sueltos. Carecía de personalidad.

—Me gusta más la versión de Celeste —dijo la librera—. Su Juliana es una mujer segura de sí misma; casi feroz. Lleva una cadena alrededor de la cintura. Celeste me dijo que había un diablo atado al otro extremo de la cadena. También me contó que hay muchas versiones de la historia de Juliana.

—Es verdad. La Juliana de este retrato es la patrona de las enfermedades. Su fe inquebrantable le permitió someter al diablo. Una leyenda menos conocida habla de una hermosa joven turca con el don de la curación. El deseo de esta mujer de convertir a su nuevo marido al cristianismo se vio como una traición por parte de su familia no cristiana, por lo que primero fue torturada y luego ejecutada. Según esta historia, el diablo se ofreció a poner fin a su sufrimiento, pero ella se negó. Su marido huyó a Europa, donde volvió a casarse e intentó honrar a su primera esposa convirtiéndose en curandero.

Aunque Nora sentía una gran fascinación por aquellas historias de Juliana, no veía en qué medida podían contribuir a identificar la página del libro y así se lo dijo a Bobbie.

Su amiga se encogió de hombros.

—Cuando mencionaste el nombre de Juliana, tuve el presentimiento de que ella y esa página tenían algo en común. Tendría que investigar más a fondo las leyendas sobre Juliana para averiguar de qué se trata, y no me voy a molestar en hacerlo a menos que el *sheriff* me deje ver físicamente esa página.

—¿Y se lo has pedido?

—Ayer, cuando llegué al pueblo, me fui derecha a la comisaría. El *sheriff* y yo acabábamos de estrecharnos la mano cuando le pedí que me llevara hasta ti. Fuimos andando a tu querida librería y... bueno, ya sabes lo que pasó luego.

A Nora se le encendieron las mejillas.

—No asimilaba que estuvieras aquí. Estaba conmocionada tras hablar por teléfono con Jed. Entonces te vi. Fue demasiado.

Bobbie apretó la mano de Nora.

—Parece que ninguna de las dos consiguió a su señor Darcy. Lo bueno es que podemos tener tantos novios literarios como queramos. Podemos tener un harén entero para nosotras.

—En el género romántico, eso se llama harén inverso.

—¿En serio? —Una expresión de asombro cruzó el rostro de Bobbie—. Este mundo nunca dejará de sorprenderme. Aunque viviera cien años, no me bastarían para llegar a averiguar todo lo que hay que aprender de los libros, me quedarían aún demasiados por leer. Tendrán que enterrarme en uno de esos mausoleos gigantes para poder llevarme a la tumba todos los libros que no me va a dar tiempo de leer, por si acaso puedo hacerlo en la otra vida.

El comentario de Bobbie despertó un recuerdo en Nora.

—Volviendo a los grimorios, ¿no los quemaban después de la muerte de sus dueños? ¿O lo habré leído en alguna novela?

—Si los grimorios pertenecían a una bruja, entonces sí. Se supone que solo puede utilizarlos una persona y solo una, cualquier otra persona que los use queda maldita de inmediato. Hemos visto ejemplos de estas maldiciones en grimorios de los siglos XIX y XX. Si abres la cubierta, la advertencia está ahí. Puede que cambie la formulación de las frases, pero el mensaje es siempre el mismo: «Quita tus sucias manos de este libro o morirás».

—¿Por eso estos libros son tan raros? —preguntó Nora—. ¿No por las maldiciones, sino porque se quemaron muchos de ellos?

Bobbie lanzó un gruñido.

—Ningún historiador que se precie cree en esa teoría. Los grimorios son raros porque los libros sobre ocultismo nunca fueron populares. Antes de Gutenberg, la Iglesia era la principal fuente de todo material escrito. Incluso varios siglos después de la invención de la primera imprenta, escribir un grimorio seguía siendo una práctica condenada. El último juicio oficial por brujería celebrado en Estados Unidos tuvo lugar en Salem, pero no fue el juicio de Ipswich de 1878. Hubo un caso civil en 1918. Los grimorios son raros porque son peligrosos. Para sus autores, para los lectores y para todos los que se lucraban con su venta.

Nora visualizó en ese instante el rostro de Bren, pálido como el papel mientras la luz de la luna le bañaba la tersa piel. ¿Era posible que una simple página de un grimorio hubiese acabado con su vida? Y si había sido asesinada, ¿por qué al forense le estaba costando tanto determinar la causa de su muerte?

Había demasiadas preguntas y ella estaba demasiado agotada para seguir dándole vueltas a todo aquello.

—Estás rendida —observó Bobbie—. Deberías irte a la cama. Pero si quieres ayudar a Celeste, deberías recurrir a mí. Estoy segura de que esa página es la clave de todo este embrollo. Pero para que pueda desvelar sus misterios, la hoja debe ir a Nueva York. Tienes que convencer a tu *sheriff* para que me deje llevármela.

Nora acompañó a su amiga hasta la puerta.

—Alguien más quiere esa página, Bobbie, ya sea porque vale mucho dinero o por lo que hay escrito en ella. Creo que Bren la escondió bajo mi felpudo justo antes de ser asesinada. ¿Y si su asesino se entera de que la tienes tú? Podrías correr un gran peligro.

La mirada de Bobbie se impregnó de feroz determinación.

—Me arriesgaré. ¿Sabes por qué? Porque yo también tengo una hija, y esa cría hace que dé gracias todos los días por estar viva. Ninguna madre debería perder a su hija como Celeste ha perdido a la suya. Llevaré esa página hasta el fin del mundo si es necesario con tal de encontrar las respuestas. Por Celeste... y por la hija que ha perdido.

La librera acompañó a la mujer hasta su coche de alquiler, que estaba aparcado detrás de Miracle Books. Después de abrazar a su vieja amiga, se apresuró a volver a casa, ansiosa por regresar a la seguridad que le proporcionaba su diminuto hogar.

Después de cerrar la puerta y apagar las luces, se dio cuenta de que nunca le había dado miedo la oscuridad.

Hasta entonces.

CAPÍTULO DOCE

La mayor seguridad estriba en el miedo.

WILLIAM SHAKESPEARE

A la mañana siguiente, la luz perforaba los párpados cerrados de Nora. Sentía la lengua como una bola de algodón y el punzante dolor de cabeza le palpitaba como si dentro tuviera mil tambores retumbando a la vez. No había agua capaz de saciar su sed y se le revolvía el estómago solo de pensar en comida.

El café tampoco parecía una buena idea, así que puso una bolsita de té en una taza y llenó el hervidor eléctrico. Con movimientos muy lentos, salió a por el periódico. Esperó en la terraza con la puerta entreabierta y los ojos cerrados hasta que el hervidor dejó de silbar.

Cuando todo se quedó en silencio, volvió a entrar y colocó el periódico, su taza de té y tres pastillas de ibuprofeno sobre la mesa de la cocina. Luego cogió el teléfono.

No tenía llamadas ni mensajes de Jed, que estaba a horas y kilómetros de distancia. Tenía miedo y se sentía solo, pero ya no recurriría a Nora en busca de apoyo.

La librera se sentó a la mesa, cogió la taza con ambas manos y se echó a llorar.

Al cabo de un rato, el té y el ibuprofeno hicieron su mágico efecto. Las punzadas lacerantes en su cabeza se transformaron en un dolor sordo. El mareo desapareció, así que se comió dos tostadas con mermelada de frambuesa. El sabor le trajo uno de sus primeros recuerdos de Jed.

Recordó las ganas que sintió de besarlo aquel día de verano, recordó cómo el sol le había pintado el pelo de dorado y cómo lo había observado mientras arrancaba las moras y las frambuesas de las zarzas, con aquellos dedos hábiles y delicados. Se lo imaginó tocándola, recorriendo la curva de su mejilla y bajando por la pendiente de su cuello.

Pensando en aquel día y en muchos otros, Nora decidió que no estaba dispuesta a dejar que Jed se marchara de su vida simplemente porque ella no hubiese accedido a lo que le pedía. Marcó su número y dejó un mensaje en el que describía el recuerdo del día de las bayas en el bosque. Esperaba que eso lo animara a ponerse en contacto con ella, y si no lo hacía, seguiría llamándolo, seguiría recordándole que lo suyo merecía la pena.

Dejando el teléfono a un lado, sacó el periódico de su funda de plástico y lo alisó con la mano.

Examinó las noticias nacionales, con la mano a punto para pasar la primera página, cuando de pronto vio el titular: «Una reacción alérgica provoca la muerte de una mujer local». El nombre de Brenna Leopold aparecía en la primera línea.

—¡¿Qué?! —exclamó.

Leyó el texto de la noticia a toda prisa. La fecha del trágico incidente. Una declaración del forense diciendo que había claros indicios de anafilaxia y de una caída brusca de la tensión arterial. La presencia de una erupción parecida a un eczema. La necesidad de consultar a otros colegas antes de establecer el diagnóstico de «síndrome de alfa-gal» y el dictamen de muerte accidental. El hecho de que Bren y su madre, Celeste, acababan de mudarse a Miracle Springs y que el periódico no había podido ponerse en contacto con Celeste para obtener su declaración. Los historiales médicos del condado de Washington indicaban que a la difunta Brenna Leopold se le había diagnosticado aquella afección —un síndrome raro y asociado al consumo de carne roja— hacía dos años.

«Es posible que haya comido carne roja accidentalmente en el festival "De la granja a la mesa" —había declarado el ayudante Fuentes, de la oficina del *sheriff*, al periodista—. Tal vez hubiera alguna confusión cuando pidió su comida en alguno de los puestos del festival. Es difícil saber exactamente qué fue lo que ocurrió. Queremos transmitir nuestro más sentido pésame a la madre de la joven en estos momentos tan difíciles».

El último párrafo de la noticia decía que Bren sería enterrada en el cementerio de Woodland. No incluía la fecha ni más información sobre la ceremonia o si se podían hacer donativos.

—¿Muerte accidental? —exclamó Nora con estupefacción.

Cogió el teléfono. Necesitaba que McCabe le explicara cómo era posible que la muerte de Bren se debiera a una alergia alimentaria, sobre todo teniendo en cuenta la aparición de la página del libro y el hecho de que alguien había entrado en su casa para destrozarla por completo.

Cuando el *sheriff* no le contestó, la librera colgó sin dejar mensaje. Apartó el periódico y buscó el síndrome de alfa-gal en internet.

Gracias a la concisa descripción de la web del Centro de Control de Enfermedades, descubrió que la alfa-gal era una alergia alimentaria relativamente nueva causada por la picadura de una garrapata. Estaba examinando una imagen de la garrapata estrella solitaria cuando le sonó el móvil.

—¿Has visto el periódico? —preguntó June con estridencia.

—Acabo de leerlo. Estoy intentando entender qué es eso del alfa-gal exactamente.

—Te acabo de poner en altavoz —dijo June tras una pausa y un murmullo ininteligible—. He pasado por el Pink Lady a desayunar y me he encontrado con Estella. Estamos en el callejón de atrás, así que cuéntanos lo que sepas, porque este titular de muerte accidental no me cuadra para nada.

—Yo tampoco me lo creo, pero esto es lo que he descubierto hasta ahora: la alfa-gal es una molécula de azúcar que se encuentra en la mayoría de los mamíferos. Si tienes alergia a la alfa-gal significa que eres alérgico a esos oligosacáridos. Si comes carne o te expones a productos elaborados a partir de mamíferos que llevan esa molécula de azúcar, sufrirás una reacción anafiláctica.

—¿Así que si tengo alfa-gal y como pollo frito, podría morir? —preguntó Estella.

Nora consultó el gráfico de su pantalla.

—Los peces y las aves se consideran seguros. No son mamíferos, así que no tienen esa molécula de azúcar, que sí se encuentra en carnes rojas como la carne de ternera, el cerdo y el cordero.

—Nunca había oído hablar de eso —dijo June—. ¿Bren nació con ese síndrome?

—Muchos científicos creen que empieza con una picadura de la garrapata estrella solitaria —respondió la librera—. Estaba mirando una imagen de ese bicho repugnante cuando me has llamado. Esas garrapatas se encuentran en todo el sudeste del país; tienen unas manchas de color blanco en forma de estrella en el tórax y sus picaduras son indoloras, lo cual es muy malo porque la mayoría de la gente ni siquiera nota que le han picado. La alfa-gal está presente en la saliva de la garrapata.

Estella chasqueó la lengua para expresar su disgusto.

—Nunca entenderé por qué Dios creó a las garrapatas o los mosquitos. Nunca en la vida.

—La noticia dice que a Bren la diagnosticaron en el condado de Washington, el mismo condado donde está Still Waters, ¿verdad? —preguntó June.

—Sí, un lugar con cientos de kilómetros de bosque, y donde hay muchos árboles significa que también hay muchos ciervos de cola blanca y, por tanto, muchos portadores de garrapatas. Y cuanto más pican esos bichos a una persona con esta enfermedad, peor es la alergia.

—Pero Bren no era una niña pequeña —repuso Estella—. Ella ya sabía que tenía esa alergia, así que lo normal era que tuviese muchísimo cuidado con todo aquello que comía.

Nora pensaba lo mismo.

—Por eso creo que se equivocan. Alguien debió de darle comida o algún producto elaborado con carne roja, la misma persona que destrozó su casa de alquiler.

—Pero ¿cómo es posible que nadie se diera cuenta de si se le ponía la cara roja o le explotaban los labios como un globo? —inquirió June—. Había montones de personas alrededor. Si Bren comió algo que le produjo esa reacción en el festival, ¿por qué nadie se dio cuenta?

—Déjame consultar la sección de preguntas frecuentes —dijo Nora—. Vale, así es como funciona una alergia alimentaria típica: si soy alérgica al marisco y le pego un mordisco a una cola de langosta, me dará una reacción antes de que me dé tiempo a quitarme el babero, pero la alfa-gal no funciona así. La reacción puede llegar hasta seis horas más tarde.

Se hizo un silencio al otro lado de la línea mientras June y Estella procesaban la información.

—O sea, que si alguien engañó a Bren para que se comiera una hamburguesa a las siete de la tarde, ¿puede que no sufriera la reacción anafiláctica mortal hasta pasada la medianoche? —reflexionó Estella en voz alta—. ¿Y ella no notaría nada? ¿No notaría la diferencia entre una hamburguesa vegetal de alubias negras y una de ternera, por ejemplo? Porque yo sí la notaría. No solo por el sabor, también por la textura. Habría sabido que había algo raro.

¿Y si el uso de especias fuertes o de unos condimentos especialmente salados, combinados con una cerveza o dos, le habían alterado el paladar? No, Nora no lo creía.

—Estoy de acuerdo contigo, Estella, pero ahora tengo que irme. —La librera cerró el portátil y se levantó—. Le he dejado un mensaje a McCabe. Ya os avisaré cuando tenga noticias suyas.

—¡Espera! —exclamó June antes de que la otra mujer pudiera colgar—. Ya no tienes que preocuparte por si los huéspedes del hotel van o no a Miracle Books: me he encargado de esa víbora de la conserje.

Nora sintió un enorme alivio.

—¡Qué bien! Necesitaba buenas noticias. Gracias, June. Espero que no sufras ninguna represalia por haber tomado cartas en el asunto.

—Si eso ocurre, no será en el trabajo, porque a esa conserje le han dicho que no hace falta que acuda hoy a su turno... ni a ningún otro. —June parecía satisfecha—. No te extrañará saber que tiene tratos con la jauría de lobas de Connie.

—Tal vez el periódico de hoy acabe con su caza de brujas. Luego hablamos —dijo Estella.

Nora colgó y se preparó para ir a trabajar. Mientras abría Miracle Books, se preguntó si Bobbie estaría ya en comisaría, defendiendo su postura ante el *sheriff* McCabe.

¿Le daría él la página del libro ahora que habían dictaminado que la muerte de Bren había sido un accidente? El *sheriff* ya no tenía ninguna razón para seguir conservando esa hoja, no era ninguna prueba en una investigación de asesinato, solo era un trozo de papel que alguien había dejado bajo el felpudo de Nora la noche de la muerte.

Sheldon le envió un mensaje diciendo que había pasado mala noche y que llegaría tarde, así que la librera se olvidó de Bobbie y se centró en dejarlo todo listo para abrir las puertas de su negocio.

—¿Por qué Celeste no dijo nada sobre la alergia de Bren? —murmuró para sí mientras preparaba café. Se detuvo un momento, con la mano apoyada en la cafetera—. Quizá no sabía nada.

Era posible. Bren había sido diagnosticada hacía dos años, con dieciocho; legalmente, era mayor de edad. ¿Y si se había puesto enferma y había ido al hospital sin que su madre lo supiera? Fuese como fuese, el diagnóstico de Bren habría provocado un cambio brusco en su dieta alimentaria, pero ¿a quién iba a sorprender que una chica que vivía en una comunidad aislada anunciara de repente que dejaba de comer carne roja? A nadie.

No dejaba de darle vueltas a cuando Bren se desplomó en la acera la tarde del viernes anterior a su muerte, cuando se había puesto enferma con dolores de estómago. Fuertes dolores de estómago. ¿Y si algo le había provocado alergia? ¿Se acordaría Celeste de lo que había comido su hija aquel día?

«Tendré que preguntárselo».

Sheldon llegó una hora tarde, con el mismo aspecto demacrado que Nora. Aunque había pasado una horrible noche de intenso dolor, al quedarse descansando en la cama esa mañana había reunido fuerzas suficientes para aguantar la jornada laboral, y así se lo explicó a Nora mientras dejaba la caja de bolsilibros sobre la encimera y abría la tapa. Mientras se lavaba las manos, el delicioso aroma a masa caliente y a mantequilla inundó la tienda, atrayendo a los clientes a la zona de cafetería.

Viendo a la clientela acercarse, Sheldon se dirigió a Nora:

—A ver, dime, ¿por qué estáis tú y June tan alteradas por que los mandamases hayan dictaminado que la muerte de Bren fue un accidente? ¿No es eso más fácil de aceptar para una madre que una muerte sospechosa o un asesinato? Lo hecho hecho está. ¿No podéis dejar que Celeste entierre a su hija y trate de seguir adelante como pueda?

—No es tan sencillo —respondió ella.

—Creía que precisamente tú entendías lo que es el sufrimiento. Supongo que me equivocaba —le soltó. Antes de que Nora pudiera responderle, Sheldon se dio la vuelta para atender a su primer parroquiano.

Los demás clientes también requerían la ayuda de la mujer, así que no pudo explicarse hasta mucho más tarde. Ella y Sheldon estaban reponiendo libros en la sección de literatura juvenil y, cuando ya llevaban varios minutos ordenando ejemplares en sus estanterías, Nora rompió el silencio.

—¿Crees que Voltaire entendía lo que es el sufrimiento? —le preguntó.

Sheldon la miró con recelo.

—Nadie podría llamarlo defensor de los pobres, de los oprimidos y de los perseguidos injustamente si no lo hubiese entendido.

—«A los vivos les debemos respeto, pero a los muertos solo les debemos la verdad». Esas palabras son suyas. —Nora le pasó a Sheldon dos libros de Leigh Bardugo—. Yo también lo creo. Respeto a Celeste y lo siento muchísimo por ella, pero alguien le debe a Bren la verdad.

El hombre arqueó una ceja.

—¿Y por qué tienes que ser tú ese alguien?

—Buena pregunta —respondió la librera, acercándose a la sección de Fantasía—. Supongo que porque murió cerca de mi casa, o porque fui yo quien la encontró. Le ofrecí un lugar adonde acudir si lo necesitaba, y creo que lo necesitaba.

—Y acabaste con la página de un libro llena de garabatos.

Nora quiso colocar un segundo ejemplar de *Los hijos de Anansi* en la hilera de libros de Neil Gaiman, pero no cabía. Después de introducir *Stardust* en el hueco, buscó otro libro y cogió dos sin querer. Los dos se le resbalaron de las manos y cayeron al suelo.

Antes de que pudiera agacharse a recogerlos, apareció Bobbie y los cogió del suelo. Examinó las cubiertas, asintió con la cabeza y los colocó en la estantería.

—Gracias —dijo Nora—, pero debería ser yo quien te ayude a ti con los libros, y no al revés.

—Soy una clienta fácil: los quiero todos —la mujer se rio—. Yo voy a visitar librerías como otras personas visitan los estadios de béisbol. No me hago selfis, saco fotos de cubiertas de libros. Cuando me voy de vacaciones, planeo mi itinerario en función de los escenarios donde están ambientados los libros.

Sheldon le sonrió.

—¡Eres como un soplo de aire fresco!

Lo más probable era que, si Nora no intervenía cuanto antes, Bobbie y Sheldon encontraran una infinidad de temas de conversación, así que le preguntó a su amiga si quería ver la mesa donde estaban expuestos todos los libros sobre Escocia.

Captando la indirecta, la mujer siguió a Nora a la parte delantera.

—Pues yo no viajaría en el tiempo a la Escocia del siglo XVIII —comentó Bobbie, dando unos golpecitos con el dedo a un ejemplar de *Outlander*—. Puede que Jamie Fraser sea el hombre más sexi del mundo, pero yo no dudaría ni un momento en cambiarlo por unos desagües en perfecto estado y comida china para llevar.

Nora se echó a reír.

—Estoy contigo en lo de los desagües, pero yo cambiaría la comida china por el café. Jamie nunca podría hacerlo como a mí me gusta. No es culpa suya. No tendría acceso a los ingredientes adecuados.

Bobbie señaló la pila de libros que había en la caja.

—Mis lecturas para el vuelo en avión.

La pila de Bobbie contenía doce libros, todos ellos extraídos de la estantería con el cartel de LA SELECCIÓN DE LOS LIBREROS: NORA.

Esta se quedó mirando la cubierta de *¿Eres tú el hombre de mi vida?* porque, si miraba a Bobbie a los ojos en ese preciso instante, no podría contener las lágrimas.

—¿Es que vas a Nueva York vía Australia o qué? —le preguntó cuando hubo dominado sus emociones.

—Tengo dos mesillas de noche: en una está mi reloj despertador, mi vaso de agua y el libro que me estoy leyendo ahora. En la otra, que era la de Stan, está el rascacielos con mis libros. Yo la llamo la «Ciudad de Lecturas Pendientes». —Bobbie apoyó una mano en lo alto de la pila—. Duermo mejor cuando las historias velan mis sueños.

Nora quería regalarle los libros a su amiga, pero esta se opuso.

—Solo soy una clienta más. Me vas a pasar la tarjeta de crédito por el datáfono, me meterás los libros en una bolsa y me desearás un buen día. Después, me subiré a mi coche de alquiler y me iré rumbo a ese aeropuerto tan horrorosamente pequeño de Asheville. Para cuando estés a punto de cerrar la tienda, yo ya habré empezado a analizar la página de ese libro.

—Está bien. Pero quiero darte algo, y no es un libro. Ahora te lo traigo.

—¿Quién es ese ser tan sumamente interesante? —preguntó Sheldon cuando Nora reapareció en la trastienda.

—El nombre que figura en su tarjeta de crédito es Roberta Rabinowitz, pero se ha presentado como Bobbie.

Tras terminar con las estanterías de literatura juvenil, Sheldon había empujado el carrito de libros hacia la sección de infantil.

—Me pregunto si será un apodo de cuando era pequeña.

—Yo le he preguntado lo mismo —mintió Nora, sabiendo que Sheldon iba a agradecer la explicación—. Por lo visto se puso ese apodo cuando se postuló para su primer trabajo. Ese nombre masculino le dio un empujoncito. Lo único que necesitaba era que alguien le abriese las puertas y, cuando quiso darse cuenta, tras ese primer empujón, ya estaba dentro.

Sheldon rio encantado.

—Bobbie cree que todo el mundo debería aprovechar las ventajas de un apodo de género neutro.

—Así que tú y yo podríamos ser Pat y Morgan. O Taylor y Blake —sugirió Sheldon—. Esa Bobbie es la bomba. Espero volver a verla.

—Yo también —dijo ella, dándose la vuelta antes de que él pudiera verle la cara.

Bobbie estaba junto al expositor giratorio de marcapáginas cuando Nora se acercó. Sintiéndose un poco cohibida, le enseñó una sarta de cuentas.

—Esto es un collar budista de cuentas mala. Está hecho de cuentas de ojo de tigre de color rojo, que se supone que brindan protección. Ya imagino que no vas por ahí con un chal de oración, pero quería que hubiese una fuerza positiva entre tú y la página de ese libro, sobre todo si la hoja pertenece a un libro de hechizos. —La librera le colocó el collar por la cabeza—. Que este collar te bendiga y te guarde.

Bobbie frotó las cuentas entre el índice y el pulgar.

—Ojo de tigre... Nadie me había regalado nunca una joya más adecuada. Gracias.

Las dos mujeres se cogieron de la mano hasta que la puerta de la librería se abrió y entraron varios clientes. En ese momento, Nora se colocó detrás de la caja y cobró los libros a su vieja amiga. Cuando le estaba dando la bolsa, entraron más clientes. Todos llevaban bolsas de color turquesa, señal inequívoca de que había empezado el ajetreo de media mañana.

Bobbie le dedicó una sonrisa.

—Toda esta librería es tan tú... Desde los suelos de madera hasta los trenes de esas vías que pasan por detrás. Me encanta este pequeño rincón de paraíso y me encanta que encima sea tuyo. Este es el final feliz que te mereces, y tú misma lo escribiste. Me siento muy orgullosa de ti. —Se le humedecieron los ojos mientras dejaba una tarjeta de visita sobre el mostrador—. Podría llamarte para informarte sobre lo que he descubierto sobre la página del libro, pero no voy a hacerlo. Tienes que llamarme tú.

Nora se quedó mirando la tarjeta, recordando una época en la que se sabía todos los números de Bobbie de memoria.

—No voy a hablarle a nadie de ti —le susurró Bobbie—. Te lo juro por *El poni rojo*.

Bobbie había comprado un ejemplar firmado de *El poni rojo* tras conseguir su primer empleo como bibliotecaria a tiempo completo. Siempre había querido inaugurar su biblioteca personal adquiriendo una novela de Steinbeck firmada y, desde entonces, aquella edición de *El poni rojo* había sido sagrada para ella. Si le juraba algo a alguien por ese libro, eso significaba que iba a mantener su palabra de todas todas.

Nora le cogió la muñeca.

—Ten cuidado.

—Descuida: más vale prevenir que curar.

Bobbie le guiñó un ojo, le apretó la mano y salió de la librería cruzándose con otro grupo de huéspedes del hotel.

Como uno de los miembros del grupo le pidió ayuda inmediatamente a Nora para encontrar un libro sobre los lugares de pesca de la zona, no tuvo tiempo de procesar los sentimientos que le provocaba la marcha de Bobbie. Tuvo que postergar el análisis de sus emociones hasta más tarde y centrarse en las necesidades de sus clientes.

—Sé que ya está ayudando al caballero, pero me gustaría saber si tiene alguna guía de excursiones por la misma zona —le pidió una mujer mientras la seguía a ella y al pescador por entre las pilas de libros—. Algo para excursionistas inexpertos. Me encantaría decirles a mis hijos que he recorrido el Sendero de los Apalaches, aunque solo sea un trecho pequeño.

—Todo cuenta, por poco que sea —la animó Nora—. Al otro lado del pueblo también hay una tienda de deportes al aire libre que está muy bien. Cuando acabe la excursión, puede comprarse una camiseta allí.

La mujer estaba entusiasmada.

—¡Qué bien! Me compraré la camiseta, me la pondré y le enviaré una foto a mi hijo. No me creyó cuando le dije que iba a perder cuarenta y cinco kilos. He tardado un año entero y ha sido la cosa más difícil que he hecho en mi vida, pero lo he conseguido.

El hombre que buscaba el manual de pesca chocó la palma de la mano con la mujer.

—¡Así se hace! Cumplir objetivos y recorrer las rutas de senderismo más importantes. Creo que a mis hijos les encantaría que me fuera a vivir a una residencia de ancianos y me comportara como una persona de mi edad, pero aún no estoy ahí. Yo quiero seguir viviendo aventuras. Ya tendré tiempo de jugar al bingo y a juegos de mesa. ¿Qué prisa hay?

Después de enseñar al hombre varios manuales de pesca y encontrar para la mujer la guía de senderismo perfecta para principiantes, Nora oyó por casualidad al pescador preguntarle a la señora si podía invitarla a un café. Una hora más tarde, seguían sentados en el corro de los sillones de lectura.

—Creo que estamos asistiendo al nacimiento de una bonita historia de amor —le susurró Sheldon mientras se dirigía al almacén a almorzar y leer un par de capítulos más del último *thriller* de Jack Reacher.

—Eso espero —dijo Nora. Esperó a que Sheldon hubiese desaparecido en la trastienda para consultar su teléfono. Era la tercera vez que comprobaba si Jed había intentado llamarla, pero no lo había hecho. Tampoco el *sheriff* McCabe.

Mientras se comía un sándwich de pavo y queso en la caja, pensó en sus amigas. Ellas entendían muy bien que todas las relaciones implicaban estar dispuesto tanto a dar como a recibir; sin embargo, los hombres de su vida —Jed y Grant— se presentaban en su casa o en su librería cuando les venía en gana.

Era como si sus necesidades siempre estuvieran por encima de las de ella, o al menos, esa era la impresión de Nora.

Y aunque le resultaba incluso terapéutico enfadarse con Jed y Grant, también era consciente de que tal vez los acontecimientos de los días anteriores estaban afectando a su forma de ver las cosas. El reencuentro con Bobbie después de tantos años había resucitado recuerdos y emociones que Nora se había esforzado mucho en enterrar.

Mientras se metía unas cuantas uvas rojas en la boca, recordó lo bien que le había sabido el cabernet de la noche anterior. También recordó lo bien que se había sentido estando relajada y tranquila.

«Pero lo de ayer fue una excepción».

Tuvo que repetirse ese mantra varias veces aquel día, sobre todo después de tropezarse con McCabe en la puerta de Soothe cuando volvía del banco.

—¿Me estás evitando? —le soltó Nora.

—Yo también me alegro de verte —respondió él—. Y no, no te estoy evitando. Es solo que he estado muy ocupado. Ahora, por ejemplo, estoy a punto de acompañar a la señora Leopold al cementerio de Woodland.

La librera se puso pálida.

—Ay, Dios... Creía que iba a tardar más en hacer todos los trámites.

—No había muchos trámites que hacer. El director de la funeraria ha venido hasta aquí para que la señora Leopold no tuviera que cerrar la tienda. Ha sido todo bastante sencillo.

—¿Os vais ya? Podría preguntarle a Celeste si quiere que me quede a cargo de la tienda o que la acompañe al cementerio. No debería tener que pasar por esto ella sola, sin la compañía de una amiga.

McCabe lanzó una mirada por encima del hombro antes de responder.

—No creo que vaya a aceptar ninguna de las dos cosas —dijo—. Ahora mismo está cerrando la tienda y ha dejado claro que no quiere compañía. La llevaré al cementerio y esperaré en el coche hasta que esté lista para irse.

Nora estudió el rostro de McCabe.

—¿La estás escoltando o la estás vigilando? —Al no recibir respuesta, añadió—: Oye, entiendo la lógica del dictamen del forense, pero ¿qué hay de la casa destrozada de Bren? ¿O de la página del libro bajo mi felpudo? ¿Y Lazarus Harper? ¿Dónde está?

—Nadie lo ha visto por Pine Hollow desde hace al menos diez días —respondió el *sheriff*—. Y por eso sigue en pie la oferta de que trabajes para mí: eres un hacha investigando, Nora.

—No hacía falta investigar mucho para deducir por qué Harper podría tener algo en contra de Celeste. —La librera tocó la estatua de Juliana. La solidez de la mujer de mármol le resultó reconfortante—. ¿Sabes si ese hombre lleva algún tatuaje?

McCabe negó con la cabeza.

—No, no lo sé aún. Esperaba obtener esa información de su exnovia, pero no se lleva bien con la policía. Me dijo, con palabras que no pienso repetir delante de una dama, que no volviera a llamarla. Es criadora de perros, así que la ayudante Wiggins se ofreció a llamarla ella. Wiggins puede estar hablando de perros un día entero, así que ya veremos cómo le va.

En ese momento, Celeste salió a la calle, cerró la puerta de la tienda a su espalda y se aseguró de que estaba cerrada antes de saludar en voz baja a Nora y al *sheriff*.

—Puedo encargarme de la tienda mientras tú estás fuera, si quieres —se ofreció la librera.

—No creo que importe si está cerrada un par de horas. —Celeste le dedicó una sonrisa débil—. Ya no tienes que venir a ayudarme con la tienda, ni las demás tampoco. Me las arreglaré. Nos vemos mañana por la noche.

Nora cogió las manos de la mujer.

—Lo siento mucho.

Celeste bajó la cabeza y Nora le soltó las manos y se apartó.

McCabe le ofreció su brazo. Cuando se disponía a cogerlo, la mujer tropezó. El *sheriff* no tardó ni un segundo en lanzarse en su ayuda. Le rodeó la cintura con el brazo y esperó a que recobrara el equilibrio por completo.

—Ya la tengo, señora —le dijo—. No la soltaré.

Cuando Celeste apoyó la cabeza en su hombro, McCabe murmuró unas palabras de ánimo y, muy despacio, la condujo hasta su coche.

Nora sintió una oleada de afecto por Grant McCabe; era un buen hombre.

Con la piruleta verde del banco para Sheldon y el recibo del depósito a buen recaudo en su bolsillo, Nora siguió andando hacia Miracle Books. No se fijó en los adornos de Halloween de los escaparates ni vio las banderolas con motivos otoñales ondeando al viento en los jardines. Estaba tan absorta pensando en la figura de aquella madre sola junto a la tumba de su hija que no oyó que alguien la estaba llamando.

Al llegar al final de la manzana, alguien le tocó el hombro y Nora dio un respingo.

—¡Perdona! —exclamó una mujer con la respiración jadeante—. Te he estado llamando, pero no te has dado cuenta. Te he visto hablar con esa mujer que ha perdido a su hija. ¿Podrías darle esto de mi parte?

Le tendió una cazuela con comida.

De repente, Nora reconoció a la mujer: estaba con Connie Knapp el día que le pidió que desmontara su escaparate.

—Eres Dominique, ¿verdad? Tú y mi amiga June vais juntas al taller de punto de media.

La mujer se ruborizó y se quedó mirando el plato que llevaba en la mano.

—Sí. June es un encanto.

Así era justo como June había descrito ella también a Dominique, así que Nora decidió ser cortés con la mujer.

—Mis amigas y yo vamos a cenar con Celeste mañana por la noche —le dijo, aceptando el plato—. ¿Aguantará hasta mañana?

Dominique asintió.

—Claro. Solo son unas enchiladas de queso, no es ningún plato sofisticado.

—Seguro que están riquísimas —dijo la librera—. ¿Acaso hay algo mejor que el queso fundido?

Una sonrisa iluminó el rostro de Dominique.

—Es el plato favorito de mis hijos. Siempre se las preparo cuando han tenido un mal día. —Su sonrisa se desvaneció y se llevó las manos al corazón—. Leí lo de la hija de Celeste en el periódico. Es tan triste... No quiero ni imaginar cuánto debe de estar sufriendo ahora mismo. Ojalá...

—Tienes razón —dijo Nora al ver que la mujer estaba demasiado afectada para acabar la frase—. Ha sido una terrible desgracia y ella está destrozada. Y como ahora Celeste está sola, espero que nuestra comunidad le muestre su verdadero rostro bridándole todo su apoyo. Así que gracias por este detalle, Dominique. Va a significar mucho para ella.

Estaba a punto de darse media vuelta y marcharse cuando Dominique se lo impidió:

—¡Espera! —exclamó.

A Nora le extrañó ver una expresión contrita en el rostro de la mujer.

—¿Estás bien? —le preguntó.

—No. He sido una idiota —le respondió—. Ahora me doy cuenta, así que quiero avisarte: el grupo de Connie ha organizado una protesta delante de tu librería mañana por la mañana. Quieren dejarte en evidencia delante de todo el pueblo y los asistentes a los Juegos de las Highlands. Si sale bien, el grupo protestará también delante de las otras tiendas. Pero tienen que limitar la manifestación al espacio de la acera. Es lo que marca la ley.

Nora logró dominar su ira el tiempo suficiente para dar las gracias a Dominique. Sujetando la cazuela con fuerza, se apresuró a volver a la librería.

Cuando irrumpió hecha una furia en la taquilla de venta de billetes, Sheldon se llevó las manos a la cadera.

—¿Se puede saber dónde está el fuego? —exclamó.

Nora soltó la cazuela sobre la encimera.

—A ver si lo adivinas: mañana por la mañana la Sociedad de Defensoras de los Valores Sólidos va a organizar una protesta pacífica y pública en nuestra acera de delante. Tenemos que preparar un antídoto para su veneno. Ipso facto.

—¿Pacífica y públicamente?

Mirando por la ventanilla de la taquilla, Nora recordó las palabras de Bobbie cuando se refirió a Miracle Books como un rincón del paraíso. Montones de personas habían utilizado términos similares para describir la librería.

Muchos la llamaban santuario. Un lugar sagrado. Un refugio.

La ira de Nora se disipó y esbozó una sonrisa.

—Mañana, amigo mío, deleitaremos, inspiraremos y asombraremos pacífica y públicamente a cualquiera que se acerque a nuestro rincón del paraíso.

—¿Por qué te lo tomas con tanta calma de repente? —se extrañó Sheldon, que empezó a pasearse arriba y abajo en círculos, hecho un manojo de nervios—. Una horda de gente se prepara para el linchamiento, han afilado horcas y cuchillos. ¿No te da miedo perder esta pelea?

Nora hizo un movimiento amplio con la mano que abarcaba toda la tienda.

—No. Y tú tampoco deberías tenerlo. Mira a tu alrededor. Los libros son nuestros adalides. Ya hemos ganado.

CAPÍTULO TRECE

> Los libros y las puertas son lo mismo:
> los abres y accedes a otro mundo.
>
> JEANETTE WINTERSON

—No tienes que ayudarme —le dijo Nora a Sheldon—. Este fin de semana no podré vivir sin ti, así que deberías irte a casa y descansar. Pero antes de que te vayas, ¿puedes acercarte un momentito al bazar de la esquina?

El hombre empezó a desatarse el delantal.

—Es un plan fabuloso, pero ¿cómo vas a conseguir ponerlo en práctica a tiempo?

—Solo necesito las mesas que usamos siempre para las ventas en la calle y unas cuantas puertas llamativas entre las mesas. Si lo consigo será porque no tengo que construir las puertas. ¿Te acuerdas de esa caja tan grande que nos enviaron la semana pasada? ¿Esa que el editor envió por error?

—¿La que no me dejaste abrir?

Nora sonrió.

—Exacto. Está llena de reproducciones de cartón a tamaño natural de cabinas telefónicas inglesas, y el editor no quiere que se las devuelva. Pensaba reciclarlas, pero no he tenido tiempo de hacerlo.

—El doctor Who estaría encantado de tu actitud pacifista y el uso que vas a darles a esas cabinas telefónicas. No es fácil actuar como Mary Poppins cuando uno se enfrenta a una panda de Daleks.

—No cantes victoria aún —le advirtió Nora—. Me hierve la sangre solo de pensar en esas mujeres agitando sus pancartas y gritando cosas horribles sobre los libros y nuestra librería. Que digan lo que quieran de mí, pero ¿atacar a los libros? ¿Asustar a lectores potenciales? ¿Cómo puede alguien creer que ahuyentar a la gente de una librería es algo bueno? Es todo lo contrario.

—Yo también opino lo mismo —dijo una voz.

Nora se volvió y vio a Vicky Knapp asomada a la ventanilla de la taquilla.

—No les estaba espiando —dijo—. Hemos salido más pronto de clase porque hay una fuga de gas, así que me he venido aquí a leer. Pero puedo ayudarla, señora Nora. Con lo de las puertas. He trabajado montando muchos escenarios, tanto en la iglesia como en la escuela.

—Eres muy amable, Vicky, pero tú no puedes mezclarte en esto —repuso la librera.

La chica no se inmutó.

—Algunos de mis libros favoritos tienen puertas que llevan a otros mundos. Se supone que son una mala influencia porque es todo fantasía, porque hay elementos mágicos. Pero también hablan de la amistad y el valor. Ellos me han hecho posible creer que una persona puede cambiar el mundo: los Hobbits, un chico llamado Harry Potter, una chica llamada Lucy... viajé con ellos y quiero cruzar un millón de puertas más. No quiero parar nunca. Así que, por favor, déjeme ayudar.

—Ya sabes lo que opina tu madre de mí —dijo la librera con delicadeza—. Una cosa es que leas aquí, pero ayudarme a contraprogramar la protesta de tu madre es otra muy distinta. Te agradezco el ofrecimiento, de corazón, y me encanta tu pasión por los libros. Espero que eso nunca cambie.

—¿Te apetece un chocolate caliente? —le preguntó Sheldon a Vicky—. ¿Con triple ración de nubes?

Vicky se lo pensó largo rato antes de contestar.

—Vale.

Sheldon preparó la bebida y luego salió a comprar. Cuando regresó, le acompañaban las dos chicas rubias que solían ir con Vicky a la sección de literatura juvenil. Las dos adolescentes llevaban unas jarras con pintura acrílica.

—A estas señoritas tan encantadoras les gustaría acumular horas de servicios a la comunidad trabajando en tu proyecto de arte literario —explicó Sheldon—. Vicky les ha enviado un mensaje y me han asaltado en el pasillo de manualidades como un par de hienas al acecho.

—Steph ha hecho unos bocetos.

Una de las chicas —que se llamaba Sidney, pero se hacía llamar Sid—, le dio un cuaderno de dibujo a Nora.

—Es una dibujante increíble. Y a mí me encanta pintar. No tenemos nada que hacer el resto del día y tu librería nos parece alucinante, ¿vale? Pero seguro que ya lo sabías.

Steph señaló el cuaderno.

—Estamos superemocionadas por conseguir horas de servicios a la comunidad por pintar. El mes pasado recogimos basura y fue asqueroso. Lo de hacer arte con los libros mola mucho más.

Nora frunció el ceño.

—Pero la parte de los servicios comunitarios... ¿Estáis seguras de que este proyecto cumple los requisitos?

—Los únicos requisitos son que beneficie a la comunidad y que esté supervisado por un adulto —explicó Sid—. Tenemos una hoja de servicios. Antes de irnos, el supervisor anota cuántas horas hemos trabajado y firma con su nombre.

—Pues parece fácil. —Mientras hojeaba el cuaderno, Nora iba abriendo los ojos como platos con cara de asombro—. ¡Son estupendos!

—Gracias —Steph sonrió complacida—. No todas son puertas, pero hay muchas otras formas de viajar en los libros.

La librera hizo señas a las chicas para que la siguieran.

—Os enseñaré con qué vamos a trabajar. Me encanta tu idea para *La cabina mágica*. Y las puertas que hace Will Parry con su cuchillo en las novelas de Philip Pullman son increíbles, pero no quiero armas en nuestra exposición.

—¿Y la puerta de *Coraline*? —preguntó Sid, señalando otro dibujo—. ¿No dará demasiado miedo por los fantasmas?

—No. El viernes es Halloween —dijo Nora—. Además, son fantasmas de niños. Pueden ser tiernos y caricaturescos en vez de horripilantes.

Las chicas tenían miles de ideas. Ya habían ideado combinaciones de colores y estaban decididas a utilizar toneladas de purpurina.

Cuando se lo dijeron a Nora, Sheldon agitó los dedos a modo de despedida y se fue de la librería.

—Vaya, parece que lo del brillibrilli no le mola nada, ¿no? —le dijo Sid a Nora—. Cuando le pedimos que comprara los botes de tamaño extragrande puso el grito en el cielo.

A Sheldon le encantaba la purpurina. Era Nora quien la odiaba, sobre todo porque tenía que aspirar el suelo y costaba horrores eliminarla. Recorrió su almacén, tan bien ordenado, con la mirada.

—¿Tamaño extragrande, dices? Quizá sería mejor que trabajaseis fuera en la calle.

Después de enseñar a Sid y Steph la caja con las cabinas telefónicas de cartón, Nora les enseñó cómo utilizar los cúteres profesionales.

—Tienen una hoja de cerámica con la punta redondeada retráctil, para cuando no se usa. —La librera cortó la esquina de una caja desmontada—. Si tenéis sed, hay té helado en la nevera.

—Yo me encargo de que no se deshidraten —le aseguró Vicky—. Voy a leerles mientras trabajan. Así nadie podrá decir que estoy ayudándolas, sino simplemente pasando el rato con mis amigas.

Durante el resto de la tarde, Sid y Steph escucharon a Vicky leer la última novela de Holly Black mientras hacían magia con cartulina, pintura y purpurina.

Nora se veía más bien como una proveedora de magia. Para ella, los mejores magos del mundo eran los escritores, las personas con la capacidad de dar vida a una serie de palabras. Sentía esa chispa de magia cada vez que depositaba un libro en manos de un lector. Era una magia en la que creía con todo su corazón, la clase de magia por la que merecía la pena luchar.

Al final, no hubo protestas a la mañana siguiente. La tormenta que cayó sobre Tennessee durante todo el miércoles se dirigió hacia el este sobre los Apalaches, pero no viró hacia el norte como estaba previsto, sino que se trasladó hacia Miracle Springs. Se emitieron avisos por radio, televisión y teléfono móvil, alertando a la población del peligro de inundaciones.

La ausencia de manifestantes fue motivo de alegría para Nora, pero no así la falta de clientes. Solo una pequeña parte de los huéspedes habituales del hotel desafiaron la tormenta, y los que se dirigían a los Juegos de las Highlands probablemente retrasarían su viaje hasta el día siguiente. Nadie iba a hacer ningún esfuerzo por visitar Miracle Springs ese día, con la tormenta justo encima lanzando cortinas de niebla y lluvia desde una masa de nubarrones grises.

Como apenas había clientes y le había dado el día libre a Sheldon, la librera decidió limpiar, ponerse al día con el papeleo y tratar de localizar a Jed. Lo llamó y le envió varios mensajes, pero no obtuvo ninguna respuesta.

Al final, optó por no dejar ningún mensaje más. Cuando Jed volviera a Miracle Springs, se presentaría en su casa y echaría la puerta abajo si era necesario hasta que él la dejara entrar. Entonces haría todo lo posible para tratar de salvar su relación, pero por ahora, lo único que podía hacer era esperar.

También llamó a Bobbie. Su amiga tampoco contestó al teléfono, así que le dejó un mensaje y volvió a concentrarse en su libro. Era uno de los muchos que había recopilado por incluir términos como hechizos, grimorios, hierbas, simbolismo, magia arcana, bruja y medicina antigua. Aunque el tema era fascinante, no le aportó ninguna información nueva sobre la misteriosa página del libro.

Eran las cuatro de la tarde y seguía lloviendo cuando Nora por fin tuvo noticias de Bobbie.

—Hace horas que quiero llamarte, pero he tenido que pedir una segunda y tercera opinión sobre nuestra «Página de pociones» —le explicó—. Es que tenía que ponerle algún nombre. Ya sabes cómo somos los bibliotecarios: siempre obsesionados con categorizar las cosas.

Nora se dirigió a la puerta principal y miró fuera.

—Por favor, Bobbie. Lleva lloviendo todo el día, mañana han organizado una protesta delante de mi librería y Jed se niega a hablar conmigo. Anda, sáltate toda la parte de la intriga y cuéntame ya lo que has averiguado.

—Vale, pero lo que voy a decirte no te va a aclarar las cosas. Más bien lo contrario. —Cuando Nora lanzó un gemido, Bobbie añadió—: Venga, anímate. Al final, lo conseguiremos. El caso es que esto es lo que sabemos por el momento: el papel es muy antiguo, de alrededor del año 1700. Es papel verjurado, lo que significa...

—¿Papel verjurado? —la interrumpió Nora—. Han pasado unos añitos desde el posgrado. ¿Puedes refrescarme la memoria?

—El papel verjurado se utilizó en los siglos XVI y XVII hasta 1750 aproximadamente. Se producía mediante un alambre enrollado al cilindro que presionaba la pasta del papel. Cuando se mira al trasluz, se ve un patrón formado por filigrana de rayado cuadriculado. La página de la poción tiene ese patrón. Mi amigo es un experto en documentoscopia, y dice que el papel es auténtico, pero la tinta no lo es.

—¿Por qué no?

—La composición química no encaja con la fecha. Es una tinta de carbono con una base de carbón vegetal, lo cual tiene sentido, al igual que su color marrón oscuro. Pero el carbón debería estar suspendido en cola, goma o barniz. Mi amigo cree que esa parte es la que no encaja, así que le envió la hoja a otro amigo que tiene acceso a la máquina de datación por radiocarbono de Columbia. Los resultados han confirmado que el papel es auténtico, pero la tinta no.

—¡Qué fuerte!

Las dos mujeres se quedaron calladas.

—Estamos hablando de una falsificación —dijo entonces Bobbie—. Alguien ha confeccionado una página de grimorio del siglo XVIII casi perfecta. El papel tiene el aspecto y la textura adecuadas. La tinta se acerca mucho. El falsificador ha hecho los deberes. Sin el análisis de un experto o el acceso a la datación científica, mucha gente podría pensar que es auténtico.

A Nora no le hizo falta preguntar qué tipo de gente porque ya lo sabía: coleccionistas, tanto de libros raros como de documentos raros relacionados con el ocultismo.

—¿Y crees que han copiado el texto de un libro de hechizos auténtico o es pura invención?

—No lo sé. Hemos visto figuras con túnica en otros libros de la misma época. La ropa y el estilo de dibujo son similares a las recetas que se encuentran en los herbarios, pero ¿los símbolos? Podría tratarse de un lenguaje inventado para inducir a los coleccionistas a creer en una forma de magia que se ha descubierto de forma reciente, un código a la espera de ser descifrado. Quien logre desentrañar el código se convertirá en alguien poderoso. Se le concederán todos sus deseos. Suena ridículo hasta que ves lo que la gente ha pagado por otros libros de hechizos indescifrables.

Nora reflexionó sobre aquellas palabras.

—El falsificador no puede enviar la página a Sotheby's. Tiene que venderla en el mercado negro. Tiene que haber un foro o algún mercado *online* donde se pueda poner a la venta algo así.

—Yo le pregunté lo mismo a una de nuestras profesoras y me envió un enlace a un foro llamado «La llave menor de Salomón». Se llama así por un grimorio de la Baja Edad Media. Ya he creado una cuenta falsa y he publicado una foto y varios detalles sabrosos sobre la Página de Pociones. Si alguien interesado se pone en contacto conmigo, tal vez consigamos alguna pista sobre la identidad de nuestro falsificador.

Nora estaba asombrada por todo lo que Bobbie había averiguado.

—Has hecho unos descubrimientos increíbles, muchas gracias.

—Yo he hecho todo lo que he podido, pero tú aún no. Sé que puedo parecerte un poco brusca, pero ¿no es hora de pedir explicaciones a Celeste? Su hija llevaba tatuados esos símbolos en la nuca. ¿Qué significaban? ¿Y qué pasa con Still Waters? ¿Son una comunidad de artistas bohemios o de falsificadores? Si quieres saber qué le pasó a Bren, tienes que presionar a Celeste para que te dé respuestas.

Nora miró a través del escaparate mojado por la lluvia. Las aceras estaban vacías y las calles, en su mayoría, desiertas.

—La veré dentro de unas horas. Mis amigas también estarán allí, así que no sé si podré hacerle muchas preguntas.

—Pues utiliza esa aguda capacidad de observación que tan buenos resultados te daba en la universidad. Estoy segura de que te acabarás dando cuenta de algún detalle, en alguna tontería sin importancia o en alguna foto, y se te encenderá la bombilla.

Un trueno retumbó tan fuerte que los cristales se echaron a temblar.

—¿Qué demonios ha sido eso? —exclamó Bobbie.

—Solo es una tormenta escandalosa. Mañana ya debería escampar.

—Espero que mañana se despejen muchas cosas: el tiempo, la protesta, tu vida amorosa, el misterio de la Página de Pociones...

Nora prometió seguir informando a Bobbie con regularidad y colgó el teléfono. Cerró la librería una hora antes y se fue a casa.

Después de ducharse, calentó las enchiladas de queso de Dominique en el horno mientras guisaba unas lentejas con ajo y aceite de oliva. Cuando las legumbres estuvieron listas, las trasladó a una cazuela y las adornó con tomates picados y cilantro. Metió ambos platos en una caja de cartón y salió bajo la húmeda noche.

Ya no llovía y el centro del pueblo estaba abarrotado de gente. No quedaba rastro del letargo que se había apoderado de Miracle Springs durante la tormenta; el aire estaba impregnado de música y risas, y la noche olía a limpio y a ambiente renovado, que era justo lo que Nora necesitaba. Cuando se reunió con sus amigas en la puerta de atrás de Soothe, una sonrisa le iluminaba el rostro.

Llamó al timbre y Celeste no tardó en invitarlas a pasar dentro.

Mientras la seguían escaleras arriba, Nora y Hester intercambiaron impresiones sobre lo flojas que iban las ventas mientras Estella y June se quejaban de que no daban abasto.

—¿Hoy has tenido mucha gente? —le preguntó la librera a Celeste.

—No, pero he aprovechado que estaba todo tranquilo para hacer varios lotes de jabón.

—Me encanta el jabón de fabricación artesanal —dijo Estella cuando entraron en el apartamento de la mujer—. ¿Haces alguno con aroma a magnolia?

Mientras Celeste y Estella hablaban de fragancias, Nora recorrió la cocina con la mirada. Estaba repleta de plantas: las hierbas aromáticas abarrotaban el alféizar de la ventana, las plantas de interior estaban encima de la nevera y los árboles en macetas ocupaban todos los rincones libres. El único mueble era una mesita de centro cubierta con un mantel de cuadros verdes. No había sillas. Era como estar en una especie de selva urbana.

—Habíamos pensado en una cena tipo bufé —propuso June—. Pondremos los platos que hemos traído en esta mesa tan bonita. Será una cosa sencilla e informal.

Estella sacó una botella de vino de su bolsa de tela.

—Y no tendrás que limpiar lo que ensuciemos porque vamos a usar platos y vasos de papel compostable. Y los cubiertos son de bambú.

—Me gusta todo lo ecológico —dijo Celeste en un intento por mostrarse alegre. Señaló la botella de vino—. También tengo vino de mora; lo hago todos los veranos. ¿Alguien quiere probarlo?

—Yo tomaré lo que tomes tú. —Estella le dio un vaso a la anfitriona.

En lugar de un sacacorchos tradicional, Celeste utilizó una navaja suiza para abrir la botella. Luego sacó su vino de mora de la nevera y lo colocó sobre la mesa.

—Esta noche tenemos comida vegetariana —le explicó la librera. Identificó los platos de izquierda a derecha, haciendo una pausa para agradecer a Dominique su contribución—. Ensalada de brécol asado, fideos de sésamo con tofu, lentejas al ajillo, enchiladas de queso y quiche Florentine. Como siempre, Hester se encarga del postre.

La panadera puso la mano sobre la caja blanca de repostería.

—He traído un *crumble* de manzana y caramelo.

—¡Madre mía! —exclamó Celeste, lo que provocó las risas de todas. Mientras miraba la variedad de platos, sus ojos perdieron todo el brillo—. A Bren le habría encantado esto. Se hizo vegetariana hace dos años. Nunca le pregunté por qué, simplemente me limité a apoyarla en su decisión.

—Como una buena madre. —June le puso las pinzas de la ensalada en las manos—. Come lo que te apetezca. Esta noche la que decide eres tú.

Cuando las mujeres se hubieron llenado los platos, Celeste las condujo al salón.

—Espero que no os importe comer en el suelo —dijo—. Como podéis ver, no tengo muchos muebles.

Aparte de una alfombra de flores, una silla plegable, unas estanterías de plástico y un montón de cojines de gran tamaño, el salón habría parecido vacío de no ser por las plantas. Las macetas estaban desperdigadas por todo el suelo, se encaramaban a las estanterías y llenaban todos los rincones.

—¿Habéis traído todas estas plantas? —preguntó Hester, señalándolas.

Celeste se sentó junto a un helecho y acarició una de sus frondas.

—Pues sí. Teníamos planeado plantar un huerto en casa de Bren cuando llegara la primavera... —se interrumpió, tragó saliva y continuó—: Teníamos por costumbre cultivar siempre nuestras propias plantas y hortalizas. Después las usamos en la alimentación y para hacer jabón, champú y limpiadores domésticos.

«Seguro que también lo hacíais en Still Waters», pensó Nora.

—Esto parece un pícnic —señaló June—. Coged un cojín y sentaos, chicas.

Las mujeres se sentaron con los platos en el regazo.

—Por Bren —brindó Nora con su vaso de agua.

A Celeste se le llenaron los ojos de lágrimas, pero no lloró. Levantó el vaso y dio las gracias a las integrantes del Club Secreto de la Lectura y la Merienda por su amabilidad.

—¡Celeste! —exclamó Estella después de dar un sorbo al vino de mora—. Has descubierto cómo embotellar el verano. —Se volvió hacia Hester—. Tienes que probar esto.

La panadera también se quedó muy impresionada con el vino. Celeste y ella hablaron de la elaboración casera de cerveza, lo que llevó a Estella a contar una historia sobre su abuelo y su famoso alcohol clandestino. Les explicó que echaba un dedal de licor en una cuchara y luego le prendía fuego; si la llama se volvía azul, el *whisky* era bueno, pero si era amarilla, su abuelo se lo vendía «a algún incauto de la ciudad».

—Yo me crie en Nueva York, así que no tengo ninguna historia parecida —se lamentó June—. ¿Y tú, Celeste? ¿Te criaste en el campo? ¿Por eso sabes hacer todas esas cosas?

La mujer se encogió de hombros.

—Crecí en Birmingham. Allí también estudié arte. No aprendí a ser granjera hasta que me mudé a una comunidad de artesanos y artistas a unas horas al este de aquí. Allí fue donde nació Bren.

—He oído hablar de esas comunidades, pero estaban en grandes ciudades como San Francisco o Miami —comentó Nora.

—La nuestra era muy especial —explicó Celeste con un deje de nostalgia—. En lugar de rascacielos, contaminación y un ritmo frenético, estábamos rodeados de un bosque aislado, vivíamos en cabañas de madera y llevábamos una vida muy tranquila.

—Tenía que ser muy agradable vivir lejos de la vorágine de la vida moderna —dijo Hester.

Una expresión melancólica se apoderó del rostro de la mujer.

—Se suponía que nuestra comunidad era un lugar para almas sensibles y creativas: tejedores, pintores, ceramistas, músicos, sopladores de vidrio, metalistas, escultores, diseñadores de moda y joyas, etcétera.

—¿«Se suponía», dices? —preguntó Nora—. ¿Es que empezó siendo una cosa y luego acabó siendo otra?

—Podría decirse así, sí. —Una expresión sombría nubló el rostro de Celeste, que lanzó un suspiro y soltó el tenedor—. Todo está delicioso, pero no puedo comer ni un bocado más. Aunque aún me queda sitio para una copa más de vino. ¿Le sirvo otra a alguien?

Estella levantó la mano. June y Hester declinaron la invitación. Cuando Celeste se puso de pie, Nora le preguntó dónde estaba el baño. La mujer señaló en dirección a un pasillo en penumbra.

—Es la primera puerta a la derecha.

El cuarto de baño tenía dos puertas. Tras echar el pestillo de la que daba al pasillo, Nora examinó el armario que había debajo del lavabo. Aparte de papel higiénico, todo su contenido parecía estar relacionado con la fabricación artesanal de jabón. Había moldes, botellas de aceite de oliva y de coco, lejía de alta concentración y un surtido de cuencos para mezclas. En la ducha, vio una gruesa pastilla de jabón que olía a hierba limón y un frasco de cristal lleno de lo que supuso que era champú casero.

Nora tiró de la cadena y se lavó las manos con una pastilla de jabón de lavanda. Luego abrió la segunda puerta del baño y entró de puntillas en el dormitorio de Celeste.

Al igual que el salón, la habitación no tenía prácticamente ningún mueble. La cama era un colchón de matrimonio pegado a una esquina; la cómoda era una serie de cajones de plástico con ruedas; la mesilla de noche era una caja apilable para las botellas de leche colocada del revés. Encima de la caja había una vela, un diario de gratitud, una planta y la foto enmarcada de una Celeste mucho más joven llevando a caballito a una niña pequeña que sonreía con una hilera incompleta de dientes. Bren.

Al mirar la fotografía, Nora recordó el propósito principal de su visita. No había ido allí para husmear, sino para consolar y apoyar a una mujer destrozada por la pena.

Cuando regresó al pasillo, oyó que Hester mencionaba la palabra «piedras». Siguió escuchando unos segundos más para confirmar que su amiga le estaba contando a Celeste cuál iba a ser la actividad de la noche, y luego se acercó a la puerta del segundo dormitorio.

Se dijo a sí misma que solo echaría un vistazo rápido y giró el pomo. La puerta estaba cerrada con llave. Una luz violeta se colaba por la rendija y Nora oyó el rítmico zumbido de alguna clase de máquina al otro lado.

«¿Qué habrá ahí dentro?».

Cuando volvió con las demás, ya habían recogido los platos y Hester estaba señalando el surtido de pinturas, pinceles y piedras que había extendido sobre la alfombra.

—Tú nos dices cosas que le gustaban a Bren, como el helado, y nosotras las pintaremos en una piedra. Cuando acabemos, puedes llevarle las piedras, quedártelas o dejarlas en algún sitio para que alguien las encuentre. Tú decides.

—Me gusta la idea de que unos desconocidos encuentren una pieza artística —dijo Celeste, secándose los ojos—. Será como una sorpresa para alegrarles el día. Qué forma tan bonita de honrar a Bren.

—Sí que lo es —convino Hester—. Puedes decirnos cosas de cualquier época de su vida. Si le encantaban los unicornios cuando tenía ocho años, pintaremos un unicornio, por ejemplo.

Estella desplegó un dedo admonitorio.

—Un momento, Hester. Yo sé pintar mechas en el pelo o flores minúsculas en unas uñas de gel, pero no sé hacer unicornios.

—¿Y una margarita? —sugirió Celeste, sonriendo al evocar un recuerdo—. Bren debió de hacer como unas mil coronas de margaritas, de esas para adornar la cabeza.

A los labios de las mujeres afloraron aún más sonrisas cuando compartió con ellas otras cosas que le habían gustado a su hija, como las mariposas monarca, las manzanas ácidas, volar cometas y pedir deseos a las estrellas.

Para cuando terminaron de pintar las piedras, Nora y sus amigas ya tenían una idea más clara sobre la infancia de Bren. Había pasado toda su vida entre artistas, y no solo había aprendido a hacer una gran variedad de piezas de artesanía con potencial comercial, sino que también sabía cultivar sus propios alimentos y confeccionar su propia ropa. Aunque esa autosuficiencia había hecho que la consideraran una niña rara en la escuela, tenía muchos amigos en la comunidad.

Era como si Celeste se hubiese quedado sin fuerzas. No dijo nada mientras trabajaba en la última piedra y, cuando terminó, se la mostró al resto del grupo: eran un par de taburetes en forma de seta junto a una mesa, también en forma de seta, sobre la que había un jarrón lleno de margaritas.

—Cuando era escultora, vendía estatuas de cemento para jardines para ganar algún dinero extra. Una vez, Bren se enamoró de un taburete con forma de seta que había hecho, y acabé haciendo dos taburetes y una mesita para nosotras. Juliana y ese conjunto de setas son las únicas piezas que no pienso vender nunca.

—Eso es muy bonito. —Hester se llevó una mano al corazón—. ¿Y dónde está ese conjunto de piezas en forma de seta?

—En mi habitación de invitados, que está hecha un desastre.

En ese momento, Nora se acordó de la luz bajo la puerta del dormitorio.

—Pues tu baño está limpio como una patena —dijo—. Necesito que me des la receta de tus limpiadores caseros.

—Mi secreto son las hierbas aromáticas frescas. Se las echo a todo: al jabón, al champú, a los productos de limpieza, al té... absolutamente a todo. Por eso tengo una habitación que hace las veces de invernadero interior —explicó Celeste, bajando la voz—. Pero no se lo digáis a mi casero. Creo que no le haría mucha gracia.

June le puso una mano en el hombro.

—No te preocupes, cariño. Este grupo sabe guardar un secreto.

En ese momento se hizo un profundo silencio y pareció que Celeste estaba a punto de compartir otro secreto con ellas. Separó los labios e inspiró con fuerza, pero de su boca solo salió un suspiro. Hester quebró el silencio preguntando si alguien quería *crumble* de manzana.

—Yo me lo comeré mañana. Ahora mismo estoy muy cansada —respondió Celeste.

Aunque la velada había sido agotadora para ella, también le había hecho mucho bien. Había compartido conversación, recuerdos y comida con un grupo de mujeres que querían ser sus amigas. Estaba rota de dolor, pero por un breve espacio de tiempo, el Club Secreto de la Lectura y la Merienda había conseguido aliviar su pena. Tras fundirse en un abrazo con sus invitadas, Celeste les dio las gracias por todo.

Caminaron en silencio hasta el aparcamiento, cada una sumida en sus pensamientos. Cuando llegaron al coche de June, Nora se volvió hacia sus amigas.

—¿Sabéis ese invernadero interior que ha mencionado Celeste? He intentado abrir la puerta, pero estaba cerrada con llave.

Hester abrió los ojos como platos.

—¿Crees que se trata de esa clase de «invernadero»...? Tú ya me entiendes.

Estella descartó la idea de inmediato con un movimiento con la mano.

—Imposible. Una trabajadora social ha estado en ese apartamento. ¿Y qué me dices de tu novio? ¿No ha estado Jasper ahí dentro también?

—Le preguntaré si vio todo el piso o solo las zonas comunes —dijo la panadera.

June sacó el llavero y abrió el coche.

—¿Y qué más da si tiene todo el piso lleno de plantas de marihuana? Su hija no murió por culpa de la marihuana. Lo que la mató fue la carne roja.

—Es por lo de esa puerta cerrada con llave —insistió Hester—. Y por todas las cosas que Celeste no nos está contando. Nosotras sabemos guardar secretos, como también sabemos lo que se siente cuando te aplasta el peso de un secreto. A Celeste la está aplastando ese peso.

La certeza de las palabras de la panadera se instaló entre las cuatro amigas y no parecía que alguna tuviera algo más que decir esa noche.

Nora se abrazó el cuerpo para defenderse del frío e intentó encontrar alguna conexión entre la Página de Pociones, la comunidad de Still Waters, la muerte de Bren por el síndrome de alfa-gal y un invernadero interior cerrado con llave. En ese momento, una camioneta accedió al aparcamiento.

Mientras los faros se abrían paso en la oscuridad, las cuatro mujeres se dieron las buenas noches. June, Estella y Hester subieron al Bronco y Nora se dirigió a su casa.

No quiso cruzar el aparcamiento hasta que el conductor de la camioneta de color oscuro eligiese un sitio donde aparcar, pero, al parecer, cambió de idea y empezó a dar media vuelta en dirección a la salida.

Cuando la camioneta pasó bajo la farola, el conductor miró a la librera. Le lanzó una sonrisa lasciva y la saludó despacio con la mano. A Nora se le heló la sangre. No conocía a aquel hombre, pero sí reconoció su cara.

—¡Dejadme subir! —gritó, golpeando el lateral del coche de June.

Tenía que llamar al *sheriff*; tenía que decirle que Lazarus Harper estaba allí, en Miracle Springs.

CAPÍTULO CATORCE

En la vida, los monstruos ganan.

George R. R. Martin

Un zumbido despertó a Nora.

La penumbra de su dormitorio revelaba que era demasiado temprano para que le sonara el despertador. Incluso en pleno invierno, una luz débil se colaba entre las cortinas, confirmando que era la hora de levantarse. Sin embargo, en ese momento no había rastro de ninguna luz y sus ojos, vidriosos por el sueño, solo veían oscuridad por todas partes.

Ante la insistencia del zumbido, se dio cuenta de que no era el toque de corneta de su alarma, sino la música de arpa de su tono de llamada. Buscó a tientas el teléfono y se lo llevó a la oreja.

—Siento llamarte tan temprano, pero quería decirte que Lazarus Harper está en el calabozo con los borrachos —la informó Hester.

Apoyándose en un codo, Nora miró el reloj. Eran poco más de las cinco, lo que significaba que su amiga la llamaba desde la panadería.

—¿Qué ha pasado?

—Anoche, cuando no pudiste localizar al *sheriff*, la central llamó por radio a Jasper. Estaba de servicio y se puso a buscar la camioneta de Harper de inmediato.

—Eso ya lo sé, yo estaba allí. ¿Qué pasó cuando me fui?

Se oyó un golpe al fondo, seguido de varios golpes rápidos.

—Otro ayudante del *sheriff* montó guardia en la casa de Celeste hasta que encontraron a Harper. No tardaron mucho. Después de salir del aparcamiento, el hombre se detuvo en una gasolinera a comprar unas cervezas. El empleado de la gasolinera no quiso vendérselas porque era evidente que ya iba borracho, pero el chico era solo un crío y Harper lo amenazó, así que le vendió la cerveza y luego llamó al número de emergencias para informar de que había un posible conductor ebrio en la carretera. Cuando Jasper le paró, Harper ya se había pimplado dos cervezas.

—Dios...

—Tenía la tasa de alcohol en sangre por las nubes. No acertaba a decir una sola frase entera, así que no pudieron interrogarle. Muy frustrante, la verdad. —Nora oyó el golpeteo de la masa de pan contra la encimera—. Cuando el *sheriff* le preguntó a Harper qué hacía en Miracle Springs, el tipo se rio y dijo que quería bañarse en pelotas en nuestras aguas mágicas.

Nora lanzó un gemido de frustración.

—¿Y no mencionó a Celeste? ¿Ni el aceite de CBD?

—No, pero Jasper empieza su turno a las siete y no piensa dejar que Harper salga de la sala de interrogatorios hasta que hable. Al menos ahí dentro no puede hacer daño a nadie. Celeste no corre ningún peligro.

La librera le dio las gracias por la información y le pidió que la llamara más tarde si tenía novedades. Se recostó en la almohada y esperó a que la invadiera una sensación de alivio. Sin embargo, cuando vio que no sentía ninguno, supuso que no podría quedarse tranquila hasta que hubiesen declarado culpable a Harper por matar a Bren para vengarse de Celeste.

Cuando los primeros rayos de sol se colaron en su habitación, Nora se arrebujó con las sábanas, subiéndoselas hasta la barbilla. No podía dormir, pero quería remolonear un poco más en el cálido nido de su cama. Cerró los ojos y siguió descansando en el apacible silencio de su acogedora habitación hasta las seis, momento en que se calzó las zapatillas gastadas y se dirigió a la cocina para preparar café y escribir la lista de quehaceres del día.

Cuando se presentó en la Gingerbread House una hora más tarde, Hester acudió a abrirle la puerta de atrás con expresión de desconcierto.

—Pero si Sheldon ya se ha llevado tus bolsilibros...

—En realidad he venido a ver si puedo recoger las magdalenas de Celeste. Así te ahorro un viaje y me acerco a ver cómo está hoy.

Hester sonrió y la invitó a entrar.

—No pesan mucho, porque solo me ha dejado hacerlas de un sabor. Anoche me dijo que hoy iba a madrugar para hacer las de plátano y avena. Si salen bien, mañana probará dos tipos diferentes. Después de hoy, espera no seguir necesitando mi ayuda.

—Vaya. Si Celeste se pone a hacer magdalenas todas las mañanas y tiene la tienda abierta hasta las seis todas las tardes, sus jornadas van a ser larguísimas.

La panadera le dio una caja enorme para repostería.

—Quizá concentrarse en el trabajo sea la única forma que tiene de lidiar con el dolor. Si utiliza su energía para ayudar a la gente, esa energía podría volver y ayudarla a ella también.

—Me gusta esa idea. Entregándote a los demás, puedes colmarte de bienes también a ti misma. —Nora se acercó a la puerta y la abrió con el trasero. Se detuvo un momento, hipnotizada por la imagen de Hester mientras aplastaba una bola de masa hasta formar un círculo fino como el papel. La luz del sol inundaba la cocina, así como el olor a pan recién salido del horno, y Nora supo que podría pasarse horas viendo trabajar a su amiga.

Unas volutas de canela y nueces pacanas tostadas se escaparon por un hueco de la tapa de la caja, sacando a Nora de su trance.

—Buena suerte hoy, Hester. Les diré a todos mis clientes que te compren una lata de galletas escocesas de mantequilla, hasta que agotes todas las existencias.

—Y yo les diré a los míos que te compren una tórrida novela romántica de las Highlands, hasta que agotes todas las existencias, porque ¿acaso hay algo que pegue más con un libro que una buena galleta? Con una mano sujetas el libro y con la otra, la galleta. La vida es maravillosa. —Hester señaló a Nora con el rodillo—. No te olvides de hacerles fotos a las mesas de la calle. Me muero de ganas de verlas.

Tras prometer que le enviaría una foto, la librera se encaminó hacia Soothe.

Al otro lado del pueblo, los comerciantes barrían las aceras y limpiaban los ventanales; los alegres pétalos de los pensamientos saludaban desde sus macetas, y los adornos de maíz de colores y las calabazas añadían un toque de color a los escaparates.

Soothe no abriría hasta al cabo de dos horas, así que Nora se dirigió a la parte trasera del edificio con la intención de llamar al timbre de la puerta de la entrega de mercancías, pero cuando salió del callejón y dobló la esquina del edificio, vio a un hombre con una sudadera negra con capucha justo delante de la puerta de Celeste. Tenía las piernas ligeramente separadas y el brazo derecho levantado como si se dispusiera a llamar a la puerta, pero no estaba llamando, sino que estaba marcándola con pintura roja en espray.

Al oírla, el hombre la miró con cara de sorpresa y en ese momento Nora se dio cuenta de que no era un hombre, sino un adolescente. Le dio el tiempo justo de atisbar el vello de encima del labio superior, la constelación de acné de su barbilla y el odio de sus ojos antes de que se diera media vuelta y echara a correr.

—¡Alto! —gritó ella—. ¡Sé quién eres!

No se molestó en perseguirlo. Era demasiado rápido, y la amenaza hueca que acababa de lanzarle era inútil.

Pensando que ojalá supiera de verdad quién era aquel chico, la librera examinó la pintada. Había escrito BRUJA con letras mayúsculas y torcidas, y luego, debajo, había dejado a medias otra palabra que empezaba por SATÁ...

Nora se quedó mirando la pintura de color rojo. Si su furia pudiese ser de algún color, habría sido de ese rojo lava.

—¡Lo borraremos! —gritó—. ¡Una porquería de pintada no va a hacer que ella se vaya! ¡Ella se queda aquí! ¡Yo me quedo aquí! ¡Este es nuestro pueblo!

Nora cogió la caja de las magdalenas con una mano y tiró de la puerta con la otra. Al abrirse, las bisagras chirriaron con el movimiento.

Cuando entró ya estaba planeando llamar al departamento del *sheriff*, pero en cuanto la puerta se cerró a su espalda y se quedó sola en el vestíbulo desierto y frío, sintió un hormigueo encima del nudillo del meñique.

—Oh, no...

Sujetando la caja de las magdalenas con fuerza, subió corriendo las escaleras hasta el apartamento de Celeste. La puerta estaba entreabierta, pero no se oía ningún ruido.

Nora soltó la caja y empujó la puerta para abrirla de par en par.

—¿Celeste?

Al no recibir respuesta, corrió a la cocina. Se quedó paralizada en el umbral, sorprendida por el caos que encontró en el interior. Recorrió con la mirada la vajilla rota, la tierra desperdigada por el suelo, las plantas pisoteadas, los huevos rotos, los tarros hechos añicos, los restos de mermelada y un paquete de leche aplastado.

—No, no, no, no... —murmuró Nora, saliendo de su estado de estupefacción y abriéndose paso entre las esquirlas de cristal y los lustrosos ríos de aceite de oliva y vino de moras.

Una vez en el salón, rodeó la estantería tirada en el suelo y saltó por encima de un montón de cojines destripados antes de precipitarse hacia el dormitorio.

Celeste estaba tendida en el suelo, en posición fetal. Tenía la cara crispada de dolor y los ojos cerrados.

Nora pulsó el botón de emergencias de su teléfono y se arrodilló junto a la mujer. En cuanto oyó la voz de la operadora, gritó diciendo que necesitaba una ambulancia y dio la dirección del apartamento situado encima de Soothe. Cuando la operadora le preguntó de qué clase de emergencia médica se trataba, Nora puso el teléfono en modo altavoz.

—No lo sé —respondió con voz trémula mientras recorría el cuerpo de Celeste con la mirada—. No veo rastros de sangre, pero tiene mucho dolor. Está muy pálida y no creo que pueda moverse. Tiene las mejillas amoratadas. ¿Celeste? ¿Puedes oírme? ¿Dónde te duele?

Celeste abrió los ojos, que giraban y se le salían de las órbitas como si no pudiera controlarlos. A Nora le pareció oír un sonido entre los labios entreabiertos, de manera que se agachó hasta situar su cara junto a la de ella y repitió la pregunta. La respuesta de la mujer fue un gorgoteo ahogado. Un estertor.

—¿Respira? —preguntó la operadora.

La respiración de Celeste era entrecortada, con jadeos líquidos. Cada débil exhalación iba acompañada de un olor pútrido. Tenía vómito en el pelo y un hilo de saliva le resbalaba desde la boca hasta el suelo.

Tragándose el terror que le trepaba por la garganta, Nora apretó la mano de su amiga con fuerza.

—La ambulancia llegará de un momento a otro. Aguanta, por favor.

Celeste trató de fijar la mirada en Nora. Sus pupilas eran dos puntos diminutos y los iris azules reverberaban de dolor.

—Demasiado tarde —dijo, arrastrando las palabras con voz líquida.

—No, está a punto de llegar, ya lo verás. Eres una Juliana. Saldrás de esta. —A Nora se le quebró la voz—. Eres una mujer muy fuerte.

Se secó las lágrimas con el jersey. No quería llorar; quería tranquilizar y reconfortar a su amiga, pero no sabía cómo hacerlo, allí tumbada junto a una mujer que estaba atrapada entre dos mundos, tan pálida e inerte como el mármol que ella misma solía esculpir. Parecía ya un fantasma.

Nora le apartó el pelo húmedo de la frente y le acarició la mejilla, esquivando los moretones que le oscurecían la piel a ambos lados de la cara. Los morados tenían la forma de las yemas de unos dedos.

—¿Qué te ha pasado?

Celeste la miraba con ojos suplicantes.

—No dejes que él... no puede encontrar el libro... solo vende... solo miente.

Aquellas palabras habían consumido sus últimas fuerzas y, en cuanto las hubo expulsado, el pecho de Celeste se deshinchó por completo. Pero no bastaba con esas palabras para explicar por qué se estaba muriendo, ni tampoco por qué había muerto Bren.

Nora le acarició la cara.

—¿Un hombre te ha hecho esto? ¿El mismo que hizo daño a Bren? ¿Quiere tu libro de hechizos? —Cuando no le respondió, Nora le acarició la nuca empapada en sudor y le imploró—: Por favor, Celeste, no dejes que se salga con la suya.

La mujer pareció recobrar parte de sus fuerzas y una luz feroz le iluminó los ojos mientras hablaba entre jadeos.

—Hechizos no... Wolf... Lobo... Mata...

—¿Ese hombre es el responsable de que os fuerais de Still Waters? ¿Intentabas proteger el libro? ¿Y Bren?

Celeste solo acertó a parpadear muy despacio.

—¿Cómo se llama? —le preguntó, a pesar de que sin duda ya no podía oírla. Parecía estar replegándose en sí misma, muy adentro, yéndose a un lugar donde no sentiría dolor. Un lugar lleno de luz e ingravidez. Un lugar donde su hija la estaba esperando.

—Si me dices su nombre, impediré que consiga lo que quiere. Te lo prometo.

Los labios de Celeste temblaron. El movimiento fue casi imperceptible, pero Nora acercó la oreja a su boca.

De la garganta de la moribunda salieron volutas de aire y ruido. Su voz era tan débil que a Nora le costaba oírla, pero cuando concentró cada célula de su cuerpo en aquellos frágiles sonidos, las palabras penetraron en su oído como gotas de lluvia en la arena.

—El libro... la habitación... —la oyó decir. Y acto seguido, Celeste calló para siempre.

La chispa de su vida se había apagado, dejando el dormitorio más frío y vacío.

Cuando los sanitarios entraron en el apartamento y la llamaron a gritos, Nora no respondió. No levantó la vista cuando entraron corriendo en el dormitorio y encontraron a dos mujeres en el suelo, una frente a la otra. Una estaba muerta; la otra sollozaba con la cara enterrada entre las manos, con los hombros temblorosos.

Uno de los sanitarios tocó el brazo de Nora.

—Tenemos que examinar a su amiga, ¿de acuerdo? —le dijo, ayudándola a incorporarse.

Nora se abrazó las rodillas y miró fijamente a Celeste.

—Demasiado tarde —murmuró—. Todos llegamos demasiado tarde.

McCabe apareció de repente.

Se sentó junto a Nora y le envolvió los hombros con una manta. No habló, sino que se limitó a sentarse a su lado y a frotarle la espalda despacio, trazando amplios círculos.

Mientras observaba cómo los sanitarios comprobaban si Celeste daba señales de vida, Nora se volvió hacia el *sheriff*. Estudió sus arrugas del entrecejo, el paréntesis alrededor de la boca y los capilares rotos en las aletas de la nariz. Vio una pequeña cicatriz justo debajo de la ceja izquierda y otra en la mandíbula, cerca de la oreja. Al mirarlo, sintió la fuerza silenciosa de su presencia. Grant McCabe era sólido. Era una roca; algo a lo que agarrarse cuando el mundo estaba tambaleándose.

McCabe supo leer la necesidad en los ojos de Nora, de modo que le rodeó la cintura con la mano y la estrechó con fuerza entre sus brazos, tratando de reconfortarla de algún modo.

Ella apoyó la cabeza en su hombro. Olía a jabón y a café. El calor de su cuerpo se sumó al de la manta y Nora empezó a sentirse un poco más entera y serena.

El ayudante Andrews entró en la habitación. Cuando vio a Celeste, dejó escapar un gemido de consternación. Miró a su jefe, sentado en el suelo con Nora.

—¿Qué quiere que haga? —le preguntó.

Pero en lugar de responder, McCabe se volvió hacia Nora.

—¿Estás lista?

Meditó la respuesta. ¿Estaba preparada para separarse de Celeste? ¿Para contarle a McCabe lo que había visto y oído? ¿Para dejar que él y su equipo se pusieran manos a la obra? ¿Para hacer todo lo posible para ayudar a atrapar a un asesino?

Apoyó una mano en el brazo de Celeste a modo de promesa tácita.

—Sí —dijo al fin.

Miracle Books siempre abría a las diez de la mañana. De lunes a sábado, Nora abría sus puertas a las diez en punto. Durante más de cinco años, había regentado la librería ella sola sin cerrar ningún día por ningún motivo. Ni siquiera por enfermedad.

Por supuesto, había ocasiones en las que deseaba poder tomarse un fin de semana de dos días, comer tranquilamente en un restaurante o pasar el día en casa, leyendo. Pero esos momentos eran raros. Nora amaba su librería con toda su alma, y aunque seguía estremecida de dolor y conmocionada por la muerte de Celeste, necesitaba estar en su tienda. Necesitaba perderse en el negocio de vender libros; necesitaba mantener conversaciones en voz baja y oír el silbido de la máquina de café; necesitaba pulsar las teclas de la caja registradora y hacer montoncitos con los comprobantes de las tarjetas de crédito. Necesitaba sacar libros de las estanterías y meterlos en bolsas. Miracle Books era el único lugar donde podía soportar estar, así que se fue hacia allí.

Había llamado a Sheldon antes de salir del despacho de McCabe y sintió un gran alivio al saber que en la librería todo iba bien.

—Tengo muchas ganas de ver cómo han quedado las mesas de la calle, pero creo que será mejor que entre por detrás —le había dicho a Sheldon—. Si alguno de los manifestantes insulta a Celeste, perderé los estribos y tú tendrás que pasar el resto del día solo porque a mí me meterán en la cárcel.

Pero cuando el ayudante Fuentes anunció que la acompañaría a Miracle Books, Nora decidió hacer caso a Sheldon.

En ese momento, mientras Fuentes conducía por Main Street a paso de tortuga, la librera estaba mirando por la ventanilla del coche patrulla y maravillándose del trajín de gente yendo de acá para allá un viernes por la mañana.

—Voy a aparcar aquí. Llegaremos más rápido andando.

Fuentes dejó el coche justo delante de Soothe y él y Nora salieron del vehículo.

El corazón de la librera le dio un vuelco cuando vio a una mujer asomándose al interior de la tienda mientras un hombre y una niña esperaban junto a la estatua de Juliana. La niña, de cinco o seis años, estaba fascinada con la mujer de mármol.

—¿Qué le ha pasado en el ala, papá? —la oyó preguntar.

—No lo sé, cariño.

La pequeña se aferró a los muslos de la estatua, abrazando la fría piedra.

—¿Puede seguir siendo un ángel si solo tiene un ala?

—Pues claro. Es su corazón lo que la convierte en un ángel, no sus alas.

«Ojalá Celeste hubiera visto esto», pensó Nora.

Celeste estaba tan orgullosa de su legado familiar... De todas esas mujeres que se llamaban Juliana. Todas esas sanadoras.

Sanadoras. No eran ángeles. No eran brujas. Eran mujeres que sanaban a los demás.

Hechizos no.

Las palabras de Celeste se repetían en bucle en la cabeza de Nora. Si los símbolos de la página de pociones no eran hechizos, ¿qué eran entonces?

«Solo miente».

Tenía que estar hablando del hombre de los tatuajes. Había destrozado la casa de Bren y el apartamento de Celeste ¿en busca de qué? Más páginas como la que alguien había dejado bajo el felpudo de Nora. Un libro entero de páginas antiguas. Celeste había dicho: «No dejes que él...» y «No puede encontrar el libro». Pero ¿quién era «él»?

También había dicho «Wolf» y luego lo había traducido: «lobo».

¿Y si era el apellido de un hombre? ¿O un apodo? ¿Una identidad *online*? ¿Y si había algo en el piso de Celeste con la figura de un lobo? Algo que revelara la identidad del hombre. Nora no recordaba haber visto nada parecido, pero la mujer podría haberlo escondido.

Últimamente, cuando Nora pensaba en algo relacionado con lobos, pensaba en Connie Knapp y en su panda de mojigatas. Y ahí estaban, plantadas en la acera frente a Miracle Books. Llevaban pancartas con lemas incendiarios como: ¡PROTEGED A NUESTROS JÓVENES! ¡LAS FAMILIAS DECENTES NO

COMPRAN AQUÍ! ¡YO ELIJO LO QUE LEEN MIS HIJOS! ¡PROHIBAMOS LOS LIBROS SATÁNICOS!

Le dolía ver a antiguos clientes sosteniendo esas pancartas. Era un dolor de carácter personal, pero también le dolía por los libros que vendía, todos esos libros increíbles. Después de lo que había pasado aquella mañana —después de ver morir a Celeste—, que alguien atacase de aquel modo a sus queridos libros fue demasiado para Nora.

Sintió que se mareaba, tropezó y estuvo a punto de caerse, pero Fuentes acudió de inmediato en su auxilio. Sin soltar el brazo de Nora, el ayudante del *sheriff* se abrió paso entre los manifestantes.

—¡No pueden invadir la calzada! —gritó—. Como vea que pisan el asfalto, los meteré a todos entre rejas. Ya conocen las reglas. Solo pueden manifestarse en la acera.

—¡No hay sitio suficiente! —protestó alguien.

—No pueden tocar las mesas de la librería ni la mercancía. Prohibido entrar en la tienda —continuó Fuentes—. Tienen derecho a protestar pacíficamente, en la acera. Si impiden que los clientes entren en el establecimiento, me los llevaré detenidos.

El grupo de manifestantes era más reducido de lo que esperaba Nora. Apiñadas, agitando sus pancartas y gritando a pleno pulmón, eran treinta personas que parecían más bien cincuenta, y aunque gritaron más fuerte cuando la librera pasó por delante, sus palabras no hicieron mella en ella. Estaba sorda y muda a todo excepto a lo que veía delante de la librería.

Steph y Sid habían cogido unos trozos de cartón y los habían transformado en portales mágicos. Cinco torres de colores brillantes invitaban a los lectores a adentrarse en un mundo ficticio.

La primera cabina telefónica se había transformado en el armario que daba acceso a Narnia. Había una puerta entornada, dejando entrever un paisaje nevado, una farola y a un sonriente señor Tumnus.

Junto al armario había una pared de ladrillo con un cartel que decía: «ANDÉN 9 ¾». La pared había engullido la mitad de un carrito de equipaje y la mayor parte de una bufanda de Gryffindor. Una lechuza blanca estaba encaramada en la empuñadura del carrito, con sus ojos amarillos resplandecientes bajo la luz del sol.

El portal de Hogwarts era tan popular que la cola de gente esperando para hacerse selfis con el carrito de equipaje bloqueaba la mitad inferior de las Puertas de Durin de Tolkien. Las puertas cerradas contaban con columnas plateadas, árboles y runas de purpurina plateada.

—Habla, amigo, y entra —dijo Nora, repitiendo el acertijo que tuvo que resolver Gandalf en su serie de fantasía favorita de todos los tiempos.

La puerta de *Coraline* incluía un texto con purpurina morada sobre un campo azul oscuro. El texto decía así: CUANDO TIENES MIEDO PERO LO HACES DE TODAS FORMAS, ESO ES VALENTÍA.

Por último, había una cabina de peaje ocupada por el perro Tock. Unas letras azul eléctrico sobre la cabeza del cronocán decían: NO HAY CAMINOS EQUIVOCADOS EN NINGUNA DIRECCIÓN.

El ayudante Fuentes señaló la cabina.

—A mi hermana pequeña le encanta *La cabina mágica*. Se lo habrá leído al menos diez veces. ¡Tengo que mandarle una foto!

Una mesa repleta de libros separaba cada portal, y la gente se arremolinaba en torno a los libros como abejas atraídas por flores brillantes de fragancia exquisita. Personas de todas las edades, sexos y condiciones —locales y visitantes— inundaban las mesas y entraban y salían sin parar de la librería.

Nora sonrió, pero no porque los intentos de Connie de ahuyentar a la gente de Miracle Books hubieran fracasado, sino porque había gente eligiendo libros por doquier. Muchos libros estaban encontrando a sus lectores. Mirara donde mirara, veía gente con ejemplares en las manos, gente abrazándolos contra su pecho como si ya se hubieran enamorado de ellos. Para ella no había espectáculo más hermoso.

Sacó una foto de la escena con su teléfono. Después de enviarla a Hester, June y Estella, decidió sacar otra solo para Bobbie. Quería alejar el zum para captar más parte de la multitud, pero pulsó sin querer el botón de la cámara delantera, con lo que en la pantalla apareció su cara y algunos de los manifestantes. Uno de ellos era un chico con vaqueros y una sudadera negra con capucha.

—¡Fuentes! —Nora se volvió para señalar al joven—. ¡Ese chico de la sudadera negra! ¡Es al que vi pintando con espray la puerta de Celeste!

El ayudante del *sheriff* se plantó junto al chico en cuestión de segundos. Tras dar unas órdenes bruscas al sorprendido adolescente, se dirigió por radio a sus compañeros de la policía.

Nora miró hacia la librería. Era evidente que Sheldon necesitaba ayuda desesperadamente, pero ella tenía que saber por qué aquel chico había puesto a Celeste en su punto de mira, así que se acercó adonde estaban él y Fuentes.

—Esa mujer era una traficante de drogas —espetó el chico—. Pregúntele a mi madre. Pregúntele a cualquiera de estas personas.

El ayudante del *sheriff* lo miró fríamente.

—¿Cuántos años tienes, hijo?

—Dieciséis. Y no soy su hijo.

De pronto, un hombre con una camisa de franela y un alzacuello apareció por detrás del chico.

—¿Agente? Soy Morris Knapp y este es mi hijo, Greg. ¿Podría decirme qué ha pasado?

Era la primera vez que Nora veía al marido de Connie, el ayudante del pastor. Era igual que Vicky, excepto por el pelo: mientras que el de su hija era de un cálido tono castaño, el del padre era más oscuro, como de tierra empapada por la lluvia.

La mirada de Fuentes se dulcificó.

—Señor, su hijo ha sido visto esta mañana haciendo una pintada en una propiedad privada y necesitamos interrogarle sobre el incidente. La ayudante Wiggins lo llevará a comisaría. Al ser menor de edad, nos gustaría que lo acompañara usted.

Morris miró a su hijo con incredulidad.

—¿Es eso verdad?

Greg no miró a su padre a los ojos, sino que desvió la mirada por encima de su espalda y se encogió de hombros.

—Sí, hice una pintada en la puerta de la bruja. ¿Y qué? No se quedará aquí mucho tiempo. Como dice mamá, no hay sitio para las malas influencias en este pueblo.

—¿«Como dice mamá»? —La perplejidad hizo que Morris se quedara momentáneamente sin palabras. Luego, respiró hondo y miró a su hijo con severidad—. Todos respondemos ante una autoridad superior, también tu madre, y nadie es digno de juzgar a sus semejantes, sean quienes sean. Has cometido un delito, Greg. Te has ensañado con una mujer que no ha hecho nada para merecer tu ira. Esto va en contra de todos nuestros valores, de todo en lo que creemos.

—De todo en lo que crees tú. No tienes ni idea de en qué creo yo, o mamá —replicó Greg—. La escuché a escondidas liderando sus reuniones. Al principio, creí que serían un rollo, pero no lo son. Mamá de verdad quiere hacer algo para cambiar el mundo, quiere pasar a la acción, mientras que lo único que haces tú es hablar, hablar y hablar.

Morris miró a su hijo como si fuera un extraño.

La ayudante Wiggins llegó justo cuando Connie acababa de aparecer junto a su marido y su hijo.

—¿Qué demonios está pasando aquí? ¡No le ponga las manos encima a mi hijo! ¡No se atreva siquiera! —le gritó a Wiggins.

Detrás de ellos, los manifestantes se quedaron en silencio, demasiado entretenidos con la escena para seguir gritando sus consignas.

Haciendo caso omiso de Connie, Wiggins cogió a Greg del brazo y lo llevó al coche patrulla.

Mientras la agente ayudaba al muchacho a sentarse en el asiento trasero, Morris levantó un dedo admonitorio, dirigiéndose a su mujer. Le habló con profunda calma, pero en un tono que no admitía discusión.

—Tienes que irte a casa, Connie. Vete a casa y reflexiona sobre lo que has hecho. Ya hablaremos más tarde, pero que sepas que Greg no va a ser el único que tendrá que enfrentarse a las consecuencias de sus actos.

—¡No me vengas con tus sermones de que se recoge lo que se siembra! —gritó Connie—. ¡Porque lo sé todo sobre la semilla que plantaste!

Morris le dio la espalda.

Al igual que Nora.

Connie Knapp acababa de perder el derecho a liderar a un grupo de mujeres que alardeaban de valores morales. Sus adeptas habían visto a la ayudante del *sheriff* llevarse a su hijo a comisaría, y también habían oído a Morris Knapp, un respetado miembro de la comunidad eclesiástica, amonestar a su mujer por su comportamiento.

Los manifestantes empezaron a bajar sus pancartas. Como habían seguido el ejemplo de Connie, ahora también compartían su oprobio y su vergüenza, y como no querían que sus hijos acabaran como el menor de los Knapp, tomaron la decisión tácita de disolver la protesta. La decisión se hizo más que evidente cuando una mujer tiró su pancarta a la papelera de reciclaje y otra mujer la imitó de inmediato.

Nora sintió lástima por las mujeres que hacían cola para tirar sus pancartas a la basura, pero se negó a malgastar ni un segundo más pensando en ellas. Sus clientes la estaban esperando en la librería; Sheldon la estaba esperando; los libros la estaban esperando.

Nora abrió la puerta al son de las campanillas.

Para ella, aquella era la música que anunciaba su regreso a casa.

CAPÍTULO QUINCE

Y si nos envenenan, ¿acaso no morimos?
¿No nos vengamos si alguien nos causa un agravio?

William Shakespeare

El Club Secreto de la Lectura y la Merienda solía reunirse en la librería. Empezaban con una cena en la que cada una traía un plato y charlaban mientras cenaban. Con el postre, discutían el libro de la semana.

Esa noche, June, Estella y Hester habían convocado una reunión urgente. No iba a haber cena, ni charla, ni discusión literaria; tan solo palabras y muestras de consuelo. Y un bollo.

La panadera había horneado la pieza esa misma tarde. Al final de su jornada laboral, se puso un delantal nuevo y encendió el horno. Había sintonizado en la radio una emisora de música clásica y dejado todos los ingredientes preparados en la encimera. Mientras las notas de la *Sonata para piano n.º 21 en si bemol mayor D 960* de Schubert inundaban el obrador, Hester había mezclado y amasado la masa, sin dejar de pensar en Nora durante todo el tiempo.

Una vez que hubo metido el bollo en el horno, se había sentado en la encimera con una taza de café, evocando una imagen de su amiga. Había pensado en la trenza de color rubio rojizo de Nora sobresaliendo del casco de su *scooter*; en sus camisetas con citas literarias, en cómo complementaba casi toda su vestimenta con un pañuelo, un bolso, un collar o un par de calcetines, siempre con estampados de libros. Pensó en sus cicatrices de las quemaduras.

Por la mente de la panadera desfilaron varias imágenes: Nora detrás del mostrador de Miracle Books, comprando en el mercadillo y haciendo senderismo con su preciado bastón. Nora riéndose por un chiste o escuchando atentamente la historia personal de algún cliente. A continuación, imaginó a su amiga tumbada en el sofá, tapada con una manta suave y con un libro abierto sobre el regazo. La luz del sol entraba a raudales por la ventana y las páginas del libro de color marfil se teñían de dorado.

En ese preciso instante, Hester estaba delante de ese mismo sofá, ofreciéndole a Nora la cajita con la pieza de repostería.

—Cuando hago un bollo reconfortante para un desconocido, hago todo lo que puedo para acertar con los sabores, pero no siempre sale bien. Elaborar uno para alguien que conozco es mucho más fácil. Espero que saborees un abrazo con cada bocado.

—Yo también te he traído algo hecho a mano —dijo June, enseñándole una gruesa manta de punto de algodón gris—. Ojalá pudiera atribuirme el mérito de esta maravilla de manta, pero es todo de Dominique. Estos últimos días ha tenido problemas para dormir y ha dedicado el tiempo a tejer esta pieza. Por eso ella y yo congeniamos desde el principio, porque las dos tenemos problemas de insomnio. Pensábamos que éramos las únicas que tejíamos cuando no podíamos dormir, pero resulta que somos legión.

—Ya, pero tú eres la única que va por ahí acompañada de una panda de gatos. Eres la insomne más singular de todo el pueblo

—señaló Estella con una sonrisa. Cogió la manta de June y se la echó a Nora por los hombros—. Yo no tengo mucha traza con esa clase de trabajos manuales, pero también te voy a hacer un regalo con mis propias manos. Ponte cómoda en el sofá, ¿vale? June va a prepararte una taza de té y yo voy a masajearte una parte del cuerpo que seguramente tienes muy dolorida.

La librera lanzó un resoplido.

—La cuestión es en qué parte del cuerpo no tengo dolor: me duelen los hombros, la parte baja de la espalda, los pies, la cabeza, el cerebro... —Hizo una pausa antes de añadir—: Me duele el corazón.

—Por eso estamos aquí, cariño. —June empujó a Nora hacia el sofá—. Siéntate y déjanos a nosotras.

Estella llenó un barreño de plástico con agua caliente, lo llevó al salón y echó sales de Epsom en el agua.

—En el *spa* uso sales perfumadas con lavanda, pero sé que a ti no te entusiasma, así que te pondré té verde. Le dará al agua un color un poco raro, pero te ayudará a recuperar el equilibrio y la energía. Vamos, moja los diez deditos de los pies.

Nora se quitó los calcetines y metió los pies en el agua. Estaba caliente, pero no demasiado. El calor le recorrió las extremidades y le subió por las pantorrillas. La sensación era agradable.

Al cabo de unos minutos, June dejó una taza de té humeante sobre la mesa.

—Me siento mal —dijo la librera—. Todas habéis tenido un día muy largo. Deberíais estar descansando en casa y aquí estáis, mimándome...

Estella puso los brazos en jarras.

—Entonces, ¿quieres sacar ya los pies del agua?

—¡No! —exclamó Nora, lo que provocó las risas de todas.

June echó una cucharada de miel en el té.

—¿Por qué a las mujeres nos cuesta tanto dejar que nos cuiden? No tiene sentido, porque cuanto mejor nos sentimos, más podemos hacer por los demás. Más podemos dar. En vez de eso, cuidamos de los demás hasta que nos quedamos agotadas y sin energías. ¿Cuándo vamos a aprender que cuidar de una misma no es ser egoísta?

—Supongo que no siento que lo merezco porque no ayudé a Bren —confesó la librera—. No supe ayudar a Celeste. Y cuando cenamos con ella, vosotras tres os centrasteis en sus necesidades mientras yo me paseaba por su casa fisgoneando.

—No fuimos nosotras quienes encontramos el cadáver de Bren, y nadie nos dejó una página llena de símbolos raros bajo el felpudo. Tú tienes un papel en la historia de esas dos mujeres, y nosotras no, así que deja de martirizarte por intentar descubrir la verdad —dijo Estella.

—Hablando de esa página del libro, Jasper dijo que la bibliotecaria de Nueva York se la llevó. —Hester frunció los labios—. ¿Cómo se llamaba?

Nora contrajo y estiró los dedos de los pies, formando remolinos en el agua verde.

—Roberta Rabinowitz, aunque prefiere que la llamen Bobbie. Tenía una corazonada sobre la Página de Pociones. Ahora mismo os lo explico.

Nora les habló del papel antiguo, la tinta falsa y el foro *online* en el que participaban coleccionistas de libros y de otros materiales relacionados con el ocultismo.

Cuando terminó, June levantó un dedo.

—Espera un segundo. Celeste vivía en una comunidad de artistas, personas que sabían pintar y dibujar. Lazarus Harper trabajaba en la cafetería de la escuela. ¿Quién es más probable que tuviera conocimientos sobre el papel del siglo XVI? ¿Harper o alguno de los artistas?

—Lazarus Harper está lo bastante furioso para cometer un crimen, pero él no mató a Celeste: pasó la noche en el calabozo —señaló Hester.

—¿Y antes de que lo viéramos en el aparcamiento? —preguntó Nora.

Hester se dio unos golpecitos en la muñeca, donde llevaba el reloj oculto bajo el puño del jersey.

—Harper empezó la noche bebiendo cerveza con tequila en el bar de moteros. Muchos testigos lo vieron aprovechar la *happy hour*. Cuando hubo bebido suficiente, pagó la cuenta. Dejó el recibo en la camioneta, en el que figuraba la fecha y la hora. Después, fue con el coche a Soothe. Su plan, inspirado por la cerveza y el tequila, era aparcar, coger el bate de béisbol que llevaba en el maletero y destrozar la tienda de Celeste.

—Maldita sea —murmuró Nora—. ¿Y qué se lo impidió?

La panadera sonrió.

—Se lo impediste tú. Te vio en el aparcamiento junto al coche de June y se asustó. En lugar de pasar la noche rompiendo cristales y destrozando cestas de regalo, la pasó en el calabozo después de la prueba de alcoholemia. También confesó haber enviado la postal amenazadora a Celeste. Lo hizo después de enterarse de que su juicio se aplazaba hasta nuevo aviso. Al parecer, no recuerda lo que escribió porque también estaba borracho.

Estella esbozó una sonrisa socarrona.

—Vaya, qué casualidad...

—En cuanto a su intención de destrozar la tienda, declaró que lo que quería era vengarse. El banco lo echó de su casa la semana pasada, así que creía que lo más justo era que Celeste perdiese su tienda.

—¿Y qué hay de Bren? ¿Podría haber estado involucrado en su muerte? —preguntó la librera.

La respuesta de Hester fue firme.

—No. Pasó más o menos una semana en Rocky Mount antes de venir a Miracle Springs. Fue a ver a una antigua compañera de trabajo. Harper siempre había sentido algo por ella, pero entonces estaba casada. Ahora ya no lo está, y como la mujer publica a menudo en redes sociales, hay un registro detallado y muy público de todo el tiempo que pasó con Lazarus. Demasiado detallado, sinceramente.

Estella arqueó las cejas.

—¿En serio? ¿Nos das algún ejemplo?

A Nora no le interesaban los detalles, así que intervino antes de que Hester pudiera desviarse del tema.

—¿Así que Harper asegura que solo quería vandalizar la tienda de Celeste? Eso no puede ser verdad: un hombre que envía una postal amenazadora y atraviesa el estado para destrozar la tienda de una mujer con un bate de béisbol es una bomba de relojería.

—El *sheriff* McCabe dijo lo mismo: que Harper era cada día más peligroso. Tal vez no estaría tan rabioso si no se hubiera aplazado el juicio, pero si no lo hubieran detenido anoche, ¿quién sabe lo que habría sido capaz de hacer? —Hester miró a Nora—. La verdad es que no hay ninguna parte positiva en todo lo que ha pasado, pero Harper declaró ante el *sheriff* que conoce al hombre que dirige Still Waters. Todos en la comunidad lo llaman Maestro, pero su verdadero nombre es Wolf Beck.

—Otro lobo... —exclamó June con una mueca de disgusto.

Nora no respondió; volvía a estar de nuevo en la habitación de Celeste, arrodillada en el suelo junto a una mujer moribunda. Sus últimas palabras habían mencionado el nombre de Beck.

Nora ladeó el cuerpo a la derecha y alargó el brazo, pero no llegaba al portátil sin sacar los pies del agua.

—Yo te lo alcanzo —dijo Estella, dejando una toalla en el regazo de su amiga—. Ya es hora de que te seques esos pies, pero no te pongas los calcetines. Aún no he terminado contigo.

Después de secarse, Nora abrió su portátil. Mientras buscaba el nombre de Wolf Beck, les dijo a sus amigas que lo más probable era que él fuese la razón por la que Celeste se había mudado de ciudad.

—Algo pasó en Still Waters y creo que está relacionado con la Página de Pociones. —Nora fijó la vista en la pantalla del ordenador, con los ojos vidriosos y desenfocados—. Cuando vi a Celeste en el suelo de su habitación, no tenía ni idea de qué le pasaba, únicamente sabía que tenía mucho dolor y que no podía moverse. Cuando le pregunté qué había pasado, me dijo que no dejara que «él» encontrara el libro. También dijo que «él miente».

Estella se sentó en el extremo opuesto del sofá. Extendió una toalla sobre su regazo y le dijo a la librera que pusiera los pies encima.

—¿Y hablaba de Wolf?

—Le pregunté si les había hecho daño a ella y a Bren por culpa de ese libro. Me respondió diciendo «Wolf» y luego «lobo», dos veces, y después dijo algo como «mata». También dijo «hechizos no» y «vende mentiras».

—¿Y sabes a qué se refería? —le preguntó Hester en voz baja.

—Creo que Celeste esconde un libro muy antiguo y Wolf quiere usar el papel verjurado de ese libro para hacer algo. Si llena esas páginas con hechizos falsos, puede hacerlo pasar por un grimorio auténtico de varios siglos de antigüedad y venderlo por una fortuna.

Estella masajeó el arco del pie izquierdo de Nora, deshaciendo los nudos y los puntos de dolor. Era una sensación maravillosa, pero a la librera le costaba entregarse al placer mientras seguía hablando de Celeste. Cuando se dio cuenta, Estella le presionó el talón con las yemas de los pulgares y le ordenó que se relajara.

Hester estaba paseándose arriba y abajo por la cocina.

—Si ese libro es tan antiguo, ¿por qué no simplemente ponerlo a la venta en eBay? —se preguntó mientras caminaba—. ¿Por qué pasar por todo esto? ¿Por qué arriesgarse?

Una vez más, Nora dejó de leer los resultados de la búsqueda en su ordenador para responder.

—Puede que el libro haya sufrido algún daño. Puede que la tinta se haya borrado, por ejemplo, o que incluso sea un diario inacabado. El papel era muy valioso en aquella época, así que es imposible que el dueño original dejara páginas en blanco a propósito, pero a veces pasan cosas y los diarios quedan incompletos. En cualquier caso, un diario o un libro con desperfectos no serían tan valiosos como un grimorio.

—Tal vez Bren participó de algún modo en la creación de los hechizos falsos —apuntó June—. ¿Por qué si no iba a llevar esos símbolos tatuados en la nuca? Y si resulta que Wolf es el hombre que vio Nora en el festival, entonces también lleva esos tatuajes de los libros de hechizos. ¿Son algo específico de Still Waters? ¿O era un asunto íntimo entre Wolf y Bren? ¿Y si eran amantes? Eso explicaría por qué Bren estaba tan enfadada con su madre por haberse venido a vivir aquí.

—Pero ¿por qué Miracle Springs? —Nora se había hecho esta pregunta una docena de veces—. Si Celeste estaba preocupada por Bren, y también por el libro, ¿por qué no se fue a vivir a miles de kilómetros de ese maldito Maestro?

Estella, que estaba masajeándole con delicadeza la parte superior del pie para estirarle los músculos de la pantorrilla, se detuvo e hizo una señal para pedir tiempo.

—Un momento. Tenemos que ver una foto de ese tipo: si se parece a Wolf Blitzer, es imposible que a Bren le gustara.

Nora hizo clic en otro enlace que no llevaba a ninguna parte.

—No encuentro ni una sola imagen. Lo único que he encontrado es un breve artículo sobre el retraso del juicio por la demanda de Harper. La noticia empieza describiendo la suspensión temporal de todas las demandas civiles y luego explica por qué despidieron a Harper de su trabajo. Han citado a Wolfgang Beck, de treinta y ocho años, un artista de Pine Hollow, como testigo clave. No se menciona el nombre de Still Waters, ni tampoco a Cecily Leopold. Hay una declaración del abogado de Harper diciendo que la suspensión de los casos civiles está perjudicando a su cliente. Mientras Harper espera la oportunidad de recuperar su trabajo y solicitar una indemnización por los meses sin cobrar su sueldo, su estado de salud sigue deteriorándose.

—En el fondo siento un poco de lástima por Lazarus Harper —dijo Hester—. Compró ese aceite de CBD porque tenía dolores. Luego dio positivo en un test aleatorio de consumo de drogas por culpa de ese aceite de CBD y lo echaron del trabajo. Ahora ni siquiera tiene la oportunidad de acudir a los tribunales para recuperar su empleo, que ni siquiera debería haber perdido. No me extraña que esté enfadado.

June miró a Hester con severidad.

—Pero no tenía por qué desquitarse con Celeste. Le envió una postal amenazándola e iba a destrozarle la tienda. ¿Por qué no fue a por ese tal Wolf? ¿O a por los que lo despidieron? ¿Por qué descargar toda su rabia sobre una mujer sola?

—A mí también me cabrea que fuera a por Celeste, pero estoy contigo, Hester —dijo Estella—. Harper se ha llevado demasiados palos. ¿Y qué hay de sus dolores? Todo esto empezó por ellos. Lo más probable es que esté peor que nunca. Dudo que pruebe otro producto de CBD, así que ¿qué se supone que tiene que hacer? ¿Recurrir a la meditación para que desaparezcan? ¿Pensar en cosas buenas hasta que se encuentre mejor?

Nora sabía la respuesta.

—Por eso bebe, para anestesiar el dolor.

—Y ahora está en el calabozo con una resaca de caballo. —Estella se miró las manos—. Pobre hombre. Seguro que ha tocado fondo. Ahora mismo. Hoy mismo.

Las mujeres reflexionaron en silencio sobre la facilidad con la que cualquier vida podía acabar descarrilando. No hacía falta demasiado: un par de imprevistos y el tren de la existencia podía salirse de la vía en medio de una lluvia de chispas y de chirridos de metal.

Hester miró por la ventana de encima del fregadero.

—¿Y qué hacemos ahora?

June señaló el portátil.

—Necesitamos saber qué aspecto tiene ese Wolf. Si ha venido a Miracle Springs en busca de ese libro, lo más probable es que siga aquí.

Una oleada de miedo se apoderó del cuerpo de Nora. Si aquel hombre había cometido dos asesinatos y no había logrado encontrar el libro, los riesgos que había corrido hasta entonces no habían obtenido recompensa. ¿Se iría de allí con las manos vacías o esperaría un tiempo a que se calmasen las aguas y entonces volvería a la carga? Wolf Beck era un hombre de recursos; podía plantar una tienda de campaña en el monte y subsistir a base de latas de conservas y caza silvestre hasta que estuviera listo para regresar a Miracle Springs. A un lugar famoso por recibir con los brazos abiertos a cualquier extraño.

Nora se topó con la mirada de ansiedad de June.

—Tienes razón. Tenemos que poder reconocerlo entre la multitud.

—¿Y si buscamos en internet las piezas artísticas hechas por el Maestro? —propuso Estella.

Era una buena idea y Nora lo intentó. Por desgracia, «Maestro» era un nombre muy popular entre los artistas de todo el mundo. Añadir los términos «Carolina del Norte» o «Wolf» a la búsqueda no produjo ningún resultado.

Frustrada, Nora se dirigió a Hester.

—¿Lo ha investigado el *sheriff* McCabe?

—Si Beck está en la base de datos de delincuentes conocidos, Jasper me lo dirá. Es de dominio público. Pero ahora mismo no puedo preguntárselo, no sé cuándo volveré a hablar con él.

Les explicó que el departamento del *sheriff* estaba completamente desbordado. En las últimas veinticuatro horas los agentes habían tenido que lidiar con una muerte sospechosa, un conductor ebrio, un grafitero menor de edad, una protesta y un pueblo tan abarrotado de turistas que era imposible hacer cumplir todas las normas de tráfico y aparcamiento. También se habían ocupado de dos robos en tiendas y de tres infracciones sobre la normativa del uso de las correas en los perros, además de atender la llamada de una mujer que buscaba su bolso extraviado.

—Ha sido un día muy largo para todos —dijo June.

Las diez horas anteriores habían dejado huella en Nora y sus amigas: unas ojeras oscuras les ensombrecían la mirada e iban con los hombros encorvados. Pese a ello, ninguna parecía dispuesta a retirarse y dar las buenas noches; todas estaban tristes y cansadas, pero no estaban solas. Estar juntas hacía más llevadera cualquier adversidad.

Estella se apartó de los pies de Nora y empezó a guardar las toallas húmedas, la crema y las sales de Epsom en su bolsa.

La librera le cogió la mano.

—Ahora por fin entiendo por qué todo eso de lavar los pies es tan importante en la Biblia. Muchas gracias.

Estella se envolvió el pelo pelirrojo con una toalla y juntó las puntas bajo la barbilla.

—Llámame María Magdalena.

—Deberías apuntarte al Belén viviente de Navidad —bromeó June.

Estella se quitó la toalla y se la apretó contra el pecho. Con el pelo despeinado y expresión solemne, parecía una niña pequeña con su mantita de apego.

—¿Qué pasará con Soothe? ¿Y con las cestas de regalo de Celeste? ¿O con su estatua del ángel?

Nora visualizó a la mujer del ala rota. Celeste le había dado vida; había cincelado, tallado y pulido aquella figura de mármol hasta convertirla en su visión de Juliana, la inspiración de varias generaciones de mujeres Leopold.

Juliana y Celeste debían estar juntas.

—Hay que enterrar a Celeste junto a Bren —dijo Nora—. Y, aunque tengamos que organizar una colecta para costearlo, debemos llevar esa estatua al cementerio. Siempre ha estado con Celeste.

—Ahora podrá velarlas a las dos —susurró Hester—: a la madre y a la hija.

Dando por sentado que la panadera debía de estar pensando en su propia hija en ese momento —una niña a la que no había llegado a conocer pero cuya pérdida aún seguía pesando en su conciencia—, Nora pasó el brazo alrededor de su amiga y le besó la coronilla. Los rizos dorados de Hester olían a miel.

June dio unos golpecitos en la caja de repostería.

—Es la hora de que te comas tu última dosis de consuelo antes de que nos vayamos.

La librera esperaba que dentro hubiera un bollo de canela y pasas con glaseado de crema de queso, pues esos eran los sabores reconfortantes de su infancia. Cada vez que se ponía enferma, cuando estaba triste o se hacía daño, su madre le preparaba unas tostadas con pan de canela y pasas. Después de untar la tostada con mantequilla y cubrirla con una fina capa de crema de queso, la cortaba en cuatro cuadraditos que le sabían a puro amor.

Al poco de conocerse, Hester le había preparado un bollo reconfortante con los mismos sabores y sensaciones que las tostaditas de canela de su madre.

Sin embargo, en esta ocasión no era ese el bollo que le había hecho la panadera, sino que este tenía unos hilos de chocolate que recorrían la superficie dorada, y la masa contenía trazas de queso crema y cacao en polvo.

Después de un solo mordisco, Nora volvía a ser una universitaria en segundo año de carrera. Era diciembre y estaba deprimida en su habitación de la residencia de estudiantes porque había entregado tarde un trabajo que llevaba preparando varias semanas. Había tenido la mala pata de caerse en una plancha de hielo de camino a clase y se había torcido el tobillo. Un empleado de mantenimiento la llevó a la enfermería y, para cuando la examinaron y la curaron, la clase ya había terminado y su profesor se había ido a casa.

Nora creía que la cosa ya no tenía remedio. Aunque presentase un justificante de la enfermería, creía que su profesor calificaría su trabajo con más severidad por haberlo entregado fuera de plazo. El hombre detestaba la falta de puntualidad y había dejado claro que las únicas excusas que consideraba aceptables eran una enfermedad grave o la muerte. Un tobillo torcido no era ninguna de las dos cosas.

Al oír la desgraciada historia de su compañera de habitación, Bobbie había ido a comprar dos cajas de *rugelach* de chocolate a su pastelería favorita.

—*Rugelach* significa «cuerno» en yidis —había dicho Bobbie, enseñando un pastelito que parecía un minicruasán—. Son la kriptonita del profesor Howard. Pásate mañana por su despacho con una caja y aceptará tu excusa sin rechistar.

Bobbie había acertado con su predicción: el profesor había aceptado los dulces y la excusa de Nora. Todo gracias a la brillante, generosa y maravillosa Bobbie. ¿Cuántas veces había hecho la vida de Nora mucho más fácil?

—Estás a un millón de kilómetros de aquí —dijo June, sacando a Nora de su ensimismamiento.

—Estaba en la época de la universidad, con Roberta Rabinowitz. —Avergonzada, Nora bajó la cabeza—. Cuando Bobbie apareció en Miracle Springs, me dejó completamente descolocada. Mi antigua yo, la que no he querido volver a ser nunca más, volvió a materializarse en cuanto la vi. Scott Fitzgerald tenía razón: todos somos barcos atraídos incesantemente hacia el pasado. Fui una idiota al creer que podría esconderme de él para siempre.

A continuación, relató a sus amigas su reencuentro con Bobbie, incluido el hecho de que ella y su compañera de habitación de la universidad habían compartido dos botellas de vino.

—¿Conocía ella a tu exmarido? —le preguntó Estella.

Nora se encogió de hombros.

—Solo se vieron dos veces, pero se puso en contacto con él con la esperanza de encontrarme cuando desaparecí del mapa. No sé si siguen en contacto y no quiero saberlo, pero siento no haberos dicho la verdad sobre Bobbie hasta ahora.

—Cielo, no tienes que darnos explicaciones —dijo June con el corazón en la mano—. Y quiero que sepas algo: la mujer a la que Bobbie quería tanto se parece mucho a la mujer a la que nosotras queremos, así que supongo que te has llevado las mejores partes de ti de una vida a la otra.

Nora estaba a punto de decirles lo mucho que significaban todas para ella cuando se encendió la pantalla de su teléfono. Estaba en el centro de la mesa, de modo que sus amigas vieron que acababa de recibir un mensaje.

Era de Bobbie.

Hester señaló el aparato.

—¿Sabe lo de Celeste?

—No. —La librera abrió el mensaje—. Acaba de recibir un correo electrónico de alguien interesado en comprar la Página de Pociones. Es un hombre que quiere ver la hoja en persona y se ha ofrecido a llevarle el dinero en efectivo. Su nombre de usuario es Matalobos81. Bobbie ha reconocido el nombre de la época en que trabajaba con herbarios, que son unos tratados antiguos que explican cómo usar las plantas en alimentación y cómo aprovechar sus propiedades curativas. Oh, Dios...

—¿Qué pasa? —exclamó June.

—«Matalobos» es otro nombre para el acónito. Bobbie solo ha escrito eso, nada más. Estella, ya que estás ahí, ¿puedes buscar «acónito» en mi portátil?

Las uñas de Estella golpetearon las teclas a toda velocidad. De repente, se puso muy blanca.

—*Aconitum* o acónito, también conocido como matalobos, luparia, anapelo o napelo, es un género de plantas de flores azules y a veces blancas —dijo, con los ojos fijos en la pantalla del ordenador—. En Carolina del Norte no es muy común. Crece en las zonas de montaña, sobre todo entre vegetación espesa, laderas húmedas y en las riberas de los arroyos. Se han encontrado varias especies en trece condados, incluido el nuestro. Parece que todos los condados que nos rodean tienen más de una variedad. Alguien que hacía senderismo por el Sendero de los Apalaches sacó esta foto de un acónito de flor azul y un aficionado a la jardinería vio esta variedad trepadora con flores blancas durante su estancia en el *camping* Bear Creek. Eso está a un pueblo de aquí.

Estella dio la vuelta al portátil para que sus amigas pudieran ver las fotos.

—La flor azul es preciosa —dijo Hester.

—Preciosa y mortal. Es la *femme fatale* de las flores. —Volvió a girar el ordenador—. Al ingerirlo, el matalobos provoca ardor en la cara y la garganta, vómitos, parálisis, disminución del ritmo cardíaco y delirio. A partir de ahí, o te recuperas o mueres. Ni siquiera se puede tocar la planta, porque las toxinas de las raíces podrían absorberse a través de la piel.

June miró a Estella.

—Celeste dijo que su invernadero interior estaba lleno de plantas y hierbas aromáticas. Hacía su propio jabón, su champú y sus productos de limpieza. ¿Tiene el acónito algún uso práctico?

Estella recorrió las líneas de texto con los ojos durante unos minutos.

—Hay gente que utiliza un ungüento hecho con acónito. Se supone que alivia el dolor de articulaciones, pero también podría provocar daño cardíaco. Por lo que parece, no merece la pena correr el riesgo. En otros tiempos la gente utilizaba el matalobos para la caza y la guerra. Yo diría que la respuesta es no, no tiene un uso práctico.

En ese momento, Nora recordó el rostro pálido y desencajado de Celeste. El hilo de saliva que le resbalaba de la boca, sus pupilas dilatadas y el tacto de su mano flácida. Sus últimas palabras.

—Dijo «lobo»... Antes de morir, Celeste dijo primero «Wolf» y luego dijo «lobo». —Nora se quedó mirando el mensaje de texto de Bobbie—. Yo estaba desesperada y le hacía demasiadas preguntas a la vez. «¿Qué ha pasado?», «¿Quién te ha hecho esto?», «¿Es la misma persona que le hizo daño a Bren?». Y Celeste primero dijo «Wolf» y luego lo dijo de nuevo, esta vez traducido: «lobo». Y luego dijo algo como «mata».

A June se le iluminó la cara.

—«Mata» y «lobo»... ¡Te estaba diciendo que la habían envenenado! ¡Con matalobos!

—Y que había sido Wolf Beck —dijo Hester, que añadió, casi sin aliento—: Por eso dijo la palabra dos veces. Estaba respondiendo a tus preguntas, solo que en otro orden.

Nora cogió el teléfono.

—Llamaré al *sheriff*. Si tenemos razón y Celeste murió envenenada por el matalobos, va a haber una diana en la espalda de Beck del tamaño de la Estrella de la Muerte.

—Perfecto —dijo June—. No estoy a favor de la caza del lobo, pero si el lobo en cuestión camina sobre dos patas y asesina a mujeres porque no le dan lo que quiere, yo digo que merece la muerte.

Nora se mostró de acuerdo con la indignación de June asintiendo con la cabeza.

—Para atrapar a un astuto depredador, hay que tenderle una trampa con algo a lo que no pueda resistirse.

—Pero la Página de Pociones está en Nueva York, lo que significa que el *sheriff* no dispone del cebo adecuado —señaló Estella.

—Beck quiere algo más que una página: quiere el libro entero, el libro de Celeste. —Nora buscó el número de McCabe y mantuvo el dedo sobre el botón de llamada—. Y creo que sé dónde está.

CAPÍTULO DIECISÉIS

> Las cosas extraordinarias siempre se esconden en lugares donde a nadie se le ocurre mirar.
>
> Jodi Picoult

A la mañana siguiente, Nora limpió el asiento cubierto de rocío de su *scooter* y se dirigió al restaurante Pink Lady. El pueblo empezaba a desperezarse. El sol apenas acababa de despuntar tras las montañas, y solo los picos más altos resplandecían con una luz alimonada. La oscuridad aún se aferraba a las laderas y unas sombras afelpadas se congregaban alrededor de los árboles. El aire estaba impregnado del frío de la noche.

Era una mañana ideal para quedarse remoloneando en la cama, una mañana para llevar zapatillas mullidas y una sudadera gruesa, para inhalar tazas humeantes de café y boles de avena caliente rociada con sirope de arce. Para escuchar el crepitar de la leña en la chimenea. Para oír el crujido de las páginas del periódico.

Aparte de algún que otro transeúnte que había salido a correr o a pasear al perro, Nora apenas se cruzó con nadie de camino al restaurante. Tenía un desayuno de trabajo con el *sheriff* McCabe y, como él no disponía de mucho tiempo, la librera se había ofrecido a recoger el desayuno y llevárselo a su despacho.

Jack Nakamura tenía su pedido para llevar ya listo en el mostrador.

—Te he puesto además dos boles de fruta, gratis. Estella dijo que podrías necesitar combustible para el cerebro: los arándanos y las fresas con unas rodajas de naranja te irán de maravilla. —Jack se dio un golpecito en la cabeza y sonrió—. Yo no necesito combustible para el cerebro. ¿Para qué ser el tipo más inteligente del pueblo cuando ya eres el más afortunado?

Aunque llevaba años enamorado de Estella, en todo ese tiempo Jack no creía que tuviese ninguna posibilidad con ella. La peluquera siempre había manifestado su deseo de marcharse de Miracle Springs, el pueblo en el que había vivido toda su vida. Quería viajar a lugares lejanos y tener aventuras con exóticos desconocidos. Quería escapar de los fantasmas de su infancia, deshacerse de todos los recuerdos de una vida de pobreza y maltrato emocional, como la serpiente que muda de piel.

Año tras año, Estella pasaba horas hablando de los lugares a los que quería ir, pero nunca llegaba a hacer las maletas. Mientras su padre estuviera preso en una cárcel del condado, no se iría de allí. Había matado a un hombre para proteger a Estella y, mientras siguiera entre rejas, ella se sentía en deuda con él.

Antes solía compartir los detalles de su vida amorosa con las demás miembros del Club Secreta de la Lectura y la Merienda, pero llevaba su relación con Jack con suma discreción. El carismático cocinero estadounidense de origen japonés había conquistado su corazón y, quizá por primera vez, Estella estaba enamorada.

Nora dio las gracias a Jack por la fruta y rechazó su ofrecimiento de llevarle la bandeja con las bebidas hasta su *scooter*.

El restaurante se estaba llenando y pronto le necesitarían en la cocina. Los otros cocineros eran buenos, pero no sabían reproducir las tortitas de Jack ni tampoco sus esponjosas tortillas de desayuno.

Tras colocar la bolsa de comida en el compartimento del asiento del *scooter*, Nora puso las tazas de café en el portabebidas doble incorporado al manillar. Salió de su plaza de aparcamiento y fue acelerando poco a poco, sin perder de vista las tazas de café mientras conducía, pues no quería derramar ni una preciosa gota.

Siendo un sábado por la mañana tan temprano, lo lógico era que el aparcamiento de detrás de la comisaría estuviera desierto, pero no lo estaba. Si los coches eran de gente que se dirigía a los Juegos de las Highlands, tanto a la panadería Gingerbread House como al restaurante Pink Lady les esperaba una mañana muy ajetreada.

Nora aparcó y desplegó el caballete. Estaba sacando la bolsa de comida del compartimento cuando vio movimiento por el rabillo del ojo.

Morris Knapp salía de un coche dos filas por detrás de Nora.

El hombre cerró la puerta y pulsó un botón del llavero, lo que hizo parpadear los faros de su Subaru, como si estuvieran saludando. Luego se metió el llavero en el bolsillo y echó a andar hacia la comisaría.

Nora dejó la bolsa en el suelo y ató el casco al asiento. Luego trasladó los cafés a la bandeja de bebidas que le había dado Jack, recogió la bolsa y miró a su alrededor buscando a Morris.

El hombre se había detenido al final de su fila porque un monovolumen blanco le impedía el paso. El monovolumen no estaba cuando Nora entró en el aparcamiento y su aparición repentina la hizo detenerse en seco.

Connie Knapp se bajó del asiento del conductor y levantó los brazos en un gesto de incredulidad. Tenía el rostro enrojecido y crispado de ira. Avanzó dos pasos y se puso a gritar a su marido.

El motor al ralentí del monovolumen sofocaba sus palabras, pero no su tono de voz. Connie estaba fuera de sí. Había traspasado los límites del desprecio y la furia y parecía dispuesta a escupir, arañar y hacer el máximo daño posible. Lanzaba palabras a Morris como dardos, y él se estremecía cada vez que alguna lo alcanzaba. No respondió ni se marchó. Resistió su ataque con la espalda erguida y una expresión afligida pero resuelta.

Sin previo aviso, la rabia de Connie se desbordó por completo. Mientras desplazaba el dedo señalando el departamento del *sheriff* e indicando luego la puerta trasera del monovolumen, abrió la boca hasta formar un óvalo y empezó a lamentarse a gritos.

El estridente sonido ensordecía cualquier otro ruido.

A Nora no le caía nada bien Connie, no la soportaba, pero no podía oír el tono crudo y explosivo del sufrimiento de otra mujer sin conmoverse. Por supuesto, no podía hacer nada para ayudar. Aquello era algo entre marido y mujer. No le correspondía a ella intervenir.

Lo único que podía hacer era desear que Morris le tendiera la mano a Connie, que dejara a un lado su ira y encontrara la misericordia de la que sin duda hablaba en muchas de sus oraciones y sermones.

El tiempo pareció detenerse mientras Nora alternaba la mirada entre Morris y Connie, y estos se miraban entre sí.

Al final, después de lo que a la librera le pareció una eternidad, la mujer se apoyó contra el lateral del monovolumen y bajó la cabeza. Su lenguaje corporal transmitía una sensación de derrota y tristeza, y Nora no creía que fuesen fingidas.

Morris dirigió la vista hacia la comisaría para lanzar una última mirada insistente antes de salvar la distancia que lo separaba de su esposa. Le rodeó la cintura con los brazos e intentó estrecharla en ellos, pero la mujer mantuvo los suyos pegados a los costados. Tenía los ojos cerrados y negaba con la cabeza, pero cuando el hombre la abrazó y murmuró algo enterrando los labios en su pelo, ella levantó las manos despacio y lo abrazó también.

Nora se apresuró a alejarse de allí antes de que alguno de los dos reparara en ella. La escena entre marido y mujer la había dejado desconcertada. Aceleró el paso, con la esperanza de encontrar algún sentido a lo que acababa de presenciar.

Morris Knapp tenía algún asunto pendiente con el departamento del *sheriff*, eso estaba claro. Lo que no estaba tan claro era a qué se debían los vehementes intentos de Connie por evitar que su marido entrara en el edificio. Había señalado frenéticamente con el dedo primero la comisaría y luego la puerta lateral del monovolumen. Para Nora, aquella puerta corredera representaba a los niños. La parte trasera del coche eran los dominios de Connie, y su furia se había transformado en angustia porque la visita de su marido iba a afectar a sus hijos.

«Tal vez Morris iba a hablar con el *sheriff* sobre el delito de su hijo».

Nora había estado tan concentrada en Wolf Beck y en encontrar el libro de Celeste que se había olvidado por completo del acto vandálico de Greg Knapp, aunque ahora eso ya no parecía importante. Greg era un chaval confundido y desorientado que había hecho una estupidez. Todos los adolescentes cometían errores; Nora solo esperaba que Greg aprendiera de los suyos.

En realidad, sentía lástima por él. Había seguido el ejemplo de su madre y ella lo había llevado por mal camino. Las fracturas en aquella familia eran evidentes: Morris tenía su rebaño, Connie tenía su ambición, Greg quería atención y elogios, y Vicky anhelaba escapar. Hasta que pudiese irse de casa definitivamente, la joven adolescente había encontrado esa vía de escape en los libros.

Pensar en Vicky le recordó que les debía a ella y sus amigas un regalo especial para mostrarles su gratitud. No estaba segura de cómo recompensarlas por el trabajo tan increíble que habían hecho con los portales literarios, pero quería demostrarles cuánto agradecía su lealtad.

Ya le pediría consejo a Sheldon más tarde. En ese momento, el *sheriff* McCabe estaba paseándose por el vestíbulo con el teléfono pegado a la oreja, pero cuando vio a Nora, terminó la llamada y se lo metió en el bolsillo.

—¿Qué quieres que lleve? —preguntó.

Nora le pasó una taza de café.

—Tu café con leche con dosis extra de expreso. Creo que hoy vamos a necesitar toda la ayuda en forma de cafeína que podamos conseguir.

McCabe se frotó la barba incipiente.

—Hoy y todos los días. Vamos a mi despacho.

Siguió al *sheriff* por un pasillo enmoquetado hasta el caos de su despacho. Su escritorio, normalmente muy ordenado, estaba hecho un desastre: papeles, carpetas, tazas vacías y envoltorios de comida cubrían por completo la superficie de madera.

—¿Es que has dormido aquí? —le preguntó Nora.

—Más o menos. Solo he ido a casa para ducharme y dar de comer a Magnum y a Higgins —dijo, apartando un montón de papeles—. Nunca había tenido gatos, así que no sabía que podían ponerse a hacer el gamberro si se sentían desatendidos. Bueno, pues esos dos bichos terroríficos están haciendo el gamberro de mala manera. Mi sillón favorito ahora es un rascador.

A Nora se le escapó la risa.

—Tus cortinas podrían ser las siguientes.

McCabe despejó una de las sillas para las visitas y suspiró.

—Creía que mis persianas estaban a salvo, pero ya se han comido dos de los cordones. ¿No se supone que los gatitos son unos animalillos mimosos y adorables? Pues los míos son demonios con pelo. Voy a tener que instalar seguros infantiles por toda la casa.

McCabe ofreció la silla a la librera antes de desplomarse en la suya. Nora le pasó un sándwich de desayuno y un bol de fruta. Mientras el *sheriff* desenvolvía su bocadillo, ella observaba el contenido de la pizarra de la pared de enfrente.

La pizarra estaba dividida en tres columnas, una para Bren, otra para Celeste y una tercera en la que se leía «Personas de interés policial».

—Wolf Beck. —La librera señaló la pizarra con su taza de café—. ¿Qué sabes de él?

—Para empezar, es un gran aliado del departamento del *sheriff* de Pine Hollow. Hace aportaciones en todas las recaudaciones de fondos y en las campañas de reelección del *sheriff*. Por eso su departamento no nos está dando ninguna información útil sobre él. En lo que a ellos respecta, el señor Beck es un ciudadano modélico y es su deber proteger su privacidad.

La librera dio otro bocado a su sándwich mientras formulaba su siguiente pregunta.

—¿Y qué hay de sus fotos? No he encontrado ninguna en internet.

Como McCabe tenía la boca llena, levantó un dedo y buscó uno de los numerosos expedientes de encima de su escritorio. Lo abrió y enseñó a Nora la foto del carnet de conducir que acompañaba a la documentación del Departamento de Tráfico. El documento incluía los números de bastidor y la marca y el modelo de varios vehículos, pero Nora no podía concentrarse en los coches: estaba a punto de ver por fin una imagen de Wolf Beck.

El sujeto lucía una barba cuidada y el pelo castaño le caía hasta los hombros formando amplias ondas. Los ojos pequeños y oscuros recordaban a los de un oso, y tenía una mirada intensa atenuada en parte por la curva ascendente de sus labios.

Parecía alguien riéndose de alguna broma a expensas de otra persona. Aquella mirada resultaba inquietante.

Había leído qué edad tenía en algún periódico, pero se le había olvidado. Su piel curtida y su expresión omnisciente hacían difícil el cálculo.

—¿Cuántos años tiene?

McCabe miró la foto.

—Treinta y ocho.

—¿Casado?

—No. No se ha casado nunca. —McCabe cogió la carpeta—. Los ayudantes Fuentes y Wiggins llegarán a Pine Hollow a la hora de comer. Obviamente, no podemos confiar en la gente de allí, y tenemos que recabar impresiones sobre Still Waters y ese tal Beck. Aunque los artistas de la comunidad vivan en cabañas primitivas en el corazón del bosque, tienen que desplazarse hasta el pueblo para utilizar los ordenadores de la biblioteca y comprar comida en el supermercado y todo eso. Alguien hablará. Alguien nos contará cómo son las cosas en realidad.

Nora dio un sorbo a su café y siguió examinando la foto de Wolf Beck. Se imaginaba perfectamente a Bren enamorándose de alguien así. Era un hombre autoritario y poderoso, y aunque hacía tiempo que había dejado atrás la veintena, no era viejo. Podría haber desempeñado múltiples papeles para la joven: desde el papel de confidente hasta el de amante, pasando por el de figura paterna. Bren no habría sido la primera chica en perder la cabeza por un hombre mayor que le prometía la luna, el sol y las estrellas.

Nora compartió esos pensamientos con McCabe.

—¿Una figura paterna? Podría ser —dijo él—. Tenemos una copia del certificado de nacimiento de Brenna Leopold y la madre figura como Cecily Leopold. El nombre del padre se dejó en blanco. ¿Te habló alguna vez Celeste de él?

—No. Lo único que dijo fue que Bren creció en Still Waters y que tuvo una infancia feliz.

El *sheriff* se quedó pensativo.

—Tal vez lo fuese, sí. Si la comunidad funciona como una gran familia, Bren tuvo un montón de abuelos, padres y hermanos adoptivos.

—¿Y qué hacía esa familia? ¿Piezas artísticas que luego vendían, cultivar alimentos, estar en comunión con la naturaleza y ampliar sus conocimientos sobre plantas venenosas?

—Ah, sí, el acónito. —El *sheriff* asintió con la cabeza, como si hubiera estado esperando a que Nora sacara el tema—. En el mejor de los casos, después de la autopsia los resultados de los análisis toxicológicos pueden tardar varios días. Necesitamos esos resultados para confirmar la teoría de que Celeste Leopold ingirió una dosis mortal de acónito. Sin embargo, el forense ha encontrado varias pruebas que apoyan esa hipótesis, pero por respeto a la víctima y porque aún estamos comiendo, no voy a entrar en detalles. Digamos simplemente que ha podido analizar cierto residuo que estaba en su ropa.

Nora recordó el mal olor del aliento de Celeste y los restos de vómito en el pelo y su camisa.

—¿Qué más?

—Además de los indicios físicos de envenenamiento, también encontramos restos de mostaza en polvo en el dormitorio de la señora Leopold. —Cuando Nora lo miró sin comprender, el *sheriff* rápidamente añadió—: Ya, eso tampoco significaba nada para mí. Después de investigar un poco, he descubierto que la mostaza es uno de los antídotos domésticos más eficaces para combatir una intoxicación por envenenamiento.

Nora estaba fascinada.

—¿Cómo funciona?

McCabe miró el envoltorio del sándwich de Nora. Al ver que ya había terminado su desayuno, comenzó su explicación:

—La mostaza induce una purga del estómago, lo que suele ser útil cuando alguien ha ingerido algún veneno.

—¿Y Celeste comió o bebió algo mezclado con acónito? Sé que se hacía sus propias infusiones de hierbas.

—No había tazas ni platos en el fregadero, así que no podemos saber cómo se administró el veneno. Había un bote con hojas de té en la cocina, que estamos analizando. En cuanto a las hierbas, la señora Leopold cultivaba una cantidad ingente de plantas y hierbas aromáticas. También hortalizas. Es algo increíble.

Cogió una carpeta mucho más gruesa y la abrió parcialmente, ayudándose de la tapa para impedir que Nora viera el contenido. Para rebuscar entre la pila de papeles, deslizó arriba y abajo los dedos de la mano derecha como si fuera un violonchelista tocando las cuerdas de su instrumento. Al final, una foto brillante y en color salió deslizándose del montón y McCabe se la enseñó.

—Esto parece el paraíso de la Pequeña Oruga Glotona —dijo, estudiando las hileras de plantas. Las macetas estaban ordenadas por tamaños y cada planta tenía una etiqueta. Había montones de plántulas, listas para ser trasplantadas, y al menos treinta plantas adultas. Nora señaló una de las lámparas bajas—. ¿Esa de ahí es una bombilla especial?

—Para plantas, sí. La habitación está iluminada con lámparas fluorescentes de espectro completo, que cuestan unos quince dólares cada una. Deben de funcionar muy bien, porque el huerto de la señora Leopold estaba que daba gloria verlo. Yo no tengo mucha mano para las plantas, pero sé reconocer una sana cuando la veo.

Mientras Nora se tomaba el café, pensó en la capacidad creativa de Celeste: no solo era una escultora de gran talento, sino que también hacía productos para el hogar, cultivaba alimentos y elaboraba vino. Cultivaba plantas —otra forma de creación— y había preparado una selección de productos para aliviar distintas dolencias y venderlos en su tienda. Nora nunca se había encontrado a nadie como ella y pensó que ojalá hubiese tenido la oportunidad de conocerla mejor.

McCabe volvió a rebuscar en la carpeta y sacó un listado.

—Por si estás a punto de preguntármelo, la respuesta es no —dijo, dando unos golpecitos en la esquina de la foto del invernadero interior—. No encontramos ningún acónito. Muchas verduras y hortalizas: zanahorias, espinacas, col rizada, lechugas, champiñones, cebolletas, tomates... y el cubo de basura del rincón está lleno de patatas. Las macetas más pequeñas son de hierbas aromáticas: albahaca, cebollino, cilantro, jengibre, perejil, ajo, romero, lavanda, orégano y menta. Además de todo eso, hay dos limoneros y algunas plantas medicinales, como aloe y equinácea.

—¿Y no hay ninguna planta de mostaza?

Aunque su voz no dejó traslucir ningún tipo de emoción, McCabe frunció el ceño.

—No. Quienquiera que envenenara a la señora Leopold debió de traer consigo el matalobos y la mostaza. Puede que el asesino le prometiera darle el antídoto de mostaza si le decía dónde estaba el misterioso libro. Celeste habría notado los efectos del matalobos inmediatamente, y si su asesino le dijo qué veneno le había administrado, habría sabido que solo tenía unos segundos para tomar una decisión.

Nora sintió un nudo en la garganta.

—Estoy segura de que quería evitar a toda costa que el libro cayese en manos de su asesino, pero seguramente no fue eso lo que le impidió tomar la mostaza. Me dijo que Beck era un mentiroso, así que probablemente no esperaba que cumpliera su palabra. Es más, lo que creo es que ella ya no quería seguir viviendo; el dolor y la culpa la habían dejado completamente hundida. Podía seguir viviendo sin su hija o salir por la puerta que Wolf Beck acababa de abrirle. Creo que eligió la puerta.

McCabe le apretó el brazo.

—Siento que tuviese que sufrir de esa manera y siento que tú estuvieras allí para verlo, pero también me alegro de que no estuviera sola.

Nora solo acertó a asentir con la cabeza; si decía algo, el torrente de emociones atrapadas en su interior saldría a borbotones.

Tratando de pensar en otra cosa, recogió los restos del desayuno, los metió en la bolsa de comida para llevar y tiró la bolsa a la papelera del rincón del fondo. No volvió a sentarse.

McCabe se levantó, cruzó la habitación y recogió su sombrero de la percha de detrás de la puerta.

—Vamos a buscar ese libro.

Al subir las escaleras del apartamento de Celeste, el corazón de Nora le retumbaba con fuerza en el pecho. Sabía que pronto la asaltarían los recuerdos de su muerte; aquellas imágenes y olores le traerían a la memoria hasta el último horrible detalle, y le daba pavor revivir ese momento.

El *sheriff* empleó una navaja para cortar el precinto policial, que se extendía desde la superficie de la puerta, por encima de la cerradura, hasta el marco.

Al empujar la puerta, los recibió el hedor a vertedero de los alimentos en proceso de descomposición. Nora siguió a McCabe hasta la cocina y esperó en el umbral mientras el hombre se abría paso por el suelo lleno de restos de basura hasta la pared del fondo. La luz inundaba la habitación y la librera vio que alguien había utilizado unas láminas de plástico transparente para abrir un camino con el fin de evitar que, al pisarlos, los investigadores fueran dejando rastros de leche, vino, huevos crudos, mermelada y otros restos de comida por el resto de la vivienda.

Mientras avanzaba por la cocina, la librera se fijó en los señalizadores de indicios y en las plantas aplastadas en el suelo.

Se reunió con McCabe en el salón y se agachó junto al enorme helecho del que Celeste se había ocupado con tanta ternura durante la cena. Ahora la planta estaba tirada en el suelo, con algunas de sus frondas rotas, mientras que otras estaban flexionadas en ángulos extraños. La mitad de las raíces seguían cubiertas de tierra, pero las que quedaban al descubierto colgaban como mechones de pelo lacio pidiendo a gritos que alguien los lavara.

—No soporto la idea de tener que dejarlas así —susurró Nora. Tocó el penacho de hojas del helecho y supo qué querría Celeste que hiciera—. ¿Podemos salvar algunas de estas plantas?

—No podemos sacar nada del apartamento, todavía no. Ahora bien, si te refieres a replantarlas, claro que podemos, pero no es una prioridad. —McCabe la miró con preocupación—. ¿Estás bien?

—Me resulta duro ver todo esto —dijo.

El *sheriff* le tocó el hombro con empatía antes de llevarla al invernadero interior.

A diferencia del resto del piso, la sala de cultivo olía como un puesto del mercado en un día de verano. A medida que iba avanzando por entre dos hileras de plantas, Nora detectaba aromas perfectamente reconocibles; el orégano, la menta y el romero eran los más potentes, pero todos los olores se veían atenuados por el intenso perfume a arcilla y limo de la tierra fertilizada.

La mesa en forma de seta y los taburetes a juego que Celeste había hecho para su hija estaban en un rincón próximo a la ventana. En la foto, el conjunto aparecía algo borroso, pero allí era como el atrezo para una obra de teatro infantil o la inspiración para una escena de cuento de hadas. Nora ya estaba imaginándose a los animales del bosque tomando el té en la mesita con el sombrero de seta. Un zorro podría servir los pasteles mientras un mapache llenaba las tazas, y los dos lucirían coronas de margaritas en la cabeza, tal como habían hecho Bren y Celeste.

McCabe se agachó junto a la mesa para examinar la nervadura bajo el sombrero.

—Me recuerda a esas setas que salen en mi jardín después de un fuerte chaparrón. Siempre me ha parecido que había algo mágico en eso, como si salieran de cada gota de lluvia y de rocío.

—Tenías el césped lleno de sombrillas mágicas —dijo Nora.

Tras admirar unos minutos más la obra de Celeste, McCabe se levantó y llevó los dos taburetes a la esquina opuesta. Luego apartó la mesa de la pared.

—Espero no tener que destrozarla entera, la verdad.

—Yo también lo espero. —Nora sujetó la cubierta de la mesa y ayudó a McCabe a dejarla en el suelo.

Aunque ya había mucha luz en la habitación, el policía encendió la linterna y desplazó el haz por la base circular. El cemento de color gris tenía el mismo aspecto que el resto de la mesa.

Nora oyó el gruñido de decepción del *sheriff* y sintió que la asaltaban las dudas. Celeste había pronunciado sus últimas palabras con la respiración entrecortada, jadeando y formulando frases sin sentido aparente. Eran como un tren al que le faltaban vagones, y Nora no sabía si había conseguido que los vagones adecuados se acoplaran donde les correspondía.

—Hay una caja de herramientas en el armario de la entrada. Iré a buscarla.

Cuando McCabe salió de la habitación, la librera deslizó la palma de la mano por la superficie de cemento. Tenía la textura áspera del papel de lija. Por todas partes salvo en el centro, donde esa superficie era más lisa que el resto.

Cuando el *sheriff* regresó, Nora le pidió que clavara la punta de un destornillador en el centro de la base circular.

—Si Celeste escondió el libro metiéndolo por la parte de abajo y luego volvió a sellar la base con cemento, deberíamos poder sacarlo sin destrozar la mesa.

McCabe apretó el destornillador contra el cemento y miró a Nora.

—¿Tienes los dedos cruzados?

Ella le enseñó los dedos y él golpeó el mango del destornillador con el martillo. Apareció una hendidura y una nube de polvo. El segundo golpe fue más fuerte y unas grietas zigzagueantes afloraron de la hendidura. Las grietas se hundieron hacia dentro con el tercer golpe.

Un trozo de cemento cayó al suelo y el *sheriff* soltó las herramientas, metió los dedos en la abertura y rompió otro trozo. Nora lo imitó y, en cuestión de minutos, el agujero ya era lo bastante grande como para que cupiera la mano de una persona.

McCabe le dio un par de guantes a la librera, se puso los suyos con movimiento experto, acercó la linterna al agujero y se asomó a mirar.

Cuando volvió a sentarse sobre sus talones, estaba sonriendo. Le brillaban los ojos y su rostro irradiaba esperanza.

—Voy a ampliar el tamaño del agujero. Es mejor que tú no te manches los guantes.

El corazón de Nora le palpitaba con tanta fuerza que estaba segura de que McCabe oía sus latidos. Pero él estaba concentrado rompiendo los bordes del agujero, ensanchándolo con una urgencia que no había mostrado hasta entonces.

—Ya está —dijo al fin, bajando las manos.

La librera introdujo las manos en la base de la mesa. Con los dedos extendidos, se topó con un borde duro cubierto de plástico. Fue palpando el borde hasta poder cerrar la mano en torno al libro. Luego lo extrajo de su escondite y lo sacó a la luz.

Como estaba guardado en una bolsa de plástico recubierta de polvo, el objeto no se veía del todo bien. Pero eso no importaba; de momento, le bastaba con sentir su peso en las manos. Con saber que estaba a salvo.

Nora iba a cumplir la promesa que le había hecho a Celeste: nadie iba a robar ni a destruir el libro de Juliana. Nadie podría alterar su contenido. No era obra del diablo ni tampoco el libro de hechizos de una malvada bruja; era una reliquia familiar, un retazo de historia atesorado por varias generaciones de mujeres.

—¿Dónde quieres examinarlo? —le preguntó McCabe.

—Abajo —respondió ella, sujetando el libro—, en uno de los mostradores de cristal de la tienda. Allí hay mucha más luz.

Minutos después, McCabe abrió la puerta de atrás de Soothe y se la aguantó a Nora para que entrara.

—Tengo que hacer una llamada rápida. Pasa y empieza sin mí. Además, me da la sensación de que en cuanto desenvuelvas ese libro te vas a olvidar del resto del mundo de todos modos.

A ella le entraron ganas de darle un abrazo por ser tan considerado, pero estaba sujetando el libro, así que se conformó con regalarle una sonrisa.

McCabe tenía razón. En cuanto Nora abrió el cierre de la bolsa polvorienta, el resto del mundo se desvaneció por completo. Aquel bulto de cuero, tinta y papel se convirtió en todo su universo. Sin aliento, se dispuso a establecer el primer contacto con aquel universo.

CAPÍTULO DIECISIETE

> Crecía en un jardín una planta delicada,
> y la nutrían los vientos con rocío de plata,
> y abría su abanico
> como hojas bajo los luceros
> que cerraba con nocturnos besos.
>
> PERCY BYSSHE SHELLEY

Nora se inclinó sobre el libro e inhaló el aroma familiar a cuero viejo y papel enmohecido. También percibió un leve olor a putrefacción y a humedad sutil. El olor le recordaba a árboles caídos, a la tierra que volvía a acoger despacio en sus entrañas la corteza y la madera.

Cada libro era un árbol que vivía una segunda vida. Y cuanto más viejo era el libro, más olía a tierra, más se asemejaba el crujido de sus páginas amarillentas y gastadas al susurro de las hojas.

Nora entendía lo cómodos que resultaban los libros digitales, pero ella necesitaba tener un libro físico en la mano. Necesitaba admirar su cubierta, colocar el marcapáginas en su interior e inhalar su perfume atemporal.

El libro de Celeste era muy antiguo. Tenía una cubierta de cuero flexible de color caramelo y era aproximadamente del tamaño de un cuaderno. No llevaba ningún título; no exhibía ninguna letra, ni en la cubierta ni apiñadas en el lomo, pero sí tenía muchas manchas. Por las numerosas gotas de tinta, agua y vino, el cuero estaba moteado como el huevo de algún ave.

Las manchas de la cubierta no eran nada comparadas con las de la tripa del libro. Algún tipo de líquido había traspasado las primeras cincuenta páginas, por lo que la tinta estaba toda corrida. Al secarse el líquido se habían borrado cientos de palabras, o se habían vuelto ilegibles. A medida que iba pasando una página tras otra, a Nora se le cayó el alma a los pies. Se le encogió el corazón al constatar que tantas y tantas palabras se hubieran perdido para siempre.

La portadilla tampoco había salido indemne, pero en el borde inferior de un borrón gris de tinta seca, se distinguía un nombre:

JULIANA LEOPOLD

Nora sabía cómo debían manipularse los libros antiguos; sabía que los restos de suciedad o la grasa de los dedos podían estropear un libro como aquel. Aun así, no pudo evitar recorrer suavemente con el dedo los elegantes trazos y curvas del nombre de Juliana.

Le resultaba fascinante imaginar a la antepasada de Celeste sumergiendo la pluma en tinta y firmando con su nombre aquella hoja de papel. Hacía cientos de años, una mujer se había sentado a una mesa, a la luz del día o del fuego, decidida a llenar un libro en blanco con su primera anotación. Un libro de páginas en blanco era algo muy preciado en aquella época. Poseer un libro era poseer riqueza, y aquel libro había pertenecido a una mujer: a Juliana Leopold.

La librera fue pasando las páginas con cuidado hasta que dejaron de apreciarse los daños causados por el líquido. Por fin, llegó a una página repleta de escritura. Las palabras se extendían de uno a otro margen de la hoja, centenares de palabras esperando a ser leídas.

Sin embargo, a medida que Nora seguía examinando la hoja, su entusiasmo fue disminuyendo. No podía leer ninguna de las palabras, ni en esa ni en ninguna de las siguientes páginas. El cuaderno de Juliana estaba escrito en alemán.

Aun así, Nora podía maravillarse con los dibujos. La mayoría eran de plantas, pero de vez en cuando aparecía algún insecto o animal en el margen. Había abejas, pájaros y varias serpientes. Y entonces, de repente, la letra cambiaba. La nueva caligrafía era menos estilizada y compacta, mientras que la primera era todo bucles y letra marcadamente ensortijada. Tampoco había dibujos de plantas en aquella parte. Las únicas ilustraciones, un mortero y un frasco de cristal con un tapón, precedían a otro cambio de letra.

—Son tres mujeres distintas —susurró Nora.

Según lo relatado por Celeste acerca de su familia, tres mujeres llamadas Juliana habían contribuido a crear ese cuaderno. La tercera Juliana era la que menos había escrito, prefiriendo centrar sus esfuerzos en ilustraciones de plantas. Aquellos bosquejos, mucho más detallados que los de la primera Juliana, estaban cuidadosamente etiquetados, desde la flor hasta la raíz. Había diez en total. Algunas de las plantas, como el diente de león y la amapola, eran fácilmente reconocibles, mientras que otras no resultaban para nada familiares.

Cada planta iba acompañada de una lista y Nora adivinó que su propósito era describir los usos medicinales de la raíz, el tallo y la flor.

La cuarta Juliana solo había utilizado dos páginas, y estas estaban llenas de una confusa variedad de formas geométricas, símbolos y garabatos. Junto a un par de círculos superpuestos con una serie de glifos, la autora había dibujado un cuenco con líquido, un cuchillo y una antorcha encendida.

Nora trató de entender lo que estaba viendo.

«¿Son hechizos? ¿Y si la cuarta Juliana siguió otro camino distinto del de las otras mujeres?».

Nora sacó su móvil del bolsillo y abrió la imagen de la Página de Pociones. Quienquiera que hubiera creado la página falsa había copiado algunos símbolos y glifos del libro de Juliana.

—¿Fuiste tú, Bren? ¿Intentabas impresionar al Maestro? ¿Por eso le enseñaste el libro?

Tenía que haber sido Bren. ¿Por qué iba Celeste a compartir su tesoro familiar con Wolf Beck?

Aunque, pensándolo bien, Nora no tenía ni idea de cómo funcionaba Still Waters. Quizá los miembros de la comunidad lo compartían todo. Quizá no había secretos entre ellos.

«Todo el mundo tiene secretos».

Examinó las páginas en blanco al final del libro. Si Beck se salía con la suya, las usaría para hacer un grimorio falso.

Con eso en mente, Nora fue directa a la última página, donde encontró restos de papel pegados a la parte interior del lomo. Alguien había cortado algunas de las páginas del libro. Contó cuatro hojas, lo que significaba que Bren y Beck podrían haber falsificado y vendido tres páginas falsas sobre ocultismo; la cuarta era la Página de Pociones.

El *sheriff* McCabe se reunió con Nora en el mostrador del papel de regalo.

—¿Es el cebo que buscábamos?

La librera envolvió el libro con el papel de regalo blanco como una madre tapándole las orejas a su hijito.

—Beck no podrá resistirse. Le enviaré unas fotos a Bobbie, que se las pasará a Matalobos81. Si se muestra conforme con el precio, ella le dirá el lugar y la hora de la transacción.

—Muy bien. Adelante, haz las fotos. Cuando termines, volveré a la comisaría y prepararé los detalles del encuentro.

Utilizando papel de seda blanco de fondo, Nora sacó varias fotos del cuaderno de Juliana.

Cuando terminó, envolvió el libro en el papel y se lo dio a McCabe.

—Este libro es un trozo de historia. Era de Celeste y debería haberlo heredado Bren. Varias generaciones de mujeres de la misma familia escribieron en él. ¿Te imaginas todo lo que ha visto —y a todo lo que ha sobrevivido— desde la primera anotación hasta hoy? Viajó de Alemania a Estados Unidos, de Alabama a Carolina del Norte, y sabe Dios adónde más. Por favor, ten mucho cuidado con él.

—Conmigo estará seguro —respondió McCabe con aire solemne—. Te lo prometo.

Una vez en la calle, el *sheriff* cerró la puerta trasera y Nora se quedó mirando el grafiti de Greg con cara de fastidio.

Luego alzó la vista hacia las ventanas del segundo piso y se dio cuenta de que Celeste estaba en su dormitorio mientras Greg pintaba aquellas letras escarlatas.

Cuando McCabe ya estaba dando media vuelta para marcharse, Nora lo cogió del brazo y señaló la puerta.

—Si Celeste seguía viva cuando la encontré y yo vi a Greg Knapp aquí abajo justo antes de subir, ¿cómo pudo salir el asesino del edificio sin encontrarse con Greg o conmigo?

—Falta una copia de la llave de la tienda, así que suponemos que el asesino utilizó la puerta principal. No podemos estar seguros porque no hay sistema de alarma ni cámaras de seguridad, algo completamente normal en Miracle Springs. Me encanta lo confiada que es la gente de este pueblo... hasta que pasa algo como esto.

Rodearon el edificio y se detuvieron en la esquina. El *sheriff* tenía que cruzar la calle e ir en dirección norte. Miracle Books estaba en la dirección opuesta.

Ya había mucho movimiento en el pueblo y las aceras ya no estaban desiertas, así que Nora se acercó al *sheriff* para despedirse.

—Lo mejor es que Beck venga a Miracle Books. Seguro que querrá tantear el punto de encuentro con antelación, y una librería no tiene nada de amenazador.

—¿Incluso las que tienen a mujeres fuertes y poderosas en el escaparate? —la provocó McCabe.

—Al final lo hemos desmontado. Pero porque necesitábamos una temática nueva para noviembre, por nada más. Por suerte, a Sheldon se le ha ocurrido una facilísima de preparar y capaz de ganarse las simpatías incluso de mis críticos más duros. —Nora le dedicó una sonrisa antes de volver a ponerse seria—. Wolf debe de haber estado vigilando el edificio de Celeste. Es probable que me viera cuando fui a su piso, lo que significa que no le sorprendería saber que tengo su libro. Acudirá al encuentro convencido de que juega con ventaja. Después de todo, yo solo soy otra mujer, alguien a quien puede dominar fácilmente. Déjame desempeñar un papel activo en todo esto, Grant. Llegué tarde para ayudar a Celeste antes de que muriera, así que ahora quiero ayudar a atrapar a su asesino.

McCabe la miró con expresión férrea.

—Ese hombre es peligroso, Nora. Peligroso y astuto. No va a entrar en la librería durante la hora del cuento, precisamente. Probablemente quiera quedar por la noche, para poder desaparecer en cuanto tenga el libro en su poder. Además, estará muy nervioso. Cualquier cosa podría hacerlo explotar. —Bajó la voz—. A pesar de las pesquisas de Fuentes y Wiggins, seguimos sin saber prácticamente nada de Wolf Beck. Los habitantes de Pine Hollow tienen muy poco trato con él, mientras que los residentes de la comunidad de Still Waters lo ponen por las nubes. No tiene antecedentes penales. Sin una orden judicial, no podemos acceder al estado de sus cuentas bancarias, y sin pruebas concretas, no será posible conseguir una orden judicial.

«Ahora todo depende del libro», pensó Nora.

—Ya sé que es peligroso: ha matado a dos mujeres. Pero no estaría sola. Tú y tu equipo podríais esconderos en algún sitio, en el almacén, por ejemplo, y escuchar toda la reunión. Soy la única que puede conversar sobre libros con ese hombre. Nadie más tiene la posibilidad de hacer que hable de la Página de Pociones. Si no encuentro la manera de presionarlo, saldrá impune y se librará de las acusaciones de asesinato.

McCabe estudió a la librera durante largo rato.

—Ya hablaremos más tarde sobre ese hipotético encuentro. Llámame si la señora Rabinowitz consigue que muerda nuestro anzuelo.

El semáforo se puso en rojo y el *sheriff* cruzó la calle corriendo, apretando el libro con fuerza contra su pecho.

Nora lo vio desaparecer entre la multitud y luego se dirigió a la estatua de Juliana. Haciendo caso omiso del trajín de gente a su espalda, permaneció un buen rato admirando el porte erguido y la mirada inteligente de la mujer de mármol. La inclinación desafiante de su barbilla. La luz del sol de noviembre bañaba su pálido rostro, tiñendo su piel de dorado y creando destellos en sus ojos cincelados.

La librera cubrió la fría mano de piedra de Juliana con la suya y juró en silencio que Beck no se saldría con la suya. Luego se fue hacia la librería.

—¿Olvidas que hablo alemán con fluidez? —le preguntó Bobbie luego, ese mismo día.

Ya había enviado las fotos —utilizando una VPN para ocultar su dirección IP— a Matalobos81 y esperaba ansiosa su respuesta. Aunque Nora compartía la ansiedad de su amiga, había pasado las dos últimas horas vendiendo libros. Bobbie estuvo ese tiempo consultando una y otra vez su correo electrónico, como una obsesa.

—Ya sabía que hablabas varios idiomas, pero no recordaba cuáles —dijo Nora.

Comió un poco de ensalada de pepino y esperó a que Bobbie siguiera hablando. Sheldon estaba a cargo de la caja mientras Nora daba cuenta de su almuerzo en el almacén.

—Mi nivel de alemán no es tan bueno como el de mi español, francés o italiano, pero me basta para afirmar que Juliana Leopold no era ninguna bruja. Tampoco sus descendientes. Todas las mujeres que escribieron en ese libro eran sanadoras y curanderas. Como otros herbarios de la época, el cuaderno de Juliana incluye ilustraciones. También enseña al lector cómo cultivar, secar y conservar las plantas medicinales. Es un manual de instrucciones, una guía sobre cómo convertir las plantas en medicinas y luego adecuar esa medicina al síntoma adecuado. También he visto una receta para una sopa curativa. Creo que la Juliana original descubrió el secreto de la sopa de pollo cientos de años antes que el resto del mundo.

—¿Y esas dos páginas llenas de círculos y símbolos?

—Es un tutorial sobre cómo proteger la casa del hambre, la enfermedad, la pobreza y el mal en general —explicó—. La mayoría de las culturas cuentan con rituales de purificación que no tienen nada de demoniaco. El ritual del libro de Juliana consiste en esparcir sal por el perímetro de la casa, quemar hierbas y pronunciar bendiciones. Lo que es raro es el consejo adicional de mantener el cuerpo limpio. Recordemos que la mayoría de la gente se bañaba como mucho una vez a la semana. Esas chicas eran muy listas.

«No eran brujas. Eran mujeres que sanaban a los demás».

Celeste había dicho eso mismo: «Hechizos no».

—¿Y qué son esos símbolos tan raros? —preguntó Nora.

—Representan las fases de la luna y las horas del día. Están dispuestos en círculo, como un reloj de sol. Las Julianas sabían leer y escribir y eran muy hábiles; eso probablemente las convirtió en el blanco de la gente supersticiosa o de mentalidad cerrada. La historia no ha sido amable con las mujeres inteligentes.

La pausa para el almuerzo de Nora ya casi había terminado, pero se resistía a poner fin a su conversación con Bobbie.

—Cuando haya pasado todo esto, quiero asegurarme de que el libro de Celeste acaba en manos de algún miembro de su familia. ¿Podrás ayudarme?

—Voy dos pasos por delante de ti, querida —alardeó Bobbie—. Empecé a investigar el árbol genealógico de Cecily Leopold cuando terminé de traducir el texto del cuaderno de Juliana. La bisabuela de Celeste vivía en un pueblo de la Selva Negra llamado Calw. Imagínate el escenario de un cuento de los hermanos Grimm y estarás viendo Calw.

De pronto, el teléfono de Nora emitió un sonido alertando de un nuevo mensaje de texto de Sheldon:

«¡Socorro!».

La librera tiró los restos de su almuerzo a la basura y le dijo a Bobbie que tenía que colgar.

—Vete, el deber te llama —exclamó Bobbie—. Haz del mundo un lugar mejor, libro a libro. Te enviaré un mensaje en cuanto sepa algo de ese hijo de puta.

Bobbie volvió a llamar al cabo de una hora con la noticia de que Matalobos81 había respondido. Quería el libro y pagaría el precio que le pedía. En metálico.

En su siguiente mensaje de correo electrónico, Bobbie le dijo que tenía una librería en la zona oeste de Carolina del Norte y que Matalobos81 tendría que ir hasta allí para cerrar la compraventa.

«Le reservaré el libro siete días —escribió—. Avíseme cuando pueda ir a Miracle Springs».

Tras una breve pausa, Matalobos81 respondió:

«Esta noche a las diez».

Bobbie rechazó de inmediato su propuesta.

«Es demasiado tarde. Puede venir justo cuando cierre o buscar otro día».

Cinco minutos más tarde, un nuevo correo electrónico apareció en su bandeja de entrada.

«¿Puede garantizar nuestra privacidad?».

La respuesta de Bobbie, orquestada por el *sheriff* McCabe, pareció satisfacer a Matalobos81, que envió su último mensaje de correo:

«Hasta esta noche».

—Fue entonces cuando me puse a chillar y a dar saltos de alegría —dijo Bobbie.

La reacción de Nora fue más comedida. En aproximadamente seis horas, iba a invitar al hombre que había asesinado a Bren y Celeste a acceder a su refugio personal: a su librería.

Estaba entusiasmada y aterrorizada a la vez.

Nora miró el calendario de Tíos Sexis Leyendo que tenía colgado en la pared, encima de la caja registradora. Contemplando el recuadro blanco y vacío del domingo, pensó en lo bien que le sentaría despertarse al día siguiente sabiendo que el tal Wolf había pasado la noche entre rejas.

El *sheriff* McCabe esperó a que oscureciera para entrar en Miracle Books por la puerta de la entrega de mercancías acompañado de los ayudantes Andrews y Fuentes.

Nora se reunió con ellos en el almacén.

—La ayudante Wiggins llegará enseguida —le informó McCabe—. Ella y la ayudante Perkins van a ir de paisano. Entrarán por la puerta principal. Wiggins vigilará a sus clientes mientras Perkins coloca cámaras de vigilancia. La ayudante Perkins va a ser nuestros ojos esta noche, además de encargarse de las comunicaciones. Wiggins y nuestro agente de la unidad canina esperarán en una furgoneta camuflada en la esquina, por si el sujeto decide huir.

—Espero que lo haga. Me encantaría ver cómo Atticus se le echa encima —comentó la librera, pensando en el cuerpo musculoso y la afilada dentadura del dóberman.

Fuentes, que estaba detrás del *sheriff*, asintió con la cabeza. McCabe continuó como si Nora no hubiera dicho nada.

—Más tarde revisaremos las posiciones de cada uno en la librería. ¿El señor Vega sigue aquí?

—No, lo he mandado a casa. Se pondrá hecho una furia cuando se entere, pero si supiera lo que estamos haciendo, seguro que se lo contaría a Hester, June y Estella, y se armaría un buen jaleo. —Nora señaló encima del hombro con el pulgar—. Todavía tengo algunos clientes, así que debería volver ahí fuera.

Una chica joven la esperaba en la caja. Llevaba el pelo recogido en un moño despeinado y vestía un alegre jersey amarillo, un chaleco de plumón y unas gafas con montura azul. Iba cargada con varios álbumes ilustrados y no parecía tener ninguna prisa por dejarlos en el mostrador.

—Me encanta el escaparate —dijo—. Tengo al menos la mitad de esos libros en mi lista de libros favoritos de todos los tiempos. Me hice profesora gracias a esos libros, y a la gente que me los recomendó. ¿Quién los ha elegido?

—Nuestros clientes —respondió Nora—. Pusimos un letrero pidiendo a la gente que dijera el título de un libro que agradeciesen haber leído. Buscamos los títulos más populares en nuestro inventario y montamos la exposición.

La chica se dirigió al escaparate y leyó en voz alta los títulos de algunos de los ejemplares.

—*Beezus and Ramona*, *El Principito*, *Matar a un ruiseñor*, *La telaraña de Carlota*, *Hoyos*, *Harry Potter y la piedra filosofal*, *La colina de Watership*, *Ana de Tejas Verdes*, *El Hobbit*, *Sus ojos miraban a Dios* y *Mujercitas*. —Se volvió hacia Nora—. ¿Y cuáles eran los libros que no tenían en *stock*?

—*Mary Poppins* y algunos títulos de las series de El Club de las Canguro y Redwall. —Nora frunció los labios tratando de recordar el resto—. También *El león, la bruja y el armario*, *Strega Nona* y *Una arruga en el tiempo*. Se agotaron en Halloween y aún no han llegado los nuevos pedidos.

—¿Es demasiado tarde para añadir un libro por el que estoy agradecida?

La librera salió de detrás del mostrador.

—Podemos hacerlo ahora mismo.

—Pero ¿cuál elijo? —La chica miró los libros que tenía en sus brazos—. ¿*Los incursores*? ¿O *Ferdinando, el toro*?

—Haré sitio para los dos —le respondió, sonriendo a la joven. Añadió los libros al escaparate, sabiendo que Sheldon los recolocaría el lunes a primera hora, e hizo el recuento de los tres libros ilustrados que la profesora iba a comprar para su clase.

Nora le dio la bolsa con los libros.

—Algún día, tus alumnos se pararán delante de un escaparate como este y pensarán en ti.

Los ojos de la joven resplandecían de felicidad. Dio las gracias a Nora y salió de la tienda.

Minutos después, entraron las ayudantes Wiggins y Perkins.

Ese sábado por la tarde, Nora agradeció profundamente la presencia de sus clientes en la librería, pues cualquier interacción capaz de hacer que tuviera la cabeza ocupada en los libros y no en su inminente encuentro con un asesino era bienvenida.

Dejó a su último cliente curioseando en la sección de ficción, en la parte delantera de la tienda, y se reunió con el *sheriff* para ver cómo iba todo.

McCabe la esperaba en el corro de sillones de lectura.

—¿Queda alguien en la librería? —susurró el policía.

—Un cliente, delante. —Nora señaló la caja que había encima de la mesita—. ¿Es ese el libro?

Ante la respuesta afirmativa de McCabe, levantó la tapa. El libro de Celeste estaba envuelto en papel de seda blanco.

De repente, el *sheriff* se puso a mirar su teléfono. Tras leer el mensaje, se encontró con la mirada ansiosa de Nora.

—Beck acaba de dejar el coche en el aparcamiento junto al parque infantil. Ha venido en un coche de alquiler. Parece que está vigilando la tienda.

A ella se le heló la sangre. Cruzó los brazos sobre el pecho, sintiendo que la abandonaban las fuerzas.

McCabe la agarró por los hombros.

—No dejaré que te pase nada, ¿me oyes? Tu tarea consiste en enseñarle el libro, eso es todo. No quiero que corras ningún riesgo intentando arrancarle una confesión. No le provoques.

—¡Gracias! —exclamó el último cliente antes de salir de la tienda.

Ella seguía con la mirada fija en McCabe cuando le contestó.

—¡Buenas noches! —se despidió.

Al cabo de unos segundos, oyeron el tintineo de las campanillas de la puerta.

Por alguna razón, el ruido dio a Nora una inyección de confianza.

—Es la hora de dar la vuelta al letrero —anunció, esbozando una sonrisa.

El *sheriff* bajó los brazos y volvió a mirar su teléfono.

—Viene hacia aquí.

Sus palabras hicieron que una punzada de miedo le encogiera el estómago, pero logró llegar a la entrada de la tienda y empezar el ritual de la hora de cierre como si fuera una noche cualquiera. Dio la vuelta al letrero, imprimió el registro de las ventas del día y apagó las luces de la caja. Ordenó unos libros de la sección de ficción antes de dirigirse a la taquilla, donde cogió las tazas del escurridor de platos y las colocó en los ganchos vacíos del tablón.

Se mantuvo a la espera, con los músculos en tensión y el pulso martilleándole en los oídos, atenta a las campanillas de la puerta. En cuanto sonaran, tendría apenas treinta segundos antes de que Wolf Beck llegara al corro de sillones.

Por eso, cuando un hombre dijo «Bonita librería», con voz grave y vibrante, Nora se llevó tal susto que se le cayó la taza que tenía en la mano.

La taza golpeó el grifo del fregadero, se rompió como la cáscara de un huevo y se hizo añicos en la pila.

La taza llevaba la frase: NUNCA SUBESTIMES A UNA MUJER LEÍDA, de manera que, para Nora, el hecho de que se hubiese roto era un mal presagio.

Como para darle la razón, el espacio encima del nudillo del meñique empezó a producirle un hormigueo.

Wolf Beck se asomó a la ventanilla y soltó una carcajada seca.

—Uy, perdón. No pretendía asustarla.

Nora miró a aquellos ojos oscuros y supo que era mentira: su intención había sido precisamente esa. Había abierto la puerta muy despacio para evitar que sonaran las campanillas porque quería pillarla desprevenida. Quería que se sobresaltase y darle un susto de muerte.

Sin embargo, el plan de Beck para imponerse sobre ella había fracasado. En lugar de infundirle miedo, había prendido la mecha de su ira, que ahora ardía llameante en su pecho, alimentando su valentía hasta llevarla al extremo de la temeridad.

—No tiene por qué disculparse, hace falta algo más que eso para asustarme —dijo con despreocupación—. ¿Está listo para ver el libro? ¿O tengo que cerrar la tienda primero?

—Me he encargado de eso. No quería que nos interrumpieran.

Un brillo depredador asomó a los ojos de Beck, que la miraba con una sonrisa de suficiencia.

Nora se dirigió al corro de sillones de lectura y ocupó su favorito, adoptando la postura erguida y majestuosa de una reina.

—En ese caso, dejemos las formalidades y vayamos al grano —dijo, señalando el sillón de enfrente.

CAPÍTULO DIECIOCHO

> Nada ha cambiado desde que Caperucita Roja se enfrentó al lobo feroz. Lo que nos da miedo hoy es exactamente lo mismo que nos daba miedo ayer. Solo que es un lobo distinto.
>
> ALFRED HITCHCOCK

Nora puso la mano sobre la caja que contenía el cuaderno de Juliana.

—No se encuentra una con materiales tan antiguos como este todos los días —dijo—. ¿Le gustaría conocer la procedencia del libro?

Un coleccionista de verdad querría averiguar todo lo posible sobre un objeto que espera comprar, y como Wolf Beck estaba interpretando precisamente ese papel, dijo que sí.

—¿Le importa si echo un vistazo mientras me lo explica? —le preguntó.

Si Nora conseguía su objetivo, él no volvería a tocar aquel libro nunca más, pero en ese momento retiró la tapa de la caja, se recostó en el sillón y esperó.

A pesar de que el rostro de Beck era una máscara inexpresiva, la librera percibió el destello de entusiasmo en sus ojos. Sus alargados dedos de vampiro temblaban de impaciencia. No era la reacción de un hombre que ve un libro raro y valioso por primera vez, sino la de un cazador reclamando su trofeo.

—Ay, lo siento... —exclamó Nora—. Debería haberle preguntado si quería lavarse las manos antes de tocar el libro.

Beck ni siquiera la miró.

—Tengo las manos limpias.

«¡Mentiroso!», gritó ella para sus adentros.

El hombre extrajo el libro de su lecho de papel de seda y lo colocó sobre su regazo. Acarició la cubierta como si fuera un gato antes de encajar el lomo entre sus piernas y abrirlo por la página en la que figuraba el nombre de Juliana.

Nora permaneció atenta a sus manos mientras pasaba las hojas. Observó aquellos dedos largos y hábiles ofreciéndole a Bren una hamburguesa de ternera o sujetando un tarro de mostaza en polvo delante de una Celeste muerta de dolor por el acónito. Con aquellas manos había destrozado la casa de Bren y el apartamento de Celeste. Habían sido implacables en su búsqueda del libro de Juliana.

Wolf Beck había sembrado toda esa destrucción para poder engañar a un coleccionista y conseguir que le pagara una cantidad obscena de dinero por un grimorio falso. Había matado a dos mujeres para poder hacerse rico.

«Concéntrate. No puedes dejarte dominar por tus emociones».

—Era una curandera —dijo Nora, respirando hondo.

Su voz sacó a Beck de su ensimismamiento y miró a la mujer con aire inquisitivo.

—¿A quién se refiere? ¿A Juliana Leopold?

—A ella y a las otras tres mujeres que escribieron en esas páginas. Todas fueron curanderas. Ese cuaderno es una recopilación de remedios con plantas medicinales. Salvo las dos últimas páginas, por supuesto. Por esas páginas ha venido usted aquí. —Nora ladeó la cabeza—. Y tan rápido, además. Supongo que no habrá tenido que viajar desde muy lejos.

—No —respondió, devolviendo inmediatamente su atención al libro.

Cuando llegó a la sucesión de hojas manchadas, cometió su primer error. Se las saltó y pasó directamente al ritual de purificación y protección del final. Un auténtico coleccionista examinaría todas las páginas; aunque le hubieran dicho que solo las dos últimas páginas diferían del resto, un coleccionista de verdad se vería obligado a verificar esa información. Pero Beck ignoró más de veinte páginas porque ya sabía que eran ilegibles, y lo sabía porque las había visto antes.

Beck detuvo la mirada en el ritual de protección. No le hizo falta examinar el resto del libro; era plenamente consciente de que las páginas restantes estaban en blanco.

—¿Sabe descifrar esos símbolos de ahí? —preguntó Nora, señalando las hojas.

—Más o menos, sí —respondió Beck.

No iba a sacar nada de él mostrándose atenta o hablándole con delicadeza. Había llegado la hora de provocarlo un poco.

—Imagino que este libro le resulta atractivo por varias razones —empezó a decir, sonriendo tímidamente—. Además de su interés por el ocultismo, supongo que debe de ser aficionado a las plantas.

Un destello de incertidumbre atravesó el rostro de Beck.

—¿Por qué dice eso?

Nora seguía sonriendo.

—¿Matalobos81? ¿No es ese otro nombre para el acónito?

La mirada de Beck era lo bastante afilada para cortar el aire, pero la librera no se inmutó.

—Cuando vi por primera vez su nombre de usuario, no sabía casi nada sobre esa planta. Ahora sí sé algunas cosas. —Juntó las manos delicadamente sobre las piernas cruzadas y estudió a Beck como si fuera una mariposa en una vitrina—. La flor del acónito es bella, pero mortal. ¿También sirve esa descripción para usted?

—Esto no es una cita a ciegas —repuso Beck con un gruñido ronco—. No he venido aquí para hablar de mí, sino por este libro, que es justo lo que esperaba que fuera. Y ahora me queda un largo trayecto en coche por delante, así que le pagaré y después me iré de aquí.

—¿Y no quiere saber qué pasa con las páginas en blanco? —preguntó Nora, fingiendo sorpresa.

Beck miró el libro.

—¿Qué les pasa?

«Bobbie no menciona ninguna página en blanco en la descripción del libro y Beck no las ha mirado siquiera. Acaba de cometer otro error».

—Pues que no son tan antiguas como el resto del libro. De hecho, probablemente se fabricaron en el siglo XX. Le prometo que no lo sabía cuando publiqué las fotos y la descripción. Un amigo mío, experto en papel antiguo, ha venido hoy a la librería. Le he enseñado el libro y me ha dicho que era auténtico, todo menos las páginas en blanco. No son papel verjurado del siglo XVII. Ni siquiera de principios del XVIII.

La expresión de Beck se volvió sombría. Fulminó a Nora con la mirada antes de preguntar:

—¿Y ese amigo suyo lo ha sabido con solo mirar el papel?

—En realidad, ha utilizado otro sentido: el tacto. Tras frotar algunas de las páginas en blanco entre los dedos, me ha explicado que el papel es ligeramente más fino porque está hecho de pulpa de madera en lugar de lino. —Nora se calló un segundo para dar tiempo a Beck de digerir la mentira que acababa de contarle. Luego, continuó—: Pero ahora viene lo más raro: mi amigo ha reconocido el papel porque resulta que vio una hoja igual la semana pasada. Nuestro *sheriff* le pidió a mi amigo que examinara una prueba en un caso de muerte sospechosa. Las palabras de este libro deben de ser muy poderosas, porque es como si hubieran infectado todas las hojas entre ambas tapas.

Sin previo aviso, Beck se lanzó hacia delante y acercó la cara a escasos centímetros de la de Nora, que percibió el calor de su aliento cuando este volvió a hablarle.

—No sé qué rollo me está contando, pero me parece que debería callarse la boca, señora.

Conteniendo las ganas de gritar, Nora levantó las manos en señal de rendición.

—Solo quería decirle la verdad sobre esas páginas. Siento que se haya enterado en el último momento. Si aún quiere el libro de Cecily, le haré algún descuento. Al fin y al cabo, lo que vaya a hacer con esas páginas en blanco no es asunto mío.

Beck se levantó y se acercó a ella. Se detuvo en el sillón contiguo, se sentó con aire despreocupado en el reposabrazos y le dedicó una mirada gélida.

—Qué comentario más raro para decírselo a un coleccionista... ¿Qué iba a hacer yo con esas páginas?

«Es ahora o nunca».

—Falsificar un grimorio —le espetó.

En cuanto hubo pronunciado esas palabras, su mecanismo automático de luchar o salir huyendo se activó de inmediato. Su instinto le decía que saliera corriendo, que pusiera la mayor distancia posible entre ella y aquel hombre. La adrenalina le bombeaba por todo el cuerpo, pero no se movió. Seguramente ante los ojos de Beck parecía un conejillo en campo abierto, expuesta y paralizada por el miedo.

Para su sorpresa, el hombre se echó a reír con una risa exenta de alegría. El sonido solo contenía burla y arrogancia.

—Creo que ha leído demasiadas novelas de fantasía, señora librera.

Beck se sacó un sobre del bolsillo del abrigo. Extrajo varios billetes del fajo de efectivo que había dentro antes de dejar el sobre sobre la mesita.

—Su dinero. Menos trescientos dólares por su error y otros doscientos por no decírmelo hasta ahora. Cuéntelo si quiere.

Una vez recuperado el control de la situación, Beck volvió a su sillón. Se sentó y volvió a guardar el libro en su caja.

—Veo que es mucho más confiada que yo —señaló al ver que Nora no había tocado el sobre.

Entonces le tocó el turno a ella de mirarlo fijamente y hablarle a las claras.

—No me has corregido. Te he dicho que era el libro de Cecily. Yo la conocía como Celeste, pero para ti era Cecily. Era una mujer amable y compasiva, pero la castigaste por marcharse de Still Waters, por tener el valor de ir en contra de tus deseos. —Nora lo señaló con el dedo—. Esa noche te vi, la noche del festival. Te vi sentado con Bren. Vi los tatuajes en tu brazo. Y cuando encontré el cadáver de Bren, vi los tatuajes en su nuca. Ella me dio la página del libro por una razón, Matalobos81.

Nora se calló. ¿Había hablado demasiado?

Pero no había tenido otra opción. Beck estaba a punto de marcharse y ella no podía permitirlo. El *sheriff* no tenía pruebas suficientes para detenerlo. De hecho, lo más probable es que ni siquiera pudiese interrogarlo a menos que prestase declaración de forma voluntaria, y aunque Nora estaba segura de que Beck había estado con Bren en el festival, no podía afirmarlo bajo juramento. Las sombras ocultaban su rostro y solo había estado allí unos minutos antes de desaparecer escabulléndose en la noche.

Pero ahora no iba a escabullirse. Tenía los hombros firmemente apoyados en el respaldo del sillón y los dedos largos enroscados en las rodillas. Sus nudillos se habían puesto blancos, y tenía la cara y el cuello rojos. Un brillo malicioso le iluminaba los ojos.

Era una serpiente de cascabel, y ella la había azuzado con un palo.

Ahora todo dependía de la reacción de Beck.

Pero estaba tardando demasiado.

Nora trató de disimular el terror que sentía. Si mostraba algún signo de debilidad, aquel hombre recuperaría el control de sus emociones y no respondería a más provocaciones. Si salía airoso de aquella situación, lo más probable es que también saliera impune de todo el asunto.

—Lo hiciste muy bien. Tu trabajo fue casi perfecto. Pero te equivocaste con la tinta. —Nora extendió las manos—. ¿Por qué no dedicaste más tiempo a investigar los ingredientes? Podrías haber engañado a todo el mundo. ¿Es que tenías prisa? ¿O te dio pereza?

—¡Fue Bren quien dio con la fórmula! —respondió a gritos—. Esa maldita zorra dijo que nuestra tinta era perfecta. Al principio era tan buena chica... tan dulce y maleable. Pero luego, cuando le diagnosticaron esa estúpida alergia, cambió. —Soltó una carcajada seca—. Me exigió una mayor participación en los beneficios. Pobre desgraciada. Nadie me dice lo que tengo que hacer con los fondos comunitarios.

A Nora le dieron ganas de celebrar su victoria con un grito triunfal. Lo había conseguido. Había provocado a Beck y este había admitido su conexión con una de sus víctimas. Sin embargo, no bastaba con eso; aún podía escapar de la trampa que le había tendido. No podía cantar victoria todavía.

Ella respondió con todo el desdén que supo imprimir a su voz:

—Eres tan predecible... No conseguiste que Cecily hiciera lo que querías. Ella no quiso darte el libro de Juliana, así que recurriste a su hija. ¿Había cumplido siquiera la mayoría de edad cuando el «Maestro» empezó a dispensarle sus atenciones?

—Tú no entenderías cómo funciona una comunidad como la nuestra. Eres una persona abrumada por las posesiones materiales. —Hizo un gesto abarcando la librería—. En Still Waters, lo compartimos todo: dinero, comida y trabajo. En nuestro mundo no existen los artistas muertos de hambre. Mantenemos vivo el arte en una sociedad que ha olvidado su valor. El arte está en peligro. Puede que no seas consciente, pero tú también estás librando la misma guerra. Piensa en cuánta gente lee libros electrónicos gratuitos y nada más. Apenas valoran la calidad de la escritura ni sienten lealtad hacia ningún autor. Leen libros solo porque son gratis. Los libros no son más que otra forma devaluada de arte. Pero en Still Waters, nosotros protegemos el arte.

La librera no tenía ningún argumento para rebatir sus palabras. Conocía a demasiados escritores que habían tenido que dedicarse a otra cosa porque escribir a tiempo completo no les daba para pagar las facturas. Y era trágico el número de librerías independientes que se veían abocadas a la quiebra por culpa del comercio electrónico.

A pesar de esos retos, Nora seguía creyendo en el poder del libro físico como objeto. También creía en la fidelidad de los lectores. Mientras las librerías siguieran siendo el centro neurálgico de cada pueblo —el lugar al que la gente acudía en busca de una bebida caliente, música suave y el delicioso cosquilleo en el estómago ante la posibilidad de descubrir la siguiente lectura apasionante—, nunca quedarían obsoletas.

Y Miracle Books era sin duda el centro neurálgico de aquel pueblo.

—Crear arte, enseñar arte a la gente y conservar el arte es algo muy noble —dijo Nora—. Pero utilizar el talento artístico para fabricar páginas de grimorios falsificadas no lo es. ¿Y robarle el dinero a un coleccionista? Eso es infame y ruin. ¿O me vas a decir que todos los beneficios iban destinados a alimentar a los hambrientos y curar a los enfermos?

La fulminó con la mirada.

—Todas las comunidades tienen gastos imprevistos.

—¿Como contratar abogados para luchar contra la reclamación judicial de Lazarus Harper?

Beck dio un respingo. Nora había dado en el blanco.

Aprovechó su ventaja para seguir mostrándose implacable.

—Todos los productos de CBD que se comercializaban en Soothe iban acompañados de un certificado de calidad. O bien Celeste aprendió la lección, o lo que pasó con el señor Harper no fue culpa suya.

—Celeste. Me recuerda a esas ridículas estatuas de diosas de la luna que esculpía cuando llegó a Still Waters —se burló él—. Podría haber hecho cualquier cosa, tenía verdadero talento, pero solo esculpía mujeres supuestamente «poderosas». Menuda gilipollez.

Nora pensó en su polémico escaparate. Se imaginó a las mujeres cociendo historias en su caldero y a los poderosos personajes femeninos de las cubiertas de los libros. Más de una vez, Nora había tenido sus dudas sobre mantener o no el escaparate, pero el comentario de Beck le hizo desear que ojalá no lo hubiese desmontado.

—Cecily no era una mujer poderosa, ni mucho menos —Beck siguió hablando del mismo tema—. Si lograba sobrevivir era porque mi hermano mayor la dejó venirse a vivir a Still Waters. Los dos mantuvieron una relación durante más de una década. Si mi hermano no hubiera sufrido un aneurisma cerebral y hubiera muerto, yo no habría podido pedirle a Cecily que me diera su libro. La muy estúpida se negó a dármelo. Pensaba echarla cuando Bren vino a verme. Era más ambiciosa que su madre, pero al final, igual de impotente.

—Celeste esculpía otras cosas además de mujeres —dijo Nora, tragándose la rabia.

—¿Esas piezas de jardín? —soltó el hombre con desdén—. Los querubines de cemento hechos con moldes no dan mucho dinero. Una miseria en comparación con lo que le pagaron por un ángel de mármol.

Los labios de Nora dibujaron una sonrisa malévola.

—Puede ser. Pero algunas de esas piezas de jardín estaban huecas por dentro. Alguien podría haber escondido algo dentro de... la base de una mesa, por ejemplo.

La furia destelló en los ojos de Beck.

—¡La mesa de las setas! —Miró la caja que contenía el libro y lanzó un gruñido—. ¡Maldita seas, Cecily! Tendrías que habérmelo dicho.

No sentía ningún remordimiento. Estaba molesto, como si muriéndose en vez de decirle que el libro de Juliana estaba dentro de la mesa de su invernadero interior Celeste lo hubiera hecho sentirse incómodo, nada más.

—No entiendo por qué estás tan enfadado —le dijo Nora en voz baja—. Has ganado. Celeste no luchó contra el veneno porque ya le habías destrozado la vida. Lo hiciste cuando le quitaste a su hija. Para siempre.

—Oh, por favor... Esa niña y su madre no se llevaban bien desde que empecé a dedicarle toda mi atención a Bren. Y antes de que me sueltes que era una santa, has de saber que las páginas de hechizos falsos fueron idea suya. Fue ella quien se inventó ese lenguaje, quien creó nuestra identidad *online* y quien manejaba el dinero. Era lista. Hasta que dejó de serlo.

—Hasta que quiso más dinero, querrás decir. Quería financiar sus sueños. A pesar de la adoración que sentía por ti, sabía que no iba a quedarse a tu lado. Quería ver el mundo. Ella misma me lo dijo.

Beck cogió la caja.

—Bueno, yo me voy, pero antes de irme, quiero que me escuches con atención: si te interpones de algún modo en mis planes, diré que tú eras mi cómplice. En el anuncio asegurabas que este libro es un documento auténtico sobre ocultismo de finales del siglo XVI. Diré que te lo compré de buena fe, así que si yo caigo porque alguien me acusa de falsificación, tú también caerás.

Movida por la temeridad, Nora se levantó de un salto.

—No pienso interponerme en tus planes, pero dime una cosa. Los símbolos que tienes en el brazo... ¿están en la lengua que inventó Bren?

Beck asintió con la cabeza y ella continuó:

—¿Y qué quieren decir?

La sonrisa de suficiencia reapareció en su rostro.

—«Maestro».

—¿Me los enseñas?

Él se rio.

—¿Por qué iba a hacerlo?

—Tu mundo gira en torno al arte. El mío gira en torno al lenguaje. El hecho de que hayáis sido capaces de crear una lengua nueva es como leer la obra de J. R. R. Tolkien o Anthony Burgess —y, por si acaso, añadió—: esos hombres eran verdaderos genios.

Beck no señaló que quien había inventado aquel lenguaje era Bren. Se limitó a subirse la manga del abrigo de cuero, dejando al descubierto su antebrazo. A Nora se le encogió el estómago al ver los símbolos tatuados.

Definitivamente, Wolf Beck era el hombre que estaba aquella noche en el parque.

—El tatuaje de Bren, ¿qué significaba?

—«Cuervo». Un poco irónico, ¿no te parece? Llevar el nombre de un ave carnívora. —Riéndose, Beck se dirigió hacia la sección de ficción, hablando por encima del hombro mientras caminaba—. Has tenido suerte esta noche, librera. Olvídate de mí o esa suerte cambiará.

—¿Es que vas a envenenarme a mí también? —le gritó Nora.

Una risa inquietante resonó en las estanterías.

—Tal vez ya lo he hecho.

En cuanto oyó el sonido de las campanillas, Nora fue corriendo a la taquilla a lavarse las manos. No había tocado a Beck. No había tocado su sobre ni el dinero que contenía, pero su presencia había dejado un poso extraño en el aire, así que metió las manos bajo el chorro de agua caliente, restregándose la piel una y otra vez hasta que se le puso roja.

Al oír el crujido de uno de los tablones del suelo, levantó la vista y miró hacia la ventanilla. No vio a nadie.

«¿Dónde está McCabe?».

—¿Grant? —lo llamó, cerrando el grifo y cogiendo un trapo.

Oyó más crujidos y, al volverse, descubrió la figura de Beck oscureciendo el umbral de la puerta. Tenía todos los músculos de la cara en tensión y los ojos llameantes. En la mano derecha llevaba un trozo doblado de tela. Era un depredador listo para entrar en acción y atacar.

De repente, su expresión cambió. Abrió los ojos como platos y lanzó un gruñido de sorpresa.

Ahora había dos hombres en la puerta. Sigilosamente, McCabe se había acercado a Beck de puntillas por la espalda. Estaba tan cerca que cuando dijo «¡Suéltalo!» su aliento le agitó varios mechones del pelo.

Cuando Beck no le obedeció, el *sheriff* desenfundó su táser del cinturón y la presionó contra la parte baja de su espalda.

—Suelta eso ahora mismo o te freiré como a un huevo.

El trozo de tela cayó al suelo.

McCabe esposó al hombre y le leyó sus derechos mientras Fuentes metía el trozo de tela en una bolsa de pruebas. Dejó la bolsa en el mostrador y se acercó a Nora.

—¿Se encuentra bien? —le preguntó.

Ella asintió con la cabeza.

—Lo ha hecho muy bien —dijo con una sonrisa tranquilizadora—. Perdón por el susto. Cuando vimos que Beck se dirigía a la puerta principal, ya estábamos en marcha. Andrews y Wiggins iban a bloquearle la salida, y el *sheriff* y yo pensábamos sorprenderlo por detrás, pero entonces agitó las campanillas para que creyera que ya se había ido y se sacó una petaca del bolsillo. Empapó el trapo con el líquido que llevaba en la petaca. Perkins nos avisó de lo que estaba pasando, así que conseguimos avanzar lo suficiente para atraparle antes de que fuera a por usted.

Nora desvió la vista hacia la bolsa de pruebas.

—El veneno ya no es un arma de mujer.

—No —convino Fuentes—. La mayoría de los envenenadores condenados por homicidio son hombres, y en la mayoría de esos casos, las víctimas eran mujeres. Pero usted no es la víctima de nadie, señora Pennington. Gracias a usted, ese desgraciado nunca volverá a hacer daño a ninguna otra mujer.

—¿Está seguro? —preguntó Nora.

—Aún nos queda trabajo por hacer, sí, pero la acusación se sostendrá ante cualquier tribunal, ya lo verá. Ahora ya puede descansar. Váyase a casa y sírvase una copa. Ha hecho un gran trabajo esta noche.

Tras darle una palmada en el brazo, Fuentes recogió la bolsa de pruebas y salió de la taquilla.

«Váyase a casa y sírvase una copa».

Las palabras de Fuentes siguieron dándole vueltas en la cabeza mientras se dirigía hacia el corro de sillones de lectura. Se paró delante de un sillón, sin saber qué hacer. Era como si su cuerpo se hubiera desdoblado y otra persona estuviese viviendo todo aquello, como si solo una parte de ella estuviera físicamente allí. El resto era tan insustancial como una capa de niebla.

Y entonces, al igual que había hecho en el dormitorio de Celeste, McCabe se acercó y deslizó el brazo alrededor de su cintura. La hizo sentarse en un sillón y acercó otro al suyo.

—Te debo una disculpa —dijo al sentarse—. Esta noche no quería que sintieras que corrías peligro en ningún momento, pero cuando oí que Beck estaba empapando un trapo con algún líquido, supe que pretendía dejarte inconsciente. Si lo pillábamos in fraganti, eso haría nuestra acusación mucho más sólida, así que fui yo quien decidió ponerte en una situación tan vulnerable, decisión que tomé en una fracción de segundo. Espero que haya sido la correcta. Si hubiera sido otra persona, no me habría arriesgado, pero te conozco. Eres una mujer muy fuerte.

—No me siento muy fuerte, pero ha sido una buena decisión.

McCabe le cogió la mano.

—Eres la mujer más fuerte, inteligente y guapa que he conocido en mi vida. ¿Por qué crees si no que dejo que te comas mis *hush puppies* cada vez que vamos a Pearl's? —Su sonrisa tenía el mismo poder reparador que cualquiera de los abrazos de oso de Sheldon, y Nora empezó a sentir que volvía a ser la de siempre—. ¿Estás lista para cerrar y largarnos de aquí? —le preguntó—. Tengo que fichar a un delincuente y tú tienes que irte a casa a ver la tele en modo encefalograma plano hasta quedarte dormida en el sofá.

—¿Y mi declaración?

—Tu declaración puede esperar hasta mañana. Ya has hecho bastante por hoy.

Nora cerró la puerta principal y apagó el resto de las luces. La librería estaba sumida en un profundo estado de calma y somnolencia. No quedaba ni rastro de Beck, ni siquiera una chispa de toda su maldad.

«Porque no hay lugar para la maldad en una librería. Las librerías ahuyentan las preocupaciones y envuelven a la gente en un ambiente acogedor. Aquí es donde se reúnen los amigos, donde los lectores se acurrucan en mullidos sillones y los libros aguardan a ser los siguientes elegidos. Las librerías son el hogar de los sueños».

Una vez fuera, Nora inhaló profundamente el aire nocturno. Por una vez, agradeció el frío agudo que lo acompañaba y que le enrojecía la nariz y las mejillas, el que la hacía tiritar, pero que también olía a madera de pino y humo de leña. El cielo estaba tachonado de estrellas y la luna nueva bañaba las montañas con un suave resplandor.

—¿Te acompaño a casa? —le preguntó McCabe.

Nora no respondió. La figura de un hombre moviéndose entre las sombras de detrás del coche del *sheriff* captaba toda su atención.

—Ya la acompaño yo, si a la señora le parece bien —dijo el hombre.

Esperó a una distancia prudente, con la mirada fija en Nora.

El *sheriff* la miró.

—¿Te parece bien?

—Sí —contestó ella, apretándole la mano.

El *sheriff* subió al coche y cerró la puerta. Al cabo de unos segundos se oyó el rugido del motor y dos haces de luz atravesaron la oscuridad.

Cuando McCabe se marchó, Nora se volvió hacia Jed y sonrió.

—Estoy lista para irme a casa.

CAPÍTULO DIECINUEVE

Creo que el infierno es algo que llevas contigo, no un lugar al que vas.

NEIL GAIMAN

Nora no invitó a Jed a entrar. Se alegraba de verlo, de saber que había vuelto y que había venido a verla, pero necesitaba estar sola. La adrenalina que la había mantenido al filo de la navaja durante toda la hora anterior había desaparecido. Le pesaba todo el cuerpo. Le dolía la cabeza y le escocían los ojos.

Después de pedirle a Jed que se pasara por allí de nuevo por la mañana, Nora entró en su casita diminuta, cerró la puerta y se metió en la cama. Se tapó la cabeza con las sábanas y dio rienda suelta a las lágrimas.

Lloraba de alivio porque el calvario de esa noche había terminado. Lloraba por el sinsentido de las muertes de Celeste y Bren. Lloraba porque acababa de darse cuenta de que Wolf Beck había intentado matarla. Aunque sabía que ya no corría peligro, las secuelas del terror que había sentido la hicieron estremecerse y temblar.

Media hora más tarde, estaba física y emocionalmente agotada. Se duchó, con la esperanza de borrar cualquier rastro de su intercambio con Wolf Beck, se puso un pijama de franela y se envolvió los hombros con la manta de Dominique.

En la cocina, se preparó una infusión y unas tostadas. La mermelada de fresa casera que untó en la tostada con mantequilla le supo a verano, y la manzanilla con jengibre y canela le calentó todos los huesos del cuerpo.

Acurrucada en el sofá, pensó en el momento en que Grant McCabe había aparecido por detrás de Beck, frustrando sus planes de taparle la boca con lo que suponía que era un trapo empapado en cloroformo. Pensó en cómo el *sheriff* la había abrazado después. Y en cómo había hecho lo mismo la noche en que Celeste había muerto. McCabe sentía aprecio por Nora y ella sentía aprecio por él. Habían afianzado su amistad desde el regreso de McCabe de Texas, y Nora se alegraba de ello.

Luego estaba Jed. Ver su cara esa noche había sido como un bálsamo para su alma. De camino a casa, sus pasos se habían acompasado a la perfección y Nora no recordaba cuál de los dos había cogido primero la mano del otro. Ambas manos se reencontraron con toda naturalidad, como si nunca se hubieran separado.

Jed estaba en casa. Por fin. Y al día siguiente volverían a estar juntos. Hablarían. El silencio entre ellos se acabaría al fin.

Nora se terminó la infusión y volvió a su dormitorio a leer.

Como de costumbre, en su mesilla de noche la aguardaba una pila entera de libros. Buenos libros con personajes atractivos, tramas complejas, diálogos estimulantes y descripciones líricas. Todos tenían cubiertas atractivas y títulos ingeniosos, pero esa noche ninguno de ellos iba a conseguir centrar su atención.

Lo mismo ocurría con los libros de las estanterías de su salón, con aquellos que tenía colocados encima del frigorífico o con la hilera de libros sobre el alféizar de la ventana de su habitación.

Lo que necesitaba era un libro que conociera tan bien que leer sus primeras líneas la hiciera retroceder en el tiempo. Esa clase de libro era como una mantita de apego, un osito de peluche y el beso de buenas noches de una madre. Un libro así era un viaje en una alfombra mágica a un lugar donde los malos recuerdos se olvidaban y todos los sueños podían hacerse realidad.

Nora atravesó la habitación y se dirigió hacia su cómoda. Entre un par de sujetalibros de sirena había una pequeña colección de libros usados. Sacó un libro de tapa dura con la cubierta verde y se lo llevó a la cama.

A pesar de lo mucho que le gustaban los mapas, esa noche no quería mirar runas élficas. Los símbolos solo le recordarían a Beck, así que abrió el libro por la portadilla. Solo de ver la tipografía, ya estaba más relajada.

«Hola, viejo amigo».

Sabía que las palabras familiares le templarían todo el cuerpo como la luz del sol. No importaba cuántas veces la leyera, aquella historia nunca la defraudaba. La transportaba a otro mundo hasta que estaba lista para dormir.

Pasando a la primera página, Nora se hundió un poco más en la cama, con gesto sereno y satisfecho, mientras susurraba:

—En un agujero en el suelo, vivía un hobbit.

A la mañana siguiente, Jed se presentó en su casa con dónuts de sidra de manzana y un ramo de crisantemos amarillos.

—¿Dónde están los tuyos? —bromeó Nora cuando le dio los dónuts.

—Si te comes los doce, yo me comeré tus flores.

La librera apartó las flores de su alcance.

—Ya he visto morir a alguien por culpa de unas plantas esta semana y no quiero volver a ver morir a nadie más.

Jed respondió con una mirada horrorizada.

—Lo siento. No quería empezar con eso. Empecemos con el café y los dónuts —dijo ella, cogiéndole de la mano y guiándolo hacia la mesa—. Todo será más fácil después de la cafeína y la glucosa.

Mientras servía el café en las tazas, calentó seis dónuts en el microondas.

—Siempre están más ricos calientes —dijo, cogiendo un dónut del plato y soltándolo inmediatamente—. Y siempre me quemo las yemas de los dedos porque no puedo esperar a que se enfríen.

Jed le sonrió.

—¿Quieres que vaya a por el botiquín de la camioneta?

—¿Qué tal un beso para aliviar el dolor?

Él le cogió la mano y le dio un beso sonoro en el dedo.

—Esa ha sido la emergencia médica más fácil que he solucionado en mi vida. ¿En serio? ¿Vas a volver a cogerlo? ¡Pero si aún echa humo!

—¡No puedo evitarlo! —exclamó ella, agitando el dónut caliente en el aire—. Huele que alimenta y tengo mucha hambre. Además, mi mano izquierda es más resistente.

Mordió el dónut y lanzó un gemido de placer.

—Merece la pena totalmente quemarte los dedos y la boca.

Jed se zampó el primer dónut en tres bocados. Bebió un poco de café y se comió el segundo dónut más despacio. Ella ya se había terminado el suyo.

Al ver que la miraba con expresión sonriente, Nora decidió abordar el tema.

—Antes de que me coma el tercero sin ningún remordimiento, ¿me vas a contar qué tal todo? ¿Y cómo está tu madre?

—Está mucho mejor. Y yo también. —Jed escudriñó las palmas de sus manos mientras hablaba—. Ha sido una pesadilla. Empezó a empeorar muy rápido, y yo no podía hacer nada para ayudarla. No soportaba estar ahí, de brazos cruzados, esperando. Me sentía muy impotente. Me subía por las paredes. Y también me sentía culpable. —Miró a Nora—. Sabía que no podías dejarlo todo e irte de aquí sin más, pero eso no me impidió pedírtelo. Supongo que estaba desesperado por tener el control sobre algo. Sobre algo o sobre alguien.

—Eso tiene sentido.

Jed se inclinó sobre la mesa.

—Llevaba a todas las enfermeras de la planta de mi madre por la calle de la amargura. Las sacaba de quicio comportándome como si supiera hacer su trabajo mejor que ellas. En vez de mostrarles respeto y apoyar sus decisiones, las cuestionaba y no las dejaba en paz. Me comporté como un auténtico imbécil.

Nora se quedó callada y esperó a que Jed lo soltara todo.

—Con los médicos era aún peor. Los acusaba de ser unos esnobs condescendientes o de darle más importancia a sus hándicaps de golf que a darle los mejores cuidados a mi madre. —Jed miró al techo—. No hay suficientes cestas de regalo en el mundo que puedan compensar cómo me he portado estos días.

—Podrías enviarles un camión de dónuts —sugirió ella—. Seguro que en la costa no hay dónuts como estos. No tienen huertos de manzanas.

Jed intentó sonreír, pero la sonrisa se transformó en una mueca.

—Mi madre es todo lo que tengo, Nora. Ella es mi familia, y creía que iba a morir. Estaba tan aterrorizado de perderla que me volví como loco. Volvieron a surgir cosas que creía haber superado hace años, cosas que me hicieron actuar de un modo del que no me siento orgulloso.

La librera alargó el brazo por encima de la mesa y le apretó la mano, dejando sin querer un poso de azúcar de canela en su piel.

Jed desplazó la mirada de los brillantes cristales de azúcar de las uñas de Nora a su preciosa cara. Al no llevar maquillaje, se le notaban las marcas de la cirugía en el nacimiento del pelo y las cicatrices de las quemaduras en el cuello, pero para Jed, las cicatrices le imprimían carácter, al igual que las líneas de expresión que irradiaban de las comisuras de sus ojos resplandecientes.

—Tengo trabajo que hacer para que eso no vuelva a ocurrir. También tengo que pedir perdón a todas las personas a las que he tratado mal. —Jed le agarró la mano con más fuerza—. Empezando por la persona más importante de mi vida. Lo siento, Nora. No debería haberte pedido que hicieras lo imposible, y debería haber contestado tus llamadas y mensajes. Me comporté como un imbécil, y te traeré dónuts todos los días hasta que me perdones.

Nora sonrió.

—Estás perdonado. Y yo siento no haber podido estar a tu lado para apoyarte. Siento que pasaras tanto miedo y que tu madre estuviera tan enferma. Me alegro de que esté mejor y de que estés en casa. —Su sonrisa se desvaneció—. Cuando apareciste anoche, todavía estaba en estado de *shock*. Lo entenderás cuando te lo explique todo, pero no fui capaz de decirte lo feliz que me hace que estés aquí de nuevo. Te he echado de menos.

Jed se levantó y tiró de ella para levantarla también.

—Sé que tienes cosas que contarme y te aseguro que escucharé muy atento cada palabra, pero hay algo que me muero por decirte ahora mismo.

—Adelante —contestó ella, incapaz de resistirse al brillo juguetón de sus ojos.

Jed hundió un dedo en el azúcar espolvoreado en el plato y luego siguió el trazo de los labios de Nora con la yema del dedo cubierta de azúcar.

—Dame un poco de azúcar —murmuró, rodeándola con los brazos.

Ella se echó a reír. En ese momento, abrazada a Jed y con la luz del sol entrando a raudales por las ventanas, Nora sintió que había recuperado el equilibrio. Todo iba a salir bien. Un asesino iba a rendir cuentas ante la justicia, Miracle Books dejaría de ser el blanco de una campaña de desprestigio y ella y Jed continuarían justo donde lo habían dejado.

Con los cristales de azúcar de sus labios centelleando como estrellas, Nora cerró los ojos y besó a su chico.

—Cuando me di la vuelta, Beck estaba en la puerta —les contó Nora a June, Estella y Hester más tarde, esa misma noche. Bebió un sorbo de agua antes de terminar su relato. Llevaba media hora hablando sin parar y tenía la boca seca—. Sostenía un trozo de tela en la mano y me miraba con unos ojos que me hicieron sentir como si... bueno, como si él fuera un lobo y yo un lemming.

A petición de Sheldon, las integrantes del Club Secreto de la Lectura y la Merienda se habían reunido en casa de June en lugar de hacerlo en la librería. Él estaba en la cocina, preparando una cena de celebración. Había amenazado a las mujeres con condenarlas a la pena de muerte si se les ocurría salir del salón.

—¡Santo Dios! ¡Yo habría salido huyendo de allí como si tuviera la cabeza en llamas! —exclamó June.

Estella se llevó una mano al pelo.

—Por favor, no utilices las palabras «cabeza» y «llamas» en la misma frase: ayer la señora Carver se quedó dormida debajo de mi secador de pelo y, cuando me quise dar cuenta, olía como si algo se le hubiese chamuscado a Hester en el horno.

—¿Estás insinuando que mi horno huele a pelo chamuscado? —se indignó Hester, arrugando la nariz con cara de asco—. Para que te enteres, además de conseguir siempre la máxima calificación del Departamento de Sanidad y Consumo, ¡el inspector me ha dicho que tengo el obrador más limpio de todo el condado!

Mientras Estella intentaba sofocar su risa con la copa de vino, June miró a Hester con una mueca burlona.

—Tranquila, cocinillas. Si queremos cenar antes de medianoche, tenemos que dejar que Nora termine de hablar —le dijo.

—Yo preferiría oíros bromear a vosotras, pero la historia más o menos acabó así —continuó Nora—: el *sheriff* se acercó a Beck por la espalda, lo obligó a soltar el trapo y le leyó sus derechos. Luego apareció Jed y me acompañó a casa. Y como ya os he contado lo que pasó con los dónuts, ahora os he puesto oficialmente al día.

Estella señaló a Hester.

—Ahora te toca a ti. Venga, ponte delante de la canasta y lanza, amiga mía.

—Si se trata de usar metáforas relacionadas con el baloncesto, pido tiempo muerto. —Hester señaló con el pulgar hacia la cocina—. Le he prometido a Sheldon que no diría ni una palabra hasta que estuviéramos sentadas a la mesa con él. Me ha dicho que era lo menos que podíamos hacer después de haberle ocultado lo de tu encuentro con Beck.

—¡Pero si ninguna de vosotras lo sabía! —protestó Nora—. Con la única con la que debería estar enfadado es conmigo.

De pronto, se oyó un estruendo procedente de la cocina. Parecía como si una avalancha de ollas y sartenes hubiera caído al suelo, y las mujeres intercambiaron miradas nerviosas.

—¿Lo ves? Está enfadado con todo el mundo —susurró Hester.

Estella levantó su copa y señaló con ella a Nora.

—Pero sobre todo contigo.

June golpeó a Estella con un cojín, despeinándole deliberadamente el pelo, que llevaba recogido en un moño alto e impecable.

—¡Eh, cuidado! Luego voy a ir a casa de Jack y quiero parecer la reina Isabel, no la señorita Frizzle.

Sheldon asomó la cabeza por la habitación.

—Estella, mi vida, hace años que no abro un libro del autobús mágico, pero sigo locamente enamorado de la señorita Frizzle. Ven y échame una mano, anda. Las demás, sentaos y preparaos para el banquete de platos cubanos.

Sheldon pulsó un botón de su *smartphone* y una música de salsa inundó el comedor de June a través de los altavoces.

—¡Empezamos con mojitos y plátanos fritos! —anunció.

Estella llevó a la sala una pesada jarra adornada con hojas de menta. Sheldon la siguió con una bandeja de vasos vacíos en una mano y una bandeja de plátanos machos fritos en la otra.

—Se acabó el trabajo por hoy, bonita —le dijo el cubano a Estella, ofreciéndole una silla—. A partir de aquí, yo me encargo de todo.

Volvió corriendo a la cocina y reapareció con un bol de ensalada de aguacate y una cesta de pan cubano. En su tercer viaje para llevar la comida, se puso a bailar salsa, silbando mientras contoneaba las caderas.

Nora sonrió aliviada. Si Sheldon cocinaba, silbaba y bailaba, entonces no estaba tan enfadado.

—Nuestros platos estrella de esta noche son el arroz con pollo y el lechón asado, el manjar de los dioses. O, en términos más sencillos, cerdo adobado con mojo.

—Todo parece y huele muy rico, Sheldon —dijo Hester—. Debes de haberte pasado todo el día cocinando.

June miró a su compañero de piso con orgullo.

—Ya había empezado a cocinar cuando me fui a la iglesia, y eso que hoy he ido temprano. Invité a Dominique a venir conmigo, y trajo a toda su familia. ¡Y cómo canta esa familia! Señor, qué bien lo pasamos. El caso es que cuando volví a casa, el porche estaba lleno de gatos. Nunca había oído a tantos mininos juntos maullando.

—Son mis coristas —explicó Sheldon—. Mi papá siempre decía que si cantas mientras cocinas, tu comida sabrá a música para el paladar de la gente.

Nora levantó su vaso de mojito.

—Por nuestro chef, por preparar esta comida tan increíble. No solo da los mejores abrazos del mundo y recuerda al Harry el Sucio de Clint Eastwood cuando lleva chalecos de punto, sino que además alegra la vida de todo aquel que entra en Miracle Books. Incluida la mía. ¡Por Sheldon!

Todo el grupo de mujeres brindó por él. El cubano se levantó, se llevó una mano al ombligo e hizo una reverencia. Tras volver a sentarse, dio instrucciones a todas para que empezaran a pasar platos.

Puso algunos plátanos macho fritos en el plato de Nora antes de servirse él también.

—Todos los héroes trabajan mejor en equipo. —Le ofreció la bandeja a June, pero mantuvo la mirada fija en Nora—. Holmes no necesitaba ayuda para resolver casos, pero sí necesitaba la amistad de Watson. Poirot necesitaba a Hastings. Monk necesitaba a Natalie. Tú me necesitas a mí. Soy tu Robin, así que avísame cuando vayas a transformarte en Batman, ¿vale? Así podría plancharte las arrugas de tu capa, lustrarte las botas o calentarte el Batmóvil.

—Batman siempre estaba ocultándole cosas a Robin, por su propia seguridad. —Nora le pasó la ensalada de aguacate.

Sheldon frunció el ceño.

—Sufro dolor crónico, pero no estoy hecho de cristal.

—¿Es que vas a estar de morros y soltando pullas toda la cena? —le espetó June, sujetando la panera—. Porque si es así, me llevo mi plato con estos exquisitos manjares a la cocina y así podré comer en paz.

—Tú no te vas a ninguna parte. Yo también me muero de ganas de oír lo que Hester tiene que decirnos, igual que de comerme este arroz con pollo. —Estella miró a Sheldon—. ¿Qué le has echado para que el arroz tenga ese color amarillo?

—Comino y azafrán. Es el plato reconfortante por excelencia. Mi abuela lo hacía siempre que venía de visita. Una cazuela entera. —Las facciones de Sheldon se dulcificaron al rememorar el recuerdo—. Todas las mujeres que hay en esta mesa le habríais caído fenomenal.

June levantó su vaso.

—¡Por tu abuela!

Tras el brindis, se abalanzaron sobre la comida. A medida que iban probando los platos, todas iban colmando de elogios a Sheldon. Cuando por fin hubo oído suficientes alabanzas, le pidió a Hester que les hablara de la investigación.

La panadera levantó un dedo.

—Antes de hablar de Beck, quiero que sepáis que Lazarus Harper me ha estado ayudando en la panadería.

De pronto, con los tenedores suspendidos en el aire, todas dejaron de masticar.

—Solo es algo temporal —continuó Hester—. Cuando haya pagado a sus abogados y cubierto el coste de esos retrovisores de los dos coches aparcados que se llevó por delante, volverá a Pine Hollow. Han vuelto a fijar una fecha para el juicio por su reclamación civil y ahora que Beck ha admitido haber vendido productos de CBD sin certificado de calidad, tanto a Harper como a muchas otras personas, creo que Lazarus se siente como un hombre renacido, capaz de levantarse y andar de nuevo.

Sheldon lanzó un gemido.

—Por favor, dime que no acabas de hacer una referencia a Lázaro, resucitado de entre los muertos...

Hester se rio.

—Eso ha sido de muy mal gusto, ¿verdad? Bueno, ahora vayamos a lo serio, empezando por lo que llevaba Beck en los bolsillos. La gran sorpresa fue el frasco de cloroformo casero. Empapó un pañuelo con él en la puerta de la librería y luego volvió a la taquilla. Fue entonces cuando el *sheriff* McCabe se le acercó por detrás y desbarató sus planes de dejar a Nora fuera de combate.

Sheldon enarcó una ceja.

—¿Cloroformo casero? ¿Eso existe?

Antes de que Hester pudiera responder, Estella se le adelantó:

—Básicamente es lejía fría mezclada con acetona. Además de historia, la química era mi asignatura favorita en el colegio.

—Y además eres una artista en lo tuyo —señaló Nora.

La peluquera sonrió.

—Acabas de ganarte un tratamiento hidratante gratis para la próxima vez que vengas a cortarte el pelo y teñirte.

—¿Qué más llevaba Beck en los bolsillos? —le preguntó June a Hester.

—Un arma homicida. —La panadera hizo una pausa dramática—. Después de dejar inconsciente a Nora, Beck iba a inyectarle acónito líquido. Llevaba una jeringuilla llena con el veneno; probablemente es la misma jeringuilla que utilizó con Celeste. El forense debió de pasar por alto la marca de la inyección.

Nora recordó los moratones de las mejillas de Celeste y descubrió que se le había quitado el apetito.

—No la pasó por alto: Beck debió de obligar a Celeste a abrir la boca y le metió el acónito por la garganta para que se lo tragara. Le ofreció la mostaza en polvo porque le había administrado el acónito por vía oral. No había ninguna marca de inyección obvia ni pruebas de que hubiese comido o bebido nada.

Se hizo un silencio y la librera se disculpó por haberles estropeado la cena.

—No tienes que disculparte —la tranquilizó Sheldon—. Nadie tiene que disculparse. A menos que no os terminéis lo que tenéis en el plato. Eso sí sería imperdonable. Continúa, Hester. Tenemos que llegar al final de esta historia, necesitamos saber que ganan los buenos.

Hubo un murmullo general de asentimiento y Hester prometió continuar después de probar otro bocado de cerdo. A continuación, partió un trozo de pan en dos y colocó los trozos uno encima del otro.

—Imaginaos que esto de aquí es la hamburguesa que se comió Bren la noche del festival. Una hamburguesa vegetal de alubias con pan. Si hubiese tenido otro aspecto, Bren se habría dado cuenta; si la textura hubiese sido diferente, también se habría dado cuenta. Pero lo que no habría levantado sus sospechas es ver algo parecido a la sal espolvoreado tanto en su hamburguesa como en las patatas fritas.

—¿Algo parecido a la sal? ¿Azúcar extrafino? —probó a adivinar Estella—. No, eso no le habría producido alergia.

—Tenía que ser algún tipo de carne roja. Como una pastilla de caldo de carne —dijo Nora.

June negó con la cabeza.

—El kétchup, la mostaza, la mezcla de encurtidos... creo que nada de eso habría podido enmascarar el sabor del caldo de carne. O no lo bastante, al menos.

—Por eso Beck tuvo que buscar unos complejos de órganos liofilizados de carne de vacuno en forma de suplementos alimenticios sin sabor a nada —explicó Hester—. Trituró las pastillas y las espolvoreó en la comida de Bren. Jasper encontró el frasco de pastillas en una bolsa del maletero de su coche de alquiler. El frasco le costó treinta pavos, por eso no lo tiró. Resulta que él seguía tomándose el resto de los suplementos.

Sheldon puso los ojos en blanco.

—Ese hombre no tiene desperdicio.

Hester seguía mirando a June.

—¿Os acordáis de aquel viernes cuando tú y Nora visteis vomitar a Bren? Beck ya estaba poniendo a prueba la eficacia de las pastillas. Sabía qué le gustaba comer a Bren, así que ni ella ni su madre se extrañaron cuando alguien les dejó una cesta de regalo con comida en la puerta de Soothe con una nota que decía: «Watson Realty le da la bienvenida a Miracle Springs. Estamos a su disposición». Bren se comió el *pretzel* gigante, como Beck sabía que haría, y cinco horas después, estaba vomitando.

—Eso es muy retorcido. —Nora miró a June a los ojos. Sabía que su amiga recordaba aquel encuentro con Bren como si fuera ayer.

—Por eso estaba tan alterada —señaló June—. No tenía nada que ver con nosotras. A Bren se le encendió una alarma y empezó a sospechar que Wolf Beck las había seguido hasta Miracle Springs. Él debió de presentarse en su casa más tarde, preguntando por el libro de Juliana. Si se lo hubiera dicho a su madre, las dos estarían vivas.

—Pero ¿por qué no le dio el libro a ese loco? —exclamó Estella.

Hester negó con la cabeza.

—Le dijo a Beck que su madre lo había escondido antes de irse de Still Waters. No tenía ni idea de que estaba dentro de la mesa de seta, y estaba furiosa con Celeste por no querer decirle dónde lo había metido. Al menos, eso es lo que dice Beck.

«Él miente».

La voz de Celeste era un débil susurro en la mente de Nora. Le parecía adecuado que estuviera presente en aquella mesa, aunque solo fuera en el recuerdo.

Hubo un momento de silencio.

—¿Algo más en los bolsillos de Beck? ¿Algo igual de siniestro? —preguntó June.

Hester pinchó un plátano macho con el tenedor.

—El sobre de dinero estaba lleno de billetes falsos. Puede que sea complicado en el caso de los asesinatos, pero el castigo por utilizar billetes falsos está muy claro. Él jura y perjura que es la primera y única vez que comete semejante delito, pero con una vez es suficiente. Beck está jodido.

—Wolf Beck, «Maestro de la Falsificación». —El tono de Nora era agrio—. Grimorios, dinero, aceite de CBD. ¿Qué más? ¿Obras maestras de la pintura clásica?

Cogió el vaso de Sheldon y se bebió el resto del mojito.

Estella dio un codazo a Hester.

—Pasa ya al final feliz, ¿quieres? Dinos que ese cabrón lo ha confesado todo o, mejor aún, que sus hechizos falsos surtieron efecto y ahora va de camino al infierno arrastrado por una horda de demonios.

—Antes va a tener que pasar una larga temporadita en la cárcel. —Hester clavó la mirada en Nora—. El *sheriff* McCabe está examinado las cuentas bancarias de Beck, y Jasper está revisando su historial *online*. Fuentes y Wiggins han registrado cada centímetro de su coche de alquiler. Tienen montones de bolsas de pruebas incriminatorias. No conozco todos los detalles, pero sé que han encontrado los suplementos de órganos de carne de vacuno, un bote de mostaza en polvo y algunas hojas secas de acónito. También encontraron un par de botas de montaña en el asiento trasero. Las grietas de las suelas están plagadas de restos de comida, tierra y cristales del apartamento de Celeste.

—¿Así que al final ganarán los buenos? —preguntó Sheldon.

La sonrisa de Hester iluminó la habitación.

—Van a ganar los buenos.

A Nora se le llenaron los ojos de lágrimas, pero hizo un enorme esfuerzo por contenerlas. No quería estropear la maravillosa cena de Sheldon, así que le cogió la mano. Luego cogió la mano de June y, de repente, todos los presentes se habían dado la mano.

Las cuatro mujeres y el hombre permanecieron así, cogidos de la mano y luchando por contener las lágrimas, acompañados por la animada música de salsa.

La escena era tan ridícula que Nora se echó a reír. Sus amigas, envalentonadas por los mojitos y por la noticia de que al final se iba a hacer justicia, estallaron en risas ellas también. El arrebato no duró mucho, pero las risas siguieron flotando en el aire como globos de cumpleaños.

—¿Os he dicho últimamente que os quiero? —dijo la librera, mirando a sus amigas.

Sheldon abrió los brazos con exasperación.

—¡No puedes decir eso! ¡Ni siquiera has visto lo que he hecho de postre!

—Primero tendríamos que retirar estos platos —sugirió Hester—. Haced un poco de sitio en la mesa... ¡y en el estómago!

Estella recogió los boles y las fuentes.

—Espero que el postre también sea cubano.

—No tengo el don de Hester para los dulces, pero hago una tarta de queso con guayaba buenísima.

Estella y June lanzaron un gemido las dos a la vez, provocando otra ronda de carcajadas.

—Hay algo más que tenemos que hacer esta noche —dijo Nora mientras seguía a sus amigas a la cocina.

Todas se volvieron a mirarla.

—Pero no os pongáis tan serias —dijo—. Solo tenemos que votar cuál va a ser nuestro próximo libro para el club de lectura.

Sheldon hizo un gesto con la mano.

—Eso podéis hacerlo sin mí.

—Pues no, la verdad es que no podemos —repuso Nora—. Va a ser el primer libro de un nuevo club de lectura, y lo vas a dirigir tú.

—¿Yo? —Sheldon se llevó la mano al corazón—. ¿En serio?

Ella le sonrió.

—El Club de Lectura Cita a Ciegas será una quedada nocturna para los amantes de los libros que quieren conectar con otros amantes de los libros a un nivel platónico. He pensado cerrar temprano el primer jueves de cada mes y así esa noche estaría reservada para tu club de lectura.

—Mi club de lectura —repitió el cubano en un susurro impregnado de solemnidad.

—¿Eso es un sí? —preguntó Nora.

Sheldon centelleaba como una estrella.

—Llevo toda la vida esperando una propuesta como esta. Sí, Nora Pennington, dirigiré ese club de lectura.

Las mujeres estallaron en exclamaciones de júbilo y Sheldon les dio a todas unos sonoros besos en las mejillas. Luego abrió un cajón y cogió un puñado de tenedores.

—Vamos, queridas. Y ahora, a comernos esta tarta de queso y a hablar de cosas divertidas. De comida, de amistad y de... —Señaló a Nora, invitándola a acabar su frase.

Ella lo hizo son sumo gusto.

—De libros.

CAPÍTULO VEINTE

La amistad es el único pegamento capaz de mantener al mundo unido.

Woodrow Wilson

Al domingo siguiente, Nora se reunió con sus amigas en la entrada del cementerio de Woodland. June había invitado a Dominique y Estella había traído a Jack. Sheldon rodeaba con el brazo a Hester, que estaba temblando.

Aquella mañana, todos habían sacado de sus armarios los abrigos largos, los gorros y los guantes. El suelo estaba helado y el aire que venía de las montañas era tan frío que laceraba la piel. A media tarde, el termómetro marcaba cifras aún más bajas y el cielo había adquirido un tono invernal.

—Huele a nieve —comentó June, arrebujándose la bufanda alrededor del cuello.

Sheldon miró al cielo horrorizado.

—¿Es que aquí nieva en noviembre?

—No —le aseguró Nora—. Tenemos suerte si nieva en Navidad. Normalmente no empieza a nevar ni a haber heladas hasta enero.

—Señor, odio el frío... —gimió Sheldon—. Me voy a pasar el invierno en la cama, leyendo y engordando plácidamente cada vez más. Tendrás que contratar a alguien para la temporada, Nora, poque este oso de aquí está a punto de hibernar.

La librera negó con la cabeza.

—No puedes abandonarme. Imposible. Sin ti, olvidaría cómo sonreír.

Complacido, Sheldon se volvió hacia la carretera.

—Ya viene —susurró.

Un reducido cortejo de vehículos se aproximaba al cementerio. El coche del *sheriff* McCabe llegó primero, seguido de un camión de plataforma. El ayudante Andrews, también en un vehículo oficial, fue el siguiente. Jed venía detrás en su Blazer. Dos perros asomaban la cabeza por las ventanillas traseras. Atticus, el dóberman de la unidad canina adiestrado por la ayudante Wiggins, iba en el lado del pasajero, mientras que Henry Higgins ocupaba el del conductor. Ambos perros olfateaban el aire con expectación. Jed le lanzó un beso a Nora antes de aparcar la camioneta con el resto de los vehículos.

—¿Cómo va lo vuestro? ¿Estáis bien? —le preguntó Hester.

—Sí, estamos bien —respondió ella—. Los dos pasamos por un momento difícil a la vez, y el hecho de estar separados hizo que nos costara más... no sé, ¿gestionarlo? ¿Comunicarnos? A pesar de lo mucho que me gustan las palabras, no siempre sirven. Hay momentos en los que necesitas estar con la otra persona. Necesitas poder tocarla, mirarla a la cara y a los ojos. Ver su lenguaje corporal...

—Será mejor que nos movamos antes de que nos convirtamos en cubitos de hielo —las interrumpió Sheldon—. Me alegro de que tú y tu chico hayáis arreglado lo vuestro, y espero que no se ponga celoso si me acurruco a tu lado para entrar en calor.

Nora se rio cuando el cubano tiró de ella para rodearla con un solo brazo.

—¿Eso es medio abrazo de oso?

—Eso es lo máximo que este oso polar de aquí puede hacer ahora mismo. Aunque si me llevas a algún sitio con chimenea y me das de comer un pastel de miel caliente, volveré a ser Winnie-the-Pooh.

Hester les hizo señas para que la siguieran.

—¡Vamos! Ya están descargando el ángel.

Dos hombres vestidos con monos y abrigos de trabajo se situaron detrás del camión de plataforma e iniciaron el lento proceso de izar la estatua de Juliana en el aire. Envuelta en plástico de burbujas y mantas de mudanza, la escultura de Celeste parecía gigantesca. Nadie habló mientras los hombres utilizaban un sistema automatizado de poleas y cabrestante para bajarla hasta la base de mármol situada detrás de las lápidas de Bren y Celeste.

Cuando Juliana estaba a solo unos centímetros de la capa de epoxi blanco y pegajoso de la base, los hombres detuvieron el dispositivo de elevación y retiraron con cuidado las capas protectoras.

Una vez hecho esto, el hombre mayor miró a Nora.

—La quiere de cara a las tumbas, ¿verdad?

—Sí, como si estuviera velando por ellas —respondió.

Los hombres siguieron bajando la estatua con cuidado. Una vez segura en el suelo, se fueron a hablar con el vigilante del cementerio.

Hester metió la mano en su bolsa de tela y sacó un manojo de coronas de margaritas que había hecho con flores compradas en el supermercado. No eran flores silvestres como las que habría utilizado Bren, pero aun así eran preciosas, y Nora cogió la corona que le ofrecía su amiga con una sonrisa de agradecimiento.

Tras quitarse los guantes, la librera depositó su corona sobre la lápida de Celeste. Sus dedos siguieron el trazo de las letras grabadas de su verdadero nombre, Cecily, seguidas de su nombre en Miracle Springs, Celeste, entre paréntesis. La lápida estaba fría, y el viento empujaba los pétalos de las margaritas hacia dentro, ocultando sus centros amarillos.

Nora se levantó y se sacó un trozo de papel del bolsillo del abrigo. Mientras sus amigas se reunían a su alrededor, empezó a leer el poema titulado *Margaritas*, de Mary Oliver.

Uno a uno, los asistentes se adelantaron para colocar una corona de flores sobre la lápida de Bren o Celeste. Cuando le llegó el turno al *sheriff*, se arrodilló junto a la tumba de esta con las manos vacías.

—Descansa en paz. Tu libro está a salvo —dijo, con la palma de la mano presionando la piedra.

Al igual que sus ayudantes, el *sheriff* vestía uniforme de gala, y al verlo arrodillado sobre la hierba, dirigiéndose a una mujer de su comunidad como si aún estuviera viva, a Nora se le saltaron las lágrimas.

Las palabras impresas en la hoja empezaron a desdibujarse y le costó trabajo no perderse y seguir con el siguiente verso.

—«Los pétalos blancos de las margaritas muestran / los soles diminutos de su centro o, dicho de otro modo, / sus inmensos corazones» —leyó.

Su voz temblorosa hizo que sus amigos se acercaran más a ella y, cuando llegó al final del poema, las suyas no eran las únicas mejillas del cementerio humedecidas por las lágrimas.

Andrews abrazó a Hester durante un largo rato antes de guiarla hasta donde estaban Jack y Estella. Cuando el ayudante se ofreció a llevarlos en su coche, Jack sugirió que fueran todos al Pink Lady a tomar café y un trozo de pastel.

—Los pasteles no estarán tan buenos como los tuyos, pero el café no está mal —le dijo a Hester.

—¿Un pastel casero que no he tenido que hacer yo? Para mí sería un verdadero placer. —Entrelazando su brazo con el de él, preguntó—: ¿Qué hay en el menú de hoy?

Jack contó las opciones con los dedos.

—Tarta de chocolate con nueces pacanas; suprema de mantequilla de cacahuete; *crumble* de manzana y arándanos; crujiente de cereza y *s'mores* de calabaza. Ese se lo ha inventado Estella.

—¿Siempre has sido así de creativa con los sabores? —le preguntó Hester a Estella.

—¿Qué puedo decir? Jack saca cosas de mí que no sabía que estaban ahí. —Estella cogió la mano de Sheldon—. Ven con nosotros, querido. Necesitas un trozo de pastel, una taza de café caliente y una silla junto a la estufa.

—Sí, por Dios...

Sheldon miró a Nora con aire interrogante, pero ella le hizo un gesto para que siguiera, diciendo que se reuniría con ellos en un rato.

June y Dominique se fueron con el *sheriff* McCabe y el ayudante Fuentes. Tras volver a meter a los perros en su camioneta, Jed se reunió con Nora.

—Hola —dijo, rodeándola con los brazos—. ¿Estás bien?

Ella se inclinó hacia él.

—Triste, pero bien, sí. Gracias, Jed. Ya sé que estás en plena sesión de adiestramiento con Henry Higgins y que encima estás de guardia, así que gracias por venir.

Justo cuando estaba abriendo la boca para responder, le sonó el busca. El sanitario lo sacó de la funda que llevaba enganchada al cinturón y miró el número. No fue difícil interpretar la expresión de su rostro.

—Tienes que irte —dijo ella.

—Tengo que irme —confirmó él.

La besó en la boca y, después, en la punta de la nariz.

—Te acabo de hacer mi prueba oficial de comprobación del nivel de frío —dijo—. Nos enseñan a hacerla la primera semana de clase, y tu nariz me dice que no deberías quedarte fuera a la intemperie mucho más tiempo.

—Ah, ¿y por qué no? ¿Es que no conoces ningún remedio oficial para hacerme entrar en calor?

Jed sonrió.

—Uy, ya lo creo que sí. Conozco montones de remedios, y me acercaré a tu casa después del trabajo para hacerte una demostración de todos los que me sé, así que déjame una luz encendida, anda.

—¡Dejaré encendidas todas las luces de la casa! —exclamó Nora mientras Jed se alejaba correteando.

La librera se quedó sola en la quietud del cementerio y, aunque tenía frío, no quería irse aún. La tranquilidad del camposanto la había cautivado. En lugar de marcharse, se acercó a la estatua de Juliana. Ya estaba alargando la mano para tocar a la mujer de mármol cuando un copo de nieve le cayó en la manga del abrigo.

Asombrada, miró al cielo. Otro copo de nieve aterrizó en su mejilla como un beso húmedo y rio encantada.

Vio cómo caía uno más y, en los segundos previos a que se deshiciera sobre su guante, vio montones de cristales resplandecientes. Vio pétalos de margarita. Vio belleza en estado puro.

—Está nevando, Bren. Un poco de magia caída del cielo, solo para ti.

Los copos, demasiado escasos para poder decir que estuviera técnicamente nevando, se desvanecían en cuanto tocaban el suelo.

Nora sacó su teléfono e hizo una foto del rostro de Juliana justo cuando el viento formaba un remolino con los copos de nieve.

Luego le enviaría la foto a Bobbie y le preguntaría si tenía tiempo para hablar.

Conociéndola, seguro que la llamaría en menos de una hora. Nora empezaría la conversación preguntándole por el trabajo y luego la pondría al día sobre la librería. Por último, le describiría la discreta ceremonia en el cementerio y le daría el parte con las últimas novedades sobre Wolf Beck.

Tras pasar dos días y dos noches negándose a hablar, comer o reunirse con un abogado, habían trasladado a Beck al pabellón de seguridad de un hospital. Al final del tercer día, había aceptado el trato que le proponía el fiscal. La vista previa al juicio aún no se había celebrado, pero cuando el *sheriff* McCabe supo qué juez iba a presidir el caso, respiró profundamente y dijo que aquel delincuente iba a pasar el resto de su vida entre rejas. A Nora le bastaba con eso. No quería pensar más en Wolf Beck; quería pasar página y mirar hacia el futuro.

En ese momento, mientras miraba las montañas coronadas de niebla, tuvo la sensación de que todo había terminado por fin. La nieve había cesado tan bruscamente como había empezado, dejando en el aire un aroma a pino y cedro. En lo alto del cielo, una bandada de gansos atravesaba las nubes. Nora los vio volar, admirando sus líneas nítidas y perfectas. No se preguntó adónde se dirigían; sabía que eso no importaba, lo que importaba era que estaban juntos.

Ella también formaba parte de una misma bandada. De una familia. Aunque había abandonado momentáneamente la formación en uve de sus congéneres para quedarse allí un rato, ya estaba lista para volver. Ya estaba preparada para comer un poco de pastel y beberse una taza de café. Para charlar y reír.

—Al final, no llegaste a arreglarle el ala.

La voz masculina procedía de algún punto por detrás de Nora. Sobresaltándose, se volvió para ver quién se estaba dirigiendo a ella de repente en un cementerio.

Era Morris Knapp.

—Perdóneme. —Extendió las manos en señal de disculpa—. No era mi intención asustarla. No quería molestarla, por si estaba rezando o hablando con Bren o Cecily. —Señaló a su izquierda—. He estado sentado en ese banco esperando el momento oportuno para hablar con usted. Parecía completamente ensimismada hasta hace solo unos segundos. Entonces me dio la sensación de que iba a marcharse y pensé que era un buen momento para acercarme. Lo siento, quizá lo he interpretado mal.

Nora no vio motivos para dudar de su sinceridad.

—No, tiene razón. Estaba a punto de irme, pero antes voy a hablarle de ella. —Acercándose a Juliana, Nora le puso una mano en el hombro, justo encima del ala ausente—. Yo estaba allí el día que se le rompió el ala. Al principio, Celeste parecía muy disgustada, pero no les echó la culpa a los empleados de la empresa de mudanzas. Ni siquiera levantó la voz. Le encontró una utilidad a esa ala rota. Me impresionó su calma, su amabilidad. Me dijo que en el arte no hay errores, solo nuevas creaciones maravillosas.

Morris sonrió.

—Sí, eso suena a algo que diría ella.

La librera lo miró fijamente.

—Antes la ha llamado Cecily. La conocía.

El hombre asintió con la cabeza. La mirada que se desplazó de la lápida de Celeste a la de Bren estaba embargada por la pena y la tristeza.

—Brenna era mi hija. No lo supe hasta hace poco. Cecily nunca me dijo que estaba embarazada. Ella y yo salimos cuando éramos mucho, muchísimo más jóvenes, y solo durante unos meses. Nos gustábamos, pero sabíamos que lo nuestro era algo pasajero. Yo iba al seminario y Cecily quería seguir una vida bohemia.

—¿Se conocieron en Alabama?

Morris se arrodilló y empezó a recoger trozos de hierba de la superficie de la lápida de Bren.

—Éramos voluntarios en el mismo comedor social. Ella me encontraba resultón y le gustaba mi sentido del humor. A mí ella me parecía muy guapa y me gustaba su buen corazón. Pasamos un verano juntos. Después, cada uno siguió su camino. Años más tarde, conocí a Connie. Nos casamos y formamos una familia. Y todo el tiempo que estuve cambiando pañales, viendo partidos de fútbol o construyendo casas en los árboles, resulta que tenía otra hija.

Nora miró las fechas de la lápida de Bren. Veinte años antes, la hija de Morris había venido al mundo sin que él lo supiera. Celeste no solo no le había hablado de la existencia de su hija, sino que también le había negado a Bren la oportunidad de conocer a su padre.

—Esa debió de ser una llamada de teléfono bastante traumática —dijo Nora—. Tener noticias de una exnovia después de tantos años ya es suficientemente impactante, pero ¿enterarse además de que tenía una hija? No me lo puedo ni imaginar.

Morris tensó los músculos de la mandíbula.

—En realidad, fue un mensaje de correo electrónico. Cecily utilizó un ordenador de la biblioteca para encontrarme y crear una cuenta de correo electrónico. Al principio no la creí. No me creía que yo fuese el padre de Bren, pensé que me estaba engañando, que quería sacarme dinero o algo así. Dicho así, suena horrible, pero hacía más de veinte años que no sabía nada de ella.

—Yo también habría sospechado —le aseguró Nora.

—Entonces me envió fotos de Bren, montones de ellas. Brenna era la viva imagen de mi madre. No se podía negar que compartía mi ADN. Cecily no quería dinero. No quería crearme problemas. Solo quería que Bren fuese a vivir al mismo lugar donde vivía yo, que llegase a conocerme con el tiempo. Cecily no tenía familia, y si le pasaba algo, quería que Bren contara al menos con alguien que la cuidara.

Nora tenía los miembros agarrotados por el frío, pero no podía moverse hasta oír el resto de la historia de Morris.

—¿Le habló de Wolf Beck? ¿Dijo que podría hacerle daño a Bren? ¿O a ella? ¿Que haría cualquier cosa para conseguir el libro de Juliana?

—No. —Morris se sentó sobre sus talones—. No tenía ni idea de que Cecily corría peligro. Supuse que se había cansado de la vida bohemia. Se negaba a hablar de Still Waters, y di por sentado que se avergonzaba de haber adoptado las comodidades de la vida moderna, como el agua corriente y la calefacción central. Cuando ya estaba viviendo aquí y fui a verla a la tienda, me dijo que solo podríamos ser amigos si me centraba en el presente y el futuro, no en el pasado.

—Eso no parece demasiado justo.

Morris se levantó despacio.

—Hizo una excepción con todo lo relacionado con Bren. Me contaría todo lo que quisiese saber sobre nuestra hija, y como

Bren era la única que me importaba de verdad, el trato me pareció justo.

—¿Y descubrió cosas sobre ella?

—Unas cuantas. —Morris señaló las coronas de margaritas—. Sabía que le gustaban. Sabía que, cuando se hizo mayor, empezaron a gustarle más los lirios que crecían a orillas del río. Le encantaba coser, montar desfiles de moda, pescar y dibujar. Empezó a hacer piezas de joyería y bisutería desde muy pequeña. —Metió la mano en el bolsillo del abrigo y le enseñó algo a Nora. Era uno de los collares de cristal de Bren—. Me encanta tocarlo, saber que lo ha hecho mi hija.

La librera no dijo nada. ¿Qué consuelo podía ofrecer a aquel hombre —a aquel padre— que había perdido una hija a los pocos días de verle la cara por primera vez?

Pero Morris no necesitaba que ella le hablara, sino solo que lo escuchara. Que escuchara su historia.

—Apenas conocí a Bren. No me importó en su momento porque creía que tendríamos todo el tiempo del mundo. —Sacudió la cabeza—. La vez que la vi se mostró cortés. Me saludó y siguió con lo que estaba haciendo. Intenté no mirarla fijamente. Intenté no asustarla. Pero se parecía tanto a mi madre... Me costó irme de la tienda, seguir como si nada sabiendo que mi hija vivía en el mismo pueblo. No podía pensar con claridad.

—¿Lo sabía Connie? ¿Lo de Bren?

Morris se puso muy pálido.

—Connie hizo un álbum de fotos para el setenta y cinco cumpleaños de mi madre, que fue hace medio año. Revisó cientos de fotos, incluida la que utilizó como portada del álbum. Mi madre tenía veintiún años cuando le hicieron esa foto y... espere, se la enseñaré.

De repente, sacó el teléfono y empezó a desplazar el dedo por cientos de imágenes en miniatura.

—Mire y dígame qué ve.

Nora vio a una joven de pelo largo de color castaño oscuro y la piel clara. Tenía la nariz aguileña, una mandíbula firme, los labios carnosos, la cara en forma de corazón y una expresión traviesa en los ojos.

—Ella y Bren podrían ser hermanas.

Morris se guardó el teléfono en el bolsillo.

—Por eso, cuando vi las fotos de Bren, supe que era hija mía. Connie la vio el día que ella y Cecily se mudaron aquí. Le hizo a Cecily un montón de preguntas, y cuando se enteró de que era de Alabama... Bueno, fue entonces cuando se le ocurrió ese plan maquiavélico con su grupo de mujeres —lanzó un gemido—. Iba a contárselo todo. Solo quería disponer de unos días, una semana como mucho, para asimilar la nueva realidad antes de contárselo a Connie y a mis hijos. Éramos relativamente nuevos en el pueblo, todavía estaba acostumbrándome a mi nuevo papel en la iglesia. Y entonces llegó Bren. Era demasiado. Solo necesitaba unos días, pero me equivoqué. Cuando recibí ese primer correo electrónico de Cecily ya debería habérselo dicho a Connie. No sé por qué se lo oculté.

«Porque ella habría hecho cualquier cosa con tal de alejarlo de Bren».

La librera no compartió con él ese pensamiento. Criticar a Connie no iba a aliviar el sufrimiento de Morris, y Nora sentía lástima por él. Él también sufría, aunque mucho menos públicamente que ella y sus amigas.

—Si le hubiera dicho la verdad a Connie, tal vez mi hijo no habría pintado un demonio en el letrero de la tienda de regalos ni dejado esa calabaza en su librería. Tal vez no habría vandalizado la tienda de Cecily. El lado positivo de todo esto, si es que tiene alguno, es que me ha hecho ver a Vicky bajo otra luz: ha sabido defender aquello en lo que cree, y me siento muy orgulloso de ella.

Nora se alegró de oír aquello.

—Es una chica estupenda.

Juntos, ella y Morris echaron a andar hacia la salida.

—Otra cosa de la que me he dado cuenta es de que no tenía ni idea de lo que era realmente una novela de fantasía para jóvenes adultos. —Con una sonrisa de satisfacción, añadió—: Vicky me lo ha enseñado. Después de leer un montón de frases de Einstein, Nelson Mandela y Walt Disney sobre la importancia de la imaginación, me regaló un libro que se titula *El corredor del laberinto* y me dijo que me lo leyera.

Días atrás, Nora había sorprendido a Vicky, Sid y Steph invitándolas a pizza y helado. Ya con el estómago lleno, Nora les dijo que eligieran cualquier libro de la tienda y que podrían llevárselo gratis. Sid eligió *Hijos de sangre y hueso*, de Tomi Adeyemi, Steph se decantó por *El hijo infinito*, de Adam Silvera, y tras pensárselo durante un buen rato, Vicky eligió *El corredor del laberinto.*

—¿Le ha gustado? —Nora le preguntó a Morris.

—Me ha encantado —respondió—. Cuando le di dinero a Vicky para que me comprara el siguiente libro de la serie, me dijo que me lo comprara yo.

Nora se rio.

—Se lo reservaré en la tienda.

—Gracias. Espero estar en el pueblo el tiempo suficiente para ir a recogerlo. El pastor Yates estuvo el mes pasado reconstruyendo las casas destruidas por los huracanes, y al volver no le ha hecho ni pizca de gracia descubrir cuáles han sido las actividades de Connie últimamente. Ahora mismo está hablando con ella, y solo me queda rezar por que la conversación tenga un resultado positivo.

Habían llegado a las puertas del cementerio. Morris pasó las yemas de los dedos por la superficie de su alianza de oro mientras miraba a Nora.

—Connie es mi esposa y la amo. Nuestra familia puede salir reforzada de todo esto, y podemos aprender de nuestros errores… si permanecemos unidos. Señora Pennington, espero que tengamos la oportunidad de mostrarle una mejor versión de nosotros.

Nora respondió quitándose el guante y tendiéndole la mano. Aunque Morris parecía momentáneamente sorprendido por el gesto, no tardó en extender la suya y estrechársela.

—Su familia siempre será bienvenida en mi librería —respondió ella—, porque creo firmemente en las segundas oportunidades.

Se dio media vuelta y siguió andando en la misma dirección en la que habían volado los gansos. Las aves tenían un único propósito: llegar a una tierra de exuberantes paisajes verdes.

Nora no tenía que viajar tan lejos para satisfacer sus necesidades, lo único que quería era una taza de café y un trozo de tarta de chocolate y nueces. Quería sentarse a la mesa de una cafetería y entrar en calor mientras tomaba café, comía pastel y escuchaba la conversación de sus amigos. Quería que el perfume a sirope de la cocina le devolviera la sensibilidad a los pies y que las risas que retumbaban en los servilleteros eliminaran el frío de sus huesos.

Eso era más que suficiente para Nora Pennington, un rato en una cafetería de pueblo con sus amigos, que también eran su familia.

Al cabo de una hora, sería el momento de volver a casa. Uno de los autores favoritos de Nora había sacado nuevo libro y la aguardaba en su mesita, esperando a ser leído. El mero hecho de pensar en ese libro le produjo una deliciosa sensación de expectación: aquella preciosa cubierta, aquellas páginas blancas y nítidas... Todas esas letras impresas en tinta negra, todas esas palabras que insuflaban vida a la historia.

El tiempo que iba a pasar con ese libro avivaría la llama en el alma de Nora, y cuando abriera la librería el lunes, utilizaría otros libros y otras historias, tanto nuevas como viejas, para encender el fuego en las almas de sus clientes.

Así es como Nora Pennington planeaba hacer del mundo un lugar mejor.

Libro a libro.

COZY MYSTERY

Serie *Misterios en la librería Sherlock Holmes*
VICKI DELANY

1

2

Serie *Misterios de Amory Ames*
ASHLEY WEAVER

1

Serie *Una librería en Cambridge*
ELIZABETH PENNEY

1

2

3

Serie *Misterios en la quesería*

Korina Moss

1

Serie *Misterios de una espía real*

Rhys Bowen

1

2

Serie *Crimen y costura*

Sally Goldenbaum

1

Serie *Misterios de Hannah Swensen*

Joanne Fluke

1

2

3

4

5

Serie *Misterios de una anciana encantadora*

Helene Tursten

1

Serie *Misterios que dejan huella*

Krista Davis

1

Serie *Amelia Peabody*

Elizabeth Peters

1

2

Serie *The Cookie House Mysteries*

Eve Calder

1

Serie *Misterios felinos*

Miranda James

1

2

3

4

Serie *Misterios en la Jane Austen Society*

Elizabeth Blake

1

Serie *Bombones mortales*

Christina Romeril

1

Serie *Misterios de una diva* doméstica

Krista Davis

1

2

3

Serie *Misterios bibliófilos*

Kate Carlisle

1

2

3

Serie *Coffee Lovers Club*

Cleo Coyle

1

2

3

Serie *Los detectives de la campiña inglesa*

Julia Chapman

1

Vecinos cotillas

Freya Sampson

© Amy Stern Photography

ELLERY ADAMS

Ellery Adams es autora de dos libros de cocina y más de treinta novelas de misterio, entre ellas las series *Book Retreat Mysteries*, *The Secret, Book, & Scone Society (Secretos, libros y bollos)*, *Books by the Bay Mysteries* y *Charmed Pie Shoppe Mysteries*. Sus novelas han estado en la lista de libros más vendidos del *New York Times*. Nacida en Nueva York, siempre ha sentido un amor especial por las historias, la comida, los animales rescatados y las grandes masas de agua. Cuando no está trabajando en su siguiente novela, lee, prepara tartas, trabaja en el jardín, mima a sus tres gatos y ordena sus libros. Vive con su marido y sus dos hijos en Chapel Hill (Carolina del Norte).

Para más información y sugerencias sobre biblioterapia, visita ElleryAdamsMysteries.com o YourBookRX.com.

Serie

SECRETOS, LIBROS Y BOLLOS

1

2

3

4